山海经传说

刀螂◎著

异兽记

1

一部记录上古妖兽时代、探源中国神话真相的瑰异小说

北京联合出版公司
Beijing United Publishing Co.,Ltd.

图书在版编目（CIP）数据

山海经传说．1，异兽记 / 刀螂著．-- 北京：北京联合出版公司，2019.10（2024.7重印）

ISBN 978-7-5596-3443-6

Ⅰ．①山… Ⅱ．①刀… Ⅲ．①长篇小说－中国－当代 Ⅳ．①I247.5

中国版本图书馆CIP数据核字（2019）第150747号

山海经传说1　异兽记

作　　者：刀　螂
责任编辑：管　文
封面设计：颜　森

北京联合出版公司出版
（北京市西城区德外大街83号楼9层　100088）
北京华夏墨香文化传媒有限公司发行
三河市刚利印务有限公司印刷　新华书店经销
字数246千字　710毫米×1000毫米　1/16　16印张
2020年3月第1版　2024年7月第3次印刷
ISBN 978-7-5596-3443-6
定价：36.00元

九尾狐

——又东三百里，曰青丘之山，其阳多玉，其阴多青雘。有兽焉，其状如狐而九尾，其音如婴儿，能食人，食者不蛊。（『山海经·南山经』）

猲狙
又东次四经之首，曰北号之山，临于北海……有
兽焉，其状如狼，赤首鼠目，其音如豚，名曰猲
狙，是食人。（『山海经·东山经』）

饕餮
又北三百五十里，曰钩吾之山，其上多
玉，其下多铜。有兽焉，其状如羊身人
面，其目在腋下，虎齿人爪，其音如婴
儿，名曰狍鸮（即饕餮），是食人。
（『山海经·北山经』）

混沌

又西三百五十里，曰天山，多金、玉，有青雄黄。英水出焉，而西南流注于汤谷。有神焉，其状如黄囊，赤如丹火，六足四翼，浑敦无面目，是识歌舞，实为帝江（即混沌）也。（『山海经·西山经』）

又西二百六十里，曰邽山。其上有兽焉，其状如牛，蝟毛，名曰穷奇，音如獆狗，是食人。（『山海经·西山经』）

穷奇状如虎，有翼，食人从首始。所食被发。在蜪犬北。一曰从足。（『山海经·海内北经』）

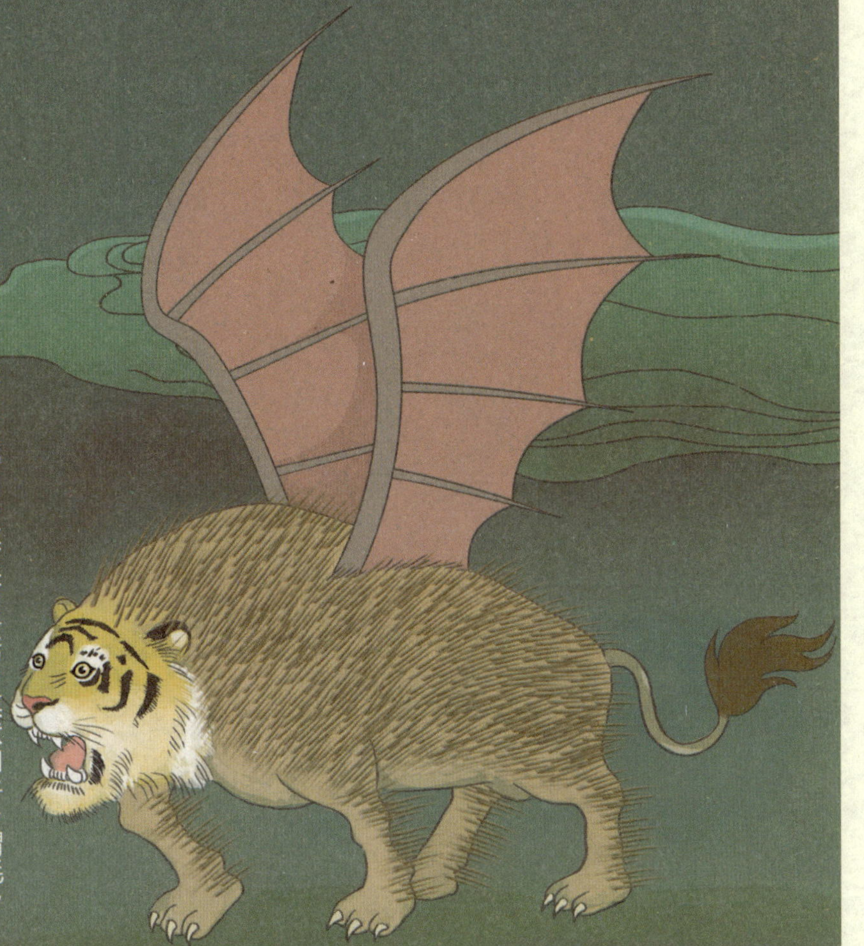

凫徯
又西二百里，曰鹿台之山，其上多白玉，其下多银，其兽多㸲牛、羬羊、白豪。有鸟焉，其状如雄鸡而人面，名曰凫徯，其鸣自叫也，见则有兵。（『山海经·西山经』）

赤鱬

又东三百里，曰青丘之山……英水出焉，南流注于即翼之泽。其中多赤鱬，其状如鱼而人面，其音如鸳鸯，食之不疥。（『山海经·南山经』）

虫落
南方有落头虫，其头能飞。其种人常有所祭祀号曰虫落，故因取名焉。其飞因晚便去，以耳为翼，将晓还，复著体，吴时往往得此人也。（晋·张华『博物志』）

鲛人

氐人（即鲛人）国在建木西，其为人人面而鱼身，无足。（『山海经·海内南经』）南海之外有鲛人，水居如鱼，不废织绩。其眼泣则能出珠。（晋·干宝『搜神记』）

刑天
形天（即刑天）与帝至此争神，帝断其首，葬之常羊之山。乃以乳为目，以脐为口，操干戚以舞。
（『山海经·海外西经』）

比翼鸟
比翼鸟在其东，其为鸟青、赤，两鸟比翼。一曰在南山东。（『山海经·海外南经』）
西次三经之首，曰崇吾之山……有鸟焉，其状如凫，而一翼一目，相得乃飞，名曰蛮蛮（即比翼鸟），见则天下大水。（『山海经·西山经』）

菌人

有小人，名曰菌人。（『山海经·大荒南经』）

周饶国在其东，其为人短小，冠带。一曰焦饶国在三首东。（『山海经·海外南经』）

CONTENTS 目录

引子

那是一个用龟甲和兽骨记录文明的时代，野狼与家犬刚刚分开。但，精美的黑陶已经流行，人类开始冶炼青铜。

隆冬时节，寒风凛冽，深山峡谷中一队人马缓缓而行。两边的山峦并不算高，但却极陡极长，好像是一条绵延千里的大蛇被神斧居中剖开。

山上白石嶙峋，寸草不生，谷底溪流潺潺，却漆黑如墨，不见一条游鱼。

山是死山，水是死水，在阴沉浑黄的天幕之下，显出一片肃杀之气。

走在队伍最后面的是一位须发皆白的老者，只见他朱衣玉冠，目光炯炯，在这白山黑水之间显得格外扎眼。他似乎感到有些不安，颈上那颗南瓜大的脑袋不时向两旁张望。山上的石头个个都奇形怪状，如同野兽在冷眼窥视猎物，随时都可能猛扑过来。

在老者前面，金甲护体的武士骑在高头大马上，排成了长长的一列。他们披散着头发，个个后背箭囊斜挎长弓，黝黑的肌肤露在外面，看上去孔武有力。

山路不算窄，足够四匹马并驾齐驱，但路面坑坑洼洼、碎石满地，右边就是黑水河，一不小心就可能掉进去，所以大家都贴着左侧山崖缓慢前行。

突然，老者勒住套马绳，抬头仰望阴霾的天空，一片晶莹的雪花飘落在鼻尖，瞬间化成了水。不知为何，他那张原本已被冻得僵硬呆板的脸上，居然闪过一抹笑意。

这一耽搁，队伍已行出十余丈，老者策动胯下骏马，一口气越过金甲卫队，追上走在队伍最前面的公子费。

“公子，大雪就要封山了，必须赶快走出大峡谷。”老者高声喊道。他的声音一大半被呼啸的山风吞没了。

作为皋陶王长子，东夷国的储君，公子费身上有一种天然的高贵气质。

虽然只是弱冠之年，但他已经身高九尺，力拔千钧，俨然人主之姿。

公子费胯下骑的并不是一匹马，而是一头独角兽。这怪兽外形似马，但额上生角，足踏虎爪，通体洁白，与其背上一身白衣的公子费相得益彰。

公子费给自己的坐骑取名皓月，它比世上最高大的马还要高出一头，行如疾风，静若处子，不用套马绳，也不用鞭子驱赶，随时都能洞察主人的意图，坐其背便如平地坐毡，既稳又软。

公子费对太傅管革的警告不以为意，只用眼角轻轻一扫，问道："太傅，大泽还有多远？"

公子费的音量不高，但却声声入耳，太傅管革高声应答："公子，尚有五里之遥。"

太傅话音刚落，公子费突然轻轻一拍皓月，绝尘而去。老管革猝不及防，急忙回头对卫队长飞羽喊："快，保护公子！"

飞羽是公子费的贴身侍卫，也是东夷国第一神箭手，出身于善射部族有穷氏。多年以后，他的子孙后羿带领部族驱逐了姒相，成为夏王朝的第六位帝君。当然，这些都是后话。此时的飞羽，将要迎来人生中最艰难、最恐怖的时刻，而他却浑然不觉。

没等太傅说完，飞羽早一马当先冲了出去。不过，他的平凡坐骑怎敌得过神兽皓月，如是平地大道尚可奋蹄狂奔，但在这崎岖山谷中却无论如何也跑不起来。

飞羽猛力抽打马背，那马受不住疼痛，一声嘶吼向前冲去。然而，刚冲出数丈，却突然马失前蹄。飞羽心知不妙，立即扔掉手中套马绳，身体顺势向前抛到半空中，他一个鹞子翻身，随即又一个大鹏展翅，平稳地落在地上，回头再看自己的坐骑，已跌进了乌黑的溪水中。

这时，公子费早已不见踪影，飞羽无暇多想，迈开大步向前追去。他的速度如此之快，顷刻间便在数丈开外，将太傅等人远远甩在后面。

没过多久，飞羽奔到一处弯道，转过去便见一片黑水大泽映入眼帘。不远处，公子费正站在皓月身旁，驻足远观。飞羽舒了一口气，轻轻走过去，在公子身后两丈远的地方止住。

这大泽是峡谷溪流的终点，它就像一口大锅，四周所有的山溪都在这里汇集，然而只有空桑山上的水是黑色的。白山流黑水，据说一千年来都是如此，然而却没有一个人能勘破其中的奥秘。

风声如号，呜呜作响，夹带着雪片打在脸上，如同利刃划过一般。然而奇怪的是，水面却纹丝未动，上方还弥漫着一层淡淡的黑雾，使整个大泽看上去如同一个巨大的黑洞，透着无尽的神秘。

两个人就这样静静地站着，一直都没有说话，约莫过了一盏茶的工夫，太傅带着金甲卫队也赶上来了。

公子费回过头，说道："太傅，由此向北五十里有座尸胡山，我和飞羽走一趟，你带金甲卫队继续向东，回去向大王复命。"

老管革一听此言，吓得扑跪在地上，翘着白胡子喊道："公子万万不可！我听闻那尸胡山上有诸多猛禽异兽，极为凶险，且大雪即将封山，如不尽快回东夷，万一被困在这里，后果不堪设想！"

"太傅说得没错，大雪就快封山了，你还是赶紧带着卫队回王城吧。"公子费同情地看了老管革一眼，跨上皓月，准备向北而驰。

管革本是有扈氏大首领，由于学识渊博，加上对涂山王室忠心耿耿，皋陶王对他十分器重，让长子费五岁便拜他为师，委以太傅之职。

公子费对这个古板的老头并不反感，只是相处多年，对他的脾气秉性非常了解，知道他对自己看似严厉实则宠爱有加，关键时刻总会让步，在父王面前更是处处维护，所以通常并不买他的账。

老管革见此情形，知道公子费决心已定，而自己王命在身不能同去，急忙喊道："如公子定要上那尸胡山，还请多带侍卫，以防不测啊！"

公子费见太傅让步，便停下来对飞羽说："你挑四名金甲卫士，多带箭支。"

飞羽原先的坐骑虽然回来了，但马蹄受伤，浑身是水，不能再骑。于是，他跨上了一匹备用的马，随即喊了四个人的名字，跟着公子费一行六人顺着山路向北行去。

这条路上没有了黑水河，路面也较为平坦，走起来轻松许多，四名侍卫远远跟在后面，飞羽与公子费并驾齐驱。

"阿羽，你怎么不问我为何要上尸胡山？"公子费问道。

飞羽目视前方，尽量驱马往旁边走，把平坦的路中央让出来给公子，顿了一下才回答："我想公子一定自有安排。"

公子费皱了皱眉头，说："我听闻尸胡山上有一种巨齿虎，高五尺，长丈余，凶猛异常，因此想捕一只回去献给父王，你觉得如何？"

飞羽小声道："大王定会非常高兴。"

"错！父王最讨厌阿谀奉承之辈了，何况我从华胥归来，尚有王命在身，中途却跑去打猎，他定会勃然大怒。"公子费说着扭头看了飞羽一眼。

"我想，公子一定自有安排。"飞羽把刚才的话又说了一遍。

"飞羽，我发现你变得越来越无趣了。"失望的表情在公子费脸上一闪而过，随即轻拍皓月向前驰去。

公子费与飞羽同年而生，从小一起玩到大，曾经是那样亲密无间。然而，弱冠礼以后两人的关系发生了微妙变化。那一天，公子费站在皋陶王身边，在瀛台上接受万民朝拜，飞羽心中某些东西破碎了。

飞羽没有追上去，看着公子费那雪白的背影，心想：你注定要成为东夷的王，而我只不过是你的家臣，君与臣的界限，我怎敢僭越呢？

"你听说过视肉吗？"公子费突然又停住，回头问道。

飞羽追了两步，道："没有，那是何物？"

公子费面露笑意，道："据说是一种上古神物，生在千年古松之下，其状如牛肝，有双目，食其肉可补虚益损。"

"尸胡山上有此神物？"飞羽终于明白了此行的目的。

"不错，尸胡顶峰有数株千年古松。"公子费等飞羽行至身旁，才又驱动皓月前行。

"可是，大雪将要封山，倒不如等明年天暖再来。"飞羽小心建议道。

"视肉有土遁之能，正因为天寒地冻才无法遁走，等天暖就逮不住了。放心吧，这点雪封不了山。"公子费自信地说。

"可是，太傅说……"飞羽有些迟疑。

公子费打断他的话："太傅只是不想让我上尸胡山罢了，他向来自谓多智，实则迂阔。不必管他，咱们天黑前赶到尸胡山，找一处山洞，将麋鹿烤来吃了，岂不美哉，哈哈。"说罢，公子费甩开众人向前驰去。

这支东夷使团从华胥都城平阳出发时，虽然也带了充足的干粮，但他们一路上搭弓射箭，野味唾手可得，干粮几乎没动，公子费所说的麋鹿正是昨天傍晚飞羽在杜父山中射死的。

出了空桑山，道路变得越来越平坦，六人快马加鞭一路疾行，终于在天光消失前赶到尸胡山，住进了山洞。

这个山洞口小肚大，进深百余步，是个天然避难所。不知何人在里面积了许多干柴，四名金甲卫士很快生起火堆，山洞顿时变得暖烘烘，体内的寒气渐渐被驱赶出来。

山里夜风原本就大，加上又是风雪天，此时山洞外狂风怒吼，如鬼哭狼嚎一般。然而，这些金甲卫士个个身怀绝技，胆气过人，根本就没放在心上。大家一起张罗，很快将麋鹿剥皮分解，架在火上烘烤。

“出了峡谷便有人烟，太傅他们这时已经住进民宅了吧？”其中一个侍卫小声嘀咕。

“民宅有什么好的，还不如跟着公子在这山洞里吃鹿肉。”另一个侍卫说。

飞羽轻咳一声，两人顿时安静下来，小心地翻转火上的鹿肉。

“公子，这里很安全。”飞羽将山洞从里到外仔细检查了一遍，走到公子费面前禀告。

然而，飞羽的话音刚落，公子费却脸色大变，盯着飞羽道：“你听，洞外好像有人在求救。”

飞羽顿时紧张起来，侧耳倾听，然而除了呜咽的风声，并未发现什么异状。这荒山野岭的地方，人迹罕至，又是风雪夜，不可能有人，大概是公子费连日奔波产生了幻觉，或者是把风吼兽嚎错听成了人声。不过，这种话飞羽却不敢说出口，于是装作吃惊的样子，抬头问守在洞口的两名卫士：“你们听到了吗？”

那两个卫士你看看我，我看看你，露出一副无所适从的表情。显然，他们和飞羽一样，并没有听到什么求救声。

公子费脸色煞白，原本盘膝坐在皮毡上，这时突然跳将起来，大声叫道：“不好，是太傅！”说罢便往山洞外面跑。

此时洞外漆黑一片，无论如何也不能让公子费出去，飞羽赶紧将他拦下，道：“公子请少安毋躁，我先出去看看。”说罢，他系上箭囊，抓起大弓便往洞外走去，走到洞口时，又回身对四名金甲卫士嘱咐道：“保护好公子，我去去便来。”

飞羽一离开山洞，太傅管革的求救声便立即消失了，公子费又坐回皮毡上，低头沉思了片刻。突然，他心中涌起一种不祥的预感，忙问那四名卫士：“你们刚才真没听到太傅求救？”

四人齐声道：“回报公子，没听到。”

公子费一拍脑门道：“不好，定是山鬼作祟，飞羽此去凶多吉少。”说着，他又往洞外走。

卫士当中有头脑清醒的，急忙又将公子费拦下，道：“公子的安危为重，飞羽将军箭无虚发，山鬼也奈他莫何，咱们不如守在山洞，等天亮再去寻找。”

公子费被这一拦，稍冷静了些，双拳一击，道：“说得有道理，那就再等等。”

鹿肉已经烤焦了，散发出刺鼻的臭味，然而谁也没有理会这些。公子费站在洞口不停地踱步，可能是刚才叫声太凄厉了，他的手微微有些颤抖。

“救命啊！公子，救我！”突然，同样凄厉的叫声再次传来，不过这次声音的主人并非管革，而是飞羽！声音很近，就在洞口旁边！

公子费来不及细想，一个箭步冲了出去。山洞外面没有想象的那么黑，在雪光的映衬下，整个世界显得清幽而诡谲。有个黑影，一闪便消失了。

“站住！”公子费大叫一声追了上去。然而，只追出十几步，他便停了下来，一步一步向洞口退去。午夜的寒风让他变得清醒了，这显然是一个圈套。

公子费回到山洞，看见四名金甲卫士守在洞口，并没有跑出来保护自己，心中不由得恼恨起来，抬脚去踢一人的屁股，骂道：“一群无胆之辈！”

公子费立即发现事情有些不对，被他踢中的那个卫士顺势倒了下去，手臂还刮倒了旁边的另一个卫士。他急忙上前察看，一股寒气从腰眼顺着脊柱直往上蹿，一直蹿到了后脑勺，整个后背都冷飕飕的。

一眨眼的工夫，四名金甲卫士全都死了！最诡异的是，他们的死状都很平静，既无搏斗的迹象，也无恐惧的表情。对此，只有一种解释，对方出手太快，以至于他们不仅没有来得及反抗，甚至还没来得及害怕！

突然，公子费听到身后传来窸窸窣窣的声响，他慢慢转过身子，便看到了有生以来最恐怖的一幕：那是一头庞然大物，它长了一颗人脑袋，如水桶一般大小，头顶钻出两只巨大的山羊角，那张丑陋的脸上没眼睛、没鼻子，只有一张血盆大口，口中参差不齐地排列着锋利的虎牙。怪物长了一具牛身，三条豹尾，除了四只铁锤一般的牛蹄，在人头与前蹄之间还长了一双人的手臂，那两条手臂向上抓举着，露出腋窝下两只硕大的牛眼！

怪物在对着公子费笑，诡异地笑，还发出婴儿哭泣一般的怪叫！

第一章　飞头獠

东夷国，偃城。

从西北冰原地带刮来的寒风如同一位愤怒的煞神，在王城上空咆哮了整整一夜，至黎明方才止息。气温骤然下降，身在王城的人们立即感到了切肤之寒，先前所期待的暖冬随之化为泡影。

天空中浓云压顶，一场大雪即将覆盖偃城。守城官嬴师身披铠甲站在城楼上，看着远处的山川旷野，胸中感到一阵莫名的憋闷。一夜之间，护城河已被冰封，有那抄近路的人正小心翼翼地踩着冰面向岸边走来。受恶劣天气的影响，城楼下等待进城的人不足往常的三分之一，出城的就更少了。突然，嬴师手中的令旗一挥，随后便有人高声喊道：“开——城——门——”下面传来嘎嘎的声响，城门大开。

与此同时，宫城里姞莱王后正带着贴身侍女，急匆匆地向公子伯益居住的纤羽轩赶来。气温大降，她担心体弱多病的幼子受寒气侵扰。

不过，王后还是多虑了，昨夜风起时纤羽轩的宫女便已经燃起炉火，并为公子加盖了皮裘。此时，炉火旁的公子正聚精会神地在一块龟甲上刻字呢。

“益，你又忘了太祝的叮嘱，冬日养藏，当早卧晚起。天寒地冻，况你又大病初愈，为何要这般早起？”姞莱王后板着脸责备道。嘴上虽然这样说，但看到儿子如此用功，王后心中还是十分高兴。

公子伯益出生时，正值犬戎入侵、东夷内乱，姞莱王后孕七月而产，以至其先天不足，体质虚弱。宫中曾有传言，称伯益活不过三载便会夭折，幸赖太祝奚仲回春妙手，以良药调和阴阳，补虚益气，如今伯益已至舞象之年。然而，公子的体虚之症尚未根除，每到冬季伤阳耗气之后便极易卧榻，姑莱王后怎能不加倍呵护疼惜？

伯益见母后到来，连忙收起刻具，躬身施礼道：“母后教训得是，益儿记下了。”

王后点点头，上前抓起伯益的手，正欲询问他刚才所刻何字，却见伯益脸上露出一副忧郁之色。王后心里一紧，忙问：“怎么，益儿，你哪里不舒服吗？”

伯益抬头看着王后，眼神飘忽不定，犹豫再三才说：“母后，昨天夜里益儿做了一梦。”

姑莱王后这才放松下来，抓着伯益的手贴在自己脸上，笑问：“一定是个可怕的梦吧？”

伯益感觉一阵暖流从双手传遍全身，他眨了眨眼睛，忧郁之色稍稍淡了些，认真地点了点头：“是的，非常可怕。”

王后说：“那么，益儿就把那个可怕的梦讲给母后听吧，还是你已经忘记了？”对伯益这类体虚的孩子来说，做噩梦如同家常便饭，不过他往往在梦醒后很快就忘掉。

“不，我记得很清楚，昨夜我梦到了兄长，不，我梦到的不是兄长，而是……”伯益似乎回想起梦里可怕的情形，打了个激灵，眼神中流露出一丝恐惧。

王后并没有催问儿子，只是拉他坐在木榻上，攥着他的手轻轻摩挲着，并用坚定而充满鼓励的眼神看着他。这眼神中包含了天地间最伟大的情愫——母爱。

伯益似乎从中获得了勇气，头稍稍抬起，斜望着石壁上那张木弓，说道：“那是公子费的脑袋，它从窗外飞了进来，像蝴蝶一样飞舞了一会儿，最后停在我的榻前，一句话也不说，只是很痛苦地看着我，慢慢地，它的眼睛里流出了红色的泪滴。我很害怕，从榻上爬起来拼命地逃跑，然而无论我跑到哪里，只要一回头，就发现它跟在身后。突然我脚底一滑，仰面跌倒，然后就醒了。母后，你说，兄长他是不是……出事了？”

听完伯益的讲述，王后似乎也陷入了莫名的惊恐，身子不由自主地微微颤抖，她下意识地松开伯益的手，说道："益儿，那不过是一个梦，费儿跟随太傅管革出使华胥国，很快就会回来的。你好好休息，不要再胡思乱想了。"

说罢，姞莱王后起身离去，但走到门口却又突然回头，说："益儿，这个梦你要把它忘掉，不要再对其他任何人讲，包括吉光，好吗？"

吉光是太祝奚仲的幼子，也是公子伯益最要好的玩伴。作为东夷地位最尊贵的巫师之子，公子伯益相信，吉光也拥有他父亲某些神秘的力量，原想请他帮自己解梦，如今却被母后禁止，心中不免有些奇怪，但看着母亲少有的严厉面容，他知道还是不问为妙，于是随口应道："益儿明白。"

伯益送走母后，又回到炉火旁重新拾起刻刀，在龟甲上认真刻写起来，半炷香之后，光洁的甲壳上出现了两个复杂的古字：饕餮。

饕餮是上古凶兽，据说为战神蚩尤的铜头所化，只要它一出现，便会兵戈四起，天下大乱。其音如婴儿，极为贪食，而且最喜食人。昨日，长大夫子献为公子伯益讲书，说的便是这残暴贪吃的饕餮。

伯益看着龟甲上的文字发呆，脑海中浮现出昨夜的噩梦。那情形至今历历在目，很难让人相信是虚幻的梦境。

突然，只听"啪"的一声，伯益只觉左手一麻，刚才还紧握着的龟甲居然不翼而飞。他吃了一惊，抬头望去，只见女娇正站在门前，满脸得意地看着他笑，那片龟甲正在她手上。伯益知道，女娇曾受异人指点，学了一些奇诡之术，隔空取物他已见识多次了，因此也并不以为意。

"伯益，你刻的什么呀，如鬼符一般。"女娇公主看了一眼龟甲上的字，并不认识，又丢还给了伯益。伯益一时没有接住，龟甲掉在了地上。

"是兄长，伯益兄长！"伯益一边捡起龟甲，收入匣中，一边纠正这位小自己两岁的妹妹。这种纠正几乎每天都在上演，但女娇公主却从来都是直呼其名，一次也没有称过兄长。虽然她与伯益都是姞莱王后所生，但在她眼里，可能只有公子费才称得上是兄长。

果然，女娇公主并没有理会伯益的纠正，继续说道："伯益，我听说昨夜金甲武士捉了一名犬戎奸细，父王正要审问，我们一起去理苑看看如何？"

"你自己去吧，我没有时间。"虽然伯益对女娇的提议很有些心动，但还是拒绝了她，因为他昨天便和吉光约好，要一起去校场练箭。

作为一名涂山人，骑射之术不精简直是一种耻辱，而伯益并不想以体弱为借口。在这个力量统治世界的洪荒时代，只有强者才能被当作猎人，弱者只能被当作猎物。

公主正要劝说伯益，吉光急匆匆地走进纤羽轩，他带来了一个出人意料的消息："伯益，大王叫你去理苑。"

"好极了，"女娇公主拍手笑道，"一定是审讯犬戎奸细，我也要去！"

理苑是东夷治狱之所，执掌理苑的官员称为大理，主管国内司法审讯。如今的大理，正是长大夫子献，公子伯益的授业之师。

理苑在宫城的东南角，三人离开纤羽轩，绕过瀛台，顺着朱雀大道一路向南，快到城门时折而向东，就会看到一个由盘龙巨柱撑起来的圆形大棚，这便是理苑。

这时，理苑门前除了金甲武士，还有四位朝中大臣，他们分别是太祝奚仲、太宰季狸、太尉伏豹和大理子献。太祝奚仲和大理子献见到伯益兄妹，急忙施礼，其他两人则只是颔首示意。

依照东夷法度，万民只拜大王和王后，官员只拜自己的长官，伯益和女娇虽贵为王子与公主，但因为身无官职，所以大臣无须参拜。

伯益扫视众人，太祝掌祭祀、太宰掌政务、太尉掌军事、大理掌刑狱，这些朝中重臣悉数到场，看来那个奸细非同小可。然而，为何父王让自己参与此事呢？他百思不得其解。

过了大约一炷香的工夫，头戴金冠、身披紫袍的皋陶王率金甲侍卫来到理苑。伯益已经半月未见过父王了，今日一见，发现他虽然身躯依旧伟岸，但眉宇间却显得有些憔悴。

众人跪拜礼毕，皋陶王正要进理苑，却突然看到了女娇公主，正色道："娇儿，你为何在这里？"

"父王，我也要去审犬戎奸细。"公主自幼便天不怕地不怕，此时自然也毫无惧意，仰头说道。

"胡闹！金甲武士，将公主带回凌霜阁，禁足三日！"大王一声令下，立即有两名武士将公主带走了。伯益看在眼里，虽为女娇着急，却也无可奈何，只能低头随父王走入理苑。

整座宫城中只有两个圆形建筑，一个是位于正中央的瀛台，它既是大王起居之所，又是朝中议政之处，另一个便是眼前这个理苑。

理苑虽在宫城内，伯益以前却从没有进来过，只是听过许多关于它的传说。有人说，由于这里杀戮太盛，因此阴魂奇多，盘龙柱便是用来镇压阴魂的；又有人说，苑中养了食尸兽，囚犯被处死后便拿去喂它；还有人说，理苑下面有一座白骨山，凡是被冤死的人就会化作白骨民，白骨民不吃不喝也不能动，却可以转眼睛。这些传说，伯益并不相信，但此时走进理苑，心中却不免有些忐忑。

理苑的外墙由东海寒石砌成，通体黝黑，冰凉彻骨，高丈余。进入苑门后，再向里走三十余步，才是由盘龙巨柱支撑的理苑大堂。伯益走进大堂，立即便闻到隐隐的血腥味，同时身体被一股阴冷之气裹挟住，不由自主地停了下来。走在后面的长大夫轻轻推了伯益一下，他这才猛然回过神来，默默向父王走去。

理苑大堂没有窗，将门一关便漆黑如夜，好在四周点了无数铜盏，保证了堂内的光线。堂上有一石墩，皋陶王坐在上面，四位重臣分列左右，伯益站在了大王的身后，两旁有十余名金甲武士执枪而立。

皋陶王看了子献一眼，说："大理，把犯人带上来吧。"

大堂左右两侧各有一个小门，子献对着左侧小门高声喊："大王有令，带人犯。"

子献的声音原本只是比平时略高，但在空旷的圆形大堂中，瞬间被无限放大，犹如洪钟一般，伯益猝不及防，吓得差点叫出声来。

子献话音一落，左侧小门里立即走出三个人来。两个中等身材的武士，押着一名少妇，在距离大王十步远的地方站住了。

那少妇二十余岁，美艳绝伦，一袭红衫之下，白皙的肌肤若隐若现。与此同时，龙肝花的香味从她的身上飘散开来，压过了堂内的血腥气。此人一出现，大堂里的气氛立时发生了变化，好似寒冰遭遇了烈焰，顿时化水消融。

大王没有说话，只是静静地注视着。大理一指那女子，叫道："妖妇，见到大王还不跪下！"

那红衫女子莞尔一笑，双膝着地，向大王盈盈施了肃拜礼。她虽然行了礼，但从表情来看却毫无恭敬之意，子献正要发作，皋陶王摆摆手，说：“下拜何人，报上名来。”

红衫女子道：“小女子乃梓嫣阁的菀娘。”

大王又问：“所犯何罪？”

菀娘道：“小女子不知。”

子献再次高声呵斥：“犬戎奸细，事已败露，你还不从实招来！”

菀娘扑在地上，向前爬了两步，叫道：“大王，冤枉啊，小女子被鸨母重金买下，在梓嫣阁卖艺为生，怎么就成了奸细？”

子献怒道：“胡说，鸨母已经交代，你是今年夏时自卖自身进入梓嫣阁的。昨日有人曾亲眼见到你背上的七彩锦纹，还说不是犬戎妖女！你来偃城究竟意欲何为？同党几人？快快从实招来！”

“咯咯，”妇人突然娇笑两声，道，“大人原来是说这个呀，菀娘听闻犬戎女子身上长有锦纹，觉得有趣，请匠人仿刺罢了。大人如若不信，可以过来瞧瞧嘛。”说着，妇人扭动身子，似乎想要当堂把红衫脱下来。

“妖女，快住手！”子献急忙制止。

那妇人虽然停手，但香肩已露，罗衫半掩酥胸，显得更加妖媚了。

“左右，带到堂下，请女官检查她背上的锦纹是真是假！”子献高声吩咐。

“不必了，此等妖魅，便不是犬戎奸细，也绝非善类，即刻斩首。”不知为何，皋陶王心里突然涌起一种异样的惊恐，他想尽快结束审讯，离开这个地方。

王令如山，金甲武士立即上前，两人将艳妇牢牢按住，另有一人抽出刑剑，双手握柄，对准那白皙的脖颈用力砍去！

然而，怪异的事情发生了，妇人被砍下的头并没有落地，而是向空中疾冲，怪叫着朝大王扑去。遭逢突变，所有在场之人全都呆若木鸡，皋陶王虽然久经沙场，但此时也被惊得忘了躲避。

说时迟，那时快，堂中突然有一个人跳了出来，挡在大王前面，他手执一把长枪，朝那妇人的飞头猛地刺去，只听一声惨叫响彻大堂，枪头正好穿口而入。那飞头来势太猛，被刺以后并没有停止，而是洞穿脑顶，顺着枪柄直冲到枪尾，吓得执枪人大叫一声，将其丢在地上。

执枪之人不是别人，正是皋陶王的次子伯益。

“护驾！护驾！”

一阵短暂的寂静之后，理苑大堂突然乱作一团，有人冲向大王，有人去砍杀掉在地上的妇人头。

“全都住手！”皋陶王突然振臂大喊一声，大堂内立即恢复了死一般的寂静。他先走到伯益面前，问：“伯益，伤到没有？”

伯益脸色煞白，两眼盯着地上血肉模糊的女人头，咬着牙怔怔地站了片刻，突然一头栽了下去。太祝奚仲精通医理，急忙上前察看，随后道：“大王，公子只是惊吓过度，并无大碍。”

皋陶王点点头，吩咐左右：“金甲武士，把公子伯益送到碧霞宫。”碧霞宫是王后的寝宫，这个时候把伯益送到那里，是最好的选择。

等金甲武士将伯益抬走以后，大王走到掉在地上的妇人头前，蹲下身子仔细观察了一番，然后又来到无头尸身前，扒开后背看了看，起身说道：“背上锦纹的确是刺的，双耳化为翅，她不是犬戎氏，而是虫落氏。”

太宰季狸因刚才的失态非常懊悔，连忙说：“这虫落又名飞头獠，乃南方蛮荒之民，与我东夷素无瓜葛，为何千里迢迢跑来偃城刺王杀驾呢？”

皋陶王缓缓站起身，长吸一口气，道：“这事不简单，暴风雪怕要席卷东夷了。”

第二章　天犬

瀛台是整座偃城最高的建筑，它总共有三层，底层议政，二层起居，三层宴乐。此时，东夷王皋陶正立于瀛台的最高层，凭栏远眺，只见四境之内早已是银装素裹。

鹅毛大雪下了整整两个时辰，现在已渐渐停息，司天官刚刚前来禀报，积雪七寸，王城之内牲畜冻死仅十余，皆为幼崽。

这次是风夹雪，来得猛，去得也快。转眼之间，阴云消散，日光乍现，射出万道金光，大王不由得微闭起双目，脑海中再次浮现那个自称菀娘的飞头撩。

据医官检验，其齿无毒，即便伯益不出手，被它咬中也无非是皮肉之伤，并不致命，而她自己却似乎抱有必死之志，真是令人百思不得其解。而且，刺王杀驾是何等大事，需要极周密的安排，绝非一人之力能够办到，然而大理追查同党却一无所获，这也令人匪夷所思。

据梓嫣阁主事鸨母交代，菀娘当日只身来到偃城，衣衫褴褛，自称异域石匠之女，家遭突变，父母双亡，请求入籍卖艺，以养其身。鸨母起初担心她是哪个官宦的妾室出逃，后来见无人追查，才相信她。孰料，正当菀娘艳冠王城之时，却突然奸细案发。

“异域石匠，南方蛮民，家遭突变，”皋陶王心念一动，沉吟道，“难道真的与那件事有关？”

“大王。”正当皋陶王凝眉思虑时，身后传来一个女人的轻声呼唤，他回头一看，王后姞莱手拿一件大氅，正站在五步远的地方。

王后走上前，将大氅披在他身上，说：“天寒地冻，大王要注意身体。”

大王回过身，握住王后的手，说：“让王后劳心了。手这样冷，何时来的？”

皋陶王与王后大婚十七载，虽然她已不是当年的摽梅佳人，但他对她的伉俪深情却有增无减，愈来愈浓。他时常感谢上苍，送给自己一个这样好的女人。

王后的纤纤玉手，被王上厚实的大手包裹着，感到一股暖流袭遍全身，微微一笑，道：“姞莱担心扰了大王思绪，所以刚才没敢惊动。大王可是为虫落氏一事忧心？”

皋陶王没有回答，将王后的手松开，问道：“伯益现在如何？”

王后盈盈一拜，道：“多谢大王挂心，伯益已经苏醒，太医说他并无大碍，休息两天便可恢复。”

大王点头道：“没事就好，今日多亏有他。有功必赏，王后看赏他些什么好呢？”

王后说：“大王，姞莱认为伯益不该赏。”

皋陶颇有些诧异，忙问：“王后平日最疼伯益，今日却要为他辞赏，不知为何？”

王后说："伯益为大王之子，大王对他有生养之恩，人子替父拒敌分忧为孝，孝乃天道，普天下焉有以行孝而请赏之理？"

皋陶王听罢哈哈大笑，将手搭在王后肩上，道："王后说得有理，孝乃天道，不过以孝论赏却是王道，我东夷以赏刑治国，赏孝则孝行天下，诛不孝则不孝绝迹啊。"

王后盈盈拜倒在地，说道："大王英明，是姑莱愚钝了。"

皋陶王将王后扶起，道："记得你曾说过，伯益很喜欢天狼与摇光，这次就赏给他吧。"

王后闻言微微有些不悦。天狼和摇光是大王豢养的两条猎犬，虽然也很珍贵，但却是游猎之兽，以玩物做赏赐，明显是不重视。记得公子费弱冠大典时，大王可将自己心爱的坐骑独角兽赐给了他。

"我代伯益谢大王赏。大王，伯益已至舞象之年，是否可以让他历练一下了？我记得费儿在舞象之年已经带兵，而大王则已打过十余次胜仗了。"王后显然想趁机为儿子求个官职。

大王想了想，又走到栏边，望着白茫茫的一片大好河山，道："伯益体弱，还是再等等吧。"

王后不便再强求，否则引得大王动怒反而不美，她走到大王身边，道："大王是在担心费儿吧？照理说，赴平阳的使团也该回来了。"

皋陶王道："是啊，不过这大雪一来，可能会延误两日，我已让太尉派人出城迎接了。"过了一会儿，他又说："或许，我真的不该在此时派费儿前往平阳。"像是在询问，又像是在自言自语。

王后安慰道："尧王禅位，大舜王做了天下共主，娥皇、女英两位夫人便是华胥王后，有两位亲姨母在，费儿定能平安归来。"

公子费的生母名为握登，为尧王长女，是娥皇、女英的姐姐，公子费三岁时她因病而亡。后来，皋陶王续娶有仍氏大首领尹殷之女姑莱，生下了伯益与女娇。

皋陶王轻声说："但愿如此吧。"然而，他心里想的却是，改朝换代多变数，岂是两名女子所能左右的。一千年来，东夷与华胥有着太多说不清道不明的恩恩怨怨。

一千多年前，东夷与华胥大战于涿鹿之野，东夷王蚩尤被黄帝诛杀，九黎族迁往南方，与南蛮杂居，而东夷其他部族皆臣服华胥，奉黄帝为天下共主。黄帝升天后数十年，又有东夷部族叛乱。千年以来，东夷与华胥分分合合，争战不休。这些年，华胥国尧王式微，涂山氏趁势崛起，统一东夷各部，建立了东夷国，定都偃城。

皋陶王虽然依旧向华胥称臣，但两国的形势已大不相同了。尤其是尧王升天，虞舜继位以后，尧王之子丹朱不甘王位旁落，带领旧部遗族向南迁移，又大大削弱了华胥国的实力。丹朱部族打败了汉水流域的苗王，建立起三苗国，定都龙城，自称丹王。

眼下，舜王与丹王之间的大战一触即发，皋陶王派公子费前往平阳探察详情。他原以为东夷可以保持中立，坐山观虎斗，届时可收渔翁之利。然而，今日之事让他意识到，东夷已被卷进这场即将到来的大战当中。

“启禀大王，长大夫子献在外求见。”正在这时，有金甲武士前来禀报。

大王看着姑莱王后，问：“王后不妨猜猜看，子献此时前来所为何事？”

王后答：“当是来向大王请罪的。”

姑莱王后的推测合情合理，由于大理子献的疏忽，未能事先明察刺客真相，导致皋陶王险遭不测，虽然大王当下没有治罪子献，但此事不可能不追究，倒不如先来自行请罪，以求得较轻的责罚。

大王脸上露出一丝笑容，摇头说：“你不了解你这位堂兄，他是不会在为自己减轻罪责这种事上动心思的，他此来必是有所发现。”说罢，大王扭头对金甲武士道：“叫他进来吧。”

武士转身离去，没过多久子献走了进来，跪倒在地行叩拜礼。

“长大夫见孤所为何事啊？”大王坐在高台上，俯视子献。王后在旁侍坐。

子献俯身道：“大王，我认为朝中有内贼。”

皋陶王闻言，向王后会心一笑，问：“长大夫何出此言？”

子献答：“启禀大王，今日这事成行有一个关键，那就是前不久宫中出了犬戎奸细案，然而此事为国之机密，所知之人甚少，犬戎奸细也已死在狱中，那飞头獠作为一名妓馆优人如何得知？想来必定有内贼指引。”

大王不置可否，侧身问：“王后以为如何？”

王后道：“天下无秘事，所谓机密左不过是当事人自我慰藉罢了，既然犬戎奸细能够进入宫中，还有什么机密不会被泄露出去呢？况且，青楼花馆，不正是各种消息散播之所吗？所以，长大夫所说并非实情。”

大王说道：“子献，你都听到了吗？”

“可是……”长大夫子献还欲辩白，却被皋陶王摆手打断，道：“罢了，太祝已经确认过了，飞头獠的牙上没有毒，所以她并非想要取我性命。”说到这里，他突然高声道：“子献，你可知罪？”

长大夫急忙扑拜在地，朗声道：“臣愿领罪！”

大王点点头，说：“很好，那就罚你一年的俸禄，革去大理之职，暂留长大夫爵位，专心给公子伯益讲书吧。”

“大王！”姞莱王后失声叫了出来。

皋陶王看着妻子，问道：“王后觉得处罚太重了吗？”

在东夷国，大夫不用肉刑，皋陶王今日对子献的处罚确实过重了，这相当于断送了他的政治生命。作为东夷望族，有仍氏在朝中曾经非常显赫，但近年来却不断被以各种理由去官削爵，身居高位的就只剩下子献了，如今连他也被革职，伯益就没有任何政治依靠了。

“不，大王如此处罚，自有道理。”姞莱立即意识到了自己的失态，急忙伏跪在地。

“那就好，你们都下去吧，孤有些乏了。”皋陶王不自觉地捏了捏眉心。

纤羽轩中，女娇正缠着伯益讲他挺枪刺飞头的英勇事迹。显然，如此精彩的一幕被错过，太令她感到遗憾了。

“伯益，你再仔细想想，那女人的头是怎样飞起来的？她咬到你的手了吗？你怎知道将生变故，事先从金甲武士手里抢过一杆长枪？”

“啊——”一连串的提问让伯益不胜其烦，捂着耳朵猛摇头，“不知道，不知道，我什么都不知道，女娇，求求你别再问了好不好？”

这时，站在一旁的吉光试图替公子解围，说道：“公主，你还是赶快回凌霜阁吧，否则被大王发现你在禁足期间私自跑出来，处罚会更严厉的。”

公主白了吉光一眼，撇嘴道：“哼，小巫祝，你懂什么！兄长抱恙，小妹前来探视，正说明兄妹情深，父王怎会怪罪？”由于是太祝幼子的关系，她一向称吉光为小巫祝。

伯益面色憔悴，苦笑道：“难得啊，女娇，托那飞头獠的福，我终于做了一回兄长。”

这时，伯益脑海中又浮现了理苑那惊心动魄的一幕。他看到艳女飞头冲上半空，露出森森白牙，只觉得眼前一黑，什么也看不见，什么也听不见，但意识却是清醒的，他感觉自己好像被丢入了一个无边无际的黑洞，既惊恐又绝望。虽然那只是一瞬间的事，但他却仿佛已经在黑暗中度过了一千年。

当他努力地恢复知觉时，发现手中不知何时握有一把长枪，那女人头就穿在长枪上，已经快要触到手了，他急忙将长枪丢在地上，这时便听到一个声音在耳边问：“伯益，伤到没有？”后来他才想起，那应该是父王的声音。他看着地上的女人头，眼前又是一黑，便晕了过去，等再睁开眼，已经身在碧霞宫。

伯益隐约感到，理苑飞头之事与昨夜的噩梦有着某种关联，但究竟有何关联，却又无法解释。虽然已经答应母后，不将梦境告诉任何人，但飞头的真实出现，促使他必须要和吉光商量。可女娇一直在此纠缠，让他没有机会开口，得想个办法叫她离开。

正在这时，女娇的贴身侍女急匆匆跑进来，低声道：“公主快走，老乌山来了。”

乌山是负责皋陶王起居的家老，大王对他非常信任，一应内务都委托他办理。此时，他来到纤羽轩，必定是奉了大王之命来查公主行踪的。于是，女娇再也顾不得兄妹情深，一溜烟从后门跑了。

然而，女娇公主这次却猜错了，老乌山是来给伯益送赏赐的。公主的身影刚一消失，乌山便牵着两只猎犬进入了纤羽轩。他是一个和蔼的老头，鼻塌嘴阔，眉粗目长，脸上时时挂着笑意。

“伯益，伯益，老乌山给你把天狼和摇光送来了。”家老走进屋来，看到吉光也在，知道他是公子的伴读，便吩咐道，“吉光，这两只猎犬是大王赏给你家公子的，你以后可要帮公子好好照顾它们。”

吉光从家老手中接过犬索，乌山又询问了伯益的身体情况，这才离去。

家老一走，伯益立即从榻上坐起，赤足下地，将猎犬身上的铜锁除了，这个抱一抱，那个搂一搂，高兴得不亦乐乎。两只猎犬好像跟他也很亲热，不停地在他身上蹭。

吉光站在一旁看着，既感到诧异，又有些嫉妒，说道：“伯益，小心你的身体……”

伯益这才坐回木榻，说：“我本来就没事，不必担心。还记得我曾经跟你说起的那两只通人语的猎犬吗？”

吉光眼睛一亮，问道：“就是它们吗？”

吉光面前这两只猎犬，虽也称得上强壮，但体型在众多猎犬中只能算中等，毛色以灰黄为主，背上杂有黑色硬毛，前胸有一小片白毛，单从毛色来看，简直应该归入下等。但是，如果它们能通人语，就不一样。这种犬被称为天犬，是狼人的分支。

这时，两只猎犬都蹲坐在地上，侧头看着吉光。它们两个极其相似，简直是一个模子刻出来的，只是其中一只耳朵上有一小块白毛，另一只尾巴上有一小块白毛。

“没错，就是它们，”伯益道，“你猜猜看，哪一只是天狼，哪一只是摇光？”

吉光指着耳朵上有白毛的那只：“它是天狼，对不对？”

还没等伯益回答，白耳猎犬便默默地点了点头，眼中露出满意的神色，好似赞许一般。吉光大感诧异，问道：“它们真能听懂人语吗？”

伯益挠了挠耳朵，脸上露出得意之色：“这事以后再说，眼下我有要事与你商量。天狼、摇光，你们去轩外守着。”

两只天犬离开后，公子伯益将昨夜噩梦与理苑奇遇向吉光和盘托出。

“吉光，你说我昨夜的梦是否预言了今天的飞头獠事件？”伯益问道。

吉光想了想，道：“我也无法确定，不过我觉得你的梦可能预言了更重要的事，而不仅仅是飞头獠事件。”

吉光体形瘦小，虽然与伯益同年，却足足矮了半头。他的上嘴唇有个豁口，露出两颗大板牙，说起话来好像兔子在吃草。

“那它究竟预言了什么呢？”伯益迫不及待地问道。

吉光摇头道：“我也不知道，这事得问家父。”

“不行，如让太祝大人知晓，那么父王和母后定然都会知道，我曾答应过母后，此事不告诉任何人。”公子伯益急忙阻止。

吉光眼中流露出一丝感激，伯益答应母亲不告诉任何人，但如今却告诉了他，这样的情谊确实很难不令人感动。

感动之余，吉光想到了一个主意，他挠了挠头顶，说：“除了家父，还有一人能解梦，而且不用担心他会告知别人。只是今天太晚，明日我就带你去找他。”

此时天光已逝，宫女们已经燃起了铜盏。微弱的灯焰照向吉光的面旁，显出一片赤红脸色，他的眼睛炯炯放着异样的光彩。

“不行，我一刻也不能等，咱们现在就去。”伯益说。今天母后已经来过两次纤羽轩，他料定她不会再来了。

“可是，那人住在海神庙，想要见他就得出王宫，不如我自己去问，回来再向你禀报。”吉光想了一个折中的办法。他虽然年幼，却知道私自带伯益离开宫城，万一被人发现，后果是非常严重的。

吉光的办法原本是可行的，但伯益听说那人住在海神庙，不禁对他产生了兴趣，问道：“那人是庙祝吗？”

吉光摇摇头，道：“不，他是一个被家父囚禁的人，不过家父对他很尊敬，称他为风大师，每当遇到疑难之事便向他求教。家父让我每天给他送餐，所以相识。”

居然比太祝奚仲还厉害，而且还被囚禁，这是什么缘故？听吉光这样说，伯益更加想见一见这位风大师，便道：“吉光，你现在就带我去，我要亲自向这位风大师求教。”

吉光话一出口便有些后悔，此事本是他父亲严厉告诫不许外传的，只因伯益违背母命将秘事告诉了他，感动之余才脱口而出的，此时想要收回已经不可能了。

吉光禁不住伯益再三请求，只好答应了他。为了不被发现，他让伯益扮成一名宫中小侍从。吉光见伯益穿着侍从的服装从屋里走出来，扑哧一笑，道：“公子，你可是全天下最俊俏的小侍从了。”

“少废话，快走吧。”伯益推着吉光出了纤羽轩，通过朱雀大道，低头急匆匆地出了宫城正门——太安门。吉光作为公子伴读，经常出入宫门，与守门卫士都是极相熟的，所以一路上没有遇到任何阻拦。

大街上积雪未除，踩上去嘎吱作响，有的地方甚至没过小腿。两人出宫门之后，深一脚浅一脚，先向东走，然后折而向北，没过多久便来到了海神庙。

海神庙中供奉的是海神禺虢。据传说，禺虢乃黄帝之子，人面鸟身，头生黄蛇，脚踏黄龙，受封于东海。由于东夷毗邻东海，百姓又多以渔业为生，因此在王城内建了一座禺虢神庙，以供渔民祭祀。

此时天色已黑，庙门虚掩，透过门缝看到正殿中有灯光晃动，好像庙祝正在做晚祷。平日吉光常来此庙，所以轻车熟路，他推开庙门，带着伯益走了进去。

进入神庙，吉光并未去正殿，而是直奔偏殿。偏殿落了锁，里面一片漆黑，显然没有人。吉光从身上掏出钥匙，将锁打开。

“你怎会有海神庙的钥匙？”伯益的话刚一出口，突然想起吉光说过给风大师送饭的事来。

“嘘，别说话。”吉光急忙打断他，轻轻将门推开，低声道，“进来。”

伯益跟随吉光踏入偏殿门，眼前顿时一片漆黑，犹如进了无底深渊，心中不由得紧张起来。

第三章　蛊蛇

“吉光，吉光。”黑暗中，伯益陡然高声叫嚷起来。

“别出声。”吉光一边说着，一边慢慢向左前方移动。

伯益屏住呼吸，听到隐隐传来石头摩擦的声音，随即一缕微弱的光线透出。他走上前，发现石壁上出现了一个三尺见方的洞口，那光线正是从里面照出来的。

“风大师在里面？”伯益的呼吸略显粗重。

“别担心，我每天都来这里。”吉光说道，“你先进去，我还要把秘道封住，否则会被人发现的。”

既然是自己坚持要来的，伯益已无退路，他只好硬着头皮钻了进去。

秘道只是入口较小，向下走几步便可直起身来，而且有铜盏照明，脚下石阶看得清楚，伯益心中的恐慌也稍减几分。他听到身后又传来一阵石头摩擦发出的声音，知道吉光把洞口封住了。

“一直顺着石阶往下走。”吉光说着，擦身走到了伯益前面，伯益急忙跟上去。

伯益担心自己会跌倒，所以用手扶着两边墙壁，他发现上面一截是石壁，到了下面便成了土壁。秘道中隐隐有一股腐臭的味道，而且越往下走味道越浓，于是他心中的疑团也越来越大：这风大师究竟是什么人，太祝既然尊重他，为何又如此虐待他？如果他是犯人，又为何不交给大理处置？还有，父王是否知道这件事？

风氏为华胥大族，在东夷却极少见。记得长大夫曾经讲过，轩辕黄帝有一位股肱重臣，名为风后，用指南车和八阵图帮助黄帝打败战神蚩尤，平定天下。难道，这位被囚禁的风大师与风后有什么关联？

公子伯益脑中浮想联翩，居然一时忘记了恐惧，不知不觉已经跟着吉光走到洞底。他这才发现，土洞极大，靠近台阶有两个铜盏，却只照亮了一半，另一半则隐秘在黑暗之中。这里虽然臭气熏天，但比上面却暖和多了。

这时，黑暗中突然传来一个沙哑的声音：“吉光，你为何带外人进来，不怕太祝大人生气吗？”那人说话怪腔怪调，绝对不是东夷人，也不像是华胥人。

吉光行一个拱手礼，道：“吉光料想大师必定不会告诉家父。”

那人哼了一声，算是答应了。吉光又说：“大师，我朋友昨夜做了一个怪梦，心中有疑惑，特地来请您解梦。”

黑暗中的声音问：“有什么好处？”

公子伯益闻听此言，急忙将准备好的玉虎递给吉光。吉光说道：“如大师肯帮忙，我朋友愿将碧绿玉虎一对送上。”

那对玉虎体长三寸，栩栩如生，是伯益的爱物，他下了极大决心才拿出来的。不料，那人却说：“我身陷这地牢之中，纵使你这玉虎价值连城，于我又有何用。你们走吧，这梦我是不会解的。”

“那你想要什么？”伯益心中着急，不禁脱口而出。

黑暗中的声音轻蔑地笑道：“我想要的，你却不能给我。”

“不妨说说看。”伯益的好胜心被激了出来，向前走了两步。

“自由，”黑暗中的声音突然抬高，“我风力被奚仲这恶棍关了七年，现在最想要的就是自由，这位少爷，你能给吗？哈哈哈哈。”那人突然狂笑起来，把两个少年吓了一跳。好在这里离地面极远，声音无论如何也传不上去。

吉光担心伯益向王后求情，这样一来，私带伯益见风大师的事就被会父亲知晓，于是急忙说：“伯益，风大师不愿帮忙，我们还是走吧。”

伯益自然不会出卖吉光，而且他被那瘆人的笑声给吓坏了，也想赶快离开这里，然而正当他准备转身时，却突然听风大师叫道：“等一等！”

伴随着哗啦啦的锁链声响，只见黑暗中走出一个野人。那野人身材高大，毛发杂长，遮覆面目，衣服破旧不堪，几乎已与泥土融为一体。

伯益被吓了一跳，急忙向后退，不料却被台阶绊倒。那野人四肢皆被铜索牢牢拴住，走到距离吉光尚有五步远的地方便已经到了尽头，不能再向前了。

“你刚才叫他什么？”野人站在吉光面前，问道，“他就是皋陶之子伯益吗？”

吉光面如土色，却异常坚定地说道：“是又如何？”

野人将自己的长发拨开，露出一双明亮的眼睛，向公子伯益招了招手，轻声道：“伯益过来，让我好好看看你。”

伯益从地上爬起来，站在石阶旁，说道：“吉光，我要走了。”然而，他并没有动身。

野人再次哈哈大笑，边笑边说：“真没想到，伟大的伯益王居然是个胆小鬼。”

伯益不为所动，一步一步向石阶退去，野人止住笑声说道：“你不想要我解梦了吗？”

伯益停住脚步，想起此行的目的。对于真相的好奇，让他暂时忘记了恐惧，问道：“你愿意帮我解梦？”

野人道：“先将你的梦说来听听。”

于是，伯益把自己昨夜的噩梦一五一十地讲了出来，但他并没有说理苑中发生的飞头獠事件。然而，那野人听完之后却一言不发，过了片刻又突然大笑起来，一边笑一边摇头走向黑暗中，同时喃喃自语道：“来了，来了，这一天终于要来了。”然而，等他完全进入黑暗中，笑声却又变成了哭泣声，说道：“来了，来了，这一天终究还是来了。”

两名少年被眼前这个怪人弄得莫名其妙，伯益等哭声停下来，忍不住问道：“大师，我的梦你还没解呢。”

黑暗中传来怪人哽咽的声音：“公子心中早已有解，何必还来问我呢？”

伯益听完，默默回身，顺着石阶向上走去。

人类为万物之灵长，我们懂得建房屋以避雨雪，做裘衣以御寒暑，植庄稼以果腹，造车船以运输，养牲畜以备不时之需。

伟大的成就最易让人产生错觉，好似天地可由我主宰。这种错觉之于普通人，无非就是一个疯子，之于君王却是万民的劫难。然而，君王本身便是这错觉的发明者。

东夷的百姓是有福的，他们的皋陶王不像当年的蚩尤，没有被错觉迷住双眼，奢望去做天下共主，只因为他心中有敬畏。

他敬畏黑夜，黑夜如同浩瀚宇宙、浩渺海洋，将人从白天隔离，带入另外一个洪荒世界。

他敬畏死亡，死亡如同黑夜，无论你多么厌恶、何等愤怒，它都会粗暴地打断你与光明世界的所有关联，将你送入黑色的谜之国。

他敬畏鬼神，鬼神才是天地间真正的主宰，他们赏善罚恶，决定着每一个人的福祸，包括君王。

天终于亮了，东夷王皋陶又熬过一个不眠之夜。他走出锦帐，两名侍女忙走上前来服侍更衣。姑莱王后站在门口，看着大王穿上凤纹长袍衮服，戴上通天金冕。黄帝打败蚩尤以后，便派儿子少昊来管理东夷，少昊以鸟为官，建百鸟之国，凤凰为百鸟之王，从此东夷便以凤凰为图腾，延续至今。

皋陶王十三岁跟随父亲大业王南征北战，一生战果无数，身上的伤疤也无数。在妇人眼中，男人的每个伤疤都是一枚勋章。

姑莱王后看着丈夫伟岸的身躯，久已熄灭的火焰在心中某个不易察觉的角落慢慢复燃。然而，她现在却不敢造次，因为今日将在世室中举行祭祀大典。

“大王，太牢三牲都已备齐，太祝卜筮后，认为祭典当在巳时开始，午时结束。”侍立一旁的家老乌山见大王衣冠穿戴完毕，便相机禀报。

“孤知道了，你们都下去吧。”皋陶王吩咐道。

乌山和侍女离去后，王后走进寝室，向大王行礼，大王摆摆手，一过示意她去木榻上坐，一边问道：“伯益今日如何？”

王后见大王一早便问伯益，心中不由得万分欢喜，因为过去总是她在大王面前提及伯益，而大王自己却极少主动说起，看来虫落刺客事件让伯益在大王心中的分量大大增加了。

王后道：“伯益不仅身体无恙，而且还有一件喜事要向大王禀报。”

“什么喜事，王后说来听听？”大王道。

王后道：“今日请太医诊脉，发现伯益的脉象不浮不沉，从容和缓，倒比常人还要稳健。”

大王目光炯炯，面有喜色，问道：“果有此事？”

王后道：“千真万确。”

大王道：“这确是一件大喜事，看来神灵赏罚分明，也不辜负十多年来你在他身上花的这些心血。正好今日行祭，要好好感谢神明赐福。”

夫妇二人正闲话之时，忽有金甲武士上前报告：“启禀大王，守城将嬴师大人求见。”

大王心中感到奇怪，对王后道：“此刻正当开城门之时，嬴师跑来会是什么事呢？”

王后提醒道：“大王召来一问便知。”

大王转向金甲武士：“好，叫他进来。”

嬴师作为涂山王族的一员，算起来还是皋陶王的堂兄，他任守城官十余年，从未出过大的纰漏，如今跪在阶下却浑身颤抖，如筛糠一般。

“嬴师，你这是为何，起来说话。”大王皱起眉头，盯着守城官。

“大王恕罪！大王恕罪！”嬴师匍匐在地，身子抖得更厉害了。

皋陶王见嬴师如此，不由得恼了起来，怒道：“嬴师，究竟什么事，你快快讲，否则本王治你慢君之罪。”

嬴师这才战战兢兢地说：“大王，城，城门上，不知被何人，何人，挂了两颗人头。”

皋陶王一听此言，霍然站起，盯着嬴师问道：“是谁的头？”

“据微臣辨别，一个是太傅管革，另一个是，是，是……”说到这里，嬴师再也说不下去了。

皋陶王感觉有一股腥血在自己的胃里翻涌，好像会立即喷薄而出，他强行压制住自己，叫了一声："金甲武士，前往城门！"

大王带领众人来到城门，这里已聚集了不少人，有官员兵士，也有普通百姓。大家见大王到来，全都跪倒在地。

大王抬头一看，果如嬴师所说，城门正上方挂了两颗人头。不过，一来城门太高，二来头上有血污遮掩，究竟是谁一时还看不清楚。

这时，太宰季狸也闻讯赶来，他赶忙命人将人头取下。

金甲武士将两颗人头捧到大王面前，他看到一个头发花白、大脸细目，另一个头戴金冠、面目俊朗。除了太傅管革和公子费，还会有谁呢?

大王颤抖着双手，将公子费的头颅接到手中，脑中一片空白。

消息不胫而走，城门前已聚有千人，但却没有一丝声响，仿佛时间突然静止了一般。众人都满怀悲愤地注视着大王，所有的一切都被定格在那一秒的历史画卷上。

突然，不知谁大喊一声，城门前顿时沸腾起来，眨眼间千山俱寂变成万兽齐鸣。

后来，据公子伯益的玩伴吉光回忆，他当时跟着父亲赶到城门前，站在距离大王身边不远处，看到大王手中捧着公子费的头颅。公子费的眼睛原本是紧闭的，这时却突然睁开，嘴里猛地吐出一条墨黑色的小蛇，直奔大王咽喉。

多年的对敌经验，让大王在完全无意识的状态下将身子向左一偏，那黑蛇一口咬在了他的右肩上，大王随即倒地，墨黑色的毒液迅速在他体内蔓延。

"大王遇刺啦！"

"抓住逆贼！"

"有人谋反，要打仗啦，快跑啊！"

"孩子，我的孩子！"

"父亲，你在哪儿，父亲！"

……

嫱莱王后当时便站在大王身后，在如此混乱的情况下，她当机立断，先命金甲武士将大王抬回宫中，随即又叫太尉伏豹封锁城门，并颁布全城戒严令，命令所有人回到家中闭门不得外出，半个时辰之后，凡在街上无故行走之人，金甲武士一律格杀勿论。

东夷八位太医全被请到王宫，然而他们面对大王的状况一个个都束手无策。此时，大王已经通体呈紫黑色，呼吸极为虚弱，形势非常危急。

“无论如何，你们倒施法救治啊！”王后满面怒容，犹如一只临战的野雉，指着那些伏地不起的太医骂道，“大王如有不测，你们一个也别想活！”

王后心中明白，不是这些太医不想治，而是他们已经认定大王无治了。不治或可免责，施治必受诛杀。

“你！”王后突然指着年纪最大的太医道，“去给大王施治！”

那名老太医吓得屁滚尿流，伏地痛哭：“王后恕罪，王后恕罪！”

“金甲武士！将这无用的老奴才拖出去金瓜击顶！”王后怒斥道。

王后话音刚落，立即便有两名金甲武士上前，将老太医拖了出去。

这一招还真管用，剩下的七人急忙跑去抢救大王。然而，王后看得出来，他们也只是围着大王团团转，犹如一群热锅上的蚂蚁，甚至连切脉都不敢，生怕将蛇毒传给自己。

“太祝何在？”王后突然想起了奚仲，对一名金甲武士说道，“快去，把太祝叫来。”她记得，太祝奚仲当时也在城门前，而等她护送大王回宫后却不见了踪影。

正在这时，外面突然传来奚仲的声音：“王后娘娘，奚仲在此。”话音刚落，只见太祝疾步走了进来，他身后还跟了一辆肩舆，由两名庙祝抬着，上面坐了一个披发破衣的野人。

“奚仲，他是谁？”王后指着野人问。

时间匆促，太祝奚仲并未向王后施礼，先让庙祝将肩舆放在地上，喘着气道：“这位风大师有回天仙术，可救大王的性命。”

一向养尊处优的王后原本对这个毛发遮面、邋里邋遢的野人充满厌恶，但见太祝奚仲如此说，知道他当有些把握，便一刻也不肯延误，直接将野人带到榻前为大王施治。

“你们全都滚开！”王后对众太医斥道。

众人得此令如获大赦，连滚带爬躲到一旁。

野人上前只看了大王一眼，二话没说便去咬他，吓得姑莱王后花容失色，刚要发作却被太祝拦住：“王后娘娘！”

就在这时，只见野人一回头，吐出一大口黑血来，那黑血铺洒在华贵的白玉石板上，如同一张恶鬼的脸，让人触目惊心。

随后又是一口吐将出来，将恶鬼的脸覆盖。如此这般，大约吐了二十多口，野人才停下来，命人将大王抬到外面，放在冰冷的石板上，将衣冠全部除掉，然后用他那双脏手在大王身上一阵乱摸。

在场以姑莱王后为首，所有人都紧张地看着他，连大气都不敢出。

“太祝大人！”野人突然高声叫道。

太祝奚仲手中不知何时多出一个锦盒，连忙递了上去，野人随手接住，顺手打开，看也没看，从里面摸出一根长约二寸有余的银针，直接插在了大王的天灵盖上。

在场的太医都十分清楚，锦盒并无奇特之处，左不过是九针之具，为上古圣王黄帝所传，只是这野人施针之处为百会穴，乃人精气汇集之所，最忌用针，心中不由得捏了一把汗，但却没有一人敢出言制止。

接下来，野人在大王身上频频施针，全是人体生死攸关的大穴，直把众太医吓得两条大腿打战。

施针完毕，野人长吁一口气，一屁股坐在地上，这才发现自己全身已经湿透，于是便用破烂的袖口去抹额上的汗珠。王后见状，忙将自己随身携带的香帕递上，野人看也没看，在脸上乱擦一通，白帕立时变成黑帕，被随手丢在地上。

“现在可以把那条毒蛇拿来我看看。”野人对王后说。

“金甲武士，将毒蛇取来。”王后一声令下，立即有人将黑蛇用金盘托着呈上来。当时情急之下，它已经被金甲武士斩为数截。

野人直接将黑蛇拿在手中，用两指将蛇头用力捏住，立即露出四根锋利的蛇牙，然后又将它丢在金盘中，摇头叹道：“可惜了。”

王后见野人一通忙活，原本抱着极大的希望，如今见他这样说，心情立刻跌入谷底，忙问：“大师说什么可惜了？”

野人说：“此蛇为南苗蛇蛊，噬百毒之虫而养成，毒易解而蛊难除，如此蛇尚存，以蛇血为君，佐以诸毒药，以毒攻毒，还有望除蛊，如今蛊蛇已死，所以我说可惜。”

“这么说，大王他……”王后闻听此言，不由得悲从中来。

野人看着地上赤身的大王，说道：“大王性命已无大碍，只是恐怕后患无穷……”说到这里，他举头仰望苍穹，眼神渐渐空洞起来。随后，他的嘴角轻轻上扬、抽动，在乱须的掩盖下，谁也没有注意到，那竟然是一抹笑意。

第四章　九尾狐

东夷皋陶王遇刺后第十天，偃城的戒严令终于解除了。

最先活跃起来的自然是商贩，多日的戒严让他们损失惨重，因此一听到金甲武士们敲着木槌宣告戒严解除，便迫不及待走出门，挑着货物到南城的集市上进行交易。半个时辰之后，普通的百姓也从门缝里探出头来，发现没有什么危险，才纷纷走上街头。不过，整座城却被一种令人压抑的气氛笼罩着，昔日的喧闹不见踪影，大家都表情严肃，说话时声音尽量压低，似乎害怕被人听见。

在戒严期间，偃城内发生了两件大事。

第一件是位于城西的梓嫣阁被金甲武士查封。作为仅次于平阳凤栖楼的天下第二大青楼，梓嫣阁被查在贵族及士人中引起了极大骚动，据说有不少人在家中如坐针毡，担心引火烧身。

第二件是出城迎接使团的鸷师骑兵带回了三十二具尸体，其中一具是无头尸。尸体是在空桑山黑水大泽的岸边被发现的，距离东夷国界只有三十里。经过辨认，无头尸是属于太傅管革的，另外三十一具都是金甲卫士，没有找到公子费、卫队长飞羽和另外四名金甲卫士的踪迹。

虽然戒严令被解除，但城防却明显加强了，守城官嬴师亲自带队排查过往行人，城门两边很快便排起了长龙。

正在这时，长大夫子献带着四名金甲武士匆匆走到城门前，对嬴师拱手道：“将军，子献受王后委派，前去城外迎接各氏族首领，请开左门。”说罢，将王后的手谕递了过去。

偃城有宫城与王城之分，宫城的正门名为太安门，王城的正门名为太平门。太平门共有左中右三个门，平时只开右门，以供百姓进出。左门又称官门，外官入朝或要员外任可走此门。中门则称王门，只有王室进出及迎送外国使臣时方开此门。

嬴师接过手谕，眉头不由得皱了起来。迎送氏族首领一向是太宰的职责，且不说他子献早已被革除大理之职，即便是身为大理，也无迎接氏族首领之权。然而，嬴师并未多说什么，检验手谕上的印信无误，便还给子献，大手一挥，高声道：“开左门！”

随着一声巨响，左门洞开，吊桥长铺，子献带人穿过护城河，来到距城一里外的官道上。大约过了一炷香的工夫，官道上出现了第一队人马，队伍前面随风摇摆的旗帜上写了一个大大的“扈”字。

“有扈氏？不料竟是他们先到。”长大夫拈须沉吟。

召开部落联盟大会的王令是四天前由金甲武士分头发往各氏族的，有扈氏位于东夷的东北部，滨海而居，是东夷国十八大部族中距偃城最远的一支。

正当子献沉思之际，队伍已经来到跟前。他这时方才看清，来人全都是麻衣素缟，面色凝重。队伍最前面是一个五十多岁的老汉，他五短身材，面如重枣，胯下骑了一只斑斓大虎。

子献知道，此人便是新上任的有扈氏大首领武修。由于太傅管革没有子嗣，他一死，无须大王任命，按宗法制度他的弟弟武修便直接继任大首领。事实上，管革在偃城为官多年，有扈氏原本就是他弟弟武修在管理，只不过现在更名正言顺了。

有扈氏原是公子费一党，武修与子献素来不和。然而，他见偃城派出的迎宾使者是子献，远远便下了坐骑徒步向前，子献也忙迎上去，拱手一礼道：“大首领一路辛苦。”

也难怪有扈氏会先到，除大首领武修骑虎，其余人胯下全部是快马，轻装简从，只带了必备的干粮，看他们风尘仆仆的样子，想来一路上没怎么休息。

武修曾来过偃城数次，虽然貌似粗鲁，但也懂得王城礼仪，同样拱手一揖道："有劳长大夫。"

两人寒暄过后，武修突然回身叫出一个二十来岁的青年，说道："这是长子莫歧，日后还望长大夫多多关照。"

子献先是一愣，随后仔细打量这个青年，只见他眉宇间确与武修相似，皮肤也一样黝黑，但身材却高出武修一头有余，背上斜背着一柄三齿渔叉，看上去甚是威武。

子献上前拍了拍青年的胳膊，赞道："好小子，大王定会重用。"随后，他将进城及入住的凭信交给了武修，请他们一行人先入城休息。

有扈氏诸人离去后，没多久又有一队人马赶来，子献遥遥望去，看到猎猎风旗上飘着一个大大的"鬲"字，知道是有鬲氏大首领封弟能到了，急忙做好了迎接的准备。

东夷十八大氏族的大首领相继进城，王宫内也紧张地忙碌起来。

公子费身亡，皋陶王重伤，这噩讯如烈火烹油一般，早已在东夷四境之内传得沸沸扬扬。国本已动，必将生乱，乱生则变起。当此之际，最令人担忧的便是国内氏族叛乱，这样一来，华胥与三苗大战未起，东夷倒先被人所灭。

在这危难关头，姞莱王后表现出了令人吃惊的卓越才能。当大首领们一个个进入王城之后，赫然发现这里并没有出现预想的慌乱局面，大街上井然有序，上至官吏下至平民，从兵士到商贾，每个人都有条不紊地做着自己的事情。

事发之后，公子伯益再也没回过纤羽轩。为了便于静养，皋陶王已被移到碧霞宫，伯益大部分时间都陪在父王身边。待父王清醒后，他又成了母后与父王之间的使者，由于姞莱王后忙着在瀛台处理政务，一些重大决策只能由伯益向大王传递。

这时，伯益走出瀛台，看看天色已晚，于是回身向宫女讨了一盏长明灯。这种灯用鲛人油制成，狂风骤雨灯火不动不灭，最适于室外使用。

伯益提着灯急匆匆赶回碧霞宫，刚走到卧房门口，便听到里面传来杯碗破碎的声音，紧接着便是一声撕心裂肺的惨叫。他急忙冲进去，看到药碗摔了一地，一名宫女跪在地上，颤抖不已，父王兀自抱着头在玉石榻上打滚，一边滚一边发出凄厉的哀号。

这，就是当日风大师所说的“后患”。

“父王！父王！你怎么了！”伯益走上前，不知所措地看着父亲。他想要减轻父亲的痛苦，却又不知如何去做。这时，他突然想到了风大师，急忙向门外走去。

“伯益，回来！”

身后传来父王沙哑的声音，他回头一看，只见皋陶王已经坐起身，瞪着血红的眼睛喘粗气，嘴角在不停地抽搐，显然正忍受着常人难以想象的巨大痛苦。

皋陶王张开大手，发现手中攥了一把头发，正是刚才自己用力撕扯下来的。他若无其事地将其丢在地上，拍了拍手，对伯益道：“坐下吧，益儿。这蛇蛊，风大师也没有办法。”

伯益对跪在地上的宫女道：“你收拾一下，再去煎一碗药来。”

宫女俯身去捡拾地上摔碎的陶片，当她抬头看到皋陶王的时候，却突然“啊”地叫了一声，碎陶片又掉在地上。

伯益心中讶异，顺着宫女的目光看去，发现父王的额头上起了两个包。那包煞是怪异，呈淡墨色，凹凸不平，隐隐好像两个蛇头。

看到这两个蛇头，伯益不禁头皮发麻，身上随即起了一层鸡皮疙瘩。风大师曾经说过，身中蛇蛊发展到最后，便是浑身长满黑蛇，看来已经开始了。

“益儿，你怎么了？”大王见伯益脸色不对，急忙问道。他虽然想努力保持一个父亲的尊严，但疼痛让他不得不用一只手抓住头，嘴里发出咝咝的声音。

伯益立即警觉起来，忙佯装无事，挥手对宫女道：“你下去吧。”

他看着父王因剧烈头痛而扭曲变形的脸，感觉像有一只火鸟在啄自己的心。他知道，作为一个征战沙场多年的王者，父王绝对有着坚如磐石的意志，如今却被折磨得满地打滚，可想而知他所承受的痛苦是何等惨烈。

“益儿，氏族首领们都到齐了吧？”过了一会儿，皋陶王的疼痛似乎略有缓解，将手从头上移开。

“父王放心，十八个氏族大首领已经全部到齐。”伯益说。

皋陶王摇头道：“虽然他们都来了，却未必皆奉王令，有些是来打探虚实的，告诉你母后，不可不防。”

伯益道：“伯益记下了。”

皋陶王问：“将武修安排在何处？”

伯益道：“太傅府。”

皋陶王道：“极好，理应如此。在东夷，除了咱们涂山氏，有扈氏是人数最多的，有穷氏是武力最强的，斟寻氏是最富有的，全都要小心提防。”

伯益道：“伯益记下了。有一件事母后让我向父王禀报，武修大首领此次还带了他的长子莫歧，说是想在朝中谋得一个职位，请父王定夺。”

皋陶王勉力点点头，问道：“伯益，你知道武修为何让他的长子到朝中任职吗？”

伯益道：“表示对我涂山王室的忠心。”

皋陶王道：“不错，既然别人表了忠心，我们就不能亏待他，先给他一个百夫长，让他在伏豹手下历练吧。”

伯益道：“伯益记下了。父王，还有一件事……”说到这里，他犹豫了起来，看着父王额上两个隐隐的蛇头，不知该不该说下去。毕竟，父王所承受的痛苦已经够多了。

“是关于嬴费吗？”皋陶王看着自己的幼子，问道。

伯益道：“父王，第二批进山搜寻的鸷师骑兵已经回来，他们在尸胡山的山洞里发现了四具金甲卫士的尸体以及兄长的随身用具，只是没有找到兄长和卫队长飞羽的下落。另外，还找到了五匹马，却不见皓月。尸胡山并非使团途经之地，不知兄长为何去那里……”

大王的脸色越来越白，额头冷汗直流，五官开始扭曲起来，显然头痛又要发作了，伯益急忙止住了话头，叫了一声：“父王。”

大王摆摆手，道：“我没事，你下去吧，我要休息一会儿。”

伯益离开大王的卧房，站在门口想了想，向碧霞宫的里面走去。穿过一条长长的回廊，他来到了一扇朱红色的小门前。

门口站了四名金甲武士，他们看到伯益，齐声叫道：“公子！”

伯益吩咐道：“把门打开。”

近门的武士取出钥匙，打开铜锁，伯益推门走进去，随后让武士从外面锁上门。房中原本漆黑一片，公子手中的长明灯将内景慢慢勾勒出来。

小室一丈见方，正中有一取暖用的炭坑，此时炭火已熄。里侧有一木榻，榻上平躺着一个人，那人一动不动，好像死了一般。

伯益将长明灯挂在门边的铜钩上，走到木榻旁边，轻轻叫了一声：“大师。”

不错，卧榻上的人正是当日将皋陶王从鬼门关拉回来的风大师。伯益实在想不通，此人立下奇功，为何还要遭受囚禁，难道他身上真的背负滔天大罪？然而，无论是父王、母后，还是太祝奚仲，对这件事都讳莫如深。

“公子深夜到访，不知所为何事？”

一个声音清晰地从背后传来，伯益急忙回头，却发现空无一人，再回过身来，却看到榻上的风大师已经盘膝而坐了。

伯益躬身行拱手礼，道：“伯益有一事不明，特来向风大师求教。”

“如果还是想问我的身世，公子还是回去吧。”风大师微闭双眼，说道。

“不，伯益此来并非询问大师身世，而是向大师求教解蛇蛊之法。”说着，伯益突然跪在地上，“大师有所不知，我父王身上蛇影已现，真是生不如死啊。”

风大师显然没有料到公子伯益会向自己下跪，急忙将他扶起来，说道：“公子这一跪我可受不起，我还给你。”说着，他居然趴在地上拜了两拜，才又坐回木榻上。

伯益道：“大师是不肯教我了？”

风大师道：“我不是说过吗，毒易解，蛊难除，那蛊蛇已被金甲武士给斩为数断……”

“蛊难除，并非不能除，”伯益打断了风大师的话，“我记得当日大师在瀛台救治大王后，说到‘后患无穷’时笑了，当时我不解其意，现在我终于明白了。”

这时轮到风大师诧异了，道：“公子还真是观察入微啊。公子不妨说说看，我当时为何要笑呢？”

伯益道：“记得在海神庙的地牢中大师曾说过，太祝关了你七年，你最想获得的便是自由。当时你便知道，身受蛇蛊之人其状惨烈，必不惜用一切代价换取解蛊之法，想到即将到来的自由，你不由得笑了。”

风大师啧啧赞道："公子真是心思缜密，绝顶聪明。可是，现在看来即使大王想要放我，奚仲那老混蛋也不会执行，一旦我把解蛊之法说出来，他就会再次把我秘密关押起来。"

伯益一愣，问道："大师和太祝究竟有何深仇大恨，他如此恨你？"

"深仇大恨？"风大师嘿嘿笑道，"也许吧。"

伯益说道："大师放心，不用通过太祝，也不用禀报父王，我秘密放你走，等太祝发现之后，你已经离开了东夷。"

"此话当真？"黑暗中风大师的眼光发亮，声音也有些颤抖。

"只要大师肯信我。"伯益也有些动情。

"伯益公子的话，我怎会不信！"风大师说道，"只不过，除蛊当需异兽，这异兽却实在不易得啊。"

"就是翻江倒海，我也要为父王擒来。请大师指教，何兽可除蛇蛊？"公子伯益有些激动。

昏黄的灯光下，风大师静默了片刻，幽幽地说："九尾狐。"

"九尾狐？"伯益诧异道。这种怪兽，他还是第一次听说。

风大师又道："不错，此兽状如狐而九尾，其肤白如脂，其目翠如玉，有千年不死之身，善化人形，生啖其肉可解百毒之蛊。不过，妖狐敏捷异常，又可生吞活人，纵有千军万马，布下天罗地网，也未必能捉住它。"

伯益忙问："何处可得此兽？"

风大师道："青丘山。位于大荒之南，南海之北，想要到达那里，必须要穿过三苗国，所以我说此兽不易得。"

闻听此言，伯益不语了。过了半晌，他又问道："大师，不知我父王的身体能挨到几时？"

风大师道："大王体内的毒已清除，所以无须担心毒攻其身，只是不知他能否承受住百蛇啮肉之痛，以及形变后的心理打击。"

风大师说得极有道理，如果说身体的痛楚父王尚能承受，然而当一个威风八面的君王，变成一个满身蛇头乱舞的怪物，这种心理的打击他能够承受吗？即使他能够承受，旁人会怎样对他呢？甚至包括母后，她能够接受这样一个夫君吗？

还没等伯益回答，外面突然传来敲门声："伯益，你在里面吗？"

是吉光，他的声音显得很急促。伯益忙应了一声，向门外走去，走到门口时小门已被打开。他迎着吉光走了出来，问道：“发生什么事了，叫你如此慌张？”

吉光刚才跑着四处寻找伯益，此时还在气喘吁吁，他咽了一口气道：“伯益，不，不好了，女娇公主她……”

“女娇怎么了？”听说是女娇，伯益也有些着急了。

吉光道：“女娇公主只身前往尸胡山了，说是要去寻找公子费！”

第五章 飞天女巫

当看到铜盘上长兄嬴费的头颅那一刻，公主女娇脑海中划过一道血红色的裂痕。这裂痕犹如一道分水岭，将那个天真烂漫的小女孩从自己体内分离。

女娇知道，她的童年结束了。

父王忙于国事，母后则把全部的关爱都给了二哥伯益，所以女娇是在长兄嬴费的呵护下长大的。只有在这个年长八岁的兄长面前，女娇才觉得自己是一个备受宠爱的公主。

当女娇闲极无聊想要出城游玩时，是长兄嬴费避开卫士带她进山打猎。

当母后偏袒伯益，女娇感到委屈时，长兄嬴费总能想出办法哄她开心。

当女娇闯下祸端担心父王责罚时，长兄嬴费总是挺身而出代她受过。

女娇八岁那年，被女戚掳至寒荒之国，偃城上下都以为她必死无疑，公子嬴费却单枪匹马一路北驰，历时半载，将她带回东夷。

那女戚本是飞天女巫，有降龙伏虎之能，她看着衣衫褴褛、遍体鳞伤的公子费，对女娇说：“我见你天资聪慧，本想收你为徒，今你有兄长公子费，神女不做也罢。”

自北地归来，长兄的宠爱如故，但女娇对长兄的敬爱却更增十分，不与人言之秘必说与他听，每有佳肴不舍独食必留与他食。一晃五年过去了，昔日女戚之言言犹在耳，寒荒国之景象尚历历在目，谁知她与长兄却已经天人两隔。

记得去往平阳之前，长兄曾问女娇："帝都繁华，奇珍异宝不能数，娇儿想要什么礼物，为兄为你取来。"

女娇道："娇儿诸物不求，只求兄长平安归来。"如今细细想来，此语好似已知兄长将要遭逢劫难一般。

虽然有头颅在前，但女娇仍不能相信长兄已死。近日来，她闭门不出，日夜在房中按巫祝之法祷告，终于等到第二批搜寻队伍归来，得知长兄在尸胡山中失踪，于是立即便要去尸胡山寻找长兄下落。

女娇本打算叫上吉光一同前行，不料吉光不仅不去，反而竭力阻止，还说要去禀告王后。一气之下，她将吉光打晕，藏在自己房中。等吉光醒来，心知大事不妙，不敢直接禀报王后，急忙来找伯益商量对策。

"娇儿何时走的？"伯益急得眼中喷火，长兄嬴费已死，万一妹妹再出事，后果不堪设想。

吉光道："大约申时一刻，鸷师骑兵回城后没过多久。"

伯益道："现在已经戌时，过去了两个时辰。事不宜迟，我们现在就去追她，一定要把她找回来。"

吉光道："可是现在城门已关，若想出城，必须要有王后的手令。"

伯益道："我们现在就去见王后。"

两人急匆匆地赶到瀛台，伯益将事情向王后禀报，王后大为光火，怒道："这个女娇，怎么这般不晓事理，当此危难之际，不知替父王母后分忧，反来添乱！"

伯益道："母后暂且息怒，请母后给儿臣手令，让儿臣与吉光出城将娇儿找回。"

王后道："益儿，明日便是联盟大会，你的父王抱恙，你作为东夷的储君，怎能擅自离城？"

伯益第一次听到母后称自己为储君，心中不禁一凛。没错，以前公子费是储君，如今费已经死了，他作为皋陶王唯一在世的儿子，照理应该成为储君。然而，东夷虽然名为一个国家，但实际上却和华胥一样，是个部落联盟，甚至比华胥更为松散。这就意味着，虽然各部落的大首领可以世袭，但君王却需要各部落共同推举。唐尧禅让给虞舜，便是部落联盟推举的结果。

君王需要推举，那么储君自然也需要推举，公子费就是去年在部落联盟大会上被推举为储君的。如今，部落联盟大会还没召开，母后称自己为储君为时尚早。

伯益突然又想起另外一件事，当日在海神庙地牢中，风大师曾称自己为“伯益王”，难道他早已料到公子费必死，而自己将要成为东夷王？

种种思绪在伯益脑中如电光火石般一闪而过，他急忙说道：“可是，女娇她一个人……”

王后吩咐道：“吉光，我命你带上三十名金甲武士，去把女娇公主找回来，这是手令。”说着，她将手令递给吉光，“如果女娇不听命令，就把她用麻绳给我捆了带回来。”

“诺！”吉光看了伯益一眼，领命而去。

“吉时已到，鸣钟击鼓，朝臣入堂——”

随着家老乌山一声高呼，钟鼓之声响起，王公大臣和氏族首领们自动分成两拨，走入瀛台议政堂。大臣居左，首领居右，相对拱手而立。

“王后驾到！钟鼓止息——”

乌山又是一声高呼，公子伯益跟在姑莱王后身边，在众人的注视下缓步走进议政堂，立于王座之前。

众人回身，面对王后跪倒在地，朗声道：“王后万岁！”

王后道：“起！”

众人站起身来，又朗声道：“谢王后！”

王后道：“坐！”说罢，自己便坐于凤首王座之上，公子伯益左侧侍坐。

“诺！”众人说着，跪坐于身后的皮毡上。

公子伯益是首次临朝，看到台下一个个孔武有力的身躯，一双双利如鹰鸷的眼睛，心不由得怦怦跳了起来。

他努力压制住自己的不安，只听母后说道：“诸位，储君罹难，大王受伤，想必大家都已知晓，国灭则族乱，族乱则家亡，当此危难之际，望大家勠力同心，共御外敌。”

“勠力同心，共御外敌！”众人高声喊道，伯益也跟着大家一起喊。此时，一股豪情在他心中油然而生。

姞莱王后满意地俯视群雄，微微点头，又说道：“当此危局，大家都有何主张，不妨说来听听。”

王后话音刚落，离王座最近的有扈氏大首领武修便朗声说道：“国仇族恨，不共戴天，有扈氏坚决支持我王兴兵三苗，剿灭苗裔，将丹朱贼子枭首剜心！”他说话时怒目圆睁，双拳紧握，好像随时会逮住一个人暴揍一顿。

武修说完，他旁边不远处便响起一个阴冷的声音：“武修，你怎么知道这勾当是南方丹朱所为？”

伯益扭头望去，只见说话那人脑满肠肥，五官宽大，独眼睛小而贼，体态臃肿，浑身上下珠光宝气。不用问，此人便是斟寻氏大首领寒漪。

有娀氏是华胥国最善于经商的氏族，而在东夷，最善于经商的氏族则是斟寻氏。

武修脾气暴躁，霍然站起身，指着寒漪道：“先有南荒飞头獠，后有苗裔蛇蛊，刺王杀驾，一计不成又生一计，何其毒也，不是三苗丹朱，又是何人？”

寒漪一脸横肉，冷哼一声，将头扭到一边，并不与武修正面对视，问道：“三苗与华胥大战在即，试问有何理由前来犯我东夷？”

武修眼中光芒一闪，似乎抓住了对方的要害，争辩道：“丹朱正是害怕我东夷与华胥联盟，故先下手为强！”

武修此言一出，寒漪气得脸色煞白，张口结舌，一时不知如何辩驳。的确，公子费以东夷储君的身份率使团前往平阳，在所有人看来，都是东夷准备与华胥结盟，共抗三苗。

武修又坐回原位，姞莱王后见众人沉默正欲发言，突然听到后面有一个声音响起：“照武修大首领这般臆测，我也可以说是虞舜有意挑拨我东夷与三苗的矛盾，好坐收渔翁之利。须知，使团可是在华胥国境内遭遇截杀的。”

王后向后望去，只见门边站起一个穿虎皮裙的男人，此人身材修长，面目清秀，长得好似书生一般。他便是有鬲氏大首领封弟能。

王后眉头微微一皱，心想斟寻氏与三苗毗邻，常有贸易往来，与丹朱亲近不足为奇。只是有鬲氏位于北疆，与三苗素无瓜葛，而且封弟能向来自视清高，对寒漪这种唯利是图之辈甚是鄙夷，不知为何这两人倒搅在了一起。

寒漪见有人帮助自己，立时嚣张起来，叫道："没错，就是虞舜挑拨，我斟寻氏主张联合三苗，兴兵平阳，剿灭华胥！"

还没等武修说话，一直沉默不语的王公大臣的队伍中站起一人来，众人打眼看去，此人却是太祝奚仲。东夷明鬼敬神，以巫祝为尊，太祝的地位仅次于大王与王后，所以他一起身，众人都不说话了。

太祝没有理会寒漪，回身对封弟能拱手道："大首领，丹朱暴戾无道，虞舜仁德爱民，此乃众所周知，故唐尧禅大位于虞舜。试问，仁德之君怎会做那小人勾当！"

封弟能毫不示弱，挺直身子朗声说道："那虞舜心怀不轨，囚尧王，驱丹王，窃取华胥大位，冒称天下共主，其心之狡诈非他人所能及，太祝却说他仁德，岂不迂腐？"

封弟能此言一出，举座皆惊，只有寒漪还高声附和："没错，虞舜阴险狡诈之徒，担心公子费与舅父丹王联盟，在途中设伏将其杀害，后又以其子之头颅设蛊局以害其父，使我王险些丧命。故寒漪谏言，诛杀舜贼，以报国仇！"

太祝闻言脸色大变，怒声道："封弟能，你说大舜王囚唐尧，驱丹朱，窃取天下，可有何证据？"

还未等封弟能回答，寒漪抢先道："父传子，子承父，乃天之道，如今事实摆在眼前，还要什么证据？"

这时，坐在寒漪身旁的伏豹也按捺不住了，起身道："尧王知子丹朱不肖，曾在百官面前说，授舜则天下得其利而丹朱病，授丹朱则天下病而丹朱得其利，终不以天下之病而利一人。此事天下人共知。寒漪，你斟寻氏素来与三苗勾勾搭搭，今日在堂上颠倒黑白，混淆视听，难道是想要废除盟约，公开叛离东夷吗？"

寒漪一听此言，气得面红耳赤，如果不是身体太胖，行动不便，早恨不得上前与伏豹撕咬起来，他指着伏豹道："伏豹，飞羽畏罪潜逃，怎知不是你这个有穷氏大首领与虞舜暗中勾结，指使他里应外合，谋害公子费？你的判国罪已定，却来说我叛国？"

使团一行，唯独飞羽下落不明，伏豹正为此事恼火，突然被寒漪诬陷，气得大喝一声，咬牙骂道：“你这奸贼，信口胡言，我先杀了你再说！”

伏豹一介武夫，能够力拔千钧，他说着便探手将寒漪颈后的肥肉抓住，猛力一提，居然一手便将那肥大的身躯拎在空中。只要他向外一抛，寒漪不死也要重残。

寒漪早已吓得屁滚尿流，肥豕一般粗大的四肢不停地在空中乱捣，高声叫道：“王后救命，王后救命！”

王后知道，寒漪一死，必生内乱，东夷国又是一场血雨腥风，于是急忙制止：“太尉快住手，休得伤害寒漪大首领！”

“诺！”伏豹原本也不过是想吓唬寒漪这肥佬一番，见王后吩咐，便顺坡下驴，猛地把寒漪向地上丢去。与此同时，他的手并未松，将寒漪托住，快到地面时才放力。只听“噗”的一声，寒漪又坐回原来的毛毡，只是身上许多珠宝掉落下来，玉冠也掉了，头发凌乱，衣衫不整，同时一股屎尿的臭味散发开来，引得众人侧目。

姑莱王后哭笑不得，急命金甲武士将寒漪带下去休整。寒漪整理好衣衫，回到议政堂之后，却不敢坐在伏豹身边了，便在门口封弟能旁坐了下来。

这时，姑莱王后说：“敌在暗，我在明，截杀使团，谋害大王，究竟是何人所为，目前尚不明朗。敌人尚且不知，如何兴兵，何谈报仇？敌人的目的，就是要让东夷内乱，内乱一起，不攻自破。为今之计，只有先稳定民心，暗中探察真相，待真相大白再议复仇，诸位以为如何？”

“王后英明！”众人朗声说道。

这时，长大夫子献起身走到堂前，说道：“启禀王后，如今储君已殁，我王抱恙，须尽快册立新储君，以安民心。”

子献目前虽无职务在身，但他还是有仍氏的大首领，故位列朝堂，坐于首领一侧。

王后面无表情地看着堂下，过了一会儿才问：“子献大首领以为册立何人为妥？”

子献说：“启禀王后，公子伯益自幼秉性恭良，日前又曾挺身救父，可谓至孝至勇之人。臣以为，公子伯益是储君的不二人选。”

子献话音一落，大堂之上立即骚动起来。出乎所有人预料，太尉伏豹率先发难：“公子伯益自幼孱弱，难当大任，且从未当职立功，不能服众，储君当另择贤者而居之。”

伏豹此言一出，附议之声此起彼伏，有易氏大首领上甲微起身说：“东夷与华胥相同，虽有君王号令，但却是部落联盟，君王由部落联盟大会共同决议而定，如若世袭，我有易氏率先退盟！”

凤鸿氏为东夷老氏族，当年少昊便以凤鸿氏为基础，建立了百鸟之国。如今凤鸿氏的大首领为桑公。老桑公已八十八岁，鹤发童颜，身体健硕，目光炯炯，他咳嗽了一声，说道：“哼，如果要讲世袭，也轮不到涂山氏。”

刚刚被伏豹教训了的寒漪见大家鼓噪起来，也不甘落后，叫道：“子献，皋陶王还在世，轮不到你有仍氏来排定储君！”他似乎完全忘记了自己刚刚说的“父传子，子承父，乃天之道”。

这时，太祝奚仲见形势对王后极为不利，起身高声道：“大家认为公子伯益不能担当大任，那谁能当，是你伏豹、上甲微，还是老桑公啊？”

太祝奚仲一句话，让大家又安静下来，埋头不语。

这时寒漪高声道：“我推举封弟能大首领！”

封弟能吓了一跳，慌忙道：“不，不，寒漪你不要害我，我怎能担当储君大任！”引得众人哈哈大笑。

姞莱王后此时却没有丝毫笑意，她没有料到反对势力如此强大。目前看来，除了涂山氏和有仍氏，只有三四个小氏族支持伯益，想在今日让伯益登上储君之位是绝不可能的了。可是，储君之议既然已经发端，又该如何收场呢？

正当王后感到万难之时，突然听家老乌山高声喊道：“大王驾到！”

只见皋陶王一身紫色凤纹朝服走了进来，虽然脸色看起来略有些苍白，但与伯益昨日所见已判若两人，头上的两个蛇样突起也消失不见了。

王后和伯益连忙起身相迎，众大臣及大首领全都跪倒在地，山呼海啸一般高声喊道：“参见大王！”

皋陶王对自己突然现身所引起的震动很满意，这些人大概都以为他此时正卧榻不起、生命垂危，所以才让这娇妻弱子前来主持大局。

他示意众人回归本座，说道：“诸位之议，孤已知晓，储君为国之本，确不可掉以轻心。幸赖天不亡东夷，假我以时日，故立储之事不急于一时。

诸位知道，孤有两子，长子罹难，尚余幼子伯益。伯益年弱，未经磨砺，他能否担任储君，尚不可知。在此，我向大家承诺，立储之事必当公议，绝不私定。伯益不因其父为国君而继位，也不因其父为国君而避位，从今日起，大家广泛推举贤德有能之才，伯益将与这些人一起竞争，三年之后再议储君，诸位以为如何？”

一阵静默之后，众人高声喊道：“我王圣明！”

皋陶王又道：“华胥与三苗大战在即，我东夷当坚壁自守，不可贸然参战。即日起，朝中官员各回本职，氏族首领各回领地，守土安民，严阵以待，非王命无以动，凡有轻举妄动者，王师必前往诛杀。至于使团遭劫，本王遇袭之事，孤自有主张，从今日起不可再议，凡有再妄议者，即时金瓜击顶，都听清楚了吗？”

众人高呼道：“诺！”

皋陶王说完，向家老使了个眼色，家老高声喊道：“大王起驾！”

大王起身便走，王后与伯益跟在后面。三人来到后堂，伯益追上前问道：“父王，你的身体已经痊愈了吗？”

皋陶王止步，回身正要说话，突然一口黑血喷了出来，身形一晃向后仰倒。王后与伯益大吃一惊，急忙将他扶住。这时，守在后堂的金甲武士不容分说，立即将大王抬上竹榻，向碧霞宫方向疾奔而去。

第六章　巨人

“伯益——伯益——”

公子伯益在睡梦中隐约听到有人呼唤，睁开双眼，发现天光已经大亮，而自己居然赤身躺在纤羽轩的木榻上。

昨夜何时入睡，又是如何回到纤羽轩的，他的脑海中竟然没有一丝印象。

“伯益——伯益——”

这时，呼唤声又在耳边响起，他猛地坐起身环顾四周，却阒无人迹。

不知为何，伯益突然感到惶惶不安，眼前熟悉的一切变得那么陌生，好像来到了另外一个世界。他急忙穿好衣服，双手用力去揪耳朵，想让自己清醒一些。可能是刚睡醒的缘故，他的脑袋很是迟钝，丝毫感觉不到疼痛。

伯益躲在门后等了一会儿，那个奇怪的叫声却不再出现，心想也许是出现幻听也说不定，于是他走出房门，叫道："阿芸！"

阿芸是负责伯益起居的女官，夜间便住在纤羽轩的外堂，平时一呼即至，今日却未见回应。伯益走到外堂，发现堂内灶火熊熊，上面架着陶釜，釜里不知是药还是茶，咕嘟咕嘟冒着泡，然而却不见阿芸的身影。

"阿芸！阿芸！"伯益又高声叫了两声，而回应他的仍是一片死寂。

这个时候能去哪儿？莫非是母后急唤？伯益只觉得胸中有一股郁结之气，吐不出来，又咽不下去，憋得他很是难受，不知不觉向碧霞宫方向走去。

伯益越走越觉得奇怪，为何路上不见一个人影？不仅看不到宫女往来，甚至连平日在固定地点守卫的金甲武士也不见了。

难道宫中发生了重大变故？公子伯益一想及此，不由得加快了脚步。

果然，碧霞宫门前的金甲卫士也消失了。伯益疾步冲进宫中，直奔王后的寝室，皋陶王原在这里养伤，此时却空无一人。木榻上锦衾凌乱，伯益以手探之，余温尚在！

"父王！母后！"伯益大叫着在碧霞宫中四处游走，空旷的宫殿里却只有他的声音回荡，"父王——母后——"

伯益冲出碧霞宫，向瀛台奔去！他先来到议政堂，王公大臣和氏族首领们昨日尚在这里召开联盟大会，大家你一言我一语针锋相对，如今却人去楼空，伯益站在大堂正中，好似已历千年孤寂！

他跑上瀛台的二楼，空无一人，再跑上三楼，依然空无一人！他走到栏边的平台之上，俯望宫城，发现目光所到之处，竟然没有一个人影！

偌大的宫城之中，只剩下他一人了。不！整个王城之中，也只剩他一人了！此时，他的心中已经没有了恐惧，取而代之的是深沉的绝望！

"父王！母后！"公子伯益大叫一声，正欲向楼下跳去，突然听到有人在呼唤自己的名字。

"伯益——伯益——"正是那个将自己从梦中唤醒的声音。

伯益心中一凛，暗自想道："不错，正是这个妖怪一夜间将偃城之人悉数掳走，现在又来掳我，也罢，随他而去，或许还可以见到父王和母后。”

想到这里，伯益循声望去，只见瀛台下面果然站了一个人，正在向自己挥手。他感觉那人似曾相识，只是此人若隐若现，一时间难以辨识。

“你究竟是何方妖孽，将我父王、母后及全城百姓掳到哪里去了？”公子伯益大声质问。

然而，那人却并不答话，只是站在那里仰头看着伯益。伯益气极，随手拿起父王宴乐时所用的器皿去砸他，可是却总也砸不中。

正当伯益摘下父王的宝剑，准备下楼一战时，奇怪的事发生了。楼下那人正在随风而长，当他长到瀛台的一半高时，伯益终于看清楚了，这人不是别人，正是他的兄长公子费！

“兄长！”伯益一时间忘了眼前的危机，大叫着想要扑到公子费怀中哭诉。

然而，公子费并不理会他，仍然在随风而长，一直长到了三丈多高，几乎与瀛台一样高大。伯益看到，这个巨人的眼珠比车轮还大，眉毛比宝剑还长，耳朵像两扇城门，手臂如同百年树干一般粗壮。

巨人将脑袋凑到伯益面前，歪着脖子看着他，嘴角却在不停地渗着血水。这时，他无论如何也不会相信这个怪物是自己的兄长了，举着宝剑不由自主地向后退缩。

突然，巨人探手进入瀛台，将伯益抓在手中。伯益的身子被牢牢缚住，无论如何挣扎也动弹不得，慌乱中手中的宝剑不小心将自己的肚子划破，血水顺着巨人的手缝渗了出来。

巨人目光呆滞，将伯益举到面前，又看了一会儿，突然张开血盆大口，将伯益连同宝剑一同塞到自己嘴里！

“母后！”伯益大叫一声，从木榻上翻身滚落。

“伯益——伯益——”姞莱王后见儿子掉在地上，急忙上前搀扶。

伯益睁开眼睛，发现母后正关切地看着自己，张口便道：“母后，这里难道是幽冥国吗？”

王后见伯益无恙，松了一口气，微笑道：“益儿又做噩梦了，这明明是碧霞宫，怎么会是幽冥国？”

这时，阿芸在一旁突然探过头来，笑道：“公子梦中说胡话，可把人吓坏了，王后唤了几次也唤不醒呢。”

伯益的意识渐渐清醒了，发现自己果然是在碧霞宫的前殿，心中想到，原来梦中听到的呼唤是母后的声音。

昨日，皋陶王为了稳住氏族首领们，请风大师将自己周身大穴暂时封住，结果蛊气反攻，伤及内脏，一时口吐黑血昏厥过去，经大师一番竭力救治，方才脱离险境。

伯益一直守在父王身边，由于精神太过紧张，加上连日劳顿，一听说父王脱险，不知不觉便在父王身旁沉沉睡去，等王后处理完前朝政事回到碧霞宫，才将他移至前殿。不料，伯益一觉睡到了次日午后。

“益儿，给母后说说，刚才梦到什么了？”王后一边帮伯益穿衣，一边问道。

伯益道：“母后，我又梦到兄长了。”

王后的笑意在脸上僵住了，回头对阿芸等人道：“你们都下去吧。”

众人走后，伯益才将梦中的情形向王后讲了一遍，道：“母后，不知为何，孩儿近日梦境皆如实境，醒后细思恍如隔世。”

王后安慰道：“定是伯益思念兄长，故有此梦。”

伯益道：“不，母后，或许是兄长想对孩儿有所警示，故托梦以言之。前日，孩儿梦到兄长飞头，莫不是要我提防其头吗？孩儿不解其意，方令父王为头中蛊蛇所伤。”

“胡说！”王后突然脸色一沉，斥道，“费儿如有警示，为何不直接找你父王？此事不可再提。”

伯益见母后生气，知道她是担心自己惹祸上身，便不再多言。

过了片刻，伯益问道：“母后，娇儿有消息了吗？”算起来，女娇离城已有三日，吉光也该有消息回来了。

不料，王后却道：“没有。不过女娇曾得女戚真传，身怀异能，常人不能伤，倒不必为她劳心。母后如今最担忧的却是益儿你，大王为蛊毒所伤，而你又羽翼未丰，一旦发生变故，那些氏族首领必先对你下手，以便斩草除根。”说到此处，王后拉起伯益的手，眼中不禁泛起泪光。

伯益将另一只手搭在母后手上，感受着世间最暖心的温度，说道：“母后不必为我担心，益儿自有全命之法。”顿了一下，他又说道：“益儿有一事要与母后相商。据那位风大师所言，父王所中之蛊，非青丘山九尾狐不能除，孩儿请求南往大荒之青丘，为父王捉那九尾妖狐。”

王后闻听此言，先是一惊，后又一喜，说道：“益儿能有此心，母后甚是欣慰，可是如今你父王卧床，为人子者当侍奉榻边，不应远行，可派伏豹将军带领骁勇之士前往。”

不料，伯益却伏身在地，说道：“伯益知母后担心孩儿安危，可雏鸟终将离巢，幼狮总要独步山林去觅食。不入江海学不会浮行，不涉险地无以成英雄，父王与众首领有三年之约，如母后一味将伯益困于王宫，纵使三年内尽享荣华富贵，可是三年之后再议储君又当如何呢？”

“益儿说得在理，可是……”王后此时虽然心有不舍，却竟无言以对。她一向将伯益视为稚子，不料今日他却说出这样一番见识，既震惊，又感动，仿佛一夜之间稚子长大成人。

伯益又说：“父王身边有母后在，益儿自可安心。如今各氏族为父王震慑，虽表面暂时安定，但其下暗流涌动，非王师不能平，所以伏豹将军当镇守东夷。另外，前往青丘必途经三苗，人多反而引人注目，所以我只带三五个国中善奇术之异士即可。”

王后看着伯益，半晌无语，过了许久，她才长吸一口气道：“此等大事，须由太祝占卜之后方能成行。”

月朗星稀，朔风砭骨，旷野中燃起一堆篝火，哔剥声不绝于耳。

篝火旁站立一人，双手托起一副巨型龟甲，对着月亮口中念念有词。

突然，那火焰熊熊而起，化作一个人形随风摇舞。手托龟甲之人也摆动身躯，唱着歌踩着节拍围火而舞，与火中之人你来我往，好似在用身体对话。火光映得那人全身赤红，仿佛也化身火海一般。

距离篝火两丈远，有十余个人叠臂抱肩，仰头对着如轮的圆月默默祈祷。月光与火光在他们的脸上交相辉映，一闪一闪，平静中透着诡谲。

这时，随着一声陡然而起的叫喊：“哎嗨咿嗨哟——”如鬼哭狼嚎一般，有个披头散发的人手握神杖跳将出来，与先前手托龟甲的人共舞起来。

两个人刚开始还是各舞各的，后来不知为何发生了争执，龇牙咧嘴，怪叫着打在了一起。打着打着，先前那人的龟甲突然脱手而出，掉入篝火之中，众人发出一声惊呼：“哎呀——”随后围着篝火一起舞了起来。

节奏越来越快，声音也越来越大，所有人都沉浸在这远古而神秘的仪式之中。最后，随着一阵惊天动地的呐喊，火中的龟甲发出噼啪的爆裂之声，众人急忙散开退到原来的位置，只留下先前手托龟甲和拿着神杖的两个人。

火势渐缓，手握神杖的人将杖柄伸入火中，把龟甲从火中拨出来。先前手托龟甲之人不知何时端了一个大铜钵，走上前将一钵冰水倒在灼热的龟甲之上，随即发出嗞嗞剥剥的声音。待龟甲冷却之后，他弯腰捡了起来，众人立即围了上来。

“太祝，神谕如何？”姑莱王后率先问道。她便在周围那十余人之中，而手托龟甲之人正是太祝奚仲。

太祝并未回答，而是把龟甲递给了手握神杖之人，道：“老巫祝，你看。”

老巫祝是东夷国前任太祝，也是奚仲的师父，他将神杖插在地上，双手捧起龟甲，对着月亮拜了两拜，用苍老而嘶哑的声音叫道：“常羲月母，感谢你赐给东夷神谕！”然后，老巫祝才在月光之下仔细观察龟甲上的纹路，众人都屏息凝神地看着他。

过了片刻，老巫祝抬起头来，高声道：“公子伯益青丘之行，大吉！”

伯益走上前，在猎猎寒风中拉起母后的手，发现那只手是如此冰凉。

东夷国都偃城，西有卢其山，东有曹夕山。涔水出卢其山，向南绕过王城，东流入海。曹夕山上则有济水流出，向北注入大河。（两千多年以后，大河的水因泥沙增多而变得混浊，人们改称其为黄河。）

在曹夕山脚下有一片桑林，林木粗壮，细者也如碗口一般。此时正值凛冬，草木皆枯，桑枝在寒风中摇摇摆摆，发出沙沙声响。桑林深处有一草庐，老巫祝嬴勾便隐居于此。

此时，老巫祝正在屋中纺纱，听到远处马蹄声响，便收起纺具，做好了待客准备。

没过多久，先听得两声犬吠，随后便传来一个略显稚嫩的声音：“老巫祝在吗？伯益来给老巫祝请安。”

“公子无须多礼，请进吧。”老嬴勾在屋中答道。

伯益推门而入，看到满屋荧荧白丝之中，站着一位瘦骨嶙峋的老者，知道他便是那日为自己占卜的老巫祝。

早在伯益出生之前，老巫祝便已经退隐山林了，所以两人未曾谋面。那日，奚仲亲自前来，请师父出山为公子伯益占卜，老巫祝原想婉拒，但听说东夷巨变，兴亡系于公子伯益一身，才决定前往。

“两位犬友，也请进吧。”老巫祝对着门外说道。

天狼和摇光跟在伯益身后，也走了进来，蹲坐在门口旁，抬头看着老巫祝。伯益诧异道：“老巫祝认得它们？”

老巫祝道：“以前从未谋面，但刚才两位犬友向老巫祝问安，老巫祝自然也要以礼相待。”

伯益更感惊异了，他只知天犬通人性，却并不知还能向人问安，忙问道：“老巫祝听得懂犬语？”

老巫祝轻轻拈着白须，笑而不答。

在老巫祝炯炯的目光下，伯益感到有些不知所措，于是岔开话题道：“方圆十里不见人烟，老巫祝在此不感到寂寞吗？为何不移居王城？”

老巫祝请伯益席地而坐，说道：“山野之中，虫鱼为伴，鸟兽为友，怎会寂寞呢？王城之内，熙熙攘攘，有口却无耳，有目却无心，反倒令人寂寞难耐啊。公子明日便要起程前往青丘，不知今日来找老巫祝所为何事？”

伯益躬身拱手施礼，道：“伯益心中有一个疑虑，百思不得其解，还请老巫祝代为开示。”

老巫祝道：“公子但讲无妨。”

于是，伯益便将自己的两个奇异梦境讲给老巫祝听，然后问道：“如果第一个梦为蛇蛊之警示，那么第二个梦又为何意呢？”

自从伯益进门，老巫祝一直是面含笑意，但听完他的梦境之后，竟然稍有动容，问道：“公子之梦都讲与何人听过？”

伯益道：“飞头之梦曾告知母后与太祝之子吉光，巨人之梦只有母后一人知晓，老巫祝以为有何不妥吗？”不知为何，他有意将风大师的事情隐瞒了。

老巫祝面色恢复常态，道：“不，没有什么不妥。公子虽非巫祝，但却智谋无双，飞头之梦确是蛇蛊之警，至于巨人之梦嘛，公子请稍等。”

说着，老巫祝走进里屋，拿出一根神杖，高六尺，首尾粗中间细，杖体洁白如脂，杖头穿孔，以翠玉连环系之，顶处镶有一枚圆形扁石，如拳大。

老巫祝道：“这便是我在占卜时所持神杖，公子以为其材质为何物？”

公子以手触之，冰凉彻骨，道：“莫非是白玉？”他口中虽这般说，但心中却无底，因为玉质脆，像这等细长之状，极易损坏。

老巫祝摇头道：“实不相瞒，此杖乃用一段人的臂骨所制。”

公子大惊，道：“世间怎会有如此巨型的臂骨？”

老巫祝摇头道：“公子有所不知，大荒之北有汪芒氏，其民皆高数丈，力大无穷，人称巨人族。昔日蚩尤王与黄帝大战，汪芒氏曾举族相助东夷，后蚩尤王战败，汪芒氏大首领夸父被黄帝诛杀，其遗民逃回大荒，从此再未在中原出现过。”

公子道：“难道兄长托梦之意是要我警惕巨人族？”

老巫祝道：“公子所言甚是。这根神杖，便是当日汪芒氏大首领夸父所遗，想必对其族人有所约束，公子南行青丘山，带上它防身吧。”

伯益急忙推辞：“如此神物，我怎敢收，还请老巫祝自留。”

老巫祝笑道：“我一介老朽，余日无多，难道还要带它入棺不成？公子勿辞。”

伯益无奈，只好收下，又拜了两拜才离开。

马蹄声远，柴门自动缓缓关闭，老巫祝一动不动，盯着门后那个角落。只见有浅浅的雾气聚拢，隐隐成人形。

老巫祝叹了口气道：“大公子，天命不可违啊。”沉默了一会儿，他又说道：“神杖上的宝石为女娲娘娘补天石，可暂为栖身之所，以躲避幽冥使者。”

老巫祝说完，那雾气便渐渐地散了。

第七章　猲狚

日近正午，金阳高挂，气温稍暖，街上的行人也多起来。

在市镇中央最繁华的地段，有一个不大的酒肆，没有招牌，只在门口挂了个幌子。由于年头久远，那幌子已经破烂不堪，满是油污，隐隐可以辨清上面有一个“酒”字。

酒肆虽说不大，但在这小小的余泽镇也算是数一数二的了。酒客不多，只是平常的几个闲人。老板娘是个三十多岁的女人，相貌平平，却极会打扮。这时，她倚在门框上，一边招揽生意，一边与屋内的熟客调笑。

“以老板娘的美貌，可去平阳凤栖楼做头牌了，为何偏要跟老憨在这小酒肆中吃苦？”客中一人说。

“好啊，我明日便叫上姚二娘子，一同去那凤栖楼享福。”老板娘笑道，引来屋内一片哄笑，另一人喊道：“姚二娘子若去了凤栖楼，我第一个便去做恩客。”姚二娘子正是先前那一个客人的妻子。

前客想占便宜不料反被取笑，涨红了脸正欲辩白，老板娘却冲出门外，满脸堆笑道：“小公子，里边请，里边请。”

众人打眼瞧去，只见老板娘拥着一个白衣少年走了进来。这少年面如冠玉，俊美异常，腰中配有一把短剑，剑上纹饰斐然，一看便知是富家公子，也难怪老板娘如此热情。

白衣少年扫了堂内一眼，眉头微皱，犹豫了片刻，才向靠窗的位子走去。刚一落座，老板娘便问道：“小公子，想吃点什么？”

白衣少年颇有些不耐烦，瞪了老板娘一眼，道：“公子便是公子，何必加一‘小’字。”

老板娘并不介意，莞尔一笑，拉长声音道：“好——，请问公子想要吃点什么？”

白衣少年道：“一盘熟牛肉，一碗菜羹，两个素饼。然后再给我包二斤熟肉，二十个素饼，我要带走。”

难得有如此大的买卖上门，老板娘的笑脸都挤成了一朵花，她正要去后堂准备，突然听到门外有一个粗门大嗓的声音喊道：“老板娘，上好的酒肉，快一点。”

老板娘的脸色立时便冷了下来，回身看见三个中年汉子走进来。为首的头大肚圆，皮肤黝黑，右眼上方有一道长疤，其余二人一个矮如地瓜，一个瘦如竹竿。

这三人是本地有名的泼皮闲汉，眼上长疤的胖子名叫黑大，矮子叫麻二，瘦子叫石三，这三人一个好酒，一个恋色，另一个贪财，结为兄弟，祸害乡里。由于这里是有莘氏的地盘，因此他们自称“有莘三雄”，但人们背地里都称其“有莘三凶”。

三人一进来，屋内立即便鸦雀无声了。老板娘急忙迎上去，满脸堆笑道：“三位大爷，这边请。”

矮子麻二色眯眯的，伸手就去摸老板娘的屁股，被她侧身躲开了。他笑道：“几日不见，老板娘生得越来越勾人了。”

为首的黑大却将老板娘一把拨开，径直走到白衣少年身边，呵斥道：“小子，滚开！”

白衣少年眼睛看着窗外，一言不发。顺着他的目光，只见一队人马从前面走过。这些人胸前都配有青铜护甲，为首的是一个身材瘦小的少年。那少年生得甚是丑陋，嘴上有个豁口，露着两颗大板牙。

老板娘怕生事端，不敢去招惹三凶，只好哀求白衣少年：“这位公子请移驾别桌，小店给你菜金减半，如何？”

白衣少年站起身，抬头看着黑大，面如清水，既没有愤怒，也没有恐惧。黑大双眼一瞪，如铜铃一般，仿佛顷刻就要发作。

所有目光都聚焦在白衣少年身上，空气仿佛凝固了一般。只见他没有说话，伸手拿起背囊，默默走到了无人的角落，低头坐了下来。

“哈哈哈。”三人大笑着在靠窗的位置坐下，瘦子石三道：“这小子还算识相，否则大哥一拳下去，这妮子一般的俊脸立时就成肉饼啦。”说话时，石三的眼睛一直盯着白衣少年腰里的短剑。

矮子麻二眼睛也盯着少年，嘿嘿笑了两声，低声道：“老三眼拙，本来就是一个俊俏的小妮子，嘿嘿。”

白衣少年的肩膀轻轻抖了一下，右手不自觉地去摸那腰间短剑，但随即又松开了。

麻二说得没错，这白衣少年正是女扮男装的公主女娇。她离开偃城之后，一路向西，但很快就被星夜兼程的吉光发现了踪迹。于是她改变路线，折而向南，准备先甩掉吉光再去尸胡山，不料他们这么快又追了上来。

刚才，正是因为看到吉光带着金甲武士从窗外经过，女娇才会隐忍那三个恶棍，没有发作。

余泽是华胥部族有莘氏的辖地，北行七十里便是黑水大泽，绕过黑水大泽再往北行，方能到达尸胡山。

这一路走来，女娇思索良多，虽然从情感上仍然无法接受长兄已死，但理智上却已不再怀疑这个事实。静下心来以后，一个疑问便从脑海中涌出，为什么公子费会在归国途中绕道尸胡山？想要查明整个事件的真相，这是一个关键。

女娇不想在此耽搁时间，匆匆吃毕，打开背囊将老板娘备好的熟肉和素饼收起来，顺手掏出一枚齿贝，放在桌上。

老板娘取了齿贝，说声：“公子稍等。”转身便向后堂走去。

华胥国通行玉贝、铜贝和石贝，齿贝虽少见但也流通。一枚玉贝等同十枚铜贝、一百枚石贝，齿贝和玉贝等值，而女娇在酒肆的花费不过两枚铜贝。

当老板娘拿着找赎的贝币回来时，发现白衣少年已经走了，同时靠窗而坐的有莘三凶也不见了，桌上一片狼藉。

女娇牵马走出了余泽镇，人烟渐渐稀少，道路两旁的农田也消失了，取而代之的是一大片不长庄稼的砂石地。

她抬头向前望去，发现不远处竟然有一片密林。密林后面有一座山，那应该就是峄皋山了。她微微一笑，飞身上马，快速地向密林驰去。

女娇进入密林后没过多久，后面有三个人急匆匆地追了上来，那三人一胖、一矮、一瘦，除了有莘三凶还能有谁？

只听黑大气喘吁吁地嚷道：“完了，完了，让那小妮子逃了。老三，都怨你，让你早动手，你偏要等，等，等，等个鸟，飞了吧？”

矮子麻二也抱怨道：“哎哟，我那如花似玉的小娘子，让你这死老三给弄丢了，不行，你得赔我！”

石三嘿嘿坏笑道：“大哥，二哥，煮熟的鸭子我能让它飞了？到手的财宝我能让它长腿跑了？你们看那是什么？”

两人顺着石三手指的方向看去，发现密林深处有一匹马正在悠闲地啃食地上的枯叶。

石三道：“前面山路崎岖，想是那小妮子把马丢开，徒步爬山去了。大哥，你去牵马，我跟二哥去捉那小妮子。”

黑大浑身肥肉，早就跑不动了，自然是乐得轻闲。那匹马高大强健，拉到集市上至少可以卖二十枚玉贝。想到这里，他不由得又浑身是劲，小跑着向林中奔去。

由于年久林密，地上的枯叶积了一尺多厚，走在上面松软异常，一踩一个坑，发出哗哗的声响。黑大不由得又慢了下来，他很担心有猎人设下的陷阱，所以一步一踩。

虽然隆冬时节，树叶已经掉光，但是往深处走，光线还是越来越暗。黑大心中不由得有些发怵。不过，看着前面那匹高头大马，他又鼓起了勇气。

突然，黑大猛然惊醒：走了这么久，为什么马离自己还是那么远！他回头一看，不由得大吃一惊，身后居然是漆黑一片，仿佛暗夜一般。

“老二！老三！”黑大高声叫道。然而，回应他的只有枭鸟。

这时，黑大再也顾不上健马了，转身就往回跑。待他跑得大汗淋漓时，抬头一看，发现那匹马居然还在眼前！

“啊——”黑大怪叫一声，跌坐在地上，大口地喘着气。

这时，那匹马反倒悠闲地向他走来。黑大心中暗喜，待马走近，一把捉住，骑上它或许能走出这片黑林。

然而，等那马走近时，黑大却吓得屁滚尿流，大叫一声，掉头便跑。原来，那匹马头上居然长了一张人脸，而那脸不是别人的，正是他黑大自己的。

黑大又跑了几步，发现已经跑到了人脸马的前面。

“嘻嘻，好玩吗？”那人脸马突然张嘴说道，居然是一个少女的声音。

黑大自知被那白衣少女给戏耍了，恨从心头起，恶向胆边生，猛地一拳向那人脸马打去，他只觉得眼前一黑，脸上重重地挨了一记老拳，鼻血立时便涌了出来。

“哼，找死！”少女的声音怒道。

突然，不知从哪里冒出一根长绳，缚住了黑大的手脚，将他倒吊起来。那人头马张开大嘴，露出锯齿一般的狼牙，一口咬在黑大的小腿上。只听咔嚓一声，居然生生将他的腿咬断了，与身体连着的半条腿斜挂着，鲜血喷涌而出。

“姑娘饶命啊——姑娘饶命啊——”黑大号叫道，声音里全是濒死的恐惧。

“想要饶你也不难，只要给本姑娘做三年的仆奴，你愿意吗？”少女说道。

“愿意，愿意！不要说三年，一辈子也愿意！”黑大叫道。

“好吧，那就饶了你。”

少女话音刚落，天突然变亮了，那人头马也消失了，只见面前站着那位女扮男装的白衣少女。黑大低头看自己的腿，居然完好如初！麻二和石三则伏在地上不住地磕头，看他们鼻青脸肿的样子，显然也没少吃苦头。

“从今以后，你们三个就是我的仆奴了，凡有违背主人意愿者，立即诛心而死，明白了吗？”女娇笑盈盈地说道。

“明白，明白，明白！”三人磕头如捣蒜。

“那好，我们走吧。”女娇说着，将身上的背囊丢给石三，转身便向密林深处走去，有莘三凶紧随其后。

出了密林，便到了峄皋山脚下，一条山溪潺潺而过。如此冷峭的天气，溪水居然没有结冰，煞是让人感到惊奇，女娇忍不住伸手一探，发觉冰冷刺骨，立即缩了回来。

石三上前提醒道：“主人小心，此乃峄皋山不冻泉，虽长年不结冰，但其寒甚于百丈冰。”

女娇回头看着石三道：“看来你对这里很熟悉，我问你，翻越此山有没有马行道？”

石三连连摇头，道：“峄皋山虽然不高，但却险峻陡峭，人行尚且不易，马是万万过不去的。”

女娇回身走到坐骑身旁，轻轻抚摸着它的脖子，道：“红玉啊，红玉，谢谢你把我送到这里，你自己先回家去吧。”

那枣红马似乎听得懂人言，抬起头长鸣一声，返身回了密林之中。

绕过山溪，便有一条山路，果然是崎岖难走，有些地方几乎垂直，需要扶着山木攀岩而上。经过艰难跋涉，一行四人终于来到山顶开阔地。其他两人尚可，只是黑大已经累得伏地不起了。

女娇手搭凉棚，俯身遥望对面山谷，道：“山下好像有一个村镇，或许可以买几匹马骑行。”

黑大感激道：“多谢主人体恤小的。”

不料，石三却道：“乡野山村，穷苦之地，哪里养得起马？”

女娇脸上突然现出诧异之色，道：“那边好像出事了，山民们正四散奔逃，快走，我们过去看看。”说着，她便向山下奔去。

女娇脚步轻盈，毫无疲态，转眼之间便已在数丈开外。然而，她的三个仆奴却并没有跟上来。

石三拿着女娇的背囊，向那二人一招手，嘿嘿笑道：“那妮子虽有本事，阅历却浅，大哥、二哥，咱们快走。”说着，便回身向原路逃去。

黑大、麻二正欲动身，突然听到石三“哇”的一声大叫，一头栽倒，双手捂着胸口满地打滚，好像中了邪一般。他们突然想起当初女娇说的“一旦违背主人意愿，立时诛心而死”，急忙朝着女娇的方向跪倒在地，大声求饶道：“主人饶命啊，主人饶了老三吧。”

瘦子石三感觉仿佛有一万支箭在插自己的心脏，他两眼翻白，浑身抽搐，眼看就要毙命了。这时，耳边突然飘过主人的声音：“石三，你还要逃吗？”

石三木然地摇摇头，似乎已经没有了力气。

那个声音道：“念你是初犯，暂且饶你一命，下次就没有这么便宜的事了。”

话音一落，石三的疼痛立消，好似刚才的事并没有发生一般。三人一看，女娇已经下到了半山腰，急忙连滚带爬地追了上去。从此以后，他们对女娇的神力极其恐惧，再也不敢有二心了。其实，他们不知道，女娇所用的不过是女巫幻术，并不能真的杀人。

女娇在半山腰遇到一些仓皇奔逃的山民，拦住他们问道：“出什么事了？”

山民纷纷道：“山里来了食人兽，快逃吧，否则就来不及了。”说罢，一行人头也不回地向山上跑去。

女娇只身来到刚才在山顶看见的村镇，发现已经人去村空，街上有几具血肉模糊的尸体，看创口显然是被猛兽所伤。她不由得提高了警惕。

“救命——救命啊——”一面石墙后发出了求救声。

栅门半开着，女娇轻轻走了进去，只见一个老者伏在地上，正努力地向门口爬。他的伤势很重，血在汩汩地往外流，看样子应该活不成了。

女娇快步走上前，扶起老者问道：“老伯，什么野兽把你伤成这样？”

还没等老伯回答，她身后突然传来一个声音：“猲狙。”

女娇回头一看，只见一个黑脸少年站在木栅外。那少年约有十七八岁，比一般人却显得高大很多，虽然身穿粗布麻衣，眉宇间却透着一股英气。他手里提着一双雷神鞭，显然不是普通的山民。

“你是什么人？”女娇问道。

黑脸少年并不回答，只说道：“那老头已经活不成了，此地危险，你快走吧。”

少年话音刚落，刚刚已经昏厥过去的老者突然大睁双眼手指屋门，声嘶力竭地叫了一声“救命——”，随即便断气了。

少年心下起疑，急忙冲进房内，女娇随即也跟了进去，只见一个尚在襁褓中的婴儿正在石榻上甜甜入睡，外面的喧哗吵闹居然没将他惊醒。

看来，那老者所喊的救命，并不是要救自己的命，而是希望邻人能救这个孩子的命。只是大难临头，各顾其生，谁还会管他人死活。

“你去抱他。”黑脸少年说着，侧身让出一条路。

女娇心想，我一个堂堂东夷公主，凭什么要听你吩咐。不过，她见少年两手握着雷神鞭，还是上前将婴儿抱在怀中。不料，她这一抱反倒将婴儿惊醒，哇哇大哭起来。

女娇被吓了一跳，忙将婴儿往外丢，正好落在黑脸少年怀中。少年大惊，急忙丢掉双鞭将婴儿接住，瞪着女娇一时气结。

婴儿哭声越来越大，黑脸少年只好晃动着高大的身躯，嘴里喃喃道：“嫩娃莫哭，啊啊啊——嫩娃莫哭，啊啊啊——”

少年这招还真管用，那婴儿居然破涕为笑，呀呀叫了起来。

女娇心中正为自己刚才的举止暗暗惭愧，见此情形，不由得笑道：“看来还是你有办法，这孩子就交给你了。”说着，便往外走。

“喂喂，你等一下！”少年叫着追了出来。

正在这时，女娇猛然听到门外有人呼救：“主人，救命啊——救命啊，主人——”正是有莘三凶中的石三。

女娇一个箭步冲了出去，只见石墙外立了一头怪兽。那兽貌似山狼，体型却是普通山狼的两倍大，它体黑如墨、首赤如血，巨齿利爪却眼小如豆，前足高举、人立而行。这怪兽便是刚才双鞭少年所说的猲狚。

有莘三凶站在怪兽对面，手执木棒倚墙而立，身子已经抖得如筛糠一般。在三凶身旁还有一人，那人山民打扮，中等身材，约有四十来岁。

那怪兽见院内走出两个肉质鲜美的少年，立即放弃眼前的四个中年人，转过身来，跃跃而走，似乎随时都会发起攻击。

第八章　龙龟

正当千钧一发之际，黑脸少年突然将婴孩丢到女娇怀中，反手从背上抽出双鞭，迎面走向那赤首怪兽。

女娇原本已经伸手向腰间去拔短剑，不料婴孩突然被送到胸前，只好抽手将他接住。也不知是这婴孩与女娇磁场不合，还是刚才这一抱撞到了他的头，又哇哇大哭了起来。

山民见状，突然丢掉手中木棒，大叫一声：“虎头！”向女娇这边奔来。

说时迟，那时快，怪兽猛地扑向山民。几乎是在同一时刻，黑脸少年腾空跃起，手中的雷神鞭直击怪兽的头顶。怪兽无奈，只好放弃山民，向右侧蹿跃，躲过黑脸少年的攻击。

山民不知自己刚才已在鬼门关走了一遭，如果被那猲狚怪兽利爪刮到，半个脑袋立时便会消失。他从女娇手中接过婴孩，一边抖动一边哄道：“虎头不哭，虎头不哭。”

再说另一边，黑脸少年顷刻间已与怪兽斗了十余回合。少年身手了得，一双雷神鞭使得虎虎生风，但怪兽也是异常敏捷，辗转腾挪，少年一时间却也伤不了它。

怪兽又一次躲过雷神鞭，突然仰头“吱吱”怪叫了起来，那声音高亢刺耳，响彻山谷，如同一只走投无路的野猪在嚎叫。

“不好，这畜生在召唤同伴，你们快离开这里！”黑脸少年叫道。

女娇抱着肩在一旁冷眼观瞧，见少年如此说，满脸不屑道：“看你如此逞英雄，还以为有多大能耐，谁知就这两下子。”

黑脸少年与怪兽缠斗时，有莘三凶已经躲到了女娇身后，石三帮腔道：“是啊，小子，没本事就退到一旁，看我家主人收拾这食人兽。”

黑脸少年听这主仆二人一唱一和，心下气恼，手底的双鞭使得更快了，不断向猲狙兽发起攻击。那怪兽也颇为强悍，几次被鞭梢打中，已是伤痕累累，却并不逃走，与少年死死缠斗在一起。

突然，少年卖了一个破绽，那怪兽以为有机可乘，猛地向他的咽喉扑去。少年左手执鞭架住兽爪，右手高高举起劈头敲下，只见血光四射，兽头已碎。

石三见状，吓得缩着脖子，再也不敢说话。

然而，少年还没来得及为自己庆贺，却发现已经有十余头猲狙兽从四面八方围拢过来。这些凶兽原是去追杀逃亡的山民，听到同伴的召唤便提前赶了回来。这猲狙与其他兽不同，它们袭击山村，并不急于果腹，而是尽量杀人，然后将尸体贮存起来慢慢享用，如同人类贮存粮食一般。

刚才只是一头猲狙，已经很难对付了，如今突然出现十余头，自然是九死一生。黑大等人又被吓得双膝发软，如果不是拄着木棒，几乎已经瘫在地上。

此时，所有的怪兽都盯着黑脸少年，随时都有可能一哄而上，将其撕成碎肉。然而，那少年却面色沉静，毫无惧意，大喊一声：“来啊！”便高举双鞭，一步一步向兽群走去。

那些怪兽似乎被这少年的勇气震慑，一步一步向后退。

不知为何，女娇心中突然涌起一种莫名的感动，眼前的少年化身成长兄嬴费的身影。她高声叫道：“你快回来！”

然而，已经晚了，那些野兽“吱吱”怪叫着，一拥而上，向少年扑了过去。只消片刻，他就会被啃成一副白骨！少年屹立于猎猎寒风之中，挥舞起双鞭，如同盘古巨神开天辟地一般，高山大石莫不为之震动，惊涛巨浪莫不为之咆哮！

突然，奇怪的事情发生了，那些怪兽并没有向少年进攻，而是将其视若无物一般，在他的周围相互撕咬了起来，只是一顿饭的工夫，十余头怪兽便死伤过半，剩下的怪兽又向其他的怪兽发起攻击。

最后，只剩下了一头怪兽，它虽是怪兽中最强壮凶暴的，但此时气力也已经消耗过半，墨黑色的身躯被同伴的鲜血染透，变成了一只通体赤红的滴血罗刹。然而即便如此，这凶兽也没有一丝退意，它似乎明白了什么，看着遍地的狦狚尸体，仰天“吱吱”怪叫了起来，那叫声是如此凄厉，众人感觉耳膜都要被撕裂了。

怪兽慢慢转向女娇，眼中充满了仇恨，正欲作势发起攻击，不料身后少年的雷神鞭劈头打来，立时便脑浆迸裂，一命呜呼了。

少年浑身上下沾满了兽血，黑脸已经变成了红脸，他走到女娇面前，冷冷地问了一句：“你是女巫？”

这少年竟然识得幻术，女娇反问道：“是又怎样？”

少年依然是冷冷的语气：“感谢救命之恩。”

事实上，如果不是少年事先成为众兽攻击的目标，女娇的幻术也无从施展，更不可能在顷刻间杀死十数头狦狚凶兽，然而她并不想道出实情。

石三等人原不知出了什么事情，见少年如此说，才知道刚才是女娇出手杀灭众兽，对她的敬畏之情在原有的基础上更增加了一百二十分。石三急于在主人面前表现自己，上前推了少年一把，说道：“感谢别人是这种态度吗？”

一场恶战下来，少年已经精疲力竭，不想再耗费体力，没有理会他，抬头看着天空，道：“还有一个时辰天就黑了，山中夜寒，是会冻死人的，得把山民们全都找回来。”

女娇道：“黑大、麻二、石三，你们分头去找山民回来。”

石三道：“可是主人，山民未必肯信我们啊。”

女娇走上前，抓起刚才被少年打死的狦狚兽，用短剑割下它头上赤红色的鬃毛分给三人，道：“拿上这个，山民们就信了。”

三人走后，黑脸少年对女娇道：“我们将山民们的尸体聚拢起来吧。”

繁星满天，不见月光，打谷场上燃起一堆熊熊篝火，火堆旁幢幢的人影正是刚刚经历大劫的北沟村山民。北沟村位于峄皋山北麓的山谷之中，以耕种为生，全村不过百余口，经此一劫共死三十二人，可谓损失惨重。

此时，三十二具死尸平躺在篝火旁，围成了一个圈。在尸圈外，有一名巫祝跳起了巫舞。这位巫祝不是别人，正是白天与黑大等人一起出现的那个山民。此人名叫巫久，是北沟村老巫祝巫禾的独子。

巫久原本和妻子一同前往余泽镇交易货物，归途中听说村中被食人兽入侵。他惦念老父和幼子，让妻子随众人一同逃亡，自己则赶回村中营救。

那个黑脸少年自称文命，夏后氏人，是一名四方游侠。

“夏后文命，你知道猲狚兽是从哪儿来的吗？我听山民说，峄皋山中从未出现过这种怪兽。”女娇的眼睛盯着巫久，低声问旁边的黑脸少年。

“尸胡山。”少年答道。

女娇一怔，这的确出乎她的意料，又问：“你怎么知道？”

少年道：“我也是道听途说……”

还没等少年说完，在一旁的石三便打断了他，道：“主人，这事我知道。尸胡山日前来了一头猛兽，暴戾凶残、嗜杀成性，山上的野兽闻风丧胆、四散逃离。”

女娇心想，能将猲狚这等凶兽赶走，可见那猛兽是何等厉害，难道长兄之死与这猛兽有关？随即她又摇头，不对，如果长兄为猛兽所害，其首如何会被挂上城门，如何会有蛊蛇袭击父王？除非，这猛兽是受人操控的……

正在胡思乱想之际，女娇抬头看到巫久身后的尸体一个个从地上爬起来，随着他的舞蹈而轻微地摆动。

“啊——鬼，鬼呀——”一旁的黑大吓得叫了起来。

“住口！”女娇低声呵斥道。她曾听女戚说过，北海之滨有一岛国名为射姑，曾经流行一种尸舞，死尸能随巫起舞。然而，自轩辕黄帝统一天下之后便被禁止了，消失已逾千年，不料却在中原腹地的深山之中出现，看来这个北沟村并不简单。不过，真正厉害的巫师能够让尸体行走如常人，起舞如灵蛇，看来这个巫久的法力尚浅。

祭祀结束之后已近子时，尸体又平躺回地上，山民将各自家中的死者抬回，其余的仍然放置在打谷场上。

巫久也将老父巫禾的尸体背回，安放在他生时的卧榻上。女娇等人随他一同回到家中，发现晚饭已经做好，有鹿肉和苦菜，还有粟饭。显然，这是巫久夫妇能够拿出的最好食物了。

“这一天折腾，累死我了，”黑大说着去取盘里的鹿肉，“咦，我说巫祝，怎么没酒啊？”

女娇猛地瞪了他一眼，黑大赶忙缩手，侍立一旁。

女娇说道：“下人无礼，巫祝莫怪。”

巫久拱手施礼道：“巫久家境贫寒，无酒招待众位恩人，甚是惭愧。”说着便请众人用饭。

女娇确实饿了，也不推辞，与夏后文命席地而坐，正欲取食，却见巫久夫妇转身欲走，问道：“怎么，你们不吃吗？”

巫久尴尬地笑道：“恩公慢用，我们已经吃过了。”

女娇这才意识到，案上的食物显然不够众人分食，便回头对石三道：“把背囊里的素饼和熟肉取来，大家一起吃吧。”

巫久夫妇推辞再三，最后还是留下来与众人同食。

女娇问道：“我还有一事不明，想请教巫祝。”

巫久道：“不敢当，恩公请讲。”

女娇道：“一日之内，全村死三十余人，为何大家不仅没有悲戚之色，反倒有喜乐之容？”

巫久愣了一下，随即笑道：“恩公有所不知，我们北沟人向来如此，生死无常，天命所归，只为生者庆，不为死者悲。大难不死，劫后余生，还有什么比这更令人高兴的呢？”

女娇虽觉巫久的回答过于冠冕堂皇，然而却又不好再追问下去，便说：“刚才在祭祀时所演的尸舞，不知巫祝从何处习得？”

巫久道：“这是家父所传，只是我习业未精，恩公见笑了。”

这时，一直埋头进食的夏后文命突然问道：“天黑后，我见门前那些猲狚兽被抬走了，不知巫祝将如何处置？”

巫久道：“我们北沟人冬粮不足，自然是将兽肉分割以做口食，皮毛拿到余泽去交易谷物。”

女娇闻言一怔，心想也许这才是北沟山民对亲人之死不悲反喜的真正原因。村中死一人，余下之人便多一份口粮，何况死者多为老弱妇孺。她曾听长兄嬴费说过，东夷有些穷苦氏族，遇到灾年口粮不足，族中老人会进舍身洞活活饿死，说是舍身，实际是被族人抛弃。

夏后文命摇头道：“猲狚兽是食人兽，食其肉与食人肉何异？我看还是聚火焚之为妥。”

巫久一怔，道：“我听说夏后氏死后会被埋于地下，不知是不是真的？”

夏后文命不悦道：“是又怎样？”

巫久道：“尸体埋于地下，时间一久绝祀之人的墓地就会被遗忘，后人在上面种植庄稼，这样的庄稼同样以人肉为食，那么食它又与食人何异？”

“你！”夏后文命一时语塞，拂袖而去。

女娇看着他的背影，突然觉得这个人有些迂腐，与自己的长兄完全不同。人无食而不活，遇荒年食人事尚频发，何况是以食人兽为食呢？饥饿濒死之人，谁还能顾得上礼教仁义？于是由他自去，继续问巫祝道：“听你刚才所说，难道北沟人不将尸体埋于地下吗？”

巫祝点点头，道：“北沟人死后尸体会被投入黑水大泽祭祀龙龟神，如果龙龟神受祀，会将其肉食尽，白骨浮于河面，这样死者的亡魂就能升天，否则亡魂就会被幽冥使者捉入幽冥国。”

女娇诧异道：“我听说黑水大泽为死亡之泽，连一条活鱼都没有，如何会有龙龟神？”

巫祝闻言，吓得脸色煞白，连连摆手道：“不，不，龙龟神是黑水大泽的正位水神，明日祭祀，恩公一见便知。”说着，他又四下打量了一番，好似背后有人一般，满目惊恐，然后又压低声音道：“这种话恩公千万不可再讲，否则触怒真神，恐将引来更大祸患。”

当夜，主奴四人便在巫久家中安歇，巫久夫妇将卧房让给女娇，并在外堂铺了厚厚的褥草给黑大等人睡。巫久与老父的尸体同榻而眠，巫久的妻子则带着虎头去邻家借宿。

女娇第二天才知道，夏后文命已连夜离开了北沟，据守夜村民讲，他走的是通往黑水大泽的路。女娇猜那黑脸小子定是前往尸胡山了，她也想尽快动身，但又对巫久说的龙龟神颇感好奇，权衡再三，还是决定与山民同行。

从北沟村到黑水大泽，一路上山峦起伏，层层叠叠。山上树木以松柏为主，虽在隆冬时节，仍然是满眼郁郁葱葱，让人颇不觉得寂寞。在山林之中，偶尔会见到简陋的房舍，看样子应当是山中猎户的住所，不过它们全都空空如也不见人烟，从屋内斑斑血迹来看，显然是被猲狚兽光顾了。

虽然山路崎岖，但山民的脚步飞快，抬着尸体反倒将黑大等人落在了后面。

女娇与巫久走在最前面，她抬头看到前面的天空黑气昭昭，仿佛黑云压顶一般，知道黑水大泽快要到了，急忙爬上前面的山峰。

虽然事先有过千般设想，但她还是被眼前的景象给震慑了。那巨大的水域，如同镶嵌在群山中的一块黑宝石，是那样的沉静，那样的美丽，四周苍翠的山峰就是它那华丽的底座。不，它是那美人的眼珠，如此的深邃，如此的神秘，又如此的让人不寒而栗。

风起而无波，公子费曾这样对女娇形容黑水大泽，今日一见，果不其然。虽然山风呼啸，但如墨一般漆黑的水面上却不见一丝波澜。也许，它就是那吞噬洪荒的魔窟，是通往地狱的大门，传说中那可怕的幽冥之国就藏在它的下面。难道，就是它将长兄与数十名金甲武士的精魂一起吞噬了吗?

不知为何，女娇心中突然涌起一种想要跳入黑水大泽的冲动。巫久似乎看出了她的心思，急忙拉住她的手臂，说道：“进入黑水大泽的人从没有一个能活着出来的。”

女娇仿佛经历了一场噩梦，猛地回过神来。

这时，后面的山民陆续赶了上来，女娇返身离开山崖，随着巫久向西又走了一段，来到一条约两米宽的水溪旁，顺着山溪又向下走了百余步，终于到了黑水大泽的岸边。

在山溪入口处右行十余步，有一个天然的四方石台，北沟人尸祭龙龟神的典礼便在石台上举行。典礼很简单，没有尸舞，在巫祝短短的祷告之后，便由两名壮汉将尸体猛力抛入大泽之中。

最先被抛的是个十余岁的少年，尸体溅起的水花很低，仿佛被丢入了泥淖之中，发出“噗”的一声响。山民们全都屏气凝神默默注视着少年的尸体，只见他先是浮在水面上，片刻之后便缓缓向大泽的中心移动，如同顺流而下的小船一般。

那尸体渐行渐远，正当他快要隐没在黑雾之中时，水面上陡然出现了一个大旋涡，仿佛水下有一张血盆大口正在吞吸，尸体随着旋涡陷了下去。山民顿时欢呼起来，稍年长一些的扑倒在地跪拜不止，口中高呼着：“龙龟大神！龙龟大神！”随后，一具一具的尸体不断地被抛入水中。

女娇心中颇感失望，原以为能够亲见龙龟神的真容，不料却是眼前这番情形。于是，她随手捡起一块卵石，向刚才尸体下陷的那片水域用力丢去。

第九章 腾蛇

巫久与众北沟山民的目光都集中在水面上，谁也没有注意旁边的女娇，等到石头落入水中才有人惊觉。山民们顿时骚动起来，待发现罪魁祸首是女娇后，立即叫嚷着要将她祭神。

“这妖女会触怒龙龟大神，只有将她献祭才能平息大神之怒！”人群中有一长者指着女娇喊道，随即便有几名壮汉上前捉她。

“住手！”巫久急忙喝止。他曾亲眼见到女娇不动声色地杀死了十余头怪兽，料想自己这些凡夫俗子必定不是她的对手，动强非但不能将她制住，反倒毁了这一村老小的性命。

“巫久，你为何阻拦？”先前那名老者质问。

巫久自然不能将实情说出，只好对那老者道：“老族叔，您难道忘了吗？龙龟大神不受活祭。”

那老者冷笑道：“好，那就先杀了这妖女再献祭！动手！”一声令下，还没等巫久阻止，先前那几名壮汉又扑了上来。

再说黑大等三个无赖，他们虽然惧怕凶兽，但对山民却丝毫不放在眼里，见这些人想要动粗，立时便扑上去厮打起来。石三体瘦灵活，跳来跳去与一个中年汉子缠斗，猛地挥出一记老拳打在汉子的眼眶上，骂道：“你们这些忘恩负义的东西，不想想昨天是谁杀灭凶兽，救了你们这一村老小！”

女娇原本只是一时气恼，怎料到一块小石头会招来山民这样的愤恨，有心想要用幻术解围，却又自感理亏，正在左右为难之际，却听身后有人大喊一声：“都给我住手！”

女娇回头一看，但见十余名金甲武士穿过山溪来到跟前，为首的正是她躲之唯恐不及的吉光。

山民见来了官兵，惊诧之余全都住了手。吉光看也没看女娇一眼，径自站在一个高坡上问道：“谁是巫祝？”

巫久见是一个相貌奇丑的少年，心中也不甚惧怕，上前拱手道：“大人，小人便是巫祝。”

吉光上下打量了巫久一番，问道：“你们为何事厮斗啊？”

巫久将事情原委简单说了，吉光看向女娇，女娇瞪了他一眼，扭头不理。吉光回头对巫久道：“我道什么大不了的，大神岂会因一颗小石子而动怒，你们也太小题大……”

吉光“做”字还没说出口，忽听旁边有人喊道：“快看，大神震怒了！”

众人向前望去，只见大泽中央狂风骤起，掀起了数丈高的黑水波涛！同时，巨大的轰鸣声也随之而来，犹如万马奔腾一般，震得人耳鼓发胀！那巨涛落下，又砸出一个巨大的水洞，黑水排山倒海一般向岸边涌来，眼看就要将众人一齐吞噬。山民们惊得全都匍匐在地，战栗不已，吉光和女娇等人也都目瞪口呆，不知所措。

然而，令人意想不到的事情发生了，丈余高的黑水在距离祭台不足一尺的地方戛然而止，如同凝固了一般，停滞片刻又退了回去。风浪渐渐平息，但在黑雾缭绕的水面上，却隐隐出现了一个庞然大物。

那大物缓缓向岸边游来，仿佛一座山在水面上移动。在大物的身上，有四道亮光穿透黑雾射了过来，犹如暗夜中的明星一般。

突然，先前的老者高喊道：“是龙龟大神！”

闻听这一声喊，来自北沟村的众山民全都匍匐在地，不住地磕头。吉光、女娇等人，连同那些金甲武士，也不由自主地跪倒在地上。

只听远处传来一个浑厚的声音，道：“女主临大泽，玄武归北海。我镇守中原腹地一千年，终于可以回去交差了。”

随后，又有一个女人尖利高亢的声音说道：“在这个小小的水池里蛰伏千年，都要把我闷死了。”

“你就是女娇？”那个尖利的女声陡然近在咫尺，女娇抬头一看，只见如象腰一般粗的蛇头出现在面前，正吐着信子露出锋利的牙齿，随时都能把自己卷入口中。

到了此时，女娇反倒不害怕了，她站起身来，凛然道："没错，我就是东夷国涂山氏女娇，你待如何？"

那蛇头"嗖"的一下缩了回去，随即传来咯咯的笑声，道："不愧是天下女主，我确实该走了。"

随后，那个浑厚的男子声音又响了起来："巫久，尔等祖先原为北海射姑国之民，随我南来以供驱使，凡死者之血肉精魂皆入我腹，我将偕归北海，尔等愿与我同归吗？"

巫久连连叩头道："我等愿与大神同归。"

说罢，一阵狂风扫过，将北沟村山民尽数卷至如小山一般的兽背上，黑水岸边只留下女娇与吉光等人。

随后，那浑厚的声音又说道："女主且听我一言，只因我在此镇守，中原诸凶兽方不敢下山为害。我走之后，凶兽出，兵戎起，生灵必遭涂炭，尤其是那饕餮、穷奇、梼杌、混沌四大凶兽，又该大开杀戒了。尔当勉力除之，以解救黎民于水火，方不失为华夏之母。"

言罢，只见一头身缠巨蟒的黑色大龟从水面上腾空而起。这时，女娇突然回过神来，高声问道："请问玄武大神，我父兄究竟为何人所害？"

大龟已经隐没在黑雾之中，远远传来那浑厚的声音："祸起萧墙尔。"

待黑雾慢慢散去，吉光赫然发现大泽里的水变得清澈见底了，他急忙走下山坡来到岸边，看到水下游鱼如织，情趣盎然。原来，玄武大神为了隐藏真身故意让水色变黑，待他离开之后便恢复如初了。

天空放晴，洁白的云如棉花一般在蔚蓝的天上游走，变幻着各种图案。女娇站在四方石台之上，静静地望着水天相接的那一片碧蓝，陷入了沉思。她在想玄武大神临走时说的那句话：祸起萧墙！一个个熟悉的面孔在脑海中闪现，究竟会是谁呢？母后？伯益？奚仲？飞羽？子献？伏豹？嬴师？季狸？……她感到每个人都有可能，每个人却又都不可能。然而，无论是谁，她都将追查到底，为长兄报仇。

吉光见女娇看着湖面发呆，没有打扰她，远远地向黑大等人招了招手，把他们都叫了过来。

"大人，有何吩咐？"石三跑在最前面，谄笑道。

事实上，吉光早就发现了女娇的踪迹，不过此时皋陶大王身中蛊毒，国都大乱，在外面反而安全一些。所以，他并没有打算把她捉回去，而是明为追踪，暗为保护。女娇的一举一动他尽收眼底，对黑大等人自然也是了如指掌，将这三个无赖留在身边，难免有一天会遭其暗算。

“你们走吧，不要再跟着那位姑娘了。”吉光抬头看了一眼女娇，对三人说道。

石三等人亲耳听到那玄武大神称女娇为天下女主，再加上之前的种种见闻，心中早已认定自己兄弟抱上了大腿，将有享不尽的荣华，此时就是拿棍子打也打不走的。

“不知大人是何用意？”石三皮笑肉不笑地问道。

吉光似乎不屑与之说话，回头对身后的金甲武士使了个眼色，众人上前将三人架起，连拖带拉来到水边，如同之前北沟人抛尸一般将其丢入大泽。无论三人如何呼喊叫嚣，在一旁的女娇都充耳不闻，仿佛没有听到一般。

吉光指着水中三人，说道：“下次再让我见到你们，就没有今天这样便宜了！”

吉光话音刚落，湖面上突然再次掀起了波涛，还未等众人回过神来，水中便赫然钻出一只巨怪。那怪物周身布满黑鳞，上为人身，下为蟒尾，胸前一双利爪，背上还生出一双巨大的肉翅。最让人惊心的是，这怪物居然无首，一张血盆大口直接长在颈上，里面密密麻麻排满了狼牙。

“腾蛇！”吉光惊叫一声，急忙向女娇奔去。

腾蛇原为传说中的上古凶兽，老人常以之吓唬顽童，凡有小儿无理哭闹者，只要瞪目呵道：“腾蛇来食不肖子！”小儿多半止哭为惊，左顾右盼，唯恐腾蛇来食。吉光幼时也经常被恐吓，长大后方知此为长者虚言，世上本无腾蛇。不料，今日却在这里撞见！想来定是玄武大神镇守中原，腾蛇蛰伏不敢为害，今日大神已归北海，便又出来兴风作浪。

说时迟，那时快，吉光还未抢到女娇跟前，腾蛇已将落水三人一口吞入腹中，转而拍动肉翅，腾空跃起，猛地向女娇扑来。女娇急忙向一旁躲避，不料那怪物速度太过迅猛，利爪张开，一把将她抓在掌中，女娇还未来得及挣扎，已被塞入口中。

“公主！”吉光大叫一声，飞身扑向巨怪的大口，急忙去抢救。然而，为时晚矣，巨齿交错，血喷满口，随即顺着巨怪的嘴角渗出。

那怪物连吞四人，似乎志得意满，也不去管吉光，折身钻入了大泽之中。

吉光爬上岸边，呆呆地望着湖面，心中一片空白。回头看看那些跟来的金甲武士，发现他们像是被吓傻了一般，呆呆地看着自己，一动不动。

突然，吉光的脑海中电光火石，闪过一个念头，嘴角不由得露出了笑意，道："险些又被你骗了！"

说着，他从怀中掏出一个黑色物件，托在鼻前闻了闻，眼前的景象立即发生了变化。只见那些金甲武士一个个在水中挣扎，而石三等人则已回到崖上，跟在女娇身边，四人绕过石台正要离去。原来，刚才的一切都是女娇所设的幻影。

"公主想要去哪儿啊？"吉光摇着手中的黑色饰物道。这是一件垂耳兔的木雕，由招摇山上的神木迷榖制成，能解一切幻术。吉光自知女娇善于女巫幻术，离开偃城时特意带在身上。

公主见自己的法术失灵，也不甚气恼，回身笑道："又是垂耳兔，上次被我没收了，这次又拿出一个，这是你的肖像……"

女娇的话未说完，吉光便感到一股力量凭空而起，知道她又要使那隔空取物的本事，急忙将木雕牢牢攥在手中，笑道："这回你可没那么容易得手了。"说着，便小心地将木雕塞入了自己的怀中。

女娇变色道："吉光！你非要跟我作对吗？"

吉光叠臂施礼道："吉光奉命保护公主，不敢有所闪失。"

"保护我？"女娇走到吉光面前，上下打量了他一番，问道，"我去尸胡山，你要跟我一起去吗？"

吉光道："公主到哪儿，吉光便跟到哪儿。"

这时，被幻象骗入水中的金甲武士们纷纷爬上了岸，站在吉光身边。女娇眼中仍然充满狐疑之色，问道："难道你们不是奉母后之命捉我回去的吗？"

吉光道："王后说现今王城混乱，公主如不愿回城可自便，让我等随行保护。"

女娇道："既然如此，那好吧，就准你们随侍了，不过你们可听好了，一路上都要听我的！我说往东就往东，我说往西就往西，明白吗？”

众人齐声道：“诺！”

吉光指着黑大等人道：“可是这三人……”

女娇道：“这三人是我新收的家奴，你若赶走他们，我连你一起赶走。”

吉光道：“诺！”

“快来看，这里还有一只！”走在前面的矮子麻二回头喊道。

在麻二下面不远处是吉光，他左攀右蹬快步向山上爬去，不久便来到一处山腰平地。只见一头斑斓大虎侧挂在悬崖陡坡上，如果不是被一株碗口粗的松树挡住，它还会再继续向下掉落。

吉光皱眉道：“这已是第三只巨齿虎了。”

相比于精明的石三和蠢笨的黑大，吉光对麻二似乎还颇有好感。不过，也可能是因为吉光自己身材矮小又相貌丑陋，麻二不仅比他矮还满脸麻子，在他面前，吉光多少能找到一些优越感。

“难怪猲狙们会逃走，看来那头凶兽想要荡平尸胡山。”麻二双手抱肩，嘴里叼了根木棍，斜靠在一株古松上，悠闲地看着挂在半山腰的大虎。

吉光向悬崖边走了两步，仔细看了一会儿，摇头道：“不，这虎不是被猛兽所杀。”

一路上麻二与吉光也混得熟了，不像先前那样恭谨，直接问道：“大人何以见得？”

吉光指着巨齿虎道：“你看，那虎身上没有明显的伤痕，如果是与猛兽搏杀，必然不是这样。”

麻二道：“可能是吓破了胆，乖乖束手待毙吧。”

吉光还没来得及反驳，便听到喘息声从下面传来，低头看见女娇公主正努力往上爬，忙说声：“小心。”伸手想去拉她，不料公主却并不领情，绕开他的手，自己抠着山石爬了上来。

吉光颇觉尴尬，伸出的手在空中画了一圈才收回来，问道：“其他人呢？”

女娇回头看了看几乎垂直的山坡，道：“山势太陡，我让他们在下面等。”

“公主，这里太危险了，我们还是下去吧。”吉光说着，给麻二使了个眼色。

麻二将嘴里的枯枝悄悄吐在手中，高声附和道：“主人，数年前小人曾随乡里猎户上过尸胡山，那时山中飞禽走兽应有尽有，徒手便可捉得野鸡，可现在满山不见一个活物，委实透着古怪，不如照吉光大人所说……”

“你们自便吧，今日不登顶，我绝不下山。”公主打断他的话，将目光从虎尸身上移开，转而望向山顶。

尸胡山虽没有泰山的雄伟，也没有黄山的秀丽，但其险峻却是天下无双。奇峰突兀、壁立千仞，这两个成语恰是用来形容尸胡山的，难怪人迹罕至。今日幸亏有麻二引路，否则女娇自己根本找不到这条隐秘在茫茫青山中的登山小径。

此时，山顶尚有未化的积雪，被午后的阳光一照，显得甚是炫目。女娇抬头望去，但见山顶上隐隐有一个人影在移动。难道是他？不知为何，她的心突然扑扑跳了起来，好像有一只小鹿在自己的胸口撒欢。为什么？为什么一想到他就会脸红心跳？难道我生病了吗？

“山顶上好像有一个人。”正当女娇公主胡思乱想的时候，麻二突然叫道。随后，他又对女娇道：“主人，那人感觉好像是夏后文命！”

“就是那个背雷神双鞭的黑脸少年吗？”吉光问道。那日在北沟村，夏后文命与猲狙兽搏杀时，吉光等人便躲在暗处，但却并不知其姓名。

女娇道：“管他是谁，上去看看不就知道了？”说着，她理了理稍显凌乱的秀发，顺着山路继续向上爬去。吉光无奈，只好与麻二紧紧跟上。

麻二别看是个侏儒，两条小短腿倒腾起来却如风火轮一般，很快便超过了女娇。女娇今日方知这矮子身手不凡，难怪横行乡里无人敢惹。但让她不明白的是，他为何与黑大、石三这两个酒囊饭袋为伍。

“麻二，我看你身手不错，为何不替帝君效力，偏去做一个市井无赖虚度光阴？”吉光率先道出了女娇心中的疑问。

麻二冷哼一声，手脚并用，继续向上攀登，道：“奶奶的，普天下皆以貌相人，我这等尊荣，连狗都嫌，且出身又低，除了与黑大、石三这等市井之徒为伍，谁还将我当个人？”

麻二此言说得虽令人心酸，却也是实情，吉光不由得劝慰道：“你家主人为东夷公主，待回到东夷自有你用武之处。”

麻二早就猜到女娇绝非常人，此时见吉光既已说透，恨不得倒头便拜，但因身在峭壁无法施礼，急忙道：“全靠主人栽培。”

女娇虽被吉光说破身份，但并未生气，高声道：“你虽然与那二人不同，但你究竟有多大本事，担得多大栽培，还得看看再说。”

随后，三人继续向山顶攀缘。

第十章　饕餮

女娇虽贵为公主，但自幼跟着长兄费跋山涉水、狩猎丛林，还曾随女戚到过极北寒荒之国，自然不会被小小的尸胡山打败。经过半个时辰的攀岩，终于离山顶只有一步之遥了，她看着麻二的身影从头顶消失，便探手抓住上方的一块突石，扒了扒感觉很稳固，用力一抓，纵身一跃，便稳稳地落在崖顶之上。

“啊——”突然，女娇耳边传来一声惊呼。这声音中透着恐惧、诧异、悲惨、愤怒，甚至还有一丝绝望。声音是从麻二口中发出来的，她的第一反应是——出事了！

“公主，怎么了？”尚在崖顶下面的吉光问道。

前面有三株千年古松，每株皆如象腰一样粗，须数人合抱方能围起，它们挡住了女娇的视线，让她看不到麻二的身影。她没有回答吉光，只踏着崖顶的积雪，急急向大树后方掠去。

“啊——”女娇也发出一声惊呼。那声音里同样透着恐惧、诧异、悲惨、愤怒，乃至绝望！

吉光不知发生了什么变故，心下着慌，急忙向山顶攀缘，然而忙中出错，他感到脚下一滑，猛地向山下跌落。糟糕，自己这条小命今日要扔在尸胡山了！正当吉光大感绝望之际，身下突然被什么东西挡了一下，随即又向下跌落！

说时迟，那时快，吉光用尽全身力气，猛地伸手一抓，只觉掌中一凉，身子便被吊在了半空中。他抬头一看，只见手中握的竟然是一支翎箭，那支箭深深插入石壁，撑住了他整个身躯。

“喂，你没事吧？”吉光还未来得及细想，上面便传来公主女娇的声音。

“没事。”吉光勉力答道。他现在这种命悬一线的情况，无论如何也不能说“没事”。刚才，他们是顺着山径斜着攀岩上去的，此时他恰恰被吊在了中间的峭壁上，除了手中这支插在石缝中的箭，左右都没有任何东西可以凭借。

“你抓住这根藤，我拉你上来。”麻二说着，吊下一根手腕粗的枯藤。吉光急忙抓住。

“刚才发生什么事了？”吉光一到崖顶，不提自己坠崖险些丧命之事，急忙问道。

“你自己去看看就知道了。”女娇公主指了指古松后面。

吉光满腹狐疑地向前走去，等绕过古松，他立即便明白了刚才那两声惊呼的原因。同时，他也知道了为何一路走来，尸胡山上没有看见一个活物！

摆在吉光面前的是一座尸山，各种动物的尸体横七竖八地堆积在一起，触目惊心！如不是山顶中央有一个大陷坑，这些尸体会将尸胡山的峰顶拔高十余米！

屠山！吉光的脑海中突然冒出这样一个词。

军队以杀戮立威，攻城者如遇顽强抵抗，城破之时会将全城百姓悉数杀光，财货洗劫一空，此所谓屠城。而眼下有人竟将一山生灵屠戮殆尽，不是屠山又是什么？究竟是什么人，对这座山怀有如此旷世的深仇。从今以后，尸胡山恐怕要怨灵四起，成为一座死亡之山了。

“尸胡，尸乎，难道此山之名正是要印证今日的惨剧吗？”吉光喃喃自语道，不知不觉顺着山沟向下面陷坑中那成堆的尸体走去。

“吉光大人。”侏儒站在古松旁，出言想要阻止。面对此情此景，纵使在疆场上厮杀多年的将军也不免胆寒，何况是这样一个市井无赖呢。他想劝主人尽快下山，却又不知如何开口。

吉光没有理他，继续向下走，距离尸堆仅有咫尺之遥方才停下。他捡了一处平坦光洁的地面，伏身便拜，口中念念有词：“英明的尸胡山山神啊，冤有头，债有主，屠戮您子民之人自会受到应有的惩罚，请不要将您的愤怒撒向东夷百姓！”

“这么说，你已经知道凶手是谁了？”不知何时，女娇公主已经站在了吉光身后。

吉光起身，指着地下一只双目圆睁的死鹿，道：“一羽穿喉，箭无虚发，此等神技，当世除了他还能有谁？”

女娇闻言，急忙走上前仔细观瞧。果然，所有动物只咽喉处有一箭伤，周身再无其他伤痕。她的脸上突然绽开笑容，叫道：“没错，是他，是他！”转而又高声喊道：“飞羽！飞羽！你给我出来！你再不出来，我拿火烧你屁股啦！”

女娇回想起，有一次长兄许诺带她去泰山游玩，不料临时父王相召，便让飞羽带着女娇等人先行。一路上，飞羽自顾与随行宫女莹儿说笑，不理会女娇，女娇一气之下伸手打了那名宫女。不料，等长兄赶来时，飞羽居然告了她一状，让她被长兄斥责。女娇怀恨在心，趁飞羽午睡时将一块燃烧的龙涎香放在他身侧，结果他一翻身正好烧到屁股，痛得他一蹦三尺高，捂着屁股满屋乱窜。

空旷的山谷传来幽远的回声：“你屁股啦——你屁股啦——”然而，举目四望，除了吉光和麻二，连一个鬼影都没有，更别说人影了。

不知为何，公主的眼眶突然红了，再喊时声音已经哽咽了：“飞羽哥哥！飞羽哥哥！我知道你在，你快出来啊！”

女娇抹了抹眼泪，跑到高处一块巨石上，转着身子观望，然而除满眼青黛色的山峦以及少许白色的积雪，什么也没有看到。

“飞羽！你是没脸见我吗？你曾答应过我，一生誓死保护哥哥，如今他却已魂归幽冥，飞羽！你还我哥哥！哇——”女娇公主再也控制不住自己的情绪，仰头号啕大哭起来。

“公主！我飞羽确实是没脸见你啊！”不知何时，飞羽已经站在了千年古松旁。麻二见身后多了个人自己却毫无察觉，不由得打了一个寒噤，急忙向一旁躲避。

女娇泪眼婆娑，看到一个斜背箭囊手握大弓的男人向自己走来，立时便忘记了刚才的质问，叫了一声：“飞羽哥哥！”猛地扑到他的怀里，任由眼泪肆意流出。

自从得知长兄出事以来，女娇公主从未落过一滴眼泪。她将所有的思念都化作对凶手的怒火，决定誓死查出真凶，手刃凶徒。然而，她那小小的身躯怎容得下如此多的愤恨，长此下去精神必将崩溃。幸亏遇到飞羽，江河终于决堤，多日的忧思以泄洪之势向外奔涌。

长弓落地，飞羽不发一言，只是静静地揽着女娇，等到她哭声渐止，才暗暗吁了一口气。他这一个多月是如何熬过来的，只有天知道。

女娇抽噎着从飞羽怀中离开，仰头看着这个如兄长一般的男人。突然，她满目惊异，指着飞羽的头顶道："你——你——"

飞羽颇感诧异，忙用手抓了抓自己的披肩乱发，束冠早就不知丢到哪里去了，问道："怎么了？"

女娇猛吸一口气，道："你的头发，怎么全都白了？"

那是飞羽二十一年生命中最晦暗的一天，如今回想起来恍如隔世。

那日，他与另外四名卫士跟随公子费脱离使团，一路向北骑行来到尸胡山。天色已晚，且又风雪交加，公子决定在山脚下的山洞里歇息一晚，第二天再登顶。

起初并没有什么异常。卫士们忙着剥鹿皮、烤鹿肉，作为侍卫长的飞羽则将山洞前前后后仔细检查了一遍。然而，当他检查完毕回身禀报时，一向沉稳的公子费却显得异常焦躁。他似乎听到了太傅的呼救声，想要冲出山洞去营救。飞羽将他劝住，只身前往察看。

一走出山洞，疾风夹着雪片扑面而来，如同利刃一般。他并未在意，先走入旁边另一个石洞检视马匹，发现它们都很安静地嚼着夜草，提着的心立时便松懈下来。牲口是最敏锐的，尤其是独角兽皓月，比普通的马匹要敏锐百倍，一旦遇有敌情，必先踢踏跳跃起来，给主人示警。

可是，回想起公子费刚才那惊慌的表情，飞羽心中又涌起一阵不安。难道真的是身体劳累产生的幻觉？不，不，那是飞羽从来没有见过的嬴费！

正当飞羽沉思之际，他面前的皓月突然腾空跃起，怒吼一声如虎啸，向外猛冲了出去。飞羽急忙侧身躲避，待他回头，只见一个怪影从洞口处一闪即逝。

“皓月，回来！”飞羽叫了一声追出山洞。然而，皓月却和那个怪影一同消失在茫茫暗夜之中。借着寒雪微光，他循着踪迹一路追了下去。皓月是皋陶大王所赐，公子费视之如命，万一有所损伤，绝难交差。

山路崎岖，越走越险，空中风号如鬼叫，雪花落在身上被体温所化，转而又遇冷凝结成冰，新的雪花覆在其上，很快将飞羽塑成了一个雪人。

他的脚步越来越沉重，还要不时停下来辨别方向，不知不觉便遗失了踪迹。他终于停住脚步，喘着粗气，环顾四周，茫茫群山皆不见，只有那无边的黑暗。

“皓月——”嘶哑的吼叫划破长空，如雨夜的一道闪电，顺着风啸飘向遥远的天际。

独角兽不同于一般的家畜，它温驯时如羔羊，暴戾时如封豨，能与虎豹搏，能与熊罴斗。在战场厮杀时，独角兽往往能震慑敌人的战马，使其束手待毙。然而，它是天生的贵族，性格高傲，只有真正能降伏它的人才能役使它。当时，公子嬴费也是用了九牛二虎之力，方才将其制服。

飞羽连呼数声，不仅没有唤回皓月，反而招来了野兽，待他发觉时四面八方已全是一双双绿荧荧的眼珠。他似乎听到了野兽们在美餐前吞咽口水的声音。

艺高人胆大，飞羽毫无惧色，他将大弓从身上摘下，从箭囊中抽出一支羽箭，扣在弦上。四周都是野兽，此时最怕它们一拥而上，所以他只能主动出击。

突然，他用力一跺，抖落身上的积雪，向前疾冲。在奔跑过程中，只听“嗖”的一声，箭已射出。羽箭甫一离弦，他的右手便顺势向背后箭囊摸去，又抽出一支扣在弦上。

飞羽这一连串动作一气呵成，还没等野兽们反应过来，他的一只脚已经踏在垂死挣扎的兽头上了。他警惕地蹲下身子，借着微弱的雪光，看清楚了地上躺着的是一只赤首猲狚。羽箭穿喉而过，虽然它的身体还在抽搐，却已经只有出的气，没有进的气了。

飞羽将箭从猲狚身上拔出，迅速地投入箭囊，然后瞄准了下一个离他最近的野兽。这个时候，如果野兽们群起而攻之，飞羽纵有三头六臂也无计可施，但问题就在于猲狚们太聪明了，它们像人类一样谨慎，在没有摸清敌人虚实的情况下不敢贸然进攻。

当飞羽用同样的方法杀死第三只猲狙兽时，一些围观者便悄悄离开了。然而，那些被杀者的同族却慢慢聚拢在一起，与飞羽对峙。它们已经找到了破敌之策：他箭囊中的羽箭有限，只要聚在一起他便不能取回射出的箭，一旦羽箭用完，便轮到它们大快朵颐了。然而，此计虽妙，却是坐以待毙之策，需要付出沉重的代价。时间慢慢流走，它们开始蠢蠢欲动，似乎想要采取第二条策略——群起而攻之。胜败似乎已经注定，东夷第一神箭手将要成为这些异兽的夜宵。

"吱吱吱吱——"一串如杀猪般的嚣叫陡然而起，十余双荧光绿眼如流矢一般向飞羽猛扑过来。

说时迟，那时快，只见飞羽站立如磐石、手动如疾风，"嗖嗖嗖嗖——"数箭连发，如同撒豆一般，瞬间将冲上来的野兽射死过半。余兽见状，掉头便逃，待发现羽箭未至，才又停下来，继续与飞羽对峙。

被射死的野兽离得太远，不可能再去取箭，而此时飞羽身上只剩下三支箭，一旦野兽们再来一次冲锋，只能与之徒手肉搏了。他不由得摸了摸腰间的短剑，短剑虽锋利，但与迅捷的猲狙斗却显得太短了，倒不如留一只羽箭当作武器。打定主意，他将一支箭放回箭囊，手中留有两支，并将一支夹在两指间，另一支扣在弓上，做好了迎敌的准备。飞羽可以同时握四支箭，一支射出，另一支随即续上，堪比两千多年后诸葛亮发明的连弩。

不知何时雪已经停了，风也住了，在万山孤寂之中，一个人，一群兽，静静地对峙着。这是一场令人窒息的较量，这里没有对与错，没有善与恶，只有成与败、生与死。

飞羽知道，如果先前只是将猲狙射伤，或许还可以将其吓退，而如今却一口气射死了十余只，这简直可以说是血海深仇了，它们也已经退无可退，否则在尸胡山中将无立锥之地。

然而，经过刚才的冲锋，剩下的野兽已被震慑。它们横行尸胡山数百年，从未遭遇如此强大的敌人，经历如此残酷的战斗。它们摸不准飞羽手中还有多少支箭，不知道还要损失多少条命，所以再也不敢贸然进攻。

飞羽突然感到了一种莫名的不安，这种不安并非眼前的这些猲狙兽带来的，而是那个将皓月引走的怪影。那是个大家伙，体型要比这些猲狙兽大数倍。不好，公子费怕有危险，得赶快回去！

念及此，飞羽四下观察了一番。如此雪夜荒山，沿原路返回尚有可能，如再辟新路，不知要绕到什么时候。然而，来时路已被野兽封锁，如今只能硬闯了。

神箭手不可怕，神箭手引弓不发才可怕！只要箭一离弦，即时便有一命归天！飞羽左手握弓，右手引箭，慢慢向着野兽走去。他每走一步，那些野兽便后退一步，如此行了约有千余步。那些野兽虽然一直后退，却仍然虎视眈眈，丝毫没有逃跑的样子，似乎有一种不死不休的架势。

突然，飞羽只觉得疾风骤起，左右两边各蹿出两只野兽。原来，这几只野兽并没有随大队后退，而是趁着夜黑伏隐了起来，待飞羽走近便突然袭击。而飞羽一心只专注于前方，却忽略了两边。

“嗖，嗖——”两箭，将四只野兽击落。为何是四只？原来，羽箭贯颈而出，余势不减，又射入了后面野兽的体内。然而，由于角度的关系，后面的野兽只腹部中箭，故稍一停顿之后又向飞羽扑了过来。飞羽扬起大弓，朝着兽头猛击了过去，野兽“吱”的一声飞出数丈。

与此同时，余兽也赶至近前，向飞羽扑了过去。这时飞羽才发现，原来手中的弓才是最好的武器，它由西海神木所制，重达二十斤，虽然沉钝，但却极具杀伤力，野兽一旦为其所中，虽不致命却必受重伤。因此，他使得虎虎生风，甚至已忘了背囊中尚有一支羽箭。

那些野兽最怕的莫过于飞羽的箭，既然箭已经没了，虽然有强弓在手但只要与之缠斗下去，待其力竭，必能分而食之。因此，它们可以说是胜券在握了。果然，那弓舞动起来极耗体力，飞羽且走且战，不多久便力不从心，渐渐慢了下来。一只野兽瞅准机会，飞身将他的肩膀咬了一口，他急忙转身将野兽打走。虽然穿着皮裘，但他依然被咬到了，血肉模糊，大弓几乎要脱手。

“我飞羽堂堂九尺男儿，不料今日却要命丧你这等腌臜蠢兽之口！”飞羽自知已经无力御敌，沙哑着嗓子长叹一声，准备放弃抵抗。

正在这时，身后传来一阵如婴儿哭泣般的声音。那些正要扑上前分食飞羽的猲狚兽骤然停了下来，夹着尾巴纷纷向后退去。

飞羽颇感诧异，回头一看，只见一个怪物立在身后的山坡上，似笑非笑地看着他。

“饕餮！”飞羽悚然一惊，不由得叫出声来！

不错，他眼前这只人首牛身的庞然大物，正是传说中的上古四大凶兽之首——饕餮！从体型来看，昨夜引走皓月的那个怪物应该就是这个家伙！

“呱——呱——”饕餮对着猲狚们又叫了两声，那些不可一世的野兽们终于不得不放弃即将到嘴的猎物，悻悻地离开了。

这时，飞羽才意识到天已经大亮，昨夜的大风吹走了阴霾，一轮红日从饕餮身后的山谷中升了起来，光芒万丈，刺得他双目生痛，急忙侧身躲避！这时，他猛然想起，背囊中还有一支羽箭，急忙向背后摸去。还好，没有在刚才的混斗中遗失。

飞羽原本已经抱定必死的心志，此时却又重新燃起生的希望。他二话不说，搭弓射箭，只听“嗖”的一声，那支羽箭已如一道闪电般向着饕餮怪兽飞去。飞羽虽然右臂受伤，但并未伤到筋骨，这一箭他将弓拉满，虽未必能一箭封喉，但重伤饕餮是一定的！

然而，怪异的事情发生了，那支箭居然从距离饕餮两丈远的一侧飞了过去，牢牢插进它身后的古松里！

飞羽自成名以来，还从未有过如此严重的失手。看来，今日命当绝此。饕餮为天下第一贪吃之兽，估计进了它的腹中，连骨头都不会剩下！正在飞羽胡思乱想之际，那怪兽居然咧嘴笑了，口吐人言道：“有勇无谋，莽夫也！”说完这句话，就转身离开了。

飞羽怔怔地在原地立了片刻，才猛然想起公子费，急忙循着原路向山洞奔去！

第十一章　视肉

“等我匆忙赶回山洞，发现四名侍卫已经遇害，大公子也被人取走了首级，只留下了身子……”说到这里，飞羽停了下来，眼睛看着远方那青黛色的层层山峦。明亮的光线打在他那张毫无表情的脸上，好像一尊精致的雕塑。

女娇公主的身体在隐隐颤抖。虽然经过刚才的一阵发泄，她觉得已经能够控制自己的情绪了，但听飞羽描绘长兄嬴费惨死时的情况，仍然不能自已。

“飞羽哥哥，我没事，然后呢？”女娇深吸一口气，稳定住情绪。

飞羽继续说道：“虽然我没有亲眼见到公子遇害，但我相信他的死肯定与那饕餮有关，为了不让公子的身体被野兽侵犯，我先将他在附近草草掩埋，然后便拿起弓箭去找饕餮算账。然而，我翻遍了整座尸胡山，却再也找不到它的身影……”

这时，吉光突然插口道：“将军为何不回偃城禀报大王，反而在这荒山里耽误时间？”

女娇不满地瞪了吉光一眼，他却佯装不知，盯着飞羽，等待他的回答。

吉光说得没错，照理说身为使团的卫队长，飞羽在出事的第一时间就应该快马加鞭赶回偃城，向皋陶大王禀报实情。然而，站在飞羽的角度，他不回偃城也在情理之中。发生如此巨大变故，飞羽即使有一百张嘴，编出一万个理由，也难逃一死。且不说他有勾结敌人里通外邦的嫌疑，单单是失职这个罪名，也足以将他千刀万剐。飞羽不怕死，但他不想就这样不明不白地死，公子费从小与他情同手足，他必须找出真凶手刃仇敌，方肯从容赴死。

“那饕餮说得没错，我就是一个有勇无谋的莽夫！当初如果不是我愚蠢，中了敌人调虎离山的计谋，前去追赶皓月，公子也不会遇害。发现公子遇害之后，如果我立即赶回偃城，大王也不至于被蛇蛊所伤……”说到这里，飞羽突然猛地一拳击向自己的胸口。这一拳力道极重，竟将自己击倒在地，一缕鲜血顺着他的嘴角渗了出来。

“飞羽哥哥！”公主惊叫一声，急忙将飞羽扶起来，“你不要这样自责，是敌人太狡诈。而且，即使你赶回偃城，父王他……他也未必不被蛇蛊所伤。”公主虽是劝慰之语，但却也是实情，因为飞羽发现公子费的尸体时，皋陶王已经遭到毒手，他不可能有时间赶回偃城提前通报。退一万步讲，纵然皋陶王事先已经知道使团被截杀、长子被枭首，知道饕餮现身尸胡山，骤然见到公子费的首级，悲痛之余他也不可能躲过蛊蛇的攻击。

飞羽抹了抹嘴角，继续说道：“后来，鸷师骑兵来到尸胡山，从他们的交谈中我才知道太傅遇害、使团全军覆没，以及大王遇袭。当时我真是后悔莫及。我知道回去便是一死，不过我仔细一想，此事除了饕餮，一定还另有主谋，在查出真凶为公子报仇之前，我绝不能死。于是，我决定将公子的尸身挖出来，悄悄放回山洞，让他们连同那四名卫士一起带回东夷。谁知道，等我回到埋尸地点，却发现公子的尸身已经被……被野兽们挖出来分食了！”

“啊——”公主突然叫了一声，急忙捂住自己的嘴。过了一会儿，她才摆了摆手，示意飞羽继续说下去。

“我先前掩埋公子，原本是为了让他免受野兽侵害，不料山洞里四名卫士的尸体安然无恙，公子却惨遭啮食。你说，这世上还有比我更愚蠢的人吗？坟坑旁野兽的足迹混乱，我不能断定是什么野兽干的，于是就决定杀光尸胡山所有的野兽！”说到这里，飞羽原本平静的脸变得凶狠起来，眼光扫向了身后那堆积如山的野兽尸体。

“我明白了，”吉光恍然大悟道，“飞羽将军每杀死一只野兽，就将它们的尸体扛到山顶当初埋葬公子费的地方，以告慰他的亡灵。而我们之所以在路上只看到了巨齿虎的尸体，是因为它们体型太大，将军扛不动。”

飞羽望着那如小山包一般的尸堆，咬牙道：“没错，我就是要用这座尸山来做公子的坟山！”

不料，吉光却哧哧怪笑了起来，三瓣嘴一张一合，道：“可笑啊，可笑！”他似乎从一开始便针对飞羽，想要找他的晦气。

女娇生气道：“小巫祝，你什么意思！”

吉光的脸不自觉地抽动了两下，他指着脚下的尸体说：“杀死大公子的明明是饕餮，而飞羽将军没本事杀饕餮，却将怒气撒向这些无辜的山兽，这不是自欺欺人吗？世间的骗子我见多了，连自己都欺骗的人却是头一回见，你说可笑不可笑！”

“你！”女娇指着吉光道，“你别忘了，刚才如果不是飞羽哥哥那一箭，你早就掉下悬崖摔死了。世上忘恩负义的人我见多了，却没见过你这种转眼便恩将仇报的人！”

“哼，如果刚才知道是被一个屠山暴徒所救，我宁可去死！”吉光脸色涨红，气咻咻地瞪着飞羽。

飞羽没有理他，抬眼望向远方的天空，女娇却道："你现在去死也还来得及！"

"哼！"吉光见女娇处处护着飞羽，一拂袖子向古松后面的麻二走去。麻二似乎对飞羽甚是畏惧，自他出现之后便一直躲得远远的，不敢靠近。

女娇见吉光走到山崖边，盘腿坐在地上，与麻二攀谈起来，才回过头来对飞羽道："飞羽哥哥，你别生他的气，别看他那个样子，其实他心地还是不错的。"

飞羽的眼睛也看着吉光二人，道："如果我没记错的话，他好像是公子伯益的朋友。"

女娇道："没错，他父亲是太祝奚仲，从小便跟伯益玩在一起。"

飞羽道："你故意把他气走，是不是想问为何大公子在回程途中脱离使团，绕道尸胡山？"

女娇双颊一红，显然是被飞羽猜中了，道："自从离开偃城之后，这个问题便一直萦绕在我的心头。费哥哥不是一个率性而为的人，他这样做一定有原因。"

事实上，女娇千里迢迢从偃城跑到尸胡山来，正是为了找到飞羽，弄清楚为什么公子费会脱离使团绕道尸胡山。她有一种直觉，这个问题可能是揭开使团截杀事件真相的关键。试想，如果不是公子嬴费脱离使团，凭他与飞羽，再加上众多金甲卫士，即便有饕餮相助，敌人也不可能轻易得手。这一点，从敌人在杀嬴费之前先将飞羽引开便可得出结论，如果对方稳操胜券，便没必要使用这种调虎离山的鬼祟伎俩。

飞羽犹豫了片刻，从腰间解下一个布包，捧在手中递到女娇面前，道："喏，大公子绕道尸胡山，全都是为了它。"

女娇一双大眼睛上的睫毛如同蝶翅，忽闪忽闪扇了两下，她小心翼翼地伸手去解那布包，待她看清里面包的东西，不禁倒抽了一口冷气。

那是一团酱紫色的肉，心形，有两个拳头那么大。然而，最让人惊异的是，这团肉状物上居然长了一双猫眼，绿汪汪的，深邃而诡秘，一眨一眨的，似乎是在向人发出祈求。

幸亏是在飞羽手中，否则一定会被女娇丢在地上。她问道："这，这是什么东西？"

飞羽道："它叫视肉，是一种上古神物，我是在千年古松下面挖到的。"说着，他指了指女娇初上崖顶时见到的那三株大松树。

"我哥哥要它做什么？"女娇见那东西虽然丑陋，但似乎并无危险，于是又凑上前去仔细观察，还伸手轻轻摸了摸，感觉肉质光滑细腻，非常的柔软。

飞羽长叹一口气，道："据公子说，这东西能够补虚益损，凡先天不足之人吃了，可以强身健体胜于常人。"

女娇闻言猛然缩手，脸色变得煞白，如同失魂落魄一般，喃喃自语道："果然是她，果然是她！"

飞羽心知有异，连忙问道："你说的是谁？"

女娇抬起头看着飞羽，眼睛里已经噙满了泪，她嘴角咧了咧，欲哭却没哭出来，道："姞莱王后！"

姞莱王后是女娇的生母，如今她却直呼其名，飞羽虽然觉得不妥，不过现在却顾不上这些了，他隐隐觉得真相呼之欲出，忙又问道："王后她，她怎么了？"

女娇的眼泪终于从眼眶中流了出来，她啜泣道："是她，是她杀了费哥哥，是她杀了太傅，是她让使团全军覆没。"

飞羽闻言，如五雷轰顶一般，眼中露出慌乱，连忙摇头道："不，不，公主，你一定弄错了，杀公子的是凶兽饕餮，不是王后。"

女娇强忍着止住泪水，抽噎道："她当然不会亲自动手，但她是幕后黑手！"自己的亲生母亲，杀死了自己最敬爱的兄长，对一个豆蔻年华的少女来说，是一个何等残酷的事实。她不愿意去相信，但却无法说服自己不去相信。她不可能杀死自己的亲生母亲为兄长报仇，但她却无法停止对生母那种深深的仇恨。

"等一等，"飞羽忙收起视肉系回腰里，拉住女娇的胳膊，问道，"你怎么如此肯定王后是幕后主使？"

女娇道："这世上除了王后，还有谁能让费哥哥抛开王命，跑到这尸胡山上来为伯益采药？你是知道的，费哥哥并非王后亲生，她一心想要废长立幼，如今费哥哥已经成为储君，除了杀死他，还有什么办法能够让伯益取而代之？"说到这里，女娇突然停下来，回身看向南方，过了片刻才继续道：

“前日，我曾在黑水大泽遇到玄武大神，我问他是谁杀死了费哥哥，你可知他如何回答？”

飞羽问道：“如何回答？”

女娇道：“他说，祸起萧墙！当时我便猜到是王后了，玄武大神自然不会对人家的女儿明说她的母亲是杀人凶手！今日，又得知费哥哥来此的目的，我就更加可以断定幕后凶手是王后了。”

飞羽听女娇这样一说，也有些举棋不定了，想了想才道：“可是，我无论如何也不能相信王后能够役使凶兽饕餮。”

女娇道：“事到如今，也不得不信了。俗话说，有钱能使鬼推磨，不过是重利相加罢了。”

飞羽又道：“可是，如果真是王后，她为何又要设蛊谋害大王呢？”

女娇道：“她做贼心虚，以父王的聪慧迟早会发现端倪，届时雷霆震怒，不但她自己难逃厄运，连伯益怕也会受牵连。况且，父王身体健硕，如待天年不知要等到几时，她唯恐夜长梦多再生变故。因此，她一不做二不休，索性连父王也除了。如今，一切皆如她所愿，父王形同傀儡，朝中大权已经被她牢牢握在掌中了。”

不知何时，浓云遮蔽了日光，天地间变得晦暗起来。阴风瑟瑟，隐隐有破空之声，好似枉死的动物们在呜咽，让人从内至外都增了几分寒意。虽因天寒，尸堆外面被冻得僵硬，但里面却已经被渗入的雪水沤烂，被寒风一吹，飘出一股腐尸的味道，极其难闻。然而，女娇对这一切竟置若罔闻，她任由刘海在风中飘散，环视四周茫茫的山峦，仿佛天地之间只有她一人。一种从未有过的孤独感袭上心头，她感到自己如同一个弃婴，流落于茫茫大海中的一叶孤舟，随波而走，无论如何哭喊号叫，始终没有一个人前来安慰她。她仰望苍天，苍天无言，她叩问大地，大地无声。

“我好想变成一只鸟儿，飞向那遥远的天边，谁也不见。”女娇喃喃自语道。

飞羽也在想自己的心事，一时没有听清，问道：“你说什么？”

女娇猛然回过神来，问道：“飞羽哥哥，你有什么打算？”

飞羽道：“不管主使是谁，我只知道杀害公子的便是凶兽饕餮，我要亲手除掉它，然后回王城请罪。”话虽这样说，但飞羽显然对能否杀死饕饕，并没有十足的把握，他接着又道：“即使不能杀死它，被它所杀也就是了。”

事实上，在公子费被杀之后，他便已经抱着必死的决心了。而他之所以不断屠杀山上的野兽，虽然表面上是为了替公子报仇，但实际上是为了抹平他内心的伤痛。他不能停下来，一旦停下来，那痛彻心扉的悔恨便会如梦魇一般袭来，令他感到窒息。

“在此之前，我还是先护送公主回偃城。”飞羽看着女娇道。

女娇摇头道：“不，那里已经不是我的家了，我再也不会回去了。”

飞羽诧异道：“可是，公主又能去哪儿呢？”

女娇道：“我要去极北寒荒之国寻找女戚，然后拜她为师。”

飞羽惊道：“公主想要做飞天女巫？”

女娇脸上的泪已被冷风吹干，却留下两串长长的泪痕延至嘴角边，她说：“没错，飞天女巫界于阴阳，可以进入幽冥国。我听说人死后都地进入幽冥之国，我要去那里救费哥哥出来。”

飞羽无论如何也没想到女娇居然会有这样的打算。他想要出言劝阻，然而还未等开口，女娇又道：“你不要劝我，我已经打定主意了。也许，我命中注定要成为飞天女巫。”她似乎想要尽快结束这个话题，问道：“对了，飞羽哥哥，你刚才说要去杀饕餮，不知要去哪儿找它？”

飞羽苦笑道：“不用我找它，它自会来找我。这些日子，它时不时便来和我纠缠一番。我虽杀不了它，却也伤过它两箭。只是我不明白，为何它明明有机会杀我，却只一味地厮缠。”

女娇惊道：“你是说，饕餮还在这尸胡山里？”

飞羽道：“是啊，否则我为何会一直在这山里，难道还真为了打猎不成？”说着，他扫了一眼那些被他杀死的动物尸体。

“那我们得赶紧下山，山下还有许多兵士和我两个家奴。”女娇说着就往山下走，飞羽也忙跟了上去。他们刚走几步，便看见吉光向这边招手喊道：“公主，下面好像出事了！”

女娇走到崖边，果然听到半山腰隐隐传来喊叫声，似乎还有几个人影在晃动。飞羽向下看了一会儿道：“是饕餮！”说着，便抓起一根手腕粗的枯藤，纵身一跃便如大鹏展翅一般飞了下去。待枯藤将尽，他双足朝崖壁一蹬，借势飞到了崖壁上的山洞里，然后又往下飞跃，转眼间便隐没在了层层青翠的山峦中。

女娇等人没有这样的身手，只好顺着原来的小路一步一步向下爬。正所谓上山容易下山难，他们的速度越来越慢，女娇不禁着急起来，不断地催下面的麻二："麻二，你快一点。"

麻二一着急，哧溜一下，差一点像吉光一样掉落下去。女娇无奈，只好耐着性子等他。然而，公主却不明白，她的这位家奴并非不能快，而是故意慢。他听说下面是凶兽饕餮，自然不愿速速去送死。他只愿饕餮将那些金甲武士吃光，吃得肚滚腰圆，没有空隙再吃自己罢了。

再说飞羽，他如猿猴一般，在山林中腾挪跳跃，转眼便来到了半山腰。只见地上一片狼藉，还散落着数具金甲武士的尸体，看样子是有过一番激烈的争斗。然而，饕餮却已不知所踪。他侧耳倾听，突然听到身后有窸窣的枯叶摩擦声，他左手抓弓，右手抽箭，一个转身，一支羽箭便扣在了弦上，对准一块山石喝道："出来！"

随着飞羽的一声断喝，山石后面爬出一个瘦如竹竿的男人。这人不是别人，正是公主新收的家奴石三。飞羽见不是饕餮，稍稍放松下来，问道："那怪兽哪儿去了？"

石三满目惶恐，左右看了看，指了指东边，哆哆嗦嗦地说道："它向那，那，那边去了。"他刚才趁着金甲武士与饕餮缠斗，急忙找了个隐蔽的地方躲起来，像乌龟一样缩在下面大气也不敢出，怎会知道饕餮去哪儿了。但如果不说，眼见羽箭立即就会射过来，只好胡指了一个方向。

飞羽正要向东方追赶，西面突然传来了呼救声，他瞪了石三一眼，转身向西追去。穿过一片丛林，飞羽看到下面一片冰冻的山潭上，饕餮正在吞食一个人，大部分已经吞了进去，只剩下两只脚还露在外面。他二话不说，"嗖"的一箭便射了过去。

饕餮耳中闻得羽箭破空声，但因口中有物躲闪不及，那一支羽箭正射在它那巨大的山羊角上。山羊角坚硬如铁，加上飞羽现在用的是金甲卫士的铜头箭，所以并没有射进去。不过，虽然羽箭被撞飞，但力道却奇大，饕餮感到自己的头被震得欲裂，猛退了两步才稳住身形。

饕餮不敢疏忽，心知下一箭可就没这么幸运了，急忙将口中之人又吐了出来，尖声道：“让我饕餮把到嘴的肉又吐出来，这个世界上也只有你飞羽能做到了！”

“少废话！”飞羽说着，又是一支飞箭。然而，这次饕餮已经有所防范，被它躲开了，那支箭直射入它身后的冰潭，居然将数尺厚的冰射穿，箭身隐没不见了。

饕餮又道：“也就是你手中的弓箭差些，否则我早就成为你的箭下亡魂了。”

“哼，你不过是一介凶兽，”飞羽冷冷道，“死便如烟消，如云散，还奢望精魂永续，简直是做梦。”他将一支羽箭扣在弦上，伺机而发。

“天生万物皆有灵，岂独人类有精魂？”饕餮似乎是在为自己辩驳，这口气完全不像是两个死敌即将决战。

“我且问你，究竟是谁派你来的？”飞羽问道。

饕餮哧哧笑道：“怎么，莽夫也变聪明了吗？”

“你到底说不说！”飞羽气急败坏道。

“要我说也容易。这样，我们来比一比如何，你若赢了，我不仅如实相告，而且我自己也任凭你处置，你若输了便替我办一件事，如何？”饕餮道。

飞羽道：“如何比法？”

饕餮道：“就比一比脚程，十日之内你若能追上我，便算你赢，如何？”

飞羽心下寻思，虽然饕餮能躲过羽箭可谓迅如闪电，但如果是长距离脚程，却未必能胜过自己。况且即便自己输，到时候来个死不认账也就是了，对这种禽兽讲什么信用，便道：“好！我答应你，只不过你所托之事不要违背道义。”

“那是自然。”饕餮说着，便向山下逃去。

飞羽一愣，知道比赛已经开始，来不及细想，大步疾行追了上去。

第十二章　盘瓠

众人从峭壁上下来，发现飞羽和饕餮都已经不在了。地上散落着金甲武士的尸体，有的是被利角顶死的，有的是被铁足踏死的，全都血肉模糊，死状甚是惨烈。石三听见主人的声音，从石头后面钻了出来，黑大和其他金甲武士却不见踪影。

“难道，难道都被饕餮吃了？”麻二说着钻进树林，小心翼翼地探察。他不敢离主人太远，走几步便折回，以防饕餮突然袭击。女娇见状，刚才对他的好印象又迅速消失殆尽，心想：无赖就是无赖，终究成不了飞羽那样的将军。

“我，我，我看见了。”石三一副心有余悸的样子，浑身都在颤抖。

吉光见状，气不打一处来，伸手勒住他的脖领子，骂道：“你这个蠢货，快说，你看见什么了？”

金甲武士是守护王城的卫队，而且这次跟吉光出来的都是他自幼便相识的，自离开偃城以来又朝夕相处，虽不至像伯益那样亲如兄弟，但也是患难与共的交情。不料今日却飞来横祸，悉数毙命，焉能不恼！此时，又见石三这个缩头缩脑的家伙，自然将所有怒气都撒在他身上，真恨不得抽他几记大耳光。不过，石三身高，吉光身矮，他仰着头好像一只猴子吊在树上，看上去甚是滑稽。

石三被勒得脸色涨红，几乎喘不过气来，但又不敢反抗，只好向女娇求救：“主人，主人……”

“松手！”女娇喝道。她倒不是心疼石三，而是想尽快从他嘴里探听飞羽的消息。

石三一边揉着脖子，一边大口地喘着气，见大家都看着自己，才说道：“我看见，咳咳，看见那怪兽一口便将一个兵爷爷，咳咳，整个吞到肚子里，只嘎嘎嚼了两下，咳咳，便血水喷溅，吞了下去，简直吓，吓死我了，咳咳。”他这样说，无非是想告诉大家，别怪我贪生怕死，任谁见了也会吓得屁滚尿流。

果然，麻二闻言脸色煞白，暗自庆幸自己刚才下来得慢。不过他一想到那怪物还在四周，便又心惊肉跳起来，急忙缩着脖子四下打量。

女娇问道：“你有没有看到一个背着弓的白发男子？”

石三见表功的机会到了，忙道：“看见了，看见了，他往西边去了。”

女娇闻言，赶忙向西追了过去，吉光紧随其后。石三和麻二虽然不愿前往，但也无可奈何，只得远远地跟着。

“公主你看那边，好像有个人。”吉光指着脚下的冰潭说道。

公主没有说话，只是手扶山岩，顺着崎岖的山路来到下面，见冰面上果然趴着一个人，一动不动，看样子是死了。她试着踩了踩冰面，发现足够结实，才小心翼翼地走了上去，来到那人跟前，将他翻转过来，不由得失声叫道：“黑大！”

没错，这个被饕餮从嘴里吐出来的人正是黑大！不过他已经奄奄一息了，身上有多处致命伤痕，流出来的血与饕餮口中的黏液混在一起，已经冻住了。他腰里一直挂着的那个酒葫芦也被压得碎成了一片一片的！

“大哥！大哥！”麻二和石三相继扑了上来，他们顾不得黑大满身的血污，将他扶着坐了起来。

黑大试着想要睁开眼睛，但眼皮却已经不听使唤了，只好作罢。他张了张嘴，破锣嗓子“嗬——嗬——”了两声，发现自己还能说话，显得有些高兴，嘴角抽动了两下，费力地叫道：“主人，主人。”

女娇未曾想到，这黑粗的汉子临死前却有话要跟自己说，略上前凑了凑，道：“你还有什么事要交代吗？”

黑大酝酿了一会儿，才道：“那人和怪兽比脚程，赢了，怪兽说出背后主使之人……”

黑大说的那人自然是飞羽，看来他还是不相信幕后主使就是王后，想要从饕餮口中套出实情。自从成为女娇的家奴，黑大并没有办成过什么事，不料在临死前却立下一功，将飞羽的去向告诉了她，至少让她知道飞羽不仅未被饕餮所害，而且已经成功将饕餮引开，好让他们脱身。她心中涌起一丝感动，俯下身子说道：“我知道了，谢谢你。”

这时，黑大又说道：“二弟，三弟。”

麻二和石三急忙凑上前，道："大哥，大哥，我们在呢，你有什么吩咐？"

刚才的话似乎已经用尽了黑大的余力，他一动不动，过了很久才缓缓说道："多烧冥钱，给我，到幽冥国，做个富家佬，买酒喝。"说完这句话，黑大脑袋一歪，彻底断气了。

"大哥！大哥！"麻二和石三抚尸大哭，完全忘记了自己仍身处险境。女娇和吉光也没有想到，这兄弟三人竟然有如此深厚的情谊，平时见他二人嘻嘻哈哈，对黑大似乎也并不十分恭敬，不料在这生离死别之时，居然如丧考妣，痛心疾首。

女娇日后才知道，麻二和石三原本都是孤儿，是黑大将他们养大的。他们三人其实都不是有莘氏，黑大是有熊氏，麻二是有娀氏，石三则是斟寻氏、东夷人。三个异乡人走到一起，结为兄弟，着实有一段不寻常的经历。

黑大的父亲原是乡里大户乌仁的家奴，乌仁见黑大的母亲颇有姿色，便迫使她就范。黑大的母亲不从，乌仁便威胁不答应便杀死她，她回去告诉了自己的丈夫，原以为丈夫会给自己做主。不料，丈夫不敢跟主人对抗，反而威胁她，胆敢答应就扼死她。黑大母亲心想，不顺从主人是死，顺从也是死，被逼无奈便上吊了。那一年，黑大刚十岁。又过了几年，父亲也因病去世了，黑大则继续给乌仁当家奴。等他十六岁那年，已经膀大腰圆了，在一个盛夏的月夜，他潜入主人家，如切瓜一般将主人一家老小全都杀了。

黑大杀人之后逃出乡里，四处流浪，有时给人打短工，但大多时以偷抢为生。有一次，他来到有娀氏的地盘，见到乡民正在祭祀，准备将一个七八岁的孩子烧死，他们认为这个孩子是灾星，引来了瘟疫。黑大用一根手腕粗的木棒将孩子救了下来，这个孩子就是麻二。从此以后，他走南闯北便带着麻二。那时麻二的身高便是现在这样，后来就再也没有长过。

几年后，两人来到东夷斟寻氏的地盘，遇到了沿路乞食的石三，那时的石三也是七八岁的样子，便又将他带在身边。三个无家之人四处流浪，大恶不做，小恶不断，终于来到了有莘氏的地盘，发现这里的人不仅怯懦，而且自私自利，只顾自己，不管别人，正适合他们生存，于是便在此地定居下来，横行乡里，称霸一方。当然，他们也时常被强人教训，打得满地找牙，于是四处拜师，想要学习武艺，结果其他两人都是三天打鱼两天晒网，只麻二小有所成。

当日在平阳，麻二曾潜入治水首领鲧大人的家中，偷得美酒一壶，结果多被黑大所喝。从此，黑大便认定这是人间极品，将装酒的葫芦一直挂在身上，引为平生所好。然而，他终此一生，也只饮过那一壶酒。

矮子麻二举着一块百十斤重的大石，用力推到石洞上方，将洞口彻底地封了起来，然后拍拍手，跪在洞口前拜了三拜，道："大哥，我等无能，不能以酒相送，只能让你带着遗憾上路了。"

黑大被饕餮杀死已经三天了，众人商议之后，在附近找到一个大小适中的山洞，将黑大及一干金甲武士搬至洞口，以大石封闭，算作一个简易的山陵。黑大本是无家之人，随便葬在哪里都行，但金甲武士们却都是东夷的护国军士，原当带回东夷妥善安葬，但如此便又要回偃城调兵，殊为不便，只得暂时将他们葬在此地，待他日有机会再迁回东夷。

吉光见麻二如此说，颇生出几分同情之心，安慰道："酒乃五谷之精华，一升酒须费五石谷，如今华胥和东夷都明令禁止民间酿酒。别说寻常百姓，就是达官贵人想要饮酒也并非易事。"

石三原本在一旁偷闲，见洞口已经封闭，也上前跪拜道："是啊，虽无酒可饮，但有众位兵爷爷做伴，去往幽冥国的道路也颇不会寂寞了。"

麻二道："不对，大哥平生最怕官兵，他在路上不会被人欺侮吧？吉光大人，麻烦你跟诸位说一声，在路上对我家大哥多多照顾。"

女娇看着上前祷告的吉光，心下颇感失落。飞羽一去不回，杳无音讯，也不知是生是死。以他之力，殊难与饕餮匹敌，否则也不会等到今日了。而那饕餮似乎也并不想杀飞羽，不知有何意图。

此时女娇脑海中想的，除了飞羽，还有另外一个人。那人皮肤黝黑，相貌俊朗，身高九尺，背着一对雷神鞭。她原以为黑脸少年夏后文命会来尸胡山，不料却丝毫不见他的踪影，前日时间紧急，她没有来得及问飞羽是否见过他。难道是被其他事耽误了？还是来了之后被饕餮给……她不敢往下想了。以夏后文命之能，绝比不上飞羽，如果不幸撞上饕餮，自然是难以逃脱。

"他死不死跟我有什么关系？我为什么替他闲操心！"女娇像赶苍蝇一

样挥走心头杂乱的思绪。这时，她听到石三又在说幽冥国，便顺口问道：“麻二，你想不想去幽冥国找黑大？”

麻二闻言吃了一惊，忙道：“我还年轻，可不想死！”

女娇不耐烦地摆摆手道：“不是让你死，去那幽冥国，鬼有鬼道，人有人途，活人也可以去，你去不去？”

麻二将信将疑，道：“真的？”

女娇不理他，转而看着石三，问道：“石三，你敢不敢跟我去？”

石三忙道：“身为主人家奴，石三唯命是从，主人说去哪儿石三便去哪儿。”说着，还不怀好意地看了麻二一眼，意思是说，这次的马屁又被我拍准了。

麻二虽然嘴也不笨，但与石三这等天生伶牙俐齿之徒在一起，向来只能吃哑巴亏，当初大哥在时两人便经常争执，他瞪了石三一眼，气哼哼道：“我麻二也唯主人之命是从，主人说去哪儿，便去哪儿！”

女娇拿眼光又去扫吉光，问道：“你呢？”

吉光叠臂行礼道：“吉光唯公主之命是从，公主去哪儿，吉光便跟到哪儿。”

女娇纵身从大石上跳下，拍拍身上的土，道：“那好，大家收拾一下，我们即刻动身！”

据传说，在大约五百年前，黄帝的曾孙姬俊为天下共主，定都高辛，世称帝喾，号高辛氏。当时，在王宫里有位年逾百岁的老宫女，原本耳聪目明、发黑齿固，身体非常健康，一日却患了耳疾，耳朵里刺痛难忍，好像被什么东西啮咬一般，举国的名医都被请来，却都瞧不出是什么病症，自然也无从治疗。不过，好在耳痛时断时续，不痛时便如常人一般。

时间一天天流走，转眼便过了三年，老宫女为耳疾所困，健康状况越来越糟，已经骨瘦如柴了，同时牙齿全掉光，头发全变得雪白，眼窝深陷，看上去如同鬼魅。于是，她不再出门，平时便躲在王宫后面自己那间阴暗的小屋里。不过，帝喾对她还是非常关心，时常去看望她。

一日，帝喾处理完政务，带上王后和御医又去探望老宫女。刚走到门外，便听到里面传来老宫女痛苦的呻吟声，进去一看，发现老宫女正捂着耳朵满地打滚。他急忙让随行的御医上前诊治，结果御医用银针从老宫女的耳朵里挑出一只七彩的虫子。虫子被挑出后没过多久，老宫女便去世了。

那虫子甚至是奇特，到夜晚便发出七彩的光。帝喾觉得这虫子可能是老宫女生命的延续，便把它交给王后妥善照顾。王后将虫子带回自己宫里，担心它四处乱爬被宫女误伤，便将它放在盘子里，用瓠篱罩住。不料，有一天王后打开瓠篱，却发现虫子居然变成了一只拇指大的小犬。这小犬七彩斑斓、遍体锦纹，甚是好看，帝喾见了非常喜欢，因为是从盘子和瓠篱中变出来的，便给它取名为“盘瓠”。

转眼又是两年过去了，盘瓠已经成长为体型健硕的狼犬，帝喾时常把它带在身边，甚至在朝堂上它也蹲在王座的旁边。当时，北方吴戎部落发生叛乱，帝喾调兵遣将前去讨伐，但吴戎氏大首领房王骁勇善战且又异常狡猾，王师虽勇却总不能获胜。帝喾对此非常忧虑，有一次对群臣说：“谁能斩下房王的首级，我就把公主嫁给他做妻子。”

此话说完当天，盘瓠便在王宫里消失了，一连几天都不见踪影。正当帝喾担心它再也不会回来时，盘瓠叼着一个血淋淋的人头出现在了大殿之上，经与吴戎氏作战的将军辨认，这颗人头的主人正是房王。

帝喾大喜，忙让宫女拿来剁得细碎的鹿肉来喂盘瓠，不料它却一口也不吃。

帝喾想了想，问道：“盘瓠啊盘瓠，你为何不吃东西呢，难道是想娶公主为妻吗？并非我不守诺言，实在是因为狗和人不能结婚啊！”

不料，那盘瓠却口吐人言，道：“我的帝君啊，你且不要忧虑，只要将我放在钟里七天七夜，我就能变成人。”

然而，有朝中大臣却坚决反对，说：“无论盘瓠怎样变化，它的本质终究还是牲畜，兽以人为妻，有违天道，不能将公主嫁给它。”

正在帝喾犹豫不决时，公主听闻了这件事，便前来禀告：“君父昔日的许诺，不是许诺给某个人，而是将我许诺给天下。如今盘瓠叼着首级回来，为天下除去了祸害，这难道是一只狗的智慧和力量能够做到的吗？这难道不是上天的旨意吗？称王的人看重诺言，称霸的人讲究信用，君父不可因为我轻微的身躯，而在天下人面前违背了公开的誓约。”

帝喾听了女儿的话，便对盘瓠道：“只要如你所说的变成人，我便将公主许配给你，否则我便要杀了你，无论如何我不能将自己的女儿嫁给一条狗。”

盘瓠闻言很是高兴，便请公主找来一口大钟，将自己罩在里面。一天，两天，三天……到了第六天的时候，公主怕盘瓠饿死，悄悄打开钟一看，发现它的全身都变成了人，只留下一颗狗头还没来得及变，而且从此再也不能变了。

盘瓠顶着一颗狗头，终究不是一个真正的人，他担心帝喾会杀了自己，便带着公主连夜逃到了山里。山上草木茂盛，人踪全无，公主脱去了华贵的宫廷服饰，换上奴仆的粗布衣服，跟着盘瓠登高山入深谷，来到了一处世外桃源般的所在，以石洞做房屋，以山果为食物，安居了下来。

自从公主走后，帝喾很是悲伤，总是想念她，于是就派人到山里察看寻觅。然而，老天总是刮风下雨，山岭震动，云层阴暗，去的人没有一个能到达那里。大概过了十年，公主给盘瓠生下了六个男孩和六个女孩。这些男孩和盘瓠一样，都是人身犬首，而女孩却都和公主一样漂亮，只是个个背上生就一片天然的七彩锦纹。

十年之后，盘瓠死了，公主便带着自己六对儿女回到王宫。帝喾热情地接待了他们，然而他很快就发现，这些孩子个个粗俗无礼，说起话来也含混不清，时常与宫人发生矛盾，而且他们喜欢山野不喜欢都城。思虑再三，帝喾决定将昔日吴戎氏的地盘赐给他们，让他们去那里生活。

十二个孩子到了吴戎的地盘后如鱼得水，日子过得很是快活，等他们长大后便互相结成配偶，做了夫妻。他们的子孙繁衍很快，逐渐成为北方草原上一个强大的部族，人们称之为“犬戎氏”。

“穿过这个山口，前面就是犬戎氏的地盘了。”吉光站在山坡上手搭凉棚，望着前面那一片枯黄的原野，对公主说道。到了夏天，那里会成为绿油油的水草地，只不过现在是冬季，殊无可观。

犬戎不事耕种，以游牧为生，逐水草而居，曾数次侵犯东夷边境，两国连年征战不断。如果让他们知道自己是东夷公主，绝不会轻易放行。可是，若想去往寒荒之国，犬戎国又是必经之地。别无他法，只能尽量躲着别撞上他们的大队人马，尤其是不要撞上犬戎王猃狁，据说他是一个吃人不吐骨头的暴君。

“好了，我得在这里恢复女装了，你们全都背过身去，走远一点！”女娇命令道。

三人得令，向前面走去。麻二在后面磨磨蹭蹭，似乎想要偷看，被吉光兜头扇了一记，骂道：“混蛋，还不快走！”

麻二嘿嘿坏笑了两声，快步去追前面的石三了。女娇看着三人走远，才走到一个山凹处，从背囊中拿出女装换上。转眼间，一个风度翩翩的俊公子，摇身一变，成了位娇俏多姿的千金小姐。

一切收拾停当后，女娇前去追赶三人。她远远看到石三在指手画脚和麻二争论，一会儿看着前面一会儿向这边张望。吉光看到她又连连招手。好像是出事了，她急忙加快了脚步。

第十三章　犬戎

广袤的昊戎大草原上，一场厮杀正如火如荼地进行。这是一场多与少的对决，一方数百人，而另一方却只有两人；同时，这也是一场大与小的较量，一方身材不及中人，另一方则身高数丈。不错，正是一队犬戎兵在围着两个巨人进行厮杀。

那巨人手如蒲扇脚如船，高大的身子矗立在平坦的草原上，犹如铁塔一般。他们全身上下只在腰间系有一块虎皮用以遮羞，其他地方全都裸露着。他们赤手空拳，陷在那些犬首人身的兵士中间，左突右冲想要摆脱纠缠，结果却如雄狮赶苍蝇一般，不知从何处着力。两人手撕脚踏，虽也杀了不少犬戎兵，但自己也都挂了彩，个子稍高那个受伤颇重，身上插着十余支箭，其中一支还在左眼上，血汩汩地流。那只硕大的右脚也不知被什么利器所伤，走起路来一跛一跛的，行动甚是不便。

“你们这些天杀的狗！”受伤较轻的巨人怒吼一声，左手拨开飞来的羽箭，右手上前像抓小鸡一般，抓住一匹马的后腿，猫下腰使劲抡了起来。马上的骑兵顿时飞了出去，四周的人马也被扫倒了一大片。其余犬戎兵士见状，急忙向四周散去。

那匹马一生中从未有过这种凌空飞转的体验，惊得四个蹄子乱蹬，但无论它如何挣扎，总也不能摆脱巨人的掌控。几圈下来它便不再动弹了，不知是被转晕了，还是被撞死了。

然而，慌乱只是暂时的，那些犬戎兵并未逃多远，随即又掉转马头前来围攻。不过，这次他们不再近前厮缠，而是远远地射箭，箭如雨一般向巨人飞来。矮个巨人将手中的马挡在前面挥动起来，那些飞箭或被扫落，或射在马身上。不过，还是有两三支落在巨人身上。

突然，人群中冒出一块飞石，直打跛脚巨人的面门。那石头来势凶猛，加上巨人一只眼睛中箭，来不及躲闪，眼看就要碎面，矮个巨人大喝一声，将马如投石一般朝着飞石抡了出去。虽然马并未击中飞石，但击中了上面缚着的绳索，飞石还未击到巨人面，便被绳索牵着扯了回来。

“防风！别管我，你快走，君子报仇，十年不晚！”跛脚巨人眼见不能全身而退，突然对着矮个巨人喊道。随即，他便拖着一条伤腿折身冲向敌阵，一阵狂踢乱拍，凡被他拍到的犬戎兵士，立时便成了肉饼！然而，他这已经是以命相搏了，飞石和羽箭不断飞来，他也并不躲闪，只是一味杀人，顷刻间整个身子已经如刺猬一般。

“大哥！”被称作防风的巨人大吼一声，想要上前救援。

“走！”跛脚巨人撕心裂肺的一声呐喊，震得地动山摇。随着那一声喊，他口腔里积聚的血喷涌而出。他的另一只眼也插了两支箭，已经双目失明了。

防风又叫了一声：“大哥！”然后转身向山口跑去。

“别让防风跑了！”人群中突然有一人高声喊道。众犬戎兵急忙放弃眼前只剩下一口气的巨人，转头向防风追去。队伍中还剩几十个骑兵，冲在最前面。

那跛脚巨人双目虽盲，但耳朵还很灵，他侧耳倾听辨别方向，然后猛地向着马蹄攒动的骑兵扑了过去。他那巨大的身躯像山一样压了下来，顿时压死了二十多个骑兵。他双臂一挥，又将十余骑兵掀得人仰马翻，后面的骑兵被他那巨大的身躯所挡，错过了追赶防风的最佳时机，被防风逃到了山里。一旦进山，骑兵就无用武之地，那巨人一步顶常人十步，便再也追不上了。

“回来，不要追了！”先前下命令的那个犬戎首领摆手，阻止部下进山追赶。他远远盯着那个仆在地上的巨人看了一会儿，对旁边的兵士道：“你去看看，他是不是死透了。”

那名兵士踩着众人的尸体，爬到巨人的头上探他的鼻息，随后对首领喊道：“王子，这大家伙不喘气儿了。”

被称王子的犬戎首领闻言，哈哈大笑道：“这普天下最有趣的事，莫过于狩猎；而普天下最有趣的狩猎，莫过于狩猎巨人！拿剑来，我要亲手割下猎物的头！”

随后，便有人将一把三尺长剑交到犬戎王子手中。王子扬鞭纵马，踏着人尸马尸跃上巨人的脊背，然后才下马挥剑猛劈，连劈九下才将巨人的头割下来。那颗头足有五尺长，几乎与犬戎王子的身高一样！

“来人啊，将这颗巨人头运回营帐，献给大王。”王子说着又骑上马，从巨人背上骑了下来。正在这时，突然有兵士跑来喊道：“启禀王子，捉到了四名华胥奸细！”

“哦，如此大胆，带过来让本王子瞧瞧！”犬戎王子道。

没有多久，众犬戎兵士便押着三男一女走了过来。这四人不是别人，正是女娇等一干人。他们听到喊杀声震天响，上前察看，发现是犬戎兵捕杀巨人。女娇此生只听闻世有汪芒氏，却从未亲眼见过如此高大的人，一时兴起便上前观阵，等到巨人防风逃走，她想要躲避已经来不及了，当即被犬戎兵围上，只能束手就擒。

犬戎王子见三名男子皆其貌不扬，但女子却貌美无瑕，甚是可人。犬戎女子虽个个妖娆艳丽，但似这等清秀可爱的却极少见，顿生爱慕之心，便佯怒道：“你们这些奸细也忒大胆，来呀，都给我杀了！”

女娇原本想要用幻术逃脱，一听这位是犬戎国的王子，寻思要去寒荒之国必定要经过犬戎，如果有犬戎王子护送，岂不是要省去诸多麻烦，一念及此，她便抬头道：“启禀王子，我们并非华胥奸细。我本是三苗国的赤彤公主，奉命前去寒荒之国联络飞天女巫，共同抗击华胥，路过犬戎宝境，望王子允许我等通行。”

女娇这套说辞并非临时胡编，她事先早就与吉光等人商量妥当。因为犬戎与华胥、东夷全都交恶，为了自保便和三苗结盟，所以只有自称三苗人才不会遭到非难。而且她还知道，丹朱有个女儿与自己同龄，名为赤彤，以她的名义会更加顺利，否则一个年轻女子带着三个男人穿越吴戎草原，即使冒称三苗人也非常奇怪。当然，这个谎言成功的前提是犬戎人没见过赤彤。作为堂堂一国公主，即使本国人也极难见到，何况是遥远的犬戎人。不过，女娇做梦也没想到，一进犬戎境内便遇到了犬戎王子，作为王子，他见到赤彤的可能性还是有的。然而，等她意识到这个问题时话已出口，因此心里不免惴惴起来，悄悄抬眼观瞧犬戎王子那张令人恶心的狗脸，随时准备翻脸战斗。

犬戎王子面沉似水，一双狼眼狠狠地盯着女娇，过了半晌才狐疑道："丹朱大王乃尧王嫡子，华胥正统，以礼教奉行天下，联交外邦自有朝中使臣，怎么会派公主亲自前往？"

犬戎王子能问出这番话，说明他不是笨人，没有色迷心窍。不过女娇听他这样说倒放了心，因为这说明他没有见过赤彤公主。她仰起头，眨着一双动人的大眼，说道："只因我与飞天女巫的大首领女戚曾有师徒之缘，恐派他人前去不能说动，只好由我亲往。"

犬戎王子这才点点头，道："原来如此。那公主可有何凭证吗？"

女娇道："有通关文牒一卷，印绶一枚。"说着，她转身示意石三。石三急忙打开女娇的背囊，从里面取出文牒和印绶。他见到这许多犬人心中害怕，身上冷汗直流，双手也不停地颤抖，手捧着两件东西，直直地就朝犬戎王子走去。吉光见状急忙截下印信，转身递给犬戎王子的侍从，侍从再呈给王子。

石三一个乡野无赖，哪里懂得什么邦交礼仪，如果由着他愣头愣脑直接将印信递给犬戎王子，立即就会被对方识破。

犬戎王子这时才翻身下马，先拿起印绶，见是一块白玉方印，上面刻有"赤彤公主"的字样。他放下印，又拿起通关文牒看了看，才面露喜色，命侍卫将印信还给女娇，躬身施礼道："果真是赤彤公主大驾光临，犬戎国王子狻猊有失远迎，还望公主恕罪。"

犬戎虽与三苗结盟，但在名义上却是下邦之国，所以犬戎王子的地位要比三苗公主低一等。别看犬戎为半兽人，礼节与中原并无差别。由此可见，关于盘瓠的传说并非空穴来风。

女娇见状，暗暗吁了一口气，道：“王子免礼，原本不想劳烦贵国，所以没有事先派人通禀。”事实上，那方公主玉印是女娇自己的，上面刻的自然也不是“赤彤公主”，而是“女娇公主”；至于通关文牒，不过是吉光平日带在身上的书简，犬戎王子被女娇的障眼幻术所骗，才瞒天过海。她原本只打算万不得已时骗骗犬戎国的巡查官员，不料一踏上犬戎地界便撞上了王子，所以还是心有余悸的。要知道，女娇虽有幻术在身，但骗十几个人还行，想要同时骗过数百双眼睛，那是不可能的。

这时，犬戎兵已将巨人头抬了下来，其他人则开始分解巨人的肢体，同时收拾被巨人打死打伤的犬戎兵，那场景甚是血腥。女娇故作惊恐状，问道：“不知这巨人从何而来，王子为何杀他？”

犬戎王子见女娇貌美，早生爱慕之心，正暗自寻思如何说动父王向三苗提亲。这时，见女娇花容失色，不禁想要卖弄一番，扬扬得意道：“公主有所不知，这巨人乃北方大荒中的汪芒氏。近日汪芒氏发生内乱，大首领长坟的弟弟长狄杀死兄长，夺取了王位，长坟的两个儿子防雷和防风跑到犬戎向我父王求助。这两个蠢货也不想想，我父王怎会为了区区两个落难王子与整个汪芒氏为敌呢？于是诓骗他们，只要去东夷将皋陶王夫妇捉来，犬戎便出兵汪芒，帮他们夺回王位。本想借皋陶王之手除掉这两个蠢货，不料东夷祸乱，公子费枭首，皋陶王中毒，一时疏于防范……”

女娇公主听到这里，不禁吃了一惊，道：“他们真的将皋陶王捉来了？”

犬戎王子见公主反应如此剧烈，不禁露出得意之色，嘻嘻笑道：“不，不，凭他们两个蠢货，还进不了偃城。”

女娇公主暗暗松了一口气，嘴上却道：“可惜，可惜。”

犬戎王子又道：“虽然这两个蠢货没有捉来皋陶王，但却把他的小儿子伯益给捉来了。”

公主闻言，落下去的石头又提到了嗓子眼，惊道：“啊，伯益！他在哪儿？”话一出口，她立即便意识到自己失态了，连忙遮掩道：“我是说，那个东夷王子，真的被捉到犬戎国了吗？”

犬戎王子此时正得意忘形，并没有注意到面前这位三苗公主举止异常，满面春光道：“那还有假，现在那小子就在我父王的中军大营里关着呢。”

说者无心，听者有意。听闻公子伯益被捉，女娇身后的吉光如遭晴天霹雳，侧身一个趔趄差点栽倒。吉光从小与伯益情同手足，他知道伯益体弱，从未离开过偃城，被防风兄弟捉到犬戎，不知吃了多少苦。想到这里，他恨不得插上翅膀，立即飞进犬戎大营将伯益救出。

女娇扭头看了吉光一眼，示意他少安毋躁。同时，犬戎王子也狐疑地看着吉光，似乎察觉到了什么。吉光赶忙稳住身形，躬身一礼，低头不语。

女娇忙岔开话题，道："既然防雷防风两个巨人为犬戎立下如此大功，王子为何还要杀他们呢？"

犬戎王子绷起的脸又化开了，对女娇道："我父王原也不想杀他们，但汪芒的新首领长狄派使臣前来与我犬戎邦交，并送上了重礼，条件就是杀了防雷防风两兄弟。受人之托，忠人之事，我本想毒杀二人，不料被他们瞧出端倪，只好以刀兵剿杀。这大家伙还真是难斗，损我百余名兵士，结果还逃走一个。"

言及此，犬戎王子忽然意识到自己说得太多了，急忙打住话头，道："公主且请先随我回中军大营，待我禀明父王，再派人护送公主前往寒荒之国。"

女娇深知，那犬戎王獍犺狡黠险诈，绝不会像他这个傻儿子一样蠢，可能一见面便会被他识破。另外，他身边还有诸多谋士，想要蒙混过关简直比登天还难。然而，这是目前唯一能够顺利进入犬戎中军大营的途径，要想营救伯益，只能走一步看一步了。于是，她对犬戎王子道："那就有劳王子了。"

犬戎王子闻言喜不自胜，一张狗脸笑成了一朵花，回头吩咐道："来人，给公主备马！"

不多时，便有四匹骏马被牵了过来，女娇等人跨上马，跟随犬戎王子缓步向中军大营行去。一路上，犬戎王子历数自己的丰功伟业，炫耀之情溢于言表。女娇虽极想知道伯益的情况，但怕引起他的怀疑，终于还是忍住了，只是与他虚与委蛇。

近两年大草原风调雨顺，草木生得颇为茂盛，一路上成群的牛羊随处可见。在牛羊的周围，必然会出现几个放牧的犬戎女人。这些女人英姿飒爽地骑在马背上，个个皮肤白皙、容貌艳丽，一点也不像整日在野外风吹日晒的样子。她们见到官兵路过，既不下马行礼，也不刻意避让，只是指手画脚地对着他们咯咯笑，有的还故意驱马上前抛媚眼，举止甚是放荡。那些随行的犬戎骑兵也不顾长官在旁，居然也和她们公然调笑。

麻二看得口水直流，心想这可真是男人的天堂啊，早知犬戎民风如此，何苦在有莘那个破地方浪费十余年。他恨不得当即便冲过去，将这些美妇掳至帐中肆意玩乐。然而，当他的目光瞥向女人，想要与她们攀交情时，这些女人却立即变得冷若冰霜，如同贞妇烈女一般。

石三见麻二吃瘪，嘿嘿偷乐。麻二心中暗骂："你们这些不识好歹的荡妇，你麻二爷虽丑，但总比那些狗脑袋的家伙强些吧。"

其实麻二不知，这些犬戎国的女人，自幼见到的男人就全都是狗头人身，自然将狗头视为男人英俊的标志，见到正常的男人，反而如同见了怪物一般。别说麻二这个矮小的丑货，就是英俊如夏后文命，也丝毫入不了这些犬戎女人的眼。当然，如果将犬戎女人从小送至中原长大，她们的审美也就变得正常了。

约莫走了一个时辰，众人行至一个土坡上，眼前陡然出现了一片黄色的海洋，数千个麻布帐篷连在一起，几乎将整个草原都覆盖了。一路上虽也曾见到较大的犬戎群落，但至多也不过数十个帐篷，与这相比简直是小巫见大巫。看来，这应该就是犬戎王子所说的中军大营了。

果然，犬戎王子伸手向前一指，道："那就是卫丘！"

第十四章　穷奇

黑暗是幻想的土壤。在伸手不见五指的地方，除了睡觉，就只剩下幻想了，因为你没有别的事可做。

伯益在黑暗中不知已经过了多久，空间的闭塞似乎让时间也停滞了。他睁眼看了看，很快又闭上了，反正都一样，还不如养养精神。他这时才真正体会到风大师所经受的痛苦，以及他渴望自由的决心。大师被太祝奚仲关在地牢中七年，这足以让一个意志坚强的人发疯，很难想象他是如何熬过来的。不过，好在风大师还有两盏长明灯，而此时伯益连这个待遇也没有。

脚步声响起，由远及近，伯益急忙竖起耳朵。脚步声又渐行渐远了，直至消失，世界恢复了死一般的寂静。为了不让自己发疯，伯益又开始了无边无际的幻想。他并不去想眼下的处境，因为他知道，那就像钻牛角尖一样，越想越绝望。

小时曾听母后讲过，在遥远的西方有一片广阔的流沙地，流沙中点缀着许许多多的绿洲，西王母国便建立在这些绿洲之上。在西王母国中，全都是美艳的女人，没有一个男人，而举国上下最美艳的女人，就是国君西王母。据说，西王母已经有一千多岁了，却仍然风姿绰约，神肌玉骨，举世无双。

西王母喜欢清静，很少在繁华的国都停留，她平时独自在瑶池居住，有三只神鸟凤凰相伴，并为她传递国都的消息。瑶池位于天山之顶，池水碧绿如染，清澈透亮，池中莲花朵朵，水鸟云集，或翔于湖面，或戏于水中，金风送爽，瑞气蒸腾。

从天山向西行四百里，穿过流沙便是西海，西海之南有一座大山，名为昆仑山。在昆仑山上，有一座庄严华美的宫殿，是黄帝位于下界的行宫。行宫的守护者，是一个人脸虎身的天神，他长了九个脑袋，九条尾巴，目光锐利如电，身躯异常雄壮，足有九十九只老虎那般大，甚是威严。这位天神名叫陆吾。

昆仑山再向南四百里，有一座槐江山，是黄帝在人间最大的花园，由于整座山悬在空中，因此被称为“悬圃”。从悬圃一直往上走，便可以到达天庭。管理这座花园的是一个名为“英招”的天神，他长着人的脸，鸟的身子，一双虎纹翅膀展开有十丈长。这位天神在空中飞行，发出如霹雳般的啸叫，只需一天便能周游四海。

伯益想着美艳的西王母，仙境般的瑶池，以及威严雄壮的天神陆吾、英招，令人啧啧称奇的空中花园悬圃，睡意渐渐袭来……

突然，一阵窸窣的脚步声将他惊醒，他冷不丁打了个寒噤，确定这次绝对是朝着自己的方向来的。他屏气凝神，安静地等待着。果然，伴随着吱呀一声响，刺目的光线射了进来，伯益只觉得眼睛一阵刺痛，如同被箭射了一般。他急忙低下头闭上眼，随即又强忍着痛眯着眼努力向前张望。只见一个人影闪身走进来，看不清她的相貌，只能大致辨别身体是一个女人的轮廓，她手上还提着东西。对这个人，伯益是既熟悉又陌生。熟悉是因为每天都是她给自己送饭，陌生是因为他连她的样貌都不知道，更不要说身份、名字了。

女人迅速走到伯益跟前，熟练地将饭食放在地上，随手取了上次用完的餐具，一句话也不说，转身就走。

“喂，你等等！等等！”伯益沙哑着嗓子叫道。声音是那样的粗犷，连他自己都不敢相信这是从自己嗓子里发出来的。然而，那个女人似乎什么也没听到，一刻也不停留，径直走到门口，随着吱呀一声，世界又陷入了一片黑暗之中。

“死聋子！臭哑巴！”伯益喃喃自语着，伸手去够地上的饭食。虽然手脚都被锁着，但勉强还有吃饭的活动自由。他费力地折起腰，将身子尽力向前压，手刚碰到饭食，突然又停了下来。

在黑暗中，他听到了另一个人的呼吸声！显然，这个人想要隐藏自己，极力地屏住呼吸，但这里实在是太静了，还是被伯益听见了。

“谁？”伯益压着嗓子问道，同时迅速地向四周望去，只见右前方出现了一双绿荧荧的眼睛。他只用了一秒钟的时间，便断定那不是一双人眼。一来人眼在黑暗中不会有荧光，二来人的眼睛也不会那样低，除非那人将身子匍匐在地上。难道是狼趁着女人开门的时机偷偷溜了进来？他曾听子献说过，狼与犬同宗，在犬戎国随处都是草原狼。

自己即使没有被束缚，也未必能打得过一头狼，何况此时手脚都被锁住，岂不是坐以待毙，转眼就会成为它的口中餐！想及此，伯益全身的汗毛都立了起来，他虽然想过自己会死，但从来没有想过会被畜生一口一口咬死！

等一等，犬戎王应该不想让我死，至少现在不想，否则也不会按时派人送饭来。想到这里，伯益陡然大声喊起来：“救命啊！救命——”

“公子别嚷！是我！”一个中年男人的声音打断了他，“我是来救你的！”

然而，伯益对这个声音却感到异常陌生，可以说，他平生从未听过这个声音。不过，既然他这样说，就应当不会害自己，否则早就扑上来咬了。伯益壮着胆子问：“你，你是谁？”

“是我，天狼！”那个声音说着，慢慢朝着伯益走过来。

伯益一时没明白过来，疑惑道：“天狼？”

那个声音继续道：“天狼、摇光，公子难道忘了吗？”

天狼和摇光是皋陶王豢养的两条天犬，由于伯益救驾有功便赏给了他。为了解除父王身上的蛊毒，伯益决心前往青丘山捕捉九尾狐。他自知此行一路千难万险，非常人所能抵达，因此在离开偃城时随身带了五名异士，以及天狼和摇光。不料，一行人还未走出东夷，只到斟寻氏地界便遭遇横祸，以至五名异士悉数毙命，伯益自己身陷囹圄。

斟寻氏与三苗毗邻，虽不像三苗那样一年四季炎热湿瘴，但也是终年不结冻，雨水颇多。伯益等人本想赶到前面的镇甸再休息，不料午后天空转阴，没过多久一场疾雨突如其来，恰好路上遇到一座女娲神庙，便纷纷跑到里面去躲雨。

斟寻氏善贾多财，将女娲神庙修得庄严肃穆，丝毫不比偃城逊色。然而，不知是远离闹市，还是遭遇了什么变故，这样一座宏伟的神庙居然被废弃了，成了鸟兽聚集之所。庙内蛛网罗织，尘埃遮蔽，到处都是鸟兽的粪便，连女娲娘娘的神像也不能幸免。

伯益等人一进来，原本在庙里栖息的鸟兽全都逃了出去。庙内无柴，不能生火，众人向女娲娘娘参拜完毕，辟出一块干净的所在，然后便坐等天晴。过了一会儿，伯益见雨越下越大，估计要在庙里过夜，便对众人道：“趁着天明，咱们把娘娘的神像清一清吧。”众人无不赞同。

里面有一个名唤青城的年轻人，率先跳上了神台，正准备清理女娲娘娘鳞甲上的污垢，突然“咦”了一声。

“怎么？”伯益问道。

青城指着女娲神像后面道：“公子，这里有一具死尸。”

众人都是异能之人，自然不惧死尸，闻言纷纷跃上神台观看。只见一个满身血痕、衣衫破碎的男人以扭曲的姿势蜷缩在神像后面。众人将尸体抬下来，发现他身上有多处伤痕，似是被野兽袭击，而且最为奇特的是，他的鼻子被咬掉了。

“估计是野兽的晚餐，真够晦气的，我看还是把他丢出去吧。”青城说道。

“把他丢出去，岂不真成了野兽的晚餐，我看还是暂时放在角落里，待天晴后挖个坑埋了，也算是阴功一件。”另一个年长者表示反对。

“天晴便要赶路，我们哪有闲工夫埋他？”青城不满道。

伯益道：“死者为大，照毕囚说的办。”说罢，命人将尸体抬到西边的角落。

接下来，众人还是将女娲神像打扫了一遍。神像有一丈高，人身蛇尾，右手举着补天石，左手握着一个半成形的小人。这尊神像表达了女娲娘娘的两大功绩：抟土为人与炼石补天。然而，这尊神像与中原神像非常不同，不仅体态臃肿，而且眉目间透着一股凶相，颇不类人。

伯益手执老巫祝所赠的神杖，站在神像前，心中感到有些奇怪。往常每至暗处，神杖顶端的宝石都会发出荧荧的绿光，为何今日却暗淡无光，一点反应也没有。他不由自主地向角落里的尸体瞥去，一种隐隐的不安开始在心里发酵。看样子，那个人应该刚死不久，或许那食人的凶兽还在这附近。可是这种天气，也不可能让大家继续赶路。不过，看了看那五位异士，他提着的心又安定了下来，有他们在，还怕什么凶兽吗?

天色渐黑，雷雨依然没有停止的意思，众人就着雨水啃了几口干粮，只有青城没吃。伯益问：“青城，你怎么不吃干粮?”

青城笑道：“中午吃多了，现在不饿，等晚上饿了再吃。”

伯益不再管他，便招呼守在门口的两只爱犬，道：“天狼、摇光，昨晚你们已经守了一夜，今晚就让毕囚——”

还没等伯益说完，青城抢先道：“公子，今晚就让我来守夜吧。”

青城是五人中年纪最小的，一路上都很积极，既然他抢着守夜，自然没有人和他争。众人又说了一会儿话，便各自休息了。伯益在最里面靠着墙，身边卧着天狼和摇光，其余四人在外面盘膝而坐，将伯益围在中央，青城则独自守在门口，呆呆地望着外面下个不停的雨。

“公子，快醒醒！”伯益在梦中被人推醒，问道：“怎么了？”

“出事了，其他人都中毒死了！我们快走！”是毕囚的声音。

伯益闻言，立即清醒了，忙问道：“怎么会中毒？哪里来的毒？”

“那具尸体，他们四个人都搬过尸体，只有我们两个人没碰，所以没事。”毕囚道，“我们中了别人的圈套，快离开这里！”

“不行，我得看看他们到底怎么样了。”伯益说着就要去摸前面的人。那人仍然盘膝而坐，丝毫不像已经死了。

“有毒，不能碰他！”毕囚连忙阻止。

正在这时，前面突然传来两声狗吠，伯益叫道：“天狼、摇光，别乱跑！”毕囚拉着他的胳膊，急忙向门口跑。

然而，刚跑几步两人便停住了。借着幽暗的天光，他们看到神庙门口出现了一个鬼魅的影子。可以肯定，那绝对不是青城！

“你是谁？为什么要害我们？”伯益问道。他并不能确定会得到答案，因为那个影子看上去不像是人。

先是一阵嗤嗤怪笑，随后便传来颇让人感到怪异的声音，似是狗吠，但的确又是人言：“伯益公子，我已经在此地等你很久了。”

“你究竟是谁？”伯益被这诡异的声音吓得不轻，却仍然壮着胆子问道。

还没等那人回答，天际突然划过一道闪电，照亮了整个世界，女娲神殿里如同白昼。只见一个长着翅膀的怪物映入眼帘，它体型如牛，脑袋似虎，周身长满长刺，像个大刺猬。

“公子，我知道这家伙是谁了！”伴随着一阵轰隆隆震天响的雷声，旁边的毕囚说道。

“谁？”伯益被眼前的怪物吓坏了，从牙缝里挤出一个字。

“穷奇！”毕囚高声说道，“上古四凶中的老三。”

又是一阵嗤嗤怪笑，好像被人强捂着嘴巴发出来的，穷奇道：“一千余年不涉世事，没想到我穷奇的威名未减啊！”

“呸！”毕囚骂道，“堂堂的上古凶神，居然用尸毒害人，不怕被后辈耻笑吗？”

穷奇笑道：“你这个小巫贼，不想却长了一颗榆木脑袋，作恶难道还用仁术不成，我穷奇为恶只看结果，待你们都成了我的腹中夜餐，谁还会来耻笑啊，嘎嘎嘎。”

的确，这穷奇虽然位列上古凶兽的老三，但论起作恶，老大饕餮和老二梼杌都不及他，更不要说那愚蠢无知的老四混沌了。他不仅自己以作恶为乐，还鼓励别人作恶，自称以“惩善扬恶”为己任。凡是见到有人做善事，便吃了他；凡是见到有人做坏事，便捕捉野兽送给他以示表彰；凡是见到两人相争，便将有理的那个人的鼻子咬下来。

穷奇说罢，不待毕囚回答，便振翅攻了过来。毕囚幼年曾随老巫祝学习巫术，成年后又遇奇人，习得一身的本领。他见敌人来势凶猛，怕伤到伯益，急忙仗剑迎了上去。

毕囚这把剑与普通的剑颇为不同，它长三尺，通体乌黑，没有剑锋，而形状怪异，曲曲拐拐，犹如一根老枝，不过却锋利无比，天下利刃凡被它击中，立断无疑。此剑名为玄月，是东夷战神蚩尤用天降神石锻造七七四十九天而成的，曾藏在偃城王宫，离城时姑莱王后亲手送给毕囚。

一个上古凶神，一个东夷异士，两人霎时斗在了一起。好似为这场恶斗助威一般，外面的炸雷一个接着一个，闪电划破夜空，将神庙中的情形照得通明。伯益退到角落，不经意间看到正堂上的女娲神像，正恶狠狠地瞪着自己，不禁吓得两腿发软。

两只天犬挡在伯益面前，兴奋地看着场中一人一兽厮杀。地势对穷奇颇为不利，它虽然能够飞在空中，却被上面的庙顶阻挡，不能肆意施展，再加上毕囚的玄月剑，让它不得不心生顾忌，不能贸然绝杀。但即便如此，穷奇却依然占据上风，赢得这场厮杀只是早晚的事。

毕囚也知自己不敌，一剑击出，趁着穷奇躲避之际，回头对伯益道：“公子，还不快走！”

伯益早就被吓呆了，这时才想到要逃，急忙顺着庙墙向门口爬。不料，毕囚也提醒了穷奇。穷奇发出似狗吠一般的怪叫，用灵力唤起庙内已中毒而死的诸人。伯益心惊胆战地看着那些傀儡从地上爬起来，慢慢向自己围拢。天狼和摇光见状，立即冲上去对着他们一通乱抓乱撞，因为有尸毒，它们不敢下嘴咬。

伯益猛然想起了神杖，回头一看，它就在身后的墙壁上靠着，荧荧的绿光一闪一闪的，比以往任何时候都更加亮眼。不知从哪里来的勇气，他霍然站起身来，回头拿起神杖，大叫着向门外冲了出去。刚一出门，便听到神庙中传来毕囚的一声惨叫。伯益顾不得这些，使尽浑身的力气在雷雨中拼命狂奔。这是一场生死奔逃，他从来没有想过，自己身上还有如此巨大的能量。

雨水冲刷着他的灵魂，雷电震动着他的心扉，树枝划破了他的脸庞，烂泥糊住了他的双腿。这些他全都不管，他只知一味地向前跑，身后就是幽冥国，就是可怕的穷奇，前面就是王城，就是母后温暖的怀抱。

也不知跑了多久，伯益渐渐感到体力不支，这时雨已经停了，雷也住了，四周渐渐明亮起来。他刚想停下来歇息片刻，突然听到一个如洪钟般响亮的声音喊道："在这里，东夷王子在这里！"他回头一看，只见一个如大山般的巨人正探手向自己抓来。

他感到眼前一黑，立时晕了过去。

第十五章　天狼

自从见过凶兽穷奇和像山一般的巨人之后，伯益对狗会说话这件事并不感到奇怪。他很快便确定，面前这双眼睛正是天狼的。

"毕囚呢？你们是怎么找到这里的？"伯益对即将获救这件事感到兴奋，他很庆幸自己没有发疯。

天狼道："公子离开后没多久，我和摇光也逃了出来，那时我看到毕囚已经被穷奇伤了右臂，玄月剑离手，估计他已经……"

"罢了，先不说这些，你快带我离开这里。"伯益身陷天牢，知道现在不是煽情的时候，说着便扭动身子，想让天狼帮自己解除枷锁。

天狼连忙阻止道："公子别急，这犬戎的天牢看守极为严密，想要出去并不容易。而且四周都有卫兵把守，即使出得了这牢门，咱们也逃不出犬戎国。"

"那怎么办？"伯益急切道，"离开偃城这么久，还不知道父王怎样，如今被困在这里，什么时候能到青丘……"这时，他心里想的仍然是父王身上的蛊毒。

"公子，我眼下已经想到一个法子，只是还需要些时日。"天狼道。

伯益道："你快说，什么法子？"

"打洞。"天狼道。

伯益疑惑道：“怎么打洞？”

天狼又道：“草原上土质松软，挖洞很容易，既然已经知道了公子的位置，我和摇光从外面打一个地洞到天牢，公子从地下逃出去。届时我在出口备好一匹马，只要公子逃进山里便安全了。”

伯益心想，如果五位异士在，甚至只要毕囚还在的话，或许可以尝试其他更快的方法，但眼下只有两条会说话的狗，也只能钻地洞了。而且，这个法子虽然耗时，但成功的概率极高。越是这个时候，越不能冒失，否则一旦被敌人察觉，反而错失了逃跑的机会。

想到这里，伯益道：“就按你的法子办，现在赶紧出去打洞吧。”

天狼见自己的建议被采纳，很是高兴，道：“我现在也出不去，得等那犬戎姑娘下次送饭才能偷偷溜出去。”这时，天狼听到伯益肚子咕咕直叫，便道：“公子饿了，快吃饭吧。”说着，它双手捧着盛饭的陶盘，人立而起送到伯益面前。天犬与狼人同宗，虽不及狼人灵敏善战，也不能变身为人，但却是普通的家犬所远远不能及的。

伯益的确饿极了，也不管盘里是什么东西，直接狼吞虎咽地吃到了嘴里。犬戎对伯益还算优待，除了饭食，还给他准备了一罐清水。他吃得太快噎住了，捧起陶罐便往嘴里灌。水本来是温的，现在已经凉了，一口冰水猛喝下去，犹如洪水灌注洼地村庄，差一点让伯益窒息。他咳嗽了半天，才缓过劲来。

“公子，公子，你没事吧？”天狼在一旁慰问道。它既担心伯益出事，又害怕动静太大把犬戎兵招来。

伯益长吸一口气，将手里的陶罐丢在地上，说道：“我没事。”

伯益被水这样一呛，脑子反而清醒了，他低头沉思了片刻，突然问天狼：“那天你离开女娲神庙时，看见青城没有？”

天狼不明白公子为何会有此一问，支吾道：“他，他不是中尸毒死了吗？”

伯益并未解释，依然追问道：“当时巫古、卓央等人的尸体都成了穷奇的傀儡，被它操控想要阻拦我，你和摇光上前厮杀，这些傀儡里面有没有青城？”

“有没有青城？”天狼喃喃自语道，“巫古、卓央、霍拉，还有先前那具死尸……咦，听公子这样一说，那些傀儡里还真没有青城！这是怎么回事？难道青城他……”

“没错，青城就是奸细，神庙截杀根本就是一个早就预设好的圈套。”伯益懊丧道，“可笑我还信誓旦旦要去青丘山，谁想在偃城便着了人家的道。可惜啊，还搭上了毕囚、巫古、卓央、霍拉这四位异士的性命！”说到这里，他突然变得悲愤起来，居然用手臂上的枷锁去撞自己的头，一边撞一边骂道：“伯益啊，你这愚蠢的笨蛋，笨蛋！”

“公子，请等一等！”天狼赶忙阻拦道，“青城不可能是奸细，他当时也搬了神像后面的那具尸体，他怎么会……”

伯益停下来，沙哑道：“你忘了吗？那个凶兽穷奇曾经说过，它在神庙里等我很久了。显然，他不仅知道我是谁，还知道我们一定会路经神庙。而且，那具作为毒源的尸体也是青城发现的。他虽然也搬动了尸体，但他那晚却没有吃干粮，或许那尸毒就是通过干粮进入体内的。而且，即使尸毒不用经口，他一定也有其他方法避免中毒。”

“现在回想起当日的情形，的确颇多疑点，”天狼恍然大悟道，“记得那晚本应轮到毕囚值宿，而青城却抢着去值。可是，有一点我不太明白，青城本是王后娘娘亲自委派的，难道她会害公子不成？”

“不，母后绝对不会害我，只不过她也被人蒙蔽了。”伯益断然道。的确，他有足够的理由相信，母后即使舍弃自己的性命，也不愿让他受到一丝一毫的损伤。过了一会儿，他又说道：“这次谋害我的人，跟谋害父王和公子费的应该是同一拨人。对了，你们是怎么找到这里的，我的那根神杖你们看到了吗？”

天狼道：“神杖我没有看到，估计是遗失在斟寻了吧。那天，我们从神庙逃出来，便一路跟随在公子身边。可能当时雷雨声太大，公子没有听到我们的呼唤。后来，不知从哪儿冒出来两个巨人将公子打晕，我们打不过，只好一路尾随，不料他们居然向北走，把你带来了犬戎国。”

伯益道：“是啊，我一睁开眼，便看到了一个狗头人，真是吓了一跳。听他说话才知道，那家伙就是犬戎王猃狁。后来，猃狁又见过我几次，总是想套问些东夷的事情，我给他来个装傻充愣，他就把我关到了这个伸手不见五指的鬼地方。”

天狼道：“这里实在是隐蔽，我和摇光几乎把整个犬戎大营都找遍了，才找到这个地方。对了，有一件事公子听了可能会高兴。那两个巨人好像跟猃狁闹翻了，猃狁派犬戎兵绞杀他们，杀死了一个，另外一个逃到了山里。”

伯益眼前一亮，道：“哦？看来他们并不是一伙的！敌人的敌人就是朋友，虽然我是被巨人擒来的，可如果能找到那个逃跑的巨人，或许还可以帮助我们。”

“好，我出去后先去山里找找，看能不能找到他。”天狼说到这里，突然听到远处隐隐传来了脚步声，它连忙打住，悄悄退到牢门的后面。

在犬戎历代的国王中，猃狁算不上最昏庸的一位。不过，他有一项功绩却是前无古人，后无来者。据史书记载，在猃狁七十三岁这一年，总共生下了一千零五十六个子女，其中六百二十五个是儿子，剩下的四百三十一个是女儿。与别的国王不同，猃狁没有后宫，但整个吴戎大草原就是他的后宫。在闲暇之时，他喜欢骑着马在草原上游逛，随时临幸自己中意的女人。草原上的任何一个女人，都以为国王诞下子女为荣。

如今，猃狁已经年老体衰，再也没有精力供他挥霍了。大帐里鸦雀无声，他呆呆地坐在王座上，极像一段腐朽的枯木。晨曦侍坐一旁，轻举粉拳捶在老国王那早已丧失了生机的小腿上。在猃狁众多女儿里，她只排在第四百零九位，但却最得父王宠爱，不是因为漂亮，而是因为乖巧，懂得哄老家伙开心。

大帐中央的篝火上架着酒甑，羊奶酒的香味弥漫开来，熏得人昏昏欲醉。正在这时，帐外突然有人禀报：“启禀父王，三苗国赤彤公主到了。”

老国王看了女儿一眼，没有说话。晨曦公主立即心领神会，起身对帐外高声道：“哥，父王叫你们进来。”

帐帘挑起，王子狻猊先走了进来，后面跟着女娇公主。老国王一见到美人，眼睛立时便冒出了精光，但随后看看自己的身体，那精光又如流星一般消逝了。狻猊非常了解自己的父王，脸上不屑的神情一闪而过。

“公主远道而来，一路辛苦。”老国王道，“不知公主走的哪条路啊？”他的牙已经快掉光了，干瘪的狗嘴一张一合，很像将死的带鱼。

“启禀大王，我们化身商贾，绕道东夷，经黑水大泽、尸胡山，这才来到贵国。”女娇将早就编好的一套说辞随口说出，丝毫没有露出怯意。

老国王见这人年纪虽轻，举手投足却不失礼数，言谈举止颇有见识，不类寻常人家女子，心中的疑虑便消去了几分，又缓声道：“公主，你可半点也不像商贾啊。”

女娇回道：“大王，实不相瞒，一路上我是身着男装，扮作商贾子弟。”

“哦？公主如此俏丽，扮作男装，定然风雅绝伦，能否容本王一观啊？”到这时，老猃狁的本性又暴露出来了，说的话完全不像个国王。狻猊连忙给晨曦公主使眼色。

晨曦公主板着脸，上前道：“父王你累了。”

老国王咧了咧嘴，似乎想要说什么又忍住了，摇摇手无奈道：“罢了，你们去吧。狻猊，你好好照顾赤彤公主，择日亲自护送公主去寒荒之国。”

狻猊正愁没机会接近公主呢，闻听此言立即喜上眉梢，施礼道：“狻猊必不辱父王使命！”说罢，领着女娇出了国王大帐。

女娇没想到猃狁这样容易对付，之前的忧虑一扫而空，脸上露出轻松之色。不料，这时突然听到前面有人喊：“哪儿呢，哪儿呢，赤彤公主在哪儿呢？”她抬头一看，只见三个贵族打扮的犬人迎面走来。

为首的那个最为高大，约有八尺，膀阔腰圆，上面两颗狼牙冒出嘴角，露在外面。后来女娇才知道，此人名叫獠牙，是猃狁的第十一个儿子。由于前十个儿子战死的战死，病死的病死，老死的老死，现在獠牙便是猃狁在世的年纪最长的王子，也是最有可能继承王位的一个。獠牙身后左边那位肥头大耳，脖上挂了一长串虎牙做装饰，是猃狁第二百七十六个儿子，名叫獾猪。右边那位一脸红毛，目露凶光，是猃狁第三百二十八个儿子，名叫猖獗。刚才那一嗓子，正是猖獗喊出来的。

狻猊是猃狁第四百一十八个儿子，这三人都是他同父异母的兄长。他见对方来者不善，急忙将女娇挡在身后，静观其变。

“狻猊，把赤彤公主交出来！”猖獗说着就要上前动手。这时，远远跟在狻猊身后的犬戎兵见主帅有难，纷纷围拢过来。

“住手！”獠牙喝止了猖獗，狠狠地盯着狻猊，“父王派你诛杀防雷防风两兄弟，结果跑了一个，你可知罪？”

狻猊不卑不亢，说道：“国有国法，家有家规，如何处置自有父王安排，还轮不到你獠牙来管。”

这时，獠牙身后的獾猪气哼哼地说：“我说狻猊，别仗着你妹妹晨曦受父王宠爱就太过张狂，等獠牙当了犬戎王，你想哭都没机会了。”

狻猊听獾猪这样一说，似乎软了下来，道：“我奉父王之命，护送赤彤公主前往寒荒之国，有什么事你们还是去问父王吧。”

獠牙闻听此言，眼中闪出一抹奇异的光。他的口气似乎也软了下来，道：“我有事要跟你商量一下，关于东夷王子的。”

狻猊对身边的两个犬戎兵道：“你们先送公主回帐。”

女娇一听他们要讨论伯益的事情，自然不愿意离开，但身在别人的地盘，却也无可奈何，只得跟随那两个犬戎兵回到营帐。这时，吉光等人已经在帐中等得心急如焚，见公主平安归来，提到嗓子眼的心才落了回去。

两个犬戎兵一离开，吉光便迫不及待地问道：“怎么样公主，他们没有为难你吧？”

“嘘——”公主指了指帐外，示意隔帐有耳。石三忙走出帐外，果见有四名犬戎兵站在门口，便摆手道：“你们都走吧，有事我会叫你们。”

“回禀大人，我们奉狻猊王子之命，保护公主！”其中一个犬戎兵答道。

“什么保护，你们这明明是——”石三还未说出“监视”两个字，便被女娇喝止了：“石总管！就让他们在外面保护吧。”石三心头一乐，自己何时成总管了，回头又钻进了大帐。

女娇压低声音对三人道：“我们的身份对方没有怀疑，而且伯益也确实在这里，可能被他们关在天牢里，得尽快找到他，然后再考虑如何施救。”

麻二道：“可是现在我们相当于被人软禁，如何出去寻找啊？”

石三补充道：“是啊，即使能出去，我和麻二都没见过伯益王子。”

吉光道：“我估计晚上他们的看守就会松懈，到时候咱们悄悄溜出去，先摸清犬戎天牢的位置，然后再做打算。”

四人正在秘密商议晚上行动的安排，帐外突然传来一声高呼：“狻猊王子到！”

话音甫落，帐帘挑起，狻猊王子信步走了进来。他见众人都立于帐内，便招呼大家坐下。木案的后面有坐毡，公主跪坐于正位，左侧依次是石三、吉光和麻二。在这里，石三的公开身份是内务总管，而吉光和麻二则是随行将军，所以位于石三之后。

狻猊王子坐在石三对面，待大家都落座，他又吩咐侍卫安排酒宴，然后才对女娇道："不知公主想要何时起程前往寒荒之国？"

女娇敷衍道："自从离开三苗，一路奔波至此，身体颇感疲乏，想暂时休整几日，不知王子能否见容？"

狻猊正要伸手去取案上的酒樽，闻言停手道："那是再好不过了，我这里正好还有一件喜事要向公主通报。"

女娇以前在东夷王宫极少跪坐，此时颇觉不自在，但仍努力克制道："是吗，王子不妨说来听听。"

狻猊道："我得到消息，鲧大人现在东夷，三日后便可到卫丘。公主多留几日，届时正好与鲧大人见上一面。"

女娇一愣，心想这鲧大人是谁，跟我有什么关系？然而，听狻猊的口气，这位鲧大人应该跟赤彤公主很熟，想必是三苗国的什么人，因此她不敢胡说，以免暴露自己，只是微笑颔首，道："好，好。"

吉光见状，急忙解围道："鲧大人曾是尧王的治水首领，后跟随我丹朱大王南下三苗，手中握有三苗国一半的兵权，临行前我曾听说，大王派他去东夷游说皋陶，请皋陶联苗抗舜，不知他跑到犬戎来干什么？"

吉光这句话可谓一石二鸟，既将鲧大人的身份告诉了女娇公主，又挑拨了三苗与犬戎的关系。既然三苗有意与东夷联合，自然就会把视东夷为仇敌的犬戎丢到一边。

被吉光一提醒，女娇立时便想了起来，这位鲧大人本是黄帝族裔，夏后氏的大首领，帝尧时用围堵法治水，将华胥的洪水都赶到了下游的东夷，淹死了数以万计的东夷人，即使活下来的人也大量流离失所，无家可归，有许多小部落甚至因而灭族。东夷也因此而一蹶不振，许多年都没有缓过来，犬戎兵趁机侵扰，幸亏帝尧出兵，东夷才不至于被犬戎所灭。那时女娇还未出生，这些都是长兄嬴费讲给她的。后来，帝尧升天，帝舜掌位，丹朱被迫南迁，这位鲧大人不容于新帝，跟着丹朱逃到了三苗。

这时，只见狻猊嘿嘿冷笑道：“原来如此。我还一直纳闷，大战在即，鲧大人为何要跑去东夷。现在东夷内乱，自顾不暇，公子费死了，皋陶那老东西也不知死活，他的小儿子伯益又落在我们手里，与其结盟已经毫无意义，这才想到我们犬戎，嘿嘿。”

吉光故意露出尴尬之色，试探道：“既然如此，不知贵国想要如何应对？”

狻猊眼睛盯着女娇，道：“看在公主面上，这事我们便不追究了。实不相瞒，刚才我跟獠牙那些人便在商议此事，我们决定与汪芒氏联合出兵东夷，三苗只需要从旁策应即可，一旦攻下东夷，地盘归三苗，财货我与汪芒氏两家瓜分！”

狻猊一席话，只说得在座四人目瞪口呆！这时，只听狻猊继续说道：“公主不必担心，举兵之事自有獠牙等人，我仍会亲自护送你去寒荒之国。”

狻猊还要继续说下去，帐外突然传来一阵喧哗。

第十六章　女戚

在天与地相交处，夕阳收起了它夺目的光芒，犹如一个赤红的大圆盘。如同水渗入泥土中一般，它用自己剩余的能量将西方半个天空染得粉红，那柔美的光，好似姑娘含羞带笑的脸庞。与此相对，东边的天空却呈现出一片绚烂的紫红，薄云层层而起，犹如性感而泼辣的少妇轻扭腰肢、舞动绣裙。

在这色彩斑斓、奇异诡谲的天幕下，一群飞天女巫骑着碧绿的竹枝，在卫丘上空由北向南穿云而过。她们大约有二三十人，个个身着雪衣，乌发赤足，远远望去，好似一团白云飘过。然而，她们还是被犬戎兵发现了，大家对着天空呼喊起来，像是一群发情的公狗。

有那些反应快的，拉弓搭箭便向天上射，飞奔而出的狻猊急忙阻拦：“住手，混蛋，都给我住手！”众兵士一见首领来了，立即偃旗息鼓，不敢再哄闹。

女娇也跑出帐外，看到飞天女巫正好从头顶飞过，急忙招手大声呼喊：“喂，师父，师父！”她并不确定那些女巫中有女戚，但相信应该能从她们那里问到女戚的消息。然而，这些女巫不可能听到她的呼唤，很快便飞了过去，消失在天边。这时，她才深感后悔，为何当初没有跟师父学习飞天术。

狻猊上前安慰道：“或许你师父并不在那里。”

女娇一副失落、懊丧的表情，道：“谁知道呢，万一她就在那里，我们岂不是要白跑一遭？”

狻猊又道：“即使你师父不在寒荒之国，那里也有其他飞天女巫留守，问出女戚下落再去寻找，岂不更好？”

女娇点点头，道：“你说得很有道理，我们还是先去寒荒之国。”

说话间，夕阳已经被地平线吞噬，炫彩的天空顿时变得晦暗而邈远，层云失去了光的衬托，变得如鱼鳞一般，更增加了几分鬼魅。这一切都在宣告：草原上的夜幕即将拉开！

女娇正欲转身回帐，突然脑中灵光一现，对狻猊道：“王子殿下，我有一个小小的请求，不知你能否同意。”

狻猊见赤彤公主突然客套起来，不明就里，便道：“公主但讲无妨，只要狻猊能够办到，必将赴汤蹈火。”

女娇笑道：“不用你赴汤蹈火，对你来说只不过小事一桩。我想见见你说的那位东夷王子，不知你能否安排？”

女娇此言一出，吉光等人尽皆瞠目，担心地看着狻猊。狻猊也是一愣，迟疑了片刻，才问道：“公主为何要见一个死囚？”

女娇道：“我在三苗便听说，东夷王子伯益蠢如鹿、丑如豕，不知是否属实，正所谓百闻不如一见，既然他本人近在咫尺，何不亲眼一观。既然殿下为难，也就罢了。”

狻猊闻言哈哈大笑，道：“公主所闻大约只是传言，并非实情。在我们犬戎人眼里，男人长相如伯益，自是奇丑无比，但在你们中原人看来，却是一个温文尔雅的美丈夫。至于说他‘蠢如鹿’，那更是无稽之谈。此人之狡诈，心机之深重，非常人所能及。我父王曾数次相召，想要询问东夷国情，都被他轻描淡写地化解了。不过，此人身上有一个致命的弱点，即使不被我犬戎所杀，也终难成大事。”

女娇从未听人背后评价自己的亲哥哥，立时便来了兴趣，追问道：“什么弱点？”

“怯懦！”狻猊颇为得意道，“凡成大事者，决断为先，一个胆小之人，必然只知抱头鼠窜，不敢与人争锋。”

女娇听闻此言，脸上露出诧异之色。眼前这人如果不是长了一颗狗脑袋，她绝不会相信他是一个犬戎人。她所见到的犬戎人，与在东夷听到的传闻没有多少差别，头脑简单，四肢发达，喜欢一根筋。而这位狻猊王子，不仅思维灵活，而且有时甚至可以称得上睿智！

女娇想至此，不由得脱口而出：“王子殿下的聪慧，让我觉得颇不类犬戎人。”此言一出，她立即便觉得有些不妥，这不是明说犬戎人本就应当“蠢如鹿”吗？然而，说出去的话如泼出去的水，再也收不回来了。狻猊王子却并未朝这个方面想，他看上去很是高兴，道：“实不相瞒，我的母亲其实是中原人。”

“原来如此。”女娇点头道，她不想再让这个话题继续下去，便开始往回收。然而，狻猊王子却又补充道：“我本人也不喜欢犬戎女子，将来如有机会，想娶一个如我母亲般聪明、美丽的中原女子。”说罢，他出神地看着女娇。

说至此，已经相当露骨了，女娇却佯装不知，转口道：“说了这么多，王子还是不能满足我那小小的愿望。罢了，就当我没说。天不早了，我要去休息了。”说罢，转身就往帐内走。

狻猊王子忙道：“公主误会了，我可没说不让公主见东夷王子。今日公主早点休息，此事我明天便安排。”

狻猊之所以对伯益品头论足，无非是担心赤彤公主见了那个东夷小王子动心。毕竟自己作为犬戎人，从相貌上对三苗公主毫无吸引力，只好从品性上打败伯益，说他狡诈、怯懦，都是对其品性的诋毁。

吉光紧跟公主走进大帐，偷看狻猊王子已经走了，才长出一口气，低声责备道：“公主，你也太大胆了，万一让狻猊瞧出破绽就糟糕了。”

石三冷笑道：“吉光大人放心吧，这狻猊老小子色迷心窍，癞蛤蟆想吃天鹅肉，不会怀疑到公主身上的。”

麻二道：“既然明天就能知道伯益公子的位置，那么今晚的行动是不是取消？”

女娇公主道：“不能取消，我们要利用今晚察看地形，救出伯益后还要想办法逃出犬戎。你们也都听到了，那位鲧大人三天后便到，他一来我们的身份就会暴露。因此，必须在他来之前离开犬戎。”

吉光道：“我看宜早不宜晚，最好明晚便去营救公子。”

女娇道：“明日见机行事。今晚的行动由我和吉光出去勘察地形，麻二、石三，你们两个守在帐外，一旦突发变故尽量拖延，我们会很快赶回来。”

三人齐声道：“诺！”

明月悬空，犹如无边暗夜的一颗独眼。群星黯然，邈远处偶有几颗冲破皓月的光芒，显露点点微光，恰似暗夜脸上的麻子。

洁白的月光从天际洒下来，仿佛给辽阔的昊戎大草原铺了一层雪被。卫丘上的犬戎大帐被月光一照，好似一个个山包，又好似一座座坟丘。

远处传来一声声野狼的嘶嚎，似乎在向整个草原宣告：黑夜是属于我们的，你们最好安分地待在自己的窝里。然而，有人却把它们的示威当作耳旁风。月夜下，有两个人影在一个个犬戎大帐间如鬼魅般穿行。

这两人个子不高，身形瘦小，一男一女，正是吉光和女娇。吉光正要说话，女娇赶忙用手捂住他的嘴：“嘘！有人！”

两人急忙躲在暗处，看到一个同样瘦小的身影从帐中走了出来，看样子是一名女子，手上还拿着包裹一样的东西。她看上去鬼鬼祟祟，四下望了望，才放心地向西走去。

“是她！”女娇等女人远去，才走出阴影说道。

“她是谁？”吉光问。

“她叫晨曦，好像是狻猊的妹妹，”女娇疑惑道，“这么晚了，她鬼鬼祟祟的干什么？”

吉光道：“看样子应该是什么见不得人的事，没准是跑去私会情郎吧？”说到这里，吉光又觉得自己这话有些猥琐，急忙道：“我们要不要跟过去瞧瞧，抓住她的把柄，没准可以要挟她，让她帮我们逃出犬戎。”

女娇道：“不行，我们不知道她的底细，万一弄巧成拙就糟了，还是按我们自己的计划行事。”说罢，她猫着腰，悄悄向北移走，吉光忙跟了上去。当初，他们是从南边来到卫丘的，对南面的地形比较熟悉，现在要去探察北面的地形。伯益逃走，敌人一定会认为他们南走东夷，向北应当是相对安全的。而且，虽然今天看到了飞天女巫率众南行，却不知道她们要去哪里，相比之下，还是去寒荒之国更容易得到女戚的消息。或许，女戚仍在寒荒之国也说不定。

两人躲过巡夜的犬戎兵，穿过一个又一个营帐，突然看到前面一个大帐中有灯光透出。这个大帐是普通营帐的两倍大，装饰也颇为华丽，而且距离其他营帐相当远，帐外有犬戎兵把守，看样子它的主人应该是犬戎国某个重要人物。

女娇盘算了一下，对吉光道：“你在这里等我，我过去看看，马上就回来。”

“喂！”吉光刚想阻拦，女娇已经朝守卫的犬戎兵走了过去。犬戎兵似乎听到了吉光的声音，纷纷朝这边张望，吉光急忙隐藏到阴影中。

女娇已经走到了犬戎兵的身旁，他们却熟视无睹。只听一个犬戎兵道：“刚才那个声音，你们也听到了吧？”

另一个道：“不知道是什么东西，要不要过去看看？”

先前的犬戎兵道：“不会是野狼吧？”

有一个年长些的犬戎兵道：“管他什么鬼东西，闭上你们的狗嘴！”众人都不再说话了。

女娇走到年长犬戎兵跟前，调皮地伸手在他面前晃了晃，自语道：“嘻嘻，本公主的幻术又上了一个台阶。”说着，她轻轻推开帐门，先是一条缝，确定里面没有危险，才侧身钻了进去。

大帐中央挖了一个火坑，里面燃烧着干燥的牛粪，不停地向外喷着热浪，以抵御北方寒冷的冬天。大帐里面，有三对犬戎男女正在饮酒作乐。虽然四周挂有长明灯，但灯光晦暗，又距离较远，女娇一时看不清面貌，只听得男女调笑淫乐之声，心中一时六神无主，转身打算离开。

正在这时，只听一个男人突然抬高声音道：“这次一定要把兵权搞到手！”

这个声音非常熟悉，似乎在哪里听过。女娇略一沉吟便想起来了，这正是白天拦截自己的那个猖獗。一听他们提到“兵权”，知道关系犬戎机密，原本想走的，这时也移不开步了。她竖起耳朵，想要继续听下去。然而，却听一个声音斥责道：“你小声点，唯恐别人听不到似的！”这个是獠牙。随即众人便低声密语了起来。

女娇急于窃听，也顾不得害羞，匆匆向大帐里面走去，走到能听清对方声音的地方才停下。只听獾猪道：“这次机会确实难得，狻猊一旦离开犬戎，老家伙想要攻打东夷，必定会把兵权交到獠牙手里。到时候，一切都得听咱们的了。”

獠牙忧虑道：“我觉得事情没那么简单，狻猊一向精于谋算，怎么可能为了一个三苗女人连兵权都不要了。”

猖獗不满道：“獠牙，每到关键时刻你就犹犹豫豫。你别把狻猊想得有多么厉害，俗话说‘英雄难过美人关’，呸！呸！他算个蛋英雄，就是一头笨鹿。他向来看不上咱们犬戎女人，一门心思想要娶个中原女人，现在天上掉下这么一个如花似玉的赤彤公主，他能不上心吗？”

獾猪又道：“猖獗分析得不无道理。而且，狻猊的老娘是东夷人，他肯定不愿意亲自带兵攻打东夷，借护送公主之名躲开这个差事，也是有可能的。可是他万万没想到，一旦兵权到手，咱们就……”说到这里，獾猪戛然而止，女娇并没有看到，他做了一个斩首的手势。

獠牙依然不太乐观，道：“你们还是不了解狻猊，他是个为达目的不择手段的家伙。你们也不想想，为什么我们这么多兄弟，老家伙却只信任他……”

女娇本想继续听下去，突觉身后有人，回头一看，只见一个白色的人影站在约一丈远的地方，不由得倒抽一口冷气，失声叫了出来：“啊——”

她这一惊使得真气外泄，幻术无法维系，眼看就要在众人面前现形。然而，奇怪的事情发生了，大帐里的人并没有发现她。与此同时，她感受到一股无比强大的灵力，将自己牢牢包裹起来。

那个白影也不说话，转身就往帐外走，女娇感觉似乎有一股力量推着自己，不由自主地便跟着那个人向前走。待走出大帐，她突然感觉手中多了一个东西，低头一看，居然是一支碧绿的竹杖。不容她细想，身体便跨上竹杖，陡然腾空飞了起来，待飞到半空低头一看，月光下的犬戎大帐就像一个个素饼。

那个白影在前面也骑了一根竹杖，既不回头也不说话。女娇不敢再向下张望，闭上眼睛，双手死死地抓住竹杖，生怕一不留神就掉下去。她听到耳边风声呼呼直响，突然觉得脚下一沉，知道又踏到了地面上，睁眼一看，发现自己来到了一座孤岛上，四周都是茫茫水面，在月光下显得波光粼粼。

白衣人就在前面，背手而立，女娇急忙把竹杖放到一旁，跪在地上，叫了一声："师父！"

白衣人转过身，只见她乌发披肩，螓首蛾眉，肤如凝脂，月光下一身雪衣裹体，玉足赤裸，宛若飘落凡间的仙子。她，就是那寒荒之国的主人，飞天女巫的首领——女戚！

女巫面露微笑，盈盈上前将女娇扶起，道："一别五载，娇儿，你过得还好吗？"

这话不说还可，一说便勾起了伤心事，女娇叫了一声："师父！"扑到女巫怀中，大哭了起来。虽然前后只与师父相处过半载，但在女娇看来，她比自己的生母更亲。她不愿将自己的心事告知生母，却愿与师父分享。

女巫也不劝慰，只待女娇自己收住悲声，叹息一声道："早知有今日，我便不让你跟嬴费回去了。"

女娇一听师父提到长兄又要哭，终于还是强忍住了，问道："师父，难道连你也不能预知未来吗？"

女巫莞尔，摸着女娇的头，道："傻孩子，天地浩渺，宇宙洪荒，每个生灵不过是其中的一粒微尘，纵使命运自有定数，但谁又能窥测其中的玄机呢？"

女娇仰头看着女巫，一副似懂非懂的样子，过了一会儿，又道："师父，我都想好了，跟着你做一个自由自在的飞天女巫，这次你就带我走吧。"

女巫盯着女娇摇了摇头，道："五年前或许还可以，现在却不行了。"

"为什么？"女娇千里迢迢跑去找女戚，想要做飞天女巫，好不容易碰到了，不料却遭到拒绝，心中不由得急切起来，甚至连悲伤都忘记了。

女巫悠悠道："飞天女巫为天之神女，不能有男女情爱，如今你已心有所属，如我勉强将你收录巫籍，恐将招来更多的忧患。”

这回女娇听懂了，她连忙否认道：“师父，你误会了，我没有……男女情爱！我……”

女巫摇摇头，道：“此事先不提，日后你自会明白。我今日找你来，是有一件事情要交代，你且听好。自黄帝战败蚩尤，统一天下已有千年。在这一千年里，天下虽有纷争，但并无大战，百姓因之安乐。如今，华胥与三苗大战在即，必将涂炭生灵，百姓遭殃。大舜王仁德爱民，万众归心，而三苗王丹朱则暴虐成性，天理不容，你既然是东夷公主，就应当规劝皋陶王，请他与舜王联盟，共击丹朱。”

女娇万万没想到，师父一见面便对自己说这样一番话，迟疑道：“可是，我父王他……”

女巫道：“你放心，你的父王不会有事的。你先跟随兄长伯益去青丘山找来九尾狐，你父王的蛊毒自然就会解除了。”

不料，女娇又道：“不，我不回去，我这辈子再也不回东夷了。”

女巫疑惑道：“这是为何？”

女娇犹豫了片刻，还是将实情相告：“我母后，不，姑莱王后，她害死了费哥哥，我这辈子再也不要见她。”

女巫不禁莞尔，问道：“谁告诉你，嬴费是被你母后害死的？”

女娇疑惑道：“难道不是吗？”

女巫道：“当然不是。她为什么要害嬴费？”

女娇道：“难道不是她想要让伯益当储君吗？”

女巫摇头道：“那只不过是你自己的胡思乱想罢了。”

女娇原本对女戚极为信任，这时却半信半疑，问道：“如果不是她，那凶手究竟是谁呢？”

女巫道：“时机到了，真相自然会揭开。当此之际，每个人都有自己的使命，而你的使命就是随伯益去青丘山找九尾狐。”

女娇断然道：“那可不行，我要先去幽冥国找费哥哥，师父，你曾说过去往幽冥国有活人道，请你告诉我。”

女巫似乎对这个不听话的徒弟有些厌烦了，蹙眉道：“嬴费的精魂不在幽冥国。”

女娇连忙追问：“那他在哪里？”

女巫长衫一挥，起身飞上半空，道：“去问伯益。”

“师父！师父！”女娇大声叫着追了上去，不料却猛然惊醒了过来，发现孤岛不见了，绿杖也没有了，而自己却身在营帐，吉光正目不转睛地看着她。

女娇感觉好似做了一场梦，然而那梦境却又是那般真实。

这时，只听吉光说道：“公主殿下，神女已经走了。她临走时说，伯益已脱身，让我们去杜父山找他。”

第十七章　狻猊

黑暗中，伯益闭着眼靠在石壁上，处于半睡半醒之间。突然，前面响起了吱呀的开门声，他顿时警觉起来。这时并非送饭时间，难道要出什么变故？他突然意识到天狼挖地洞的办法是何等愚蠢，要是地洞挖通前自己就被移出天牢，所有努力都会功亏一篑。

牢门缓缓打开，清幽的月光铺了进来。伯益推算得没有错，现在是晚上。这说明他虽然一直处在黑暗中，但对时间的感知能力并未削弱。月光下，门口出现了一个熟悉的人影，是那个每天送饭来的女子。伯益心里略安稳了些，如果要把他处决或转移，来的应该是犬戎兵。

那女子似乎颇为谨慎，她先站在门口向四周打量了一番，才走了进来。和白天时一样，伯益看不到女子的脸，于是他一言不发，静静地等她走近。可当她走近时，身子又将透进来的月光挡住了，伯益眼前又是黑乎乎一片。

女子俯下身子，伯益感到一阵热乎乎的气息扑来，伴着淡淡的芳香，他急忙向一旁躲避，叫道：“你，你要干什么？”

“别动！”女子以不容置疑的口吻命令道。

“是你？！”伯益诧异道。这个声音他印象颇深，被犬戎王猃狁召见时，曾在他的大帐中听到过。她好像是猃狁的女儿，唤作晨曦。

伴随着一阵“哐啷”声，伯益觉得身体一阵轻松，他颈上的枷锁被除掉了，双手也获得了自由。随后，女子又将伯益脚上的枷锁打开，问道：“怎么，你记得我？”

伯益答非所问，结巴道：“你，你这是要放我走吗？”

“我父王要杀你，”晨曦道，“只能放你走了。”

原来，晨曦从小便受母亲的影响，而作为猃狁王最宠爱的小女儿，她也经常能见到中原男子，所以对男人的品位与那些普通犬戎女子迥异。自从在父王的大帐里见到伯益，她那颗少女的芳心就对他敞开了。于是，她央求父王让自己囚禁伯益，这样每天都能见他三次。

晨曦曾暗自盘算，在父王高兴时求他招伯益为夫婿。不料，今日听父王与哥哥狻猊商议，要与汪芒氏、三苗国一起出兵东夷，只待三苗国的鲧大人与汪芒氏的使者一到卫丘，便杀了伯益祭旗。在他们看来，公子费已经死了，皋陶王现在只有伯益这一个儿子，只要他一死，东夷各氏族必将离心离德，联盟会迅速瓦解，不攻自破。

伯益一时没弄明白晨曦这话的背后逻辑，为什么猃狁王要杀他，而他的女儿却“只能放他走了”？正要发问时，晨曦却拉起他的手继续往外走，道：“想活命就跟我走。”

刚走出几步，伯益一个趔趄便扑在地上。被重枷锁了这么多天，他的腿脚已经不听使唤了。晨曦说了一声：“真真是个冤家！”侧身背起伯益就往外走。伯益想要挣扎，却被她的双手牢牢扣住，动弹不得。

待走出牢房，伯益借着皎洁月光回头一看，才发现自己被关的地方居然是一个石屋，风格颇似东夷建筑。以前去见猃狁，总是被蒙住眼睛，所以他并不知晓。不仅如此，四周还有许多石头建筑。难道犬戎的牢房都是用石头修建的吗？可是，这些建筑看上去又极不像牢房，反倒像是人家居所。而且，牢房外面怎么没有卫兵把守？

正在伯益胡乱猜疑之际，晨曦已将他背到另一间石屋中。石屋里点了一盏长明灯，灯下一个美艳的中年妇人正翘首以盼，见到二人急忙将他们迎了进来。晨曦将伯益放在石凳上。伯益被这样一颠簸，筋骨活动开了，竟然自己站了起来。

中年妇人对着伯益上下打量一番，摇了摇头，道：“身为男儿如此娇弱，恐非有福之人，我儿不可托付终身，还是速速把他送回去吧。”

伯益被这没来由的一番话搞得莫名其妙，一听说要把自己送回去，不由得紧张起来。晨曦却攀住妇人的胳膊，道：“娘，我不管有福无福，这是女儿自己的选择，女儿认定他了。”

中年妇人看着晨曦，叹了口气，无奈道：“好吧，人各有命，福祸在天，如今也只能听天由命了。”随即转身对伯益道：“我知道你是皋陶王的儿子，今日我的女儿舍命相救，如若事败我无话可说，如若你逃出犬戎回到东夷，我希望你能禀明皋陶大王，娶她为妻。你不要把她当成犬戎女人，她身上流淌的血液中有一半来自东夷贵族。我本是东夷有鬲氏大首领封伯陵的女儿，被犬戎掳掠至此。你若不信，拿这个玉佩去有鬲氏一问便知。”

伯益一听说有鬲氏，便问道：“请问夫人，封弟能你认得吗？”

夫人道：“自然认得，那是我的弟弟，我被犬戎掳走那一年，他才十一岁，转眼已经二十五年了。”

伯益道：“既然如此，夫人何不跟我们一起回东夷？”

晨曦也道：“是啊，娘，我们走了，父王一定不会放过你，你还是跟我们一起走吧。”

夫人苦笑道：“我已是黄土没颈之人，逃回去又有什么意义？放心吧，有你哥哥在，老家伙不敢把我怎么样。况且，我留在这里，万一你们被捉回来，还有回旋的余地。跟你们一起走，也是徒增累赘罢了。”

这时，只听外面有一个男人低声道：“夫人，都已经处理妥当了。”

夫人将玉佩塞到女儿手中，催促道：“你们快走吧。”

晨曦突然跪在地上磕了个头，哭道：“女儿不孝。”夫人背过脸去，不耐烦地挥手道：“快走，快走，别磨蹭！”

夫人听到脚步声渐远，回过头来，已是泪流满面。

伯益一瘸一拐地跟着晨曦走到院外，发现有一个中原男人站在月光下，手中牵了三匹马，十余名犬戎兵横七竖八地倒在地上。石屋前面，居然是一片浩渺的水域。伯益后来才知道，这片水域名为沈渊，犬戎人视之为圣湖，平时饮水、饮马、洗衣、洗澡、做饭等，一切日常用水皆源于此。

石屋距离犬戎中军大帐不到一里，三人并不说话，飞身上马沿着水岸向西缓步驰行，待走得远了才敢策马狂奔。大约行出了二三十里，大湖早已被甩在了身后，一条数丈宽的大河横亘在面前，跑在最前面的中年男人突然勒住马：“吁——”

晨曦紧随其后，也勒住了马，问道：“黥叔，怎么不走了？”

黥叔没有答话，待跑在最后面的伯益也赶了上来，才道：“公主，犬戎兵嗅觉敏锐，我们得分道而行。我向尸胡山方向走，你和公子一路顺恒河而上，但行百余里便可至杜父山，穿过杜父山顺峡谷南行可至华胥都城平阳，你们绕过平阳，然后再寻路回东夷。”说着，他将一包东西丢给伯益，道：“公子将这套新衣换上，旧衣给我。”

尸胡山是犬戎通往东夷最近的一条路，经杜父山再过平阳，相当于绕了一个大圈子。黥叔此举，是打算只身引开犬戎追兵，让他们顺利逃脱。伯益自然明白其中道理，他二话不说，滚下马背当场便脱下身上的衣服。虽然此时中原已春暖花开，但这是塞北苦寒之地，犬戎人夜间尚且烧牛粪取暖，伯益赤身裸体，顿时被冻得体如筛糠，连忙将黥叔给的新衣服穿上。

晨曦丝毫也不避讳，看到伯益滑稽的样子，反倒咯咯直笑。伯益刚才精神紧张，这时才意识到，自己的身体被女人看了个遍，不禁臊得面红耳赤，幸亏是在晚上，看不清楚。黥叔也不管这些，将伯益脱下来的衣服缠在自己身上，策马而去。

伯益跟着晨曦骑马跑了一夜，骨头都快散架了，但是逃命要紧，所以一声不吭地咬牙坚持。眼看天色越来越亮，四周仍然是一望无际的大草原，他心里不免生出一丝绝望。恒河变得越来越窄，最窄处甚至还不足五尺宽。胯下的马也已筋疲力尽，越跑越慢，几乎已经是在小步慢走了。

前面又出现了一个大土丘，伯益担心自己爬坡爬到一半就会滚下马来，因此有些犹豫不敢策马上前。晨曦站在坡顶，回头看着自己未来的夫君，喊道：“快上来啊，我已经看到杜父山了。”

伯益闻言，又鼓起了勇气，两腿一夹马背，催动它小跑着上了土丘。果然，站在丘顶看到远处有一处山峦，应当就是黥叔说的杜父山，心中不由得安稳了许多。事实上，所谓望山跑死马，此处离杜父山尚有二三十里路程。

晨曦跨下马背，由它去啃地上的枯草。她手搭凉棚，眼望东方，道：“你知道吗？我娘说，我就是在破晓之时出生的，所以给我取名叫晨曦。”

伯益也翻身下马，顺着她的目光放眼望去，只见东边天际露着鱼肚白，下面云山间已是通红一片。那桃红色的云霞，既不浓重，也不清淡，极是让人赏心悦目。忽然，云霞的正中冒出一个太阳牙子，红艳艳的，好似一位含羞带笑的美丽少女，遮遮掩掩，总也不肯露出她的庐山真面目。天色越来越亮，红彤彤的太阳冉冉升起，逐渐掀开了她的面纱，露出整个脸庞。突然，万道金光铺洒大地，整个吴戎大草原变成了一片金色的海洋，绚烂而又夺目。

伯益回头看向晨曦，只见她微闭双眼，伸展双臂，肆意沐浴着和煦的阳光，犹如一朵娇艳的牡丹花正绽放自己，以供看花人来品赏。伯益看得呆了，东夷王宫中美人不少，他却从未见过如此妖娆美艳的女子。东夷女子含蓄而淡雅，平日喜欢摆出一副羞怯之态，引得男人心生呵护之意；犬戎女子奔放而妩媚，天生具有勾魂摄魄的能力，最是能撩拨男人的心弦。

伯益已至舞象之年，且又身为王子，按理说对男女之事早已熟稔。然而，由于他自幼体弱，姞莱王后又看得紧，以至于从未敢品尝禁果，因此他直到现在仍是童子之身。不过，即使伯益是个青瓜蛋子，面对千娇百媚的晨曦，也按捺不住男人内心最深处的欲火萌动。他不由自主地走上前，一把将那柔嫩的腰肢揽在怀里，探头就去亲吻她的脸。

“啪——”一记响亮的耳光打在伯益脸上，将他打倒在地。晨曦一边擦着自己的脸，一边怒道：“你，你干什么？”

伯益被这一巴掌打蒙了，坐在地上捂着脸道：“我，我，我……”他此时是又羞又恼，“我”了半天，也没说出第二个字。

晨曦看到伯益狼狈的样子，却又转怒为喜，凑到伯益跟前，道：“喂，你是不是喜欢我啊？”

伯益被她这一问，臊得满脸通红，更不知该如何回答了，索性低下头一言不发。晨曦拉住伯益的手，强把他拉了起来，笑嘻嘻道：“你要喜欢我呢，就娶我做老婆，到时候你想对我做什么，全都由着你。”说到这里，她突然又板起脸来，道：“可是，在此之前呢，你什么都不要想，听明白了吗？”

伯益依旧低着头，一言不发。晨曦像个撒娇的孩子一样，摇着他的胳膊，道：“问你呢，听明白没有？”

伯益无奈，只好点头，小声道：“明白了。”

晨曦看看两匹马已经吃得差不多了，又带它们去河边饮了水，才和伯益一同策马奔向杜父山。

事实上，伯益和晨曦根本不用担心追兵，因为昨天夜里犬戎国发生了叛乱，压根没人顾得上他们。

昨夜，女娇为女戚的幻术所迷，醒来后得知伯益逃往了杜父山，女戚命她去找伯益并协助他捕捉九尾狐。女娇虽然急于找到伯益，询问嬴费精魂的事，但如果她就这样走了，一旦汪芒氏和犬戎人联手，再加上三苗从旁策应，东夷就危险了。因此，她决定铤而走险，先把犬戎搅乱。

女娇先用障眼法骗过帐外把守的犬戎兵，将吉光等人连同四匹马带出犬戎营地，让他们在五里外的湖边等，然后她自己又只身潜回犬戎中军大营。

此时，獠牙、貛猪和猖獗还在大帐里密谋。三人都喝了不少酒，已经醉醺醺的了。只听貛猪道："等兵权一到手，得先把老家伙干掉。只要老家伙不死，那些带兵的就不会乖乖听咱们调遣。"

獠牙也已有些忘乎所以，不似先前那般谨慎了，将一盏酒灌进嘴里，道："没错，老家伙一死，立即发亲兵去追杀狻猊。"

猖獗嘿嘿笑道："狻猊可杀，至于那如花似玉的赤彤公主嘛，就抢回来做咱们新王的王妃。"

这时，獠牙摇摇晃晃站起来，道："时间不早了，今天就谈到这儿吧。"他刚要迈步离开，突然又想到了什么，回头看着整晚服侍自己的女人，伸手摩挲着她的下颌，道："好精致的一张脸，可惜了，可惜……"说到这里，獠牙那只大手慢慢移到了女人的颈子处，突然用力一扼，只听"嘎啦"一声脆响，女人还没有来得及求饶，便已经一命呜呼了。

余下的两个女人见状大惊失色，正欲起身逃命，不料却被身旁的犬戎王子一人一个，捂住嘴用同样的方法结果了。

"蠢女人，也不想想，听了我们这么多机密，还想活着走出这个大帐吗？"猖獗像丢垃圾一样将女人丢在地上，拍了拍手。

猖獗话音刚落，不料门边却有一个声音道："我看愚蠢的是你们吧，死到临头还不自知，简直比蠢鹿还要蠢一百倍，等我把你们的阴谋禀告大王，一个一个砍了你们的脑袋。"说罢，一个人影转身便走。

三人大惊，酒立时便醒了，急忙追出帐外，却见四名守卫的兵丁站在门口。三人你看看我，我看看你。最后，还是貛猪问道：“你们，刚才看见有人跑出去了吗？”

四人连连摇头，年龄稍长的兵丁道：“殿下，连只苍蝇都没飞出去。”

獠牙急了，顺手给了他一巴掌，骂道：“这时候哪有什么苍蝇！我问你，刚才你们谁说话了？”

那个挨打的兵丁哭丧着脸道：“回殿下，没，没有人说话呀。”

三人你看看我，我看看你，又退回了大帐。

只听貛猪道：“獠牙，事已至此，咱们兄弟三人断无生路，反了吧！”

猖獗也道：“是啊，咱们三人的兵丁加起来也有一千，不如拼他个鱼死网破。”

獠牙犹豫了片刻，一咬牙，道：“反他的！”

女娇站在大帐后面，听到三人下定决心要造反，微微一笑，转身向狻猊的大帐走去。如果让他们轻轻松松就把老王和狻猊杀了，一定还会联合汪芒氏攻打东夷，因此她还要把这个消息告诉狻猊，让他们火并。这样一来，不管谁胜谁败，犬戎都没有能力攻打东夷了。然而，她只把注意力集中在帐内的獠牙等人身上了，却没看到自己身后还有一双眼睛。

此时，狻猊大帐外只有两个卫兵把守，从缝隙处透出微弱的灯光。女娇大摇大摆走进帐内，如入无人之境。她看到狻猊手握一把竹简，正在灯下认真地读着：“欲知敌人来时，视之所从来上神，欲以其胜应之。”

狻猊所读正是著名的《黄帝问玄女兵法》，但女娇从来不读兵书，自然也不知道他说的是什么意思。她在狻猊身后站定，开始施展法术。狻猊对此毫无察觉，继续读道：“敌人既阵，必以其胜阵之。敌人为直阵，己以方阵攻之。方阵者，金阵也。敌人为兑阵，己以曲阵攻之。曲阵者，水阵也……”

女娇颇感诧异，按理说狻猊看到众叛军攻入大帐，他应该仓皇失措才对。难道自己的幻术没起作用？正在这时，狻猊突然将书简丢在案上，转过身来，手中拿着一块木牌对女娇晃了晃，道：“我这腰牌是由神木迷榖制成的，女娇公主，你就不要白费力气了。”

女娇这一惊非同小可，差点跌倒在地。狻猊话音刚落，立即有数名持枪犬戎兵冲入帐中，将枪尖对准了女娇，只要狻猊一声令下，随时都能将她扎成筛子。

狻猊摆摆手，示意众人退下，托着掌中的腰牌，轻轻掂了两下，道："自从知道你是飞天女巫的徒弟以后，这东西我就不敢离身了。"

女娇自幼胆气过人，刚才只因事发突然才仓皇失措，此时已稳定心神，冷眼问道："你是怎么知道我的真实身份的？"

狻猊不禁莞尔，问道："不知你在东夷王宫，可曾听说过一个叫如碧的宫女？"

女娇一愣，如碧是藏在东夷王宫里的犬戎奸细，事败后在理苑的天牢中自戕了。狻猊一看女娇的脸色，便明白她知道如碧，于是从身上摸出一块白绢，展开之后，上面赫然画着女娇的绣像。

狻猊道："这便是如碧当初为我画的女娇公主的绣像，不仅如此，我还有三苗赤彤公主的绣像，你要不要看一看？"

女娇冷言道："不必了。这么说，你一开始便知道我的真实身份了。"

狻猊笑容可掬，一副志得意满的神情，道："是啊，可笑的是，你竟还自以为骗得我团团转。我猜，你一定很想知道，为什么当时我没有揭穿你吧？"

女娇将脸扭到一边，算是默认了。面对这样一个自以为是的犬戎人，她实在是感到生气。然而，既然已经落入他手，也只得暂时忍耐了。

狻猊也不以为意，继续说道："一开始我以为你是来救伯益的，于是便试探了一下，谁知你其实并不知道伯益囚在犬戎。后来，听说你想去寒荒之国找女戚，我便想借此完成一件大事，于是决定先不揭穿你。不料，你在得知伯益被我捉住后，又不急着走了。你不走，我的大事就办不成。这时，正好三苗的鲧大人要来犬戎，于是我就把这个消息告诉了你。本以为你担心自己身份暴露，会急着离开犬戎，去寒荒之国搬飞天女巫来救伯益，不料反倒逼得你铤而走险，欲在鲧大人来之前救出伯益。虽然此事出乎我的意料，但最终你还是帮了我的大忙，逼反了獠牙……"

说到这里，外面突然传来一阵厮杀声。狻猊长吁一口气，道："好哇，看来叛贼已经起事了。"说着，他指了指女娇，道："这，可是你的功劳。"

只不过一顿饭的工夫，厮杀声便渐渐平息了下去。没过多久，外面突然风风火火闯进一个人来，气喘吁吁地喊道："大王，大王，獠牙把老家伙杀了！我派兵将獠牙和猖獗擒拿，现在在老家伙的大帐里。"女娇仔细一看，来者居然是肥头大耳的獾猪。

狻猊脸上露出诡谲的笑意，摇头道："这么快就完蛋了，獠牙还真是让人失望啊。"他对卫兵一招手，道："带上公主，咱们过去瞧瞧。"

第十八章　獾猪

皎洁的月光下，一场荒唐的政变似乎已经偃旗息鼓。老王猃狁的大帐外，兵层层、甲层层，已经围得水泄不通了。显然，这里刚刚进行过一场小规模的厮杀，有数十名犬戎兵的尸体躺在地上，大帐有多处破损，其中一个口子近两尺长，斑斑血迹染在上面。众兵丁一见狻猊和獾猪，立即闪出一条通道。

狻猊看着地上的尸体，警觉道："怎么只有这点人？"

獾猪道："獠牙那些亲兵全都不带种，一见大兵围剿，立即便丢下主子逃散了。"

狻猊不再说话，径直向大帐走去。亲兵押着女娇跟在后面，他们进去后，通道又被人墙堵住了。

狻猊一边走进大帐，一边喊道："弑君弑父者在哪里？"他的话刚一出口，突然停住了。大帐内的情形完全出乎他的预料，桌案上摆着两颗血淋淋的狗头，正是獠牙和猖獗，而老王猃狁却像往常一样，坐在毡榻上，呆呆地望着他。

"獾猪，这是怎么回事？"狻猊叫着，转身就要往外逃，却听得一阵惨叫，他带来的亲兵全被长枪扎死了。

獾猪猛地在狻猊胸口打了一拳。狻猊踉踉跄跄地来到大帐正中央，差一点撞在獠牙的狗头上。獾猪嘿嘿冷笑道："你不是要看弑君弑父者吗？全在这里了！"

狻猊起身骂道："獾猪，你这个首鼠两端的小人！"

獾猪哈哈笑道："狻猊，若说我是小人，那你就是不折不扣的奸贼。你自己想要弑君夺位，却又不想亲自动手，暗中以重利收买我，让我去鼓动早有不臣之心的獠牙和猖獗。结果，獠牙对你颇为忌惮，不敢动手。于是，你又打算假装离开犬戎，给他们谋反创造机会，一旦他们杀了父王，你便反戈一击，以平乱之名夺取王位。这一招借刀杀人，简直是天衣无缝啊。可惜父王英明，早就准备好了屠刀等你伸脖子呢。"

女娇这才知道狻猊借护送自己想要完成的"大事"是什么，其心之狡诈，简直令人发指，也难怪自己会着了他的道。不过，相比之下，这个獾猪更是棋高一招，老王早已昏聩，不可能发现端倪，事先做好安排，一切都是他在主导。经此一役，狻猊和獠牙两个最有实力的王位继承人全都垮了，大权顺理成章地就落入他这位"救驾功臣"手中。从此以后，女娇再也不相信说犬戎人有勇无谋的话了。

"父王，不要听他一面之词，"狻猊突然跪倒在老王面前，叫道，"我听说獠牙、猖獗作乱，立即带人前来救驾，不料獾猪却编造了一套谎言想要害我，真正包藏祸心的是他啊，父王！杀了我，獾猪即刻就会谋反，父王！"说罢，他又回头对獾猪道："獾猪，你说我要杀父王，有什么证据？"

狻猊只是在背后谋划，尚未付诸行动，獾猪哪里有什么证据，而且老王一向偏爱狻猊，他担心狻猊三言两语将父王唬住，也急了，扑跪在地，叫道："父王，这些谋划都是狻猊亲口对我说的，否则凭我的脑袋，怎么会想得出来啊？"

老王神色黯然，看看狻猊，觉得他可能是被冤枉的；看看獾猪，又觉得他说得有些道理，一时难以决断。

先前看押女娇的卫兵都死了，这时大家的注意力都在犬戎王父子身上，反倒没人管她了。女娇回头看看，帐外犬戎兵乌泱乌泱的，无论如何也逃不掉，索性上前怂恿道："我说猃狁老王，你这两个儿子都有篡位之心，留着他们迟早是祸害，不如咔咔两刀一起杀了，永绝后患。"

一石激起千层浪，众人的目光唰唰地都扫向女娇。老王之前未发一言，而心里却一直在盘算，女娇的话反倒提醒了他，问道："赤彤公主身为外邦之人，鼓动父亲杀儿子，意欲何为啊？”

还没等女娇说话，獾猪突然哈哈笑了起来，道：“父王，我有证据了，哈哈，父王我有证据了！”说着，他站起身指着女娇道：“父王你有所不知，眼前这位并不是什么赤彤公主，而是东夷的女娇公主。狻猊早就知晓，为了实现他借刀杀人的计谋，一直隐瞒，父王如若不信，一查便知。”

猃狁根本就不用查，一看狻猊的脸色就知道了。狻猊匍匐着向老王爬去，哭喊道：“父王，我真的不知道她是女娇公主啊，父王……”突然，他猛地起身向猃狁扑了过去。他知道，今日只有挟制老王，方才能找到一线活命的机会。说时迟，那时快，别看獾猪膘肥体壮，但行动起来却异常敏捷，还没等狻猊碰到老王，已经被他拦腰抱住，两人顿时在大帐里扭打起来。守在大帐门口的犬戎兵立即冲上前，将两人分开，獾猪回身抢过一杆长枪，挺枪便刺。狻猊被两个犬戎兵死死扣住，身体动弹不得，眼看就要成为枪下之鬼！

“住手！”老王突然喊道。

当此之时，獾猪这一枪如果刺下去，父王也不能说他什么，但他手里的枪却停下了，看着自己那衰老得快要掉渣的父王。

老王叹了一口气，道：“獾猪，今日你已经亲手杀了獠牙和猖獗，这狻猊就先打入天牢，明日交给行刑官吧。”在众多子女中他专宠狻猊，实在不愿意看着他死在自己面前。

“父王，夜长梦多啊，父王！”獾猪不满地叫道。

老王呆呆地看了一会儿，摆了摆手道：“罢了，不要在我的帐里杀他，你把他带出去吧。”

老王话音刚落，外面突然一阵骚乱，转眼间喊杀声又起。帐内众人都不知出了什么事，纷纷向外瞅。这时，突然听到远处一个女人尖厉的声音喊道：“老狗，你若敢杀我儿，我就把你的女人和儿女全都杀光！”

原来，晨曦的母亲封氏刚送走女儿，便得到消息，说獾猪诬陷狻猊谋反，被老王扣押并准备杀他。于是，封氏便纠结狻猊的亲兵旧部杀了过来。虽然猃狁没有后宫，但女人全都跟着儿女同住，所以大部分都在大营之中。封氏一边向猃狁大帐冲杀，一边派人将留在帐中的女人赶出来，其中有将近一半是猃狁的女人、女儿。

事实上，围在猃狁大帐外的兵丁，有一半是狻猊带的兵，只因为主将被扣没人带头，大家都不敢轻举妄动。如今，被封氏这么一闹，双方顿时又厮杀起来，直杀得昏天黑地、血流成河。

猃狁老王被亲兵护着，站在帐前看族人火并，简直是欲哭无泪。“住手，住手哇！”他想要嘶喊，但那声音却只有他自己能听见。

“都给我住手！”已经被五花大绑的狻猊突然扯着脖子喊了一声。

自相残杀也是狻猊最不愿意看到的，先前他之所以想出借刀杀人的法子，也是因为不想让犬戎分裂。如果他亲手把老王杀了，必将发生大规模的内战，犬戎的国力就会大大损耗，即使他当上了犬戎王，也没有实力据守一方，不得不向华胥称臣纳贡。然而，让他没有想到的是，处心积虑的结果是不仅内战发生了，而他本人居然落入了老王手中，老天爷可以说给他开了一个天大的玩笑。

狻猊这一嗓子如狮吼一般，震天动地！在帐外厮杀的双方逐渐形成了两军对垒的架势，老王的军队向自己的大帐这边聚拢，狻猊的士兵向封氏一方聚拢，中央隔了大约有五丈远。貛猪命人抬着老王，押着狻猊和女娇来到阵前。

此时，天色已经大亮，老王看着四周尸横遍野，营地满目疮痍，始终一言不发。封氏虽然有卫兵护着，没有参与战斗，但已完全没有伯益走时的那种高贵气质。她鬓发凌乱，衣衫不整，完全像个撒泼打滚的老太太。在她旁边，士兵押着数十个女人，哭哭啼啼地喊叫：“大王救我啊！”“父王救命啊！”

狻猊看着狼狈不堪的封氏，很想叫一声“娘”，但他只是在嗓子里咕哝了一下，又咽了回去。

“老狗，你放了我儿子，我就放了你的女人和女儿。”封氏喊了一夜，嗓子都哑了，但她说出的话却有一种不容置疑的威严。

老王猃狁不怒不恼，缓缓道：“在我所有的女人里，我最宠的就是你，别人都住帐篷，唯独给你建石屋；在所有的女儿里，我最宠爱你的女儿晨曦，所有的珍宝只要她喜欢，全都给她；在所有的儿子里，我最信任你的儿子狻猊，我给他兵权，还准备把王位传给他。我是这样对你们的，可你们是怎样对我的？”

“老狗别废话，这都是你自己作的孽，当年若不是你把我从有鬲氏抢来，也不会有今天！”封氏似乎并不买账，逼问道，“说吧，你到底放还是不放？”

“是啊，自作孽，自作孽啊。”老王突然长叹一声，转头对狻猊道，“我的好儿子啊，你的羽翼已经丰满，我等这一天已经很久了。可是，你如果想要成为犬戎王，还必须得做一件事。”

“什么事？”狻猊问道。

“杀了我，”老王又强调了一遍，“亲手杀了我！”说着，他一扫先前老态龙钟的样子，用凶狠的目光逼视着儿子，令狻猊不禁心头一凛。

老王继续说道：“五十年前，我亲手杀了你的爷爷，当上了犬戎王；七十三年前，也就是我出生的那一年，你的爷爷亲手杀了你太爷爷，夺取了王位。自从犬戎建国那天开始，历代犬戎王位都是从弑君弑父得来的。据我所知，只有一位犰狳王是因为老王在外战死而继承王位的。然而，他做了不到一年的犬戎王，就被兄弟杀死并取代了。在我们犬戎国，实力就是一切。你想得到一件东西，就要证明你比那件东西原来的主人更强大。抢来的东西，远比偷来、骗来的更可靠，因为这样你才有能力守护它。一个没有能力守护子民的犬戎王，不配坐在这个王位上。”

女娇在一旁听老王说他那一套歪理，嘴巴简直都要笑歪了。可是，这套歪理听到狻猊耳朵里，却有着振聋发聩的效果。听在那些已经血战一夜的犬戎兵耳朵里，更是热血沸腾、心潮澎湃。犬戎作为半兽人，他们选择用野兽的方式进行王朝更替。

老猃狁从木榻上下来，居然身手敏捷。他扫视了一下周围，从兵士手中拿过一柄长剑走到狻猊跟前，去挑他身上的绳索。

貛猪见状急道：“父王，我也是你的儿，我也有能力守护犬戎子民。”

老猃狁摇摇头，道：“你很有孝心，但你不是那个人。”

眼看老猃狁就要把绳索割断，狻猊马上就会重获自由，貛猪突然抽出一柄长剑，向近在咫尺的狻猊刺去。然而，他刚把剑举起，突然感觉背后一麻，两杆长枪将他刺了个透心凉！青铜剑“当啷”一声掉在地上，他嘴角流血，瞪着一双牛眼——死了。

老猃狁不去理貛猎，除去狻猊身上的绳索，提着剑后退两步，对众人道："众犬戎将兵听好，今日我与狻猊决一死战，胜者为犬戎王，任何人不得作乱。"说罢，他摆开架势，做好了殊死一搏的准备，对狻猊道："想要杀我，也不是那么容易的！"

封氏见儿子绳索解了，连忙呼道："猊儿，让那老狗去当他的王，你不要杀他，咱们走！"

狻猊看了母亲一眼，并没有走过去，道："娘，我是犬戎人，能走到哪里去！"说着，他也扫视了一下周围，结果没有找到目标，高声问道："谁有短剑？"

女娇乐得看好戏，急忙道："我有，我有，你把我绳索解了，我给你拿。"

狻猊走到女娇身边，见她腰间果然挂着一柄七寸长的短剑，女娇想要躲开，不料却被缚住，不能动弹，最终还是被他解下了剑，忍不住骂道："你这无耻的强盗。"

狻猊并不理她，走到老王对面，道："父王，请恕孩儿不孝！"

老猃狁一脸不屑，道："虚伪、狡诈、死要面子，这些中原人的臭毛病，都是从你娘那里学来的。"

封氏在一旁骂道："老狗，你不要血口喷人！"

老猃狁并不理会她，手中握着长剑，全神贯注地盯着狻猊。狻猊见状，也紧张了起来。他不知道这老家伙葫芦里到底卖的什么药，难道是有必胜的把握？眼见他之前老态龙钟，像一摊烂泥，甚至不能独自行走，如今却手握重剑，眼冒精光，跃跃而走，完全判若两人。难道这是幻术？想及此，他不由自主地想去瞧女娇，可是一想迷毂腰牌还在身上，不应当受迷幻。难道这老家伙练成了什么不世神功？可是他以前整日贪恋女色，身体早就被掏空了，也没见他练什么神功啊？

狻猊正在胡乱猜疑之际，老猃狁突然不声不响挺剑直刺过来。狻猊本能地侧身向右躲避，回身绕到老王的身后，对着他的后背就是一剑。女娇那短剑原为飞羽所赠宝剑，再加上狻猊神情紧张，用力极猛，那短剑居然刺穿老王的背骨，剑尖从前面冒了出来。

"啊——"狻猊大叫一声，急忙缩手。老猃狁向前扑倒在地，挣扎着说道："别忘了，犬戎的规矩！"说罢，一头栽下去，断气了。

狻猊环顾四周，发现所有人都看着自己。他深吸一口气，走上前，将短剑从老猃狁背上拔出来，伸手攥住他头顶上那两只软趴趴的狗耳朵，挥剑砍去，只见血光四射，溅了狻猊一身，老猃狁的脑袋被砍了下来。

狻猊高高举起老猃狁的脑袋，面色冷峻地环顾四周。犬戎举国之兵皆在现场，然而却静得如那无风的湖面。这时，不知谁喊了一声："狻猊王！"这一声喊，就犹如在湖中丢下一颗石子，泛起层层涟漪，迅速向四周扩散！

"狻猊王！狻猊王！狻猊王！狻猊王！……"呼喊一声接着一声，如同山呼海啸一般，以卫丘为中心迅速席卷了整个辽阔的吴戎大草原。

第十九章　尸果

日上三竿，伯益和晨曦终于来到杜父山的脚下。进了杜父山便是华胥地界，伯益回头遥望，别说追兵了，连个人影都没有。他这才稍稍安心，跟着晨曦缓辔而行。

行至一处山口，晨曦跳下马来，道："再往前走便只能步行了。"说着，她牵马走到一棵琅玕树边，将马绳系在树干上。此时方为初春，树上无叶，枝枝刺天。

伯益也要牵马过去，晨曦却道："把马牵远一点，那边，绑那棵树上。"说着，她手指伯益身后十丈远的一棵琅玕树。伯益不明所以，但又不敢违拗，刚才那一巴掌，让他的脸至今仍然火辣辣的疼。他牵着马往回走，刚把马绳系好，便听身后传来一声凄厉的马鸣，回头一看，只见晨曦高举一块大石，正向马头拼命砸去。

"喂，你要干什么？"伯益急忙向晨曦跑去。

那马先受了一记重击，已经昏昏沉沉了，想要逃跑，却被马绳牢牢缚住，只是歪着身子拼命挣扎。这时，第二记又落了下来，只听"扑通"一声，马那庞大的身躯就掀翻在地，只有出的气没有进的气了。

还没等伯益走到晨曦跟前，他身后那匹马便已经挣脱马绳，尥蹄飞逃了。那速度，远比来时快得多。来时是工作，此时是奔命，怎能不快！晨曦急得直跺脚，指着伯益身后道：“喂，喂，马！马！”

伯益知道，让那匹马回去，追兵立即就会知道他们真正的行踪。可是，他此时却顾不上那匹马，指着眼前血流汩汩的死马，问道：“你，你为什么要杀它？”是啊，这匹马驮着晨曦跑了一夜，可以说对她有救命之恩。可是，这女子居然卸磨杀驴，简直心如蛇蝎，令他不寒而栗，之前那满腔温存顿时烟消云散。

晨曦望着那匹逃走的马，知道无论如何追不上了，指着伯益的鼻子骂道：“你这个呆子！”

伯益眼神中既有恐惧又有愤怒，依然指着死马道：“你说，你为什么杀它，你若不说出个道理来，我，我一辈子也不理你了。”

晨曦好像见到一个怪物似的，诧异地看着伯益，问道：“你这么难过，只是因为这匹马吗？”

伯益道：“不错，就是因为它，你要说出一个道理来，否则……”

晨曦突然哧哧笑了起来，从背囊中掏出一把短剑，走到死马跟前，在它的大腿上用力一刺，道：“虽然是我杀了它，但它是为你死的。”说罢，不等伯益反驳，继续道：“穿过杜父山到达平阳得十多天，我们身上没有干粮，难道你想饿死不成？”说着，她已经在马腿上割出一个大口子，正在往下剥皮。

原来，她是想取马肉在路上吃，伯益心绪稍平了一些，但仍然说道：“可是，这匹马它驮了你一夜，它对我们有恩，你不能……”

晨曦抬头看看伯益，哧哧笑道：“是啊，吃了它的肉，对咱们的恩惠就更大了，我会更加感激它。”看来，她并没有生气。在犬戎国，晨曦从未见过这样的男子，居然为一头牲口难过，她是越看越有趣，越看越喜欢。如果先前只是被伯益的外形吸引，那么现在他的仁慈悲悯对她形成了更强大的吸引力。

伯益又道：“山里一定有野鹿，我们可以吃鹿肉，没必要杀马啊。”

晨曦从背囊中拿出一块细帛，在已经剥去皮的马腿上割下一块肉，丢在上面，问道：“就因为野鹿没有驮你一个晚上，你就要舍马而杀鹿吗？”

伯益一时语塞，晨曦又道：“再说了，我们连弓箭也没有，拿什么捕鹿。你捕得到吗？反正我是捕不到。”

晨曦说得极有道理，别说没有弓箭，伯益即使有良弓羽箭在手，凭他的本事也捕不到鹿。但他仍然不服气道：“山里有野果子，我们吃果子也能走到平阳。”

晨曦已从马身上割下三四十斤肉，用细帛包起来掂了掂，道：“差不多够路上吃了。”然后对伯益道：“你这呆子真是无药可救，这时节难道要去西王母的蟠桃园偷果子吃？再啰唆，等追兵到了把你捉回去烤着吃了，看你还假仁慈。拎着！”说着，她将手中的马肉丢给伯益。

伯益一听说把自己捉回去吃了，立即便害怕了，眼看马肉丢过来，急忙抱住，差点跌一个屁股蹲儿，渗出的马血糊了他一身。晨曦也不理他，用枯草擦了擦手上的血迹，拿起自己的背囊，迈步向杜父山中走去。伯益害怕追兵赶来，忙扛起马肉追了过去。

杜父山中多琅玕木，其次便是公孙和桐柏，全都是落叶树，当此时节漫山遍野不见一丝绿意。别说野鹿，连只野兔都没有。走不多时，伯益突觉饥肠辘辘，寻思找个僻静处，烤马肉来吃。这时，他不仅对晨曦杀马完全释怀，而且满怀感激之情。然而，晨曦丝毫没有用餐之意，只是一味地寻路而行。

伯益紧走几步，追到晨曦身侧，说道：“喂，他们应该不会追来了。”

晨曦头也没回道：“喂是谁，谁是喂，请叫我晨曦公主。”

伯益道：“晨曦公主，你饿不饿，要不咱们找个地方，烤些马肉来吃？”

晨曦脚下反而越走越疾，板着脸道：“多谢伯益公子，本公主不饿，本公主正在生气，已经被气饱了。”

伯益肩上扛着沉重的马肉，紧紧追着晨曦，脚步有些踉跄，忙道：“晨曦公主，你，你为什么生气啊？你，你生谁的气啊？”

晨曦突然停下，伯益猝不及防，差一点被山石绊倒。晨曦扑哧一乐，但随即又板起面孔，道：“有那么一个人，本公主不仅舍身救他性命，而且放弃锦衣玉食，背井离乡跟着他去逃亡，他却因为一匹马而怪罪本公主，你说本公主该不该生气？”说着说着，晨曦眼圈居然红了，她想到可能此生与母亲再无相见之日，不由得悲从中来。

伯益当然知道“一个人”指的就是自己，又见公主伤心，连忙道歉：“晨曦公主，你，你别难过，是我，是我错了，我错了，我以后再也不会惹你生气了，你原谅我，好不好？”伯益从小身边便有一个刁蛮的妹妹，认错倒是很拿手。

晨曦本就是个性格豪爽的女子，见伯益这般诚恳道歉，立即破涕为笑，指着他的鼻子，道：“这可是你说的。从今以后，你要再惹我生气，我就，我就……杀了你！”

伯益原以为她会说“再也不理你了”之类的话，不料她却这样说。惹她生气便要杀人，这个刁蛮的公主，简直比妹妹女娇有过之而无不及，不由得心头一凛。不过，晨曦却并未注意到伯益的异样，嘟着樱桃小嘴道：“好吧，我娘和我哥哥都叫我曦儿，从今以后你也可以叫我曦儿。那我叫你什么呢？”

伯益悻悻道：“你直接叫我的名字伯益就好。”

晨曦高兴道：“那好吧，伯益。看样子，鯀叔把追兵引到尸胡山去了，咱们也不用着急，找个山洞烤马肉吃吧。”

两人言归于好，一起向深山里走去。然而，拐进一处山坳，前面突然出现了一片果树，有十几株之多，树干粗壮，树叶郁郁葱葱，上面还结着许多黄灿灿的大果子，看上去香甜可口。

伯益喜道：“曦儿，你还说这时节山里没果子，你看那不是吗？”说着，便疾步向果树走去。

“喂，伯益，那果子可不能吃！”晨曦急忙阻拦。

伯益停下，诧异地看着晨曦，问道：“为什么？”

晨曦道：“这果子叫尸果，有剧毒，吃一口便会毙命。你也不想想，这山里即使没有人来，也有诸多鸟兽，如果是一般的果子，怎么会留到现在？”

其实不用晨曦解释，伯益在东夷时便曾听老师子献说过尸果。东海之中有仙岛，名为太淳，山上多毒蛇，有树曰冥灵，蛇吞海中鲛人，其魂不散，凝聚为精，类于蛇卵，产于冥灵树上，以树之精华得以延续，名为尸果。尸果色黄，大如钟，皆人面，有剧毒，百年而落。

也就是说，所谓尸果，其实并不是真的果子，而是东海鲛人的精魂，借冥灵树延续生命。可是，冥灵树在东海太淳岛上，怎么会出现在杜父山呢？既然晨曦知道尸果，说明它们移至此地已经很多年了。

伯益天生好奇，虽然知道这果子有剧毒，但仍忍不住上前观看。果然，那些果子比人脑袋还大，个个都长了一张人脸，看上去甚是恐怖。

“别看了，快走吧。”晨曦催促道。她虽比伯益胆大，但见了这种诡异的东西，也不禁觉得毛骨悚然，脊背发凉。

两人刚绕过冥灵树林，却赫然发现前面的峡谷中躺着一个巨人。

“是防风，那个逃掉的汪芒王子。”晨曦吃了一惊，拉起伯益的手就要逃。当初，防风和他的兄长防雷，杀了一百多名精锐的犬戎兵。此时，只有她和伯益两个人，绝不是他的对手，说不定他用两根指头都能把他俩捏死。

伯益虽是被巨人兄弟捉到犬戎的，但他听天狼说起过巨人的事情，知道他与犬戎反目了，暗自寻思现在只有他和晨曦，即使历尽千难万险到了青丘，也捉不住九尾狐，到头来白忙活一场。可是，如果有这个大家伙帮忙，那就不同了。不仅一路上翻山越岭，野兽不惧，甚至连行进速度都要快上数倍。

“等一等，他好像睡着了。”伯益拉住晨曦道，“你先藏起来，我过去看看。”

“喂，你不要命啦！”晨曦急道。她简直难以相信，这个一向胆小如鼠的男人，怎么突然变得胆大包天起来。

伯益安慰道：“放心好了，我不会有事的。”说罢，将手中的马肉丢在地上，向山谷下面走去。晨曦见他如此，也将背囊放在山石后面，跟了上去。

两人一前一后来到谷底，溪流潺潺，冲刷着巨人的身体，那巨人却一动也不动，好像死了一般。晨曦不由自主地拉住了伯益的手。

“喂！防风！”伯益远远地对着巨人喊道。那巨人没有理他。他又拾起一块鹅卵石，向巨人的身上丢去。石头砸在巨人的下巴上，依然一动不动。

“不对！”伯益甩开晨曦的手，蹚着溪水向巨人走去。这时他才发现，巨人身上有多处擦伤，显然是从上面摔下来的。天底下没有人能推得动这个大家伙，定然是他自己摔下来的。可是怎么会？伯益的目光向崖岸上望去，突然一拍脑门道：“我知道了，这家伙一定是吃了尸果，中毒了！”

晨曦一听说巨人中毒了，也放下心来，道：“既然他已经死了，咱们还是赶路吧。”

伯益并不死心，道：“我去看看。”他又向巨人的头部走去，那颗头躺着几乎到他的胸口处，他一站到跟前，立即感受到有微微的风从巨人鼻孔中吹来。

“他还有呼吸，他还活着！”伯益兴奋道。

“那又怎样？吃了尸果，早晚难逃一死。”晨曦白了他一眼，她着实对这个巨人不感兴趣。

不料，伯益却道：“我听老师子献说过，太淳岛上有一种魔花，专克尸果之毒。既然这里有冥灵树，想必也应该有魔花，我们在附近找找看，也许还能救活他！”

晨曦脸色一沉，问道：“我们为什么要救活他？”

伯益刚才的注意力一直在巨人身上，这时才发觉气氛有些不妙，突然想起晨曦刚才说过，如再惹她生气就杀了自己，不由得紧张起来，急忙道：“曦儿，你听我说。这个巨人也挺可怜的，身为王子，父亲和哥哥都被杀了，一个人漂流异乡，国不能容，家不能回。”说到这里，伯益心中突然涌出一种同病相怜的情愫。是啊，他的哥哥也被杀了，虽然父王还活着，但却蛇蛊缠身，生不如死。

晨曦道：“可是，狻猊杀了他的哥哥防雷，他醒来以后定会想要报仇的。”

伯益道：“曦儿，你放心好了，咱们救了他的命，就是他的救命恩人，咱们可以说服他不要去报仇，即使他想要报仇，也应该去找狻猊，跟咱们没关系。”

晨曦见伯益一口一个“曦儿”，直叫得她心都软了。她爱这个男人，原本也不是要他唯唯诺诺，对自己俯首帖耳。现在他既然有自己的主张，为什么不听他一次呢，于是道：“好吧，我陪你去找魔花。”

于是，两人又回到冥灵树林，几乎没费什么力气就找到了魔花，因为它实在是太奇特了。那花外面是白绿色，里面是紫红色，高达一丈，直径约五尺，在距离冥灵树林约十丈的石缝里长出来，还没走到跟前，便闻到一股尸体的臭气。

“小心，这花能食人。”伯益提醒道。

晨曦道：“我知道，原来这就是你说的魔花，我们都叫它食人花。”说着，她捡起地上一块拳头大的石头，向花蕊处抛去，只见那花“嗖”的一下迅速合拢，将石头包裹起来。两人一齐上前，用石头猛砸魔花的根部，只见一股血红的液体从底下流出来，花随即便倒了下来。伯益先让晨曦闪到一旁，然后找来一根枯枝，将巨大的花瓣拨开，将花蕊斩下一截。那令人恶心的味道简直遮天蔽日，他捂着鼻子，用枯枝将花蕊穿起，拿回谷底塞进了巨人防风的嘴里，然后又用枯枝插了几下，让魔花的汁液流出来，进入他的胃里。随后，他便逃也似的回到崖岸上。

两人站在崖边屏气凝神，注视着谷底的巨人。时间慢慢流走，那巨人却仍然一动不动，看来时间太久，中毒已深，那魔花没有起作用。

伯益神色黯然，捡起地上的马肉，叹了口气道：“走吧。”

晨曦见伯益的情绪如此低落，心有不忍，道：“再等等。”

晨曦话音刚落，奄奄一息的巨人突然翻了个身，趴在地上狂呕起来。伯益从没见过这样的呕吐，简直跟翻江倒海一般，吐出来的东西几乎相当于两个自己。腐臭味直冲云霄，简直把老天爷都要熏一个大跟头，伯益赶紧捂住鼻子。

那巨人差点把自己的肠子都吐出来了，吐完之后，他回身向溪流的上游走了几步，趴在地上灌了一大口水，然后对着天空，像喷泉一样喷了出去。

“啊——”巨人叫了一声，好像身心舒畅了，然后转头看向伯益和晨曦。晨曦脸色煞白，而伯益的脸色比她还差。刚才施救的时候，他满脑子想的是如果这个巨人听命于自己就好了，而当这个庞然大物像座山一样站在面前时，他又忍不住两腿打战起来。

那巨人站起身，比山崖上的伯益还高出一大截。他向前走了两步，伸手将伯益攥住，举到眼前。伯益在巨人的手中，就如同一只受惊的小兔子，虽然被勒得快要窒息，却动也不敢动，唯恐激怒对方，一使劲把自己捏扁。晨曦也被吓住了，大气也不敢出，怔怔地瞪着巨人。

巨人歪着脑袋，呆呆地看着伯益，过了半晌才含混不清道：“郭郭，你怎么变小啦？”

郭郭？是什么东西？伯益一时没明白过来，但他见巨人似乎没有加害自己的意思，试着喊道："大块头，你把我放下。"

巨人左右看一看，又呆呆地说道："郭郭，我不是大块头，我是防风啊，你弟弟防风啊。"

伯益这回听明白了，这大家伙说的不是"郭郭"，而是"哥哥"，可能是中毒太深，性命救回来脑子却坏了，把他当成自己死去的哥哥防雷了，于是他又试探道："防风，放哥哥下来，否则我要生气啦！"

巨人一副惶恐的样子，急忙把伯益放回去，道："郭郭，你别生气，防风听话啊。"看他那样子，好像个小孩子一样，似乎是智商回到了童年。

伯益想想，觉得这个大块头实在太可怜了，他听天狼讲，防雷临死时曾让他报仇，可看他现在的样子，别说为兄长报仇了，一被犬戎兵发现立即就会死于非命。

"喂，防风，你饿不饿？"伯益问道。

"饿！饿！"防风一愣一愣地点头道。

伯益指了指晨曦，又指了指自己，道："你把我和她，带到那边山口，那儿有马肉，我们烤来吃好不好？"

防风点点头，道："好，烤肉，防风要吃烤肉。"说罢，他一手一个，轻轻托起伯益和晨曦，迈开大步顺着伯益手指的方向走去。

这巨人身高三丈，跑起来一步相当于普通人十余步，据传说他的老祖宗有一位叫夸父的，曾经追着太阳跑，虽然后来渴死了，但却可以想象其奔跑的速度有多快。伯益只觉耳边风声呼呼响，好像腾云驾雾一般，转眼便到了山口处。

巨人将两人放到地上，伯益见那匹死马还在原地，很是高兴，正准备让巨人运到山里，却听到远处有人喊："公子！公子！"他顺着声音望去，只见一条猎狗飞奔而来，竟然是天狼！

伯益原本丢下天狼独自逃离心有不安，这时见到天狼，不禁兴奋地摇手道："哎呀，天狼，你怎么知道我在这儿的？"这句话一问出口，伯益顿时又转喜为惧。

是啊，天狼怎么知道他逃出来了，又怎么知道他在杜父山的？

难道，追兵到了？

第二十章　狰狞

天狼突然出现，伯益不由得心生疑窦。很快，天狼便奔到面前，伸着舌头气喘吁吁道：“公子，不，不好了。”

伯益一听此言，恨不得撒腿就逃，但还没等他动身，却听天狼又道：“女娇，女娇公主被狻猊捉住了。”

伯益原不知女娇在犬戎，乍听天狼说她被捉，自然是如堕五里雾中，急忙让它细细讲来。

原来，天狼离开伯益后，便找了一个隐蔽的所在，开始和摇光一起挖洞。当它们挖到半夜时，地面上突然传来喊杀声，天狼忙跑到犬戎大营，发现犬戎人已经杀了个昏天黑地，到处都是犬戎兵的尸体。天狼明白过来，犬戎国发生了叛乱，于是立即带着摇光向关押伯益的石屋奔去。果然，石屋的卫兵死的死，逃的逃，没有一个人把守。可是，等它们奔入关押伯益的牢房，却发现已是人去屋空。

“一定是被事先转移了。”天狼说道。它不知道世上有一个对主人朝思暮想的犬戎公主，所以不可能想到他已经逃走，于是便带着摇光在中军大营四处寻找，所幸犬戎人只顾相互厮杀，只要它们不去攻击别人，便没人来管这两条猎狗。

“我知道主人被关在哪儿了！”摇光突然灵机一动，停了下来。

“在哪儿？快说！”天狼急道。

“湖心岛地牢！”摇光斩钉截铁道。原来，它们之前寻找伯益时，在沈渊的湖心岛上发现了一处地牢，里面关了许多犯人，有犬戎人也有中原人，只是没有伯益。它们不知是晨曦请求猃狁王让自己看管伯益，只道伯益身份特殊所以被单独关押，现在动乱时期，想要转移囚犯，也只能转到那里了。

天狼一拍自己的脑袋，骂道：“不错，瞧我这狗脑子，怎么没想到呢！”

两只天犬急忙奔到湖边，泅渡到湖心岛上，发现这里仍然有兵丁守卫，不过总共只有四人。于是，它们发动奇袭，咬死了四名犬戎兵，取下钥匙打开地牢。

湖心岛地牢是犬戎第一大监牢，可以同时关押三百人。摇光将钥匙挂在脖子上，天狼嘴里叼了一根火棒，哧溜一下钻了进去。一条长长的廊道出现在面前，两边都是长宽不足五尺的石笼，犯人蜷缩在石笼里，吃喝拉撒都在里面，看样子非常难受。地牢里弥漫着一股冲鼻的屎尿味，可见牢监很少清理石笼。

“伯益——”摇光一边走一边叫道。牢门后面，一双双吃人的眼睛瞪着它们。

“放我出去！”左边石笼中一个身材矮小的中原人疯了一般扑打着牢门。

摇光不理他，自顾自地叫道：“伯益——公子——伯益——”

天狼看左边，摇光看右边，眼看就要走到头了，却仍然没有主人的影子。看来，他应该不在这里。它们正要回转，突然听到里面有一个声音问道：“你们认识伯益公子？”

天狼一愣，急忙凑上前去，赫然发现最里面那个石笼里，关押的居然是太祝奚仲的幼子吉光！

“吉光大人，你怎么会在这里？”摇光诧异道。

“你们是——天狼和摇光？”吉光虽然早就看到了它们，但因为以前只知道它们通人性，并不知道还会吐人言，所以不敢贸然相认。

“没错，是我们，吉光大人，你也是来救伯益公子的吗？”摇光问道。

“一言难尽，你们快把我放出去，女娇公主有危险。”吉光说道。

原来，女娇前脚走，一队犬戎兵后脚就把吉光等人围住，三下五除二绑了起来，随后押到了这个湖心地牢。吉光意识到，犬戎人应该早就识破了他们的身份，但想要通知女娇也来不及了。估计这个时候，女娇也被他们捉住了。

摇光取下钥匙，打开石笼将吉光放了出来。犬戎人脑袋单一，这石笼虽然坚固，但锁具却是统一的，只用一把钥匙便可打开所有的石笼。吉光拿着钥匙，又把石三和麻二放了出来。

一行人走出地牢，吉光发现犬戎大营火光冲天，便问道：“那边发生了什么事？”

天狼道：“犬戎人叛乱，现在已经杀得昏天黑地、血流成河了。”

吉光喜道：“太好了，一定是女娇公主干的！咱们再给他们加一把火！”他转过身问道：“麻老二，你会游泳吗？”

麻二拍拍胸脯，自吹自擂道：“我麻二爷号称浪里小白条，水上功夫那是了得！”

吉光道：“那好，等我们上了岸，你去把牢里的犯人都放了。我们先去找公主，随后在杜父山碰头。”

吉光心思缜密，知道湖心岛只有一条小船通往岸边，如果现在就把地牢中那些如狼似虎的犯人放出来，反倒被他们把这唯一的小船抢走，耽误工夫。

吉光等人驾着小船上了岸，他和石三担心被犬戎人认出来，不敢贸然行动，先在石屋里躲起来，让天狼和摇光出去寻找公主。双方商量好，如果等到天亮还没有找到公主，说明她可能已经离开了，大家分头前往杜父山。

然而，没过多久，天狼和摇光便带回来一个坏消息：“公主被犬戎人逮住了。”

吉光和石三思来想去也无计可施，如果横冲直撞，还没等他们杀到公主跟前，就已经被犬戎兵捅成筛子了。无奈之余，吉光只好派天狼到杜父山来找伯益，他们留在犬戎静观其变。吉光以为，伯益是被飞天女巫救出来的，或许飞天女巫还留下了两个人保护他，只要飞天女巫肯出手，公主就有救了。

伯益听天狼讲完前因后果，终于恍然大悟。不过，天狼并不知道女娇原本是想去寒荒之国的，阴差阳错才知道伯益被擒之事，所以伯益也只道她千里迢迢赶来救自己，心中既是感动又是着急。

晨曦此时方知，所谓的赤彤公主，其实是东夷的女娇公主，伯益的亲妹妹。天狼走时，犬戎尚在混战，它不知道老猃狁已死，狻猊当上了新王。晨曦极担心母亲的安危，说道：“你们在杜父山先找个地方藏起来，我去救女娇公主，然后再来这里与你们会合。”

不料伯益却道：“不行，我要跟你一起去。”

晨曦生气道："你刚逃出来，难道又要去送死吗？再说，你去了也于事无补。我是犬戎公主，他们不会对我怎么样，你还是老老实实在这儿等我消息。"

事关女娇，伯益似乎变得勇气十足，仍然坚持道："内乱之际，纲常不在，法度不存，一切都是未知。多一个人，就多一份力量，我一定要回去。"

晨曦见他如此坚决，不由得刮目相看，说道："那好吧，我们一起回去，不过可惜马没了，想要徒步赶回去恐怕得要两天两夜。"

伯益指着一旁的防风，道："有这个大块头在，还要马干什么？"的确，这巨人跑起来比马可要快多了。

晨曦看看防风，道："好是好，但这大块头一到卫丘，立即就会被发现的。"

伯益看看天色，已过正午，说道："咱们先把马肉烤来吃了，等到申时再出发，到卫丘时天就已经黑了，届时我自有办法把大块头藏起来。"

事情商量妥当，伯益命大块头将死马拎到山谷一个平坦处，拔了三棵易燃的桐柏架起来，又找来一些枯枝枯草，引燃一个大篝火，然后将整匹马的皮扒掉、内脏清除，架在上面烤熟。两人和天狼只吃了一点儿，剩下的全被防风吃掉了。

防风似乎没有吃饱，看着地上啃得干干净净的马骨头，说道："郭郭，饿，饿，还要。"

伯益看着巨人那可怜兮兮的眼神，心想早知道就不让那匹马跑掉了，只好说道："今天没了，等明天再给你好不好？"

防风像个听话的孩子，点点头拉长声音道："好——"

太阳消失在地平线，犬戎迎来内乱后的第一个夜晚。战场虽然已经打扫干净，但血的味道仍在空气中弥漫。历史总是惊人的相似，犬戎每次王朝更替都会元气大伤，而这一次伤得尤为惨重。

昨夜一场内战，死伤近两千犬戎精锐。不仅如此，原本被关在湖心岛地牢中的狰狩跑了出来，带着一千多人趁乱逃向东边的合墟。狰狩是猃狁王的第五十六个儿子，猃狁王的许多儿子都随他走了。对于新王狻猊来说，这无异于雪上加霜。

战争并不可怕，最可怕的是分裂。分裂一旦出现，内战就会像魔鬼一样缠住这个王国，它撕裂的不仅仅是疆土，还有人心！军队互相攻伐，百姓互相仇恨，而一旦外邦介入，灭族之祸也就不远了。狻猊之所以不愿让猃狁王死在自己刀下，便是想要杜绝分裂，然而事与愿违，他不仅亲手杀了老王，分裂的刀口也随之出现了。

狻猊带着一队亲兵穿过中军大营，向湖边的石屋走来。走到门口，他回头对亲兵道："你们在这里等我。"随后独自走了进去。

封氏经过这一场折腾，已经病倒了，原本躺在木榻上，见儿子进来，强撑着坐了起来，靠在裘衾上。

"娘，你不用起来。"狻猊急忙上前搀扶。如果没有封氏，他现在已经成断头鬼了，何谈什么犬戎王。

"不碍事。"封氏握住儿子的手，问道，"你妹妹找到了吗？"封氏担心儿子派人追杀，并未将女儿放走伯益的事说出来，只说是在混乱中失踪了。

狻猊摇摇头，安慰道："目前还没有。不过，娘你别担心，曦儿她聪明伶俐，不会有事的。我已经派人四处寻找，一定能把她找回来。"

封氏听说没有找到，反倒放了心，假意道："但愿她能平安回来。"

狻猊道："不过，那个东夷小王子却有了下落。"

封氏吃了一惊，只找到伯益，女儿却没找到，难道她真的出了事？忙问道："伯益，不，那个小王子，他现在在哪儿？"

狻猊道："没有逮住他，是女娇公主的手下麻二，他亲口说伯益被飞天女巫救走了，估计现在已经回到东夷了吧。"

麻二不是被天狼和摇光救出来了吗，怎么会又落入狻猊手中呢？原来，目送吉光等人登船以后，麻二便拿着钥匙返回了地牢。他一个一个打开石笼，那些犯人被关得都快发疯了，一旦重获自由唯恐再生变故，立即蜂拥而出。麻二把所有犯人都放走了，只留下了一个犬戎女人。

自从到了犬戎以后，麻二眼见犬戎女人风骚美艳，一直心痒难耐，如此良机他怎能放过。虽然那个女人破衣烂衫，臭不可闻，但其容貌却与其他女人一样艳丽，只要去湖里洗个澡，对于麻二来说便是国色天香了。他站在石笼外面，笑嘻嘻地问道：“喂，你想出来吗？”

“小哥哥，求求你放了我，我给你当牛做马。”女人急忙扒着牢门哀求道。麻二身子矮小，她只得蹲下身子跟他讲话。

一声“小哥哥”，叫得麻二半个身子都酥了，他探手进去抓住女人的奶子，色眯眯地说：“我不用你当牛做马，只要你肯做我的老婆。”

女人立即就明白麻二想要什么了，一面探手去抓他的下体，一面媚笑着。麻二被撩拨得急不可耐，连忙打开了石笼，也顾不上让女人洗澡，直接拉出来就压在下面扒她的衣服。正当麻二沉浸在全身燥热之中，突然感觉身子一轻飞了起来，随后“咚”的一声撞在石墙上。还没等他反应过来，犬戎女人已经锁上石笼，手中拿着钥匙嘲笑道：“死矮子，丑冬瓜，还想占老娘的便宜！”说罢，留下疯狂咒骂的麻二，径直走了。

于是，狻猊派人去查看地牢时，满牢的人都跑了，只剩下麻二一个人，便把他带了出来。狻猊逼问伯益以及其他人的去向，麻二害怕挨打，就说出了伯益被飞天女巫救走的事情。不过，他并没有说杜父山。至于其他囚犯，他只说是犬戎人来救走的。之所以没有救他，是因为他和吉光他们闹翻了。

封氏听狻猊说完，暗自松了一口气，既然他认为是飞天女巫救走了伯益，那就再好不过了，说道：“走了就走了吧，我们现在不能再和东夷结仇。”

狻猊眼睛一亮，握住封氏的手，道：“娘，你说得太对了，我犬戎遭此重创，而狰狞又虎视眈眈，显然已经不能与东夷对抗了。三苗为远邦，和我们隔着华胥和东夷，即使和他们翻脸也没关系。所以，我来就是想和你商量，我打算和东夷联姻。”

“联姻？”封氏诧异道。

狻猊道：“不错，我想娶女娇公主为妻。”

封氏疑虑道：“好是好，可那女娇公主……她会愿意吗？”她的反应实在太正常了，一个正常审美的东夷公主，怎么可能会愿意嫁给一个犬人，像帝喾女儿那样的人，在世间还是少数。

狻猊冷笑道：“她现在自然是不愿意，可她既然在我手中，一旦生米煮成熟饭，就由不得她……”

狻猊的话还没说完，只听“啪”的一声，一记重重的耳光已打在他的脸上。

狻猊捂着脸道："娘，你干吗打我？"

"打得好！"还没等封氏回答，从门外走进一个人来，正是晨曦。

封氏见到女儿，又是惊喜又是诧异，问道："曦儿，你怎么回来了，他……"

晨曦走到母亲跟前，叫了一声娘，便开始数落起哥哥来："你也不想想，咱娘这一辈子是怎么过来的。你现在掌权了，却又要像你那该死的父王一样，去祸害女娇公主，你难道不该打吗？"

狻猊被骂得面红耳赤，但长着一脸的狗毛却看不出来，兀自强辩道："我这样做，难道是为了我自己吗，还不是为了犬戎国，你别忘了，你还是犬戎的公主，是我的亲妹妹！"

晨曦冷笑道："妹妹，哼，你什么时候拿我当妹妹了，你逼我去服侍那个老家伙的时候，你把我当妹妹了吗？你让我冒着生命危险去陷害狰狞的时候，你把我当妹妹了吗？你提议父王把我嫁给丹朱的时候，你把我当妹妹了吗？"

狻猊被骂得哑口无言，只听晨曦又道："你如果真的想要跟东夷联姻，我有一个办法。"

狻猊瞪眼问道："你能有什么办法？"

这时，晨曦对门外喊道："伯益，你进来。"

晨曦话音刚落，便从外面走进来一个男子，正是已经逃走的东夷王子伯益。狻猊惊得目瞪口呆，指指伯益，又指指晨曦："你，你们……"

晨曦道："实话告诉你吧，我本来是想和伯益私奔的，路上听说犬戎内乱，担心你和娘的安危才又回来的。所以，只要你把我嫁给伯益，你那联姻的目的就达到了，也不用担心东夷来攻打犬戎了。"说罢，她静静地看着狻猊。

不料，狻猊却断然道："不行，犬戎女子不嫁外邦，这是传统。"

晨曦怒道："当初你打算把我嫁给丹朱的时候，怎么不说犬戎女子不嫁外邦！"

狻猊依然强辩道："不是最后也没嫁成吗？反正这事我不同意！"

"娘，你看我哥！"晨曦转而向封氏求助。

封氏叹了口气，道："娘也无能为力，之前没有把你嫁给丹朱，也是因为犬戎女子不嫁外邦。现在即使你哥哥同意了，王族宗氏也会反对，你哥刚当上犬戎王，根基本来就不稳，此时再失去人心，祸乱立时便起。”

晨曦泪眼婆娑地看着伯益，心想还不如直接私奔了呢。伯益刚才站在外面偷听，早把屋里的情况摸清了，他突然说道：“老夫人，狻猊大王，我有一个建议，不知可不可以讲。”

众人的目光立时集中到伯益身上，封氏道：“你想说什么，直接说吧。”

伯益道：“其实，不必联姻，东夷和犬戎也可以相安无事。”

伯益此言一出，晨曦立即瞪了他一眼，狻猊也道：“你只不过是一个东夷小王子，无职无权，凭什么代表东夷说这样的大话？”

伯益道：“我并非代表东夷做承诺，而是站在犬戎的立场来看事情。大王请想一想，犬戎与东夷多年交战是什么原因？难道是东夷想要侵犯犬戎吗？自蚩尤战败以来，东夷偏安一隅，早已没有了做天下共主的野心，即使占领了吴戎草原，但东夷人以耕种和渔猎为生，要来又有什么用呢？东夷之所以连年与犬戎打仗，是因为犬戎侵犯东夷边境，东夷不得不守卫边民。话说回来，犬戎之所以侵犯东夷，则是因为犬戎人以游牧为生，不事耕种，只有牛马羊却没有粮食，一旦遇上灾年，水草不丰，肉不足食，便只能到东夷去抢粮。”

狻猊听到这里，不由得点点头，道：“你说得没错，这才是两国交战的根源，那么如何来解决这个问题呢？”

“交易。”伯益说道，“东夷多粮而少肉，犬戎多肉而少粮，只要进行公平合理的交易，即使不用开战，双方也能各取所需。”

“你说得没错，”狻猊又道，“可是，如果遇上荒年，犬戎牛马不足，又拿什么去交易呢？”

伯益道：“犬戎荒年，牛马不足，东夷粮足，牛马价自然就会高，于是少量牛马便可多换粮食。东夷荒年，粮食不足，犬戎牛马多，粮价自然会高，少量粮食便可多换牛马。而且，粮食并非易损之物，如妥善保管至少可存三年，在犬戎丰年，可多换粮食加以储存以待荒年，如此便无后顾之忧了。”

伯益一席话，说得在场三人无不颔首，随后他又补充道：“当今之世，华胥与三苗大战在即，东夷被裹挟其中，全都无暇顾及犬戎。犬戎想要寻得一全身之法，其实并非难事。至于东夷与犬戎罢兵通商之事，等我回到东夷劝说父王，此事对东夷百益而无一害，我想他是不会反对的。”

狻猊心中暗想，公子费已死，伯益身为皋陶王独子，定然备受宠爱，他说的话应该会被重视。况且，如今东夷自乱，只要不去招惹它，它自然也不会兴兵。而再过几年，待平定狰狞叛乱，即使东夷兴兵也不怕了，于是便道：“伯益公子睿智过人，言之有理，处处为犬戎谋划，本王便依公子之计。”

第二十一章　鲧

东夷王室的两兄妹在犬戎相聚，这真是一件非常奇妙的事情。不仅如此，他们相会的地点，还是老犬戎王猃狁给东夷有鬲氏前公主封氏修建的石屋。

两国征战多年，尤其是有鬲氏，地盘与犬戎毗邻，所以几乎每年都会与犬戎交兵。然而，风云变幻、世事难料，在东夷王子伯益和犬戎王狻猊的推动下，两国终于迎来了一个罢兵休战的机会。

伯益看着女娇进来，胸中有千言万语，却一时全都哽在咽喉，不知说哪一句好。二人分别不过两月，却好像过了一个世纪。这两个月，他们都离开了东夷王宫那个安乐窝，经历了世事沧桑，其中的甘苦只有他们自己知晓，女娇的肤色比以前黑了，伯益也瘦了许多，但两个人都变得成熟了。

女娇缓缓走到伯益面前，突然叫了一声：“哥。”

这一声呼唤，对伯益来说，无异于上天赐予的最贵重的礼物。他很想将妹妹揽在怀中，大哭一场，但最后却只是轻轻“唉”了一声。

“摇光都跟我说了，你为了救父王，涉险前往青丘山，”女娇拍了拍哥哥的肩膀，强挤出一丝笑容，道，“伯益，从此以后我女娇对你算是刮目相看啦！”

伯益克制住自己即将喷涌而出的情感，叹息道：“娇儿，让你叫哥哥真的就那么难吗？”

女娇顽皮地笑道：“哼，刚才那一声是奖励你这次的功劳，以后还想要我叫，就要看你的表现啦。”

伯益露出一副无可奈何的表情，用哀求的口气说道：“我本来就是你的亲哥哥嘛。”

女娇看石屋内有木榻，便坐了过去，道：“好了，先不说这个，我问你一件事。你知道费哥哥在哪里吗？”

伯益一愣，道：“他，他不是已经死了吗？”

女娇急道：“我不是说他这个人，我说的是他的精魂去哪里了？”

“精魂？”伯益一副不知所措的样子，反问道，“人死以后，真的有精魂存在吗？”对他来说，虽然奇禽异兽乃至怪人山魅见过不少，但鬼魂之类却从未亲眼见过，全是道听途说，平日谈论或可随口一说，但内心深处却是半信半疑，所以一旦女娇说起兄长费这个具体的精魂，他便惶恐了。

女娇这时也懒得和他争论鬼神有无，直接道：“人死后精魂通常会进入幽冥国，但我师父女戚告诉我，费哥哥的精魂不在幽冥国，我问她费哥哥去哪儿了，她叫我问你。”

伯益脸上青一阵，白一阵，写满了疑惑，过了一会儿才道：“飞天女巫真这么说的，她让你问我？”

女娇发现伯益还是像过去一样，那么不干不脆，不禁生气道：“那是自然，我骗你干吗！”

伯益犹豫道：“说得也是，这么说来，当初真的是费哥哥来找过我？”

女娇见伯益这样说，知道其中定有隐情，忙催促道：“到底是怎么回事，你从头跟我讲，快一点！”

于是，伯益将公子费遇害后，自己做的那几个奇怪的梦讲给女娇听，然后又道：“自从离开偃城以后，关于巨人的梦便消失了，反而经常会梦到费哥哥跟我说着说着话，突然变成另外一个人，举着剑想要杀我。可是，那个人我也不认识，从来没有见过。”

女娇听罢噘嘴道：“费哥哥太偏心，为什么总是托梦给你，一个梦也不给我。”

伯益安慰道：“也许是我体质弱，费哥哥才能接近我吧。”

女娇点头道：“也许吧，你说说看，后来梦到的那个人长什么样子，之前飞头和巨人的梦都应验了，后面这个应该也是费哥哥给你的警示。”

“那人高高大大，看上去很强壮的样子，通常他一出现我就给吓醒了，”伯益道，“而且，自从被防风兄弟捉住以后，我就再也没有梦到过费哥哥，你现在要我说，我也说不上来。”

女娇原本还想回东夷后请巫祝与公子费通灵呢，伯益却说公子费已经不再托梦给他，不款急道：“怎么会，怎么会，费哥哥怎么会不再托梦给你了呢？”

伯益道：“我觉得可能跟那个神杖有关系。”

“神杖？”女娇道。

伯益道：“是啊，我离开偃城前，曾经去拜访过老巫祝，他把自己的神杖给了我。自从有了这个神杖以后，我每次梦到费哥哥，醒过来都会看到神杖上的宝石发光。后来逃跑时神杖弄丢了，就再也没有梦到费哥哥了。”

女娇气得在伯益胸口捶了一拳，骂道：“你，你怎么这么笨呢！”不过，随即想想，也不能怪他，即便是自己，在那种情况下也不可能全身而退，于是又安慰道：“算了，反正还要去青丘山，路过女娲神庙时，在附近找找看吧。”

伯益摇头道：“恐怕那神杖已经落入他人之手了。”

女娇问道：“什么意思？”

伯益并没直接回答，而是反问道：“你这次去尸胡山，找到飞羽了吗？”

女娇诧异道：“你怎么知道我是去找飞羽的？”

伯益微微一笑道：“我是你的亲哥哥，你心里想什么，我自然知道。”

女娇不想在这个时候跟他耍贫嘴，便将自己离开偃城一路上的经历讲给伯益听，不仅把飞羽告诉她的事情讲了，还讲到了在黑水大泽偶遇到玄武大神的事情。她之前怀疑是母后密谋杀死了公子费，因此对伯益也颇有芥蒂，但自从飞天女巫告诉她，姞莱王后不可能杀公子费，她仔细想了想，觉得很有道理。现在又得知母后居然让伯益冒死为父王求药，更觉得自己之前所想很是幼稚，故而已经彻底释怀了。

伯益无论如何也没有想到，公子费是为了给自己上尸胡山采药而死的，他听完女娇的讲述，始终一言不发。他自幼独得母后之宠，对公子费这个哥哥虽然不曾有越礼的行为，但却从未真正亲近过。这个时候，他才知道公子费对自己这个异母弟弟是何等用心，甚至死后还在拼命保护自己。想至此，他不由得潸然泪下。

女娇不了解伯益的心情，待讲完才发现他眼眶盈泪，不禁诧异道：“伯益，你是个小姑娘吗？你怎么又哭上啦！”

伯益抹掉脸上的泪，道：“祸起萧墙，玄武大神说得没有错，王城之内的确有人密谋了这一系列事件！”说到这里，他脸上起了微妙的变化，原来的悲戚之容化为了愤恨。

女娇见状，忙问道：“你知道凶手是谁啦？”

伯益摇头道：“能干成如此轰动天下的大事，绝非一人之功。他不是凶手，却比凶手更加可恨，他是我们东夷的奸细！”

“是谁？”女娇见他说得斩钉截铁，忙问道。

伯益回头看了看，凑到女娇耳边轻轻说出了一个人的名字。女娇惊道：“不，不可能，他不可能是奸细。”她连自己的母后都怀疑过，可是听了这个人的名字，却无论如何也不能相信。

伯益面色沉重，低声道：“你想想看，除了父王和母后，还有谁能让费哥哥为我去尸胡山采视肉。我的身体一直由他调理，父王、母后，以及费哥哥，他们全都对他信赖有加，只要他漫不经心地说一句，视肉可以治我的体弱，费哥哥必然会去为我采药。不仅如此，青城之事也与他有关，青城虽是母后选用，却是他引荐的。先是密谋杀死费哥哥，随后又毒害父王，现在又来害我，其心何其毒也。”

女娇道：“可是他与父王情同手足，父王视之为股肱，一向礼遇有加，他为什么要害我嬴氏一门？而且，那饕餮与穷奇，皆为上古凶兽，怎么会听他摆布？”

伯益摇头道：“我也不知道，有很多事情尚且无法解释，目前最让我百思不得其解的是，他既然要害父王，为何又要搬出风大师救父王呢？”

女娇眉头紧皱，问道：“如果真的是他，你打算怎么办？”

伯益道：“现在最重要的，还是要治好父王的病，我们分头行动，我和吉光跟防风一起去青丘山，你带着那两个家奴回偃城，监视他的一举一动。

目前我们只是凭空猜测，没有丝毫证据，不能打草惊蛇，即使是父王和母后也不能说。你如果有什么事情，可以去找风大师商量。”

女娇颇为不满道：“为什么让我回偃城，你去青丘，你手无缚鸡之力，我……”

伯益拉住女娇的手，认真地说：“因为我是你哥哥。”

女娇似乎被打动了，也不再强词夺理，道：“那好吧，我只有一个要求，你可一定要活着回来，因为，我，我现在只有你一个哥哥了。”

伯益道：“犬戎不宜久留，我们天明便动身。我们先一起去有鬲氏找封弟能，然后再分头行动，一来交代他与犬戎罢兵之事，二来让他派人送你回偃城。”

女娇道：“我不用他送，有鬲氏与犬戎仇深似海，恐怕封弟能不肯罢兵。”

伯益道：“这倒不用担心，一边是儿子，一边是亲弟弟，有封老夫人居中调解，自然能化干戈为玉帛。”

兄妹俩商量妥当，又说了几句闲话，女娇便回自己的卧房休息了。

虽然伯益已经一天两夜没有合眼，但他似乎在被囚禁时睡得太多了，现在不仅不困，反而还很兴奋。他看着女娇走进晨曦给她安排的石屋，悄悄叫上天狼来到湖边。湖边停着一条小木船，是晨曦事先备下的。

伯益对天狼道：“上船。”

天狼一个飞跃便跳到船上，伯益解开缆绳，划动木桨向远处的湖心岛驶去。他们并没有登岛，而是绕到了湖心岛的后面，巨人防风正半个身子泡在水里，头枕岛上的大石呼呼睡大觉。虽然东夷与犬戎暂时和解，但伯益不想让狻猊见到防风，因为难保他不会为了讨好长狄，对防风赶尽杀绝。

伯益将防风唤醒，让天狼带着他，绕开犬戎的中军大营，先去尸胡山等着。如果要去有鬲氏，必定会经过尸胡山。防风虽然懵懵懂懂，却很听伯益的话，用手托着天狼蹚着湖水向西走去，湖水仅没到他的腰。

办完这件事以后，伯益又划着船往回走。皎洁的月光铺在湖面上，波光粼粼，木桨拍水发出哗哗的声响，湖心岛上的地牢已空，静无人声，伯益的心不由得也沉静下来。仔细回想这几个月内发生的事情，简直恍如梦境一般。尤其是女娲神庙那个可怕的雷雨之夜，穷奇凶兽恐怖的样子至今仍让他心悸不已。也不知父王和母后现在如何，父王的蛊毒是不是又重了，那个幕后黑手自从派出青城还有没有后续的动作?

这样想着，不知不觉便到了岸边，伯益这才惊觉，岸上居然站了一个人！他仔细辨认，原来是晨曦，不由得松了一口气。

“你明天就要走了吗？”晨曦问道，语气颇为冷淡。

伯益将小船靠岸，缚住缆绳，说道：“是啊，我……”

还没等伯益说完，晨曦突然从后面紧紧地抱住了他，道：“我，我要跟你一起走。”

伯益被女人温热的身体裹住，觉得有些喘不过气来，想要挣脱却又舍不得。她气若幽兰，吹在他的耳畔，暖暖的，痒痒的，甚是舒服。

“可是，可是，犬戎女人不嫁外邦……”伯益迟疑道。他这一生，还从来没有和任何一个女子像这样耳鬓厮磨过，心里不由得像击鼓一般，咚咚直跳。犬戎女人本就比中原女子丰腴，晨曦作为公主衣食充足，身体就更显得格外丰满，即使是隔着衣服，伯益也能感受到那两颗富有弹性的东西在涌动。

晨曦见伯益没有拒绝，更加大胆起来，一边在他的胸前抚摸，一边说道：“没错，犬戎女人是不嫁外邦，可犬戎却没禁止女人找外邦情郎，公子，你，愿意做我的情郎吗？”说着，她转过伯益的身子，用手勾着他的脖子，湿热的唇在他的下巴上摩挲。伯益年幼，尚未长胡须，下巴上滑溜溜的，比女人的皮肤还要细嫩。

伯益被这个大胆的表白吓住了，想动又不敢动。情郎？这个词汇离他是那样的遥远，然而却又是那样的神秘，充满着无穷的诱惑力。他的眼前浮现出老师子献的谆谆教诲，浮现出母后慈爱的目光，以及父王威严的面庞。然而，这一切都被“情郎”这个词给击溃了，他们都在伯益的脑海中变得越来越模糊，直至消失。

伯益的意识越来越模糊，他感觉自己被一只细嫩滑溜的手牵引着，走进了一个无边的大帐。那里花团锦簇，那里温暖如春，满世界的芳香，满世界的柔软，他觉得自己好像躺在一团狐绒之中，是那样的惬意，那样的舒服，他从来未曾有过这样的体验。他被那一团狐绒撩拨着，一股激情在体内涌动，脑袋里一片空白，任由这股激情在体内四处洋溢，如同奔流冲击着堤岸，如同飞鹰翱翔在长空。

他变得焦躁起来，想要摆脱这种无力的感觉。突然，那只温润如玉的手抓住了他，引他来到一处曼妙的所在，他感觉自己的身体找到了一个支点，不再那样摇摆不定，不再那样茫然无措。他满怀着感激的心情，牢牢地抓住那只手……

第二天早上，伯益醒来发现自己躺在一个陌生的帐篷里，身上盖着锦裘。旁边烧着干燥的牛粪，暖烘烘的，晨曦却不见了踪影。回想起昨夜的激情，他羞得面红耳赤，幸亏她一早就离开了，否则还真是无颜以对。他猛地撩起锦裘想要起身，却发现自己居然一丝不挂，急忙又盖住身体，四下寻找自己的衣服，见它们凌乱地丢在木榻旁，忙披着锦裘，一件件捡起来，刚要往身上穿，却听帐外传来女娇的声音："伯益，伯益，你在里面吗？"

伯益大气也不敢出，轻手轻脚地拎着衣服回到卧榻，赶忙穿好。女娇又叫了两声，见没人回答，喃喃自语道："晨曦那小妮子，居然敢骗我，找她算账去！"

女娇刚一转身，突然发现帐帘挑开了，伯益从里面走了出来。女娇见状，问道："咦，你果然在这里，刚才听晨曦说我还不信。你怎么跑这儿睡觉来了？"

伯益一脸尴尬，忙掩饰道："嗯，那石屋晚上有些冷，便让他们找了，找了个帐篷。"他怕女娇再追问下去，忙转移话题道："大家都收拾好了吗？咱们这就出发吧。"

不料，女娇却道："现在想走也走不了了。"

伯益一惊，问道："为什么，难道是狻猊他……"

"不，不是，是三苗国那个鲧大人来了。"女娇道，"而且，他身边还带了一个怪物。"

伯益心下一惊，他听天狼说过鲧大人要来的事。虽然三苗与东夷并非敌国，但东夷在丹朱与大舜的王权争夺中，更偏向大舜，所以鲧大人此来，定是为了说服犬戎对抗东夷，如此难保狻猊不会被他说动，再生异心。早知如此，昨夜动身就好了。

这时，伯益见妹妹脸色有异，忙问道："跟鲧大人在一起的是什么怪物？"

女娇从牙缝里挤出两个字："穷奇！"

第二十二章　梼机

一切都变得明朗了，杀兄长、毒父王的仇人就是这位三苗国的鲧大人！

舜王在荣登大宝之前，曾摄行天子之政二十八年，尧王时的诸多勋臣故吏皆为其所用，后又举用“八恺”“八元”十六位贤士，十六族尽皆依附，更有尧王之女娥皇、女英两位贤妃鼎力相助，宗室贵族多数归顺，故舜王受尧王禅让践登帝位，为天下共主，可谓顺天应人，水到渠成。而丹朱为尧王的嫡长子，有夏后鲧、共工等人辅佐，这些人都是华胥望族，能征善战，尤其是夏后鲧，本为黄帝族裔，在尧王时曾任治水首领，执掌华胥一半的兵权。后来，丹朱又降服了苗王、鬼王等多个蛮夷部落，实力大增，与舜王可谓势均力敌。

东夷虽然在三方之中实力是最弱的，但却是一股决战双方都不容忽视的力量，一旦东夷与华胥联盟，天平立即就会向舜王倾斜！华胥与三苗大战在即，皋陶王派长子嬴费前往平阳城，必是有意联盟共同抗敌。于是，夏后鲧带着饕餮等上古四凶悄悄潜回华胥，在归途中截杀东夷使团，斩下嬴费和管革的头颅，并以此为饵给皋陶王设蛊。以子之首蛊其父，利用的是父子天性，慈爱之心，其心何其诡诈、阴毒！然而，他们的目的达到了，皋陶父子先后遇害，一死一伤，东夷顿时陷入危机，自顾尚且不暇，哪里还有能力出兵助华胥！可是，他们没有想到，姑莱王后临危不乱，振臂高呼，挽狂澜于既倒，扶大厦于将倾，使东夷避开了内战的危机。随后，他们又将目标瞄准了王后最疼爱的小儿子伯益，于是便有了女娲神庙里那场恐怖的截杀！

他们选择动手的地点很妙，可以说经过了深思熟虑！公子费是在华胥遇害的，即使不能挑起华胥与东夷的纷争，也足以增加双方的嫌隙。伯益是在斟寻氏的地盘出事的，斟寻氏与东夷王室本来就有矛盾，如此一来，便坐实了寒漪的反叛图谋！然而，这还只是明面上的，最妙的是夏后鲧截伯益却并未杀他，而是通过巨人兄弟之手将其送到了与东夷仇深似海的犬戎。

伯益曾经问过防风，虽然防风中毒后智力受损，但大体还是说清楚了。

他们兄弟本来是要去偃城捉皋陶王夫妇的，但中途遇到一个“神人”，说可以将皋陶王的儿子伯益送给他们。兄弟俩本来就没有信心闯王城，擒东夷王，现成的便宜岂肯放过，便跟着“神人”一路南行，来到斟寻氏的地盘，果然轻轻松松便将伯益擒拿！这一招借刀杀人可以说用的是炉火纯青、天衣无缝！不仅撇开了三苗的干系，而且又挑起了犬戎与东夷的仇恨！真可谓一箭三雕！

然而，这一系列的行动之所以会如此顺利，进行得如此隐蔽，光凭夏后鲧和上古四凶是干不成的。只有那个人与他们里应外合，相互串通才行。那个人不仅对东夷王城之中发生的事了如指掌，而且对皋陶王和姑莱王后都有着常人难以想象的影响力！然而，让他们没有想到的是，不仅伯益没有死在犬戎的刀下，相反犬戎却发生了内乱，老王猃狁被杀，新王狻猊登位，伯益三言两语便说动新王与东夷罢兵通商，而这正是反戈一击的最佳时机！

伯益听女娇说，在女娲神庙中出现的凶兽穷奇与夏后鲧一同来到犬戎，脑海中电光火石一般，立即便想通了事情的前因后果。

女娇见哥哥发愣，以为是被吓坏了，连忙劝慰道：“伯益，你别怕，还有我呢。”

伯益闻言，这才回过神来，问道：“除了鲧大人和穷奇，还有没有其他人？”

女娇道：“还有两个怪物，一个人脸、猪嘴、虎身，却长了一身的狗毛，尾巴极长。另一个就更怪了，像一个黄布口袋上长了四条腿，无头无尾，圆滚滚的，背上却生了一对铁翅。”

伯益冷笑道：“那人脸猪嘴虎身的叫梼机，那面布口袋叫混沌，上古四凶，今日到了三个，就差那个饕餮了！”说到这里，他脸色一变，郑重道：“娇儿，你信任我吗？”

女娇被问得莫名其妙，疑惑道：“你是我哥，我怎会不信任你？”

伯益拉住她的胳膊，神色凝重地说道：“既然你信任我，那么就要听我的，现在立刻带着你的两个家奴离开犬戎。鲧不认识你，不会阻拦你的。”他并不打算把鲧杀公子费的事情告诉女娇，否则以她的性格，是无论如何也会去找他拼命的。

不料，女娇自己却早已想通了其中的关节，赫然道：“那帮家伙杀了费哥哥，毒害父王，我来就是跟你商量如何除掉他们，为何你却要我走？”

伯益心想糟糕，为什么这个妹妹比自己还聪明！不行，无论如何也要让她安全地离开，于是伯益深吸一口气，劝解道：“娇儿，你听我说。凭咱们几个人，根本不是那帮凶兽的对手。想要铲除他们，必须借助犬戎的力量。可是，犬戎王狻猊新登王位，未必肯为了咱们得罪强大的三苗，一旦他袖手旁观，我们就可能会被夏后鲧一网打尽。你想想看，事情的真相只有我们两个人知道，父王和母后还都蒙在鼓里，还有那个人，”说到这里，伯益眼神变得格外阴郁起来：“一旦我们遇害，他随时都会堂而皇之地对父王和母后下手。所以，你必须赶回偃城，把真相告诉父王和母后。”

伯益说得极有道理，如今华胥与三苗争雄，天下大局未定，狻猊不可能为了东夷而开罪三苗，他甚至可能很乐于看到三苗与东夷为敌。女娇犹豫了片刻，才道：“那你跟我一起走。”

伯益越来越焦急，在这里多待片刻便多一分危险，道：“那夏后鲧不仅认得我，而且知道我在犬戎，我们前脚走，他后脚就会追杀过来。我留在这里拖住他，如果有机会……”说到这里，伯益的眼光里露出一丝狠辣，这是女娇以前从未见过的，他继续道：“我会尽量说动狻猊，让他除掉夏后鲧。”

“可是……”女娇还想辩驳，伯益猛地抓住她的胳膊，道：“你放心吧，有晨曦在，夏后鲧不会把我怎么样的，至少在犬戎不会。你如果不放心，路过有鬲氏的时候，可以让封弟能派人接应我。”

女娇突然觉得眼前的伯益变了，再也不是那个整天躲在王宫里被母后宠着的小王子，他的肩膀变得结实，他的性格变得沉稳，虽然眼神中偶尔还会飘忽出一丝惊恐，但他能逼迫自己迎难而上，他的胆略虽然还不足以担起一个国家，但他却能够强咬牙关把自己的责任担起来。事实上，改变的岂止是伯益，她自己不也变了很多吗？多难兴邦，多磨成才，一场突如其来的变故，把一切都改变了。是啊，他是哥哥，费哥哥再好也已经走了，伯益如今是女娇在这个世界上唯一的哥哥。

“益哥哥，我都听你的。”女娇坚定地看着伯益。

中军大帐里，正在举行一场看似并不太愉快的酒宴。所有人都席地而坐，左边一排是狻猊王以及他的心腹部将，右边则是夏后鲧和上古三凶。

夏后鲧身高膀宽，长发披肩，龙须避颈，相貌堂堂，再加上皮肤黝黑，颇有男子汉的气概。最引人注目的是，他的右脸上有一道血红的疤痕，从眼眶下面一直延伸到腮部。他坐在右侧首位，如铁塔一般，龙眉微蹙，不怒自威，一股傲气直冲九霄。

他是天生的贵族，有着骄傲的资本，他出身显赫，曾统领天下之兵为尧王征战南北，所到之处尽皆披靡。然而，谁能想到，就是这样一个令万人敬仰的大人物，却奸谋迭出，干尽苟且之事。王权之争，不仅关乎荣辱，更关乎全族的生死存亡，自古成王败寇，凡成大事者在谋不在德！

最后，还是身为主人的狻猊打破沉默，举樽道："鲧大人远道而来，小王为你接风洗尘。"

夏后鲧举起酒樽一饮而尽，叹了口气道："狻猊王真是一鸣惊人啊，出手干净利落，不留后患。早知猃狁老王会死，我便不在路上耽搁，早早赶来送他一程。"这话说得甚是露骨，看样子是对狻猊夺权相当不满。也难怪，三苗原本与犬戎结为联盟，一个强大的犬戎屹立在北方，不仅对东夷有制约，甚至对华胥也有一定威慑。现在犬戎易主，是否继续与三苗结盟尚且不论，就凭狻猊现在的实力，即使维系盟约，对三苗来说也没什么用处了。

夏后鲧此言一出，对面的犬戎部将立即起身怒目而视。君忧臣辱，君辱臣死，不论这夏后鲧是什么大人物，如此侮辱他们的大王，怎么不让众人愤慨。然而，对面的三个凶兽却趴在地上没有任何反应，似乎对这些犬首人身的家伙颇为不屑。

狻猊暂时还不想跟三苗搞僵，对众人使了个眼色，命令他们坐回原位，然后对夏后鲧道："我父王能有鲧大人这样的知己，小王着实为他高兴。不过，天下之权，能者夺之，丹王如有本事，也不会被赶到三苗那个蛮荒之地了。"说罢，他故意哈哈笑了起来。

夏后鲧显然不是来斗嘴的，而且这毕竟是在犬戎国，真要撕破脸他占不到半分好处，于是话锋一转，问道："我听说犬戎将东夷的小王子伯益捉住了，不知狻猊王是如何处置的？"

狻猊一拍脑袋，道："哎呀，鲧大人不提我还真把他给忘了。"说罢，朝帐外喊道："来人，有请伯益公子。"

夏后鲧一愣，他没想到伯益居然还活着。就在这时，一个眉清目秀的少年走了进来。这少年身高不足七尺，一袭素衣尽显风流，正是东夷王子伯益。他身边还跟着一个美艳少女，红衣裹体，婀娜多姿，与伯益站在一起，简直是一对璧人。

“曦儿，你来干什么！”狻猊不满道。

晨曦皮笑肉不笑地说道：“我听说威名赫赫的鲧大人大驾光临，特来行礼的。”

伯益走进来，眼睛没朝夏后鲧身上瞧，先是被他旁边的三个凶兽给吸引了，居中的那个果然是在女娲神庙中出现的穷奇，这时它也在颇具意味地看着自己。伯益的小腿不由得哆嗦了一下，但他强力抑制住内心的恐惧，对夏后鲧道：“鲧大人，别来无恙啊。”

这时，伯益方才仔细打量这位当年的治水首领，不由得一愣，此人正是之前在梦中出现的那个人。看来，果然是公子费在梦中警示他，要提防夏后鲧。

夏后鲧右手一揽龙须，问道：“老夫见过你吗？”

伯益的目光向后一移，又发现一件重要物事，他遗失的神杖就竖在夏后鲧的身后，不禁眉头紧锁！正在伯益愣神之际，穷奇怪笑道：“小王子怕是见到我等凶相，给吓傻了吧？”

一句话引得众人哄堂大笑，包括对面的犬戎将官也都跟着笑了起来。在这些厮杀汉眼中，哪管你是什么东夷王子，力强者为尊，伯益这等白面书生，手无缚鸡之力，他们看来自是嗤之以鼻。晨曦见心爱之人受窘，不由得怒火中烧，正要发作，却听伯益朗声道：“鲧大人还真是贵人多忘事，不是你派人把我送到犬戎的吗？你本想借刀杀人，可惜犬戎大王不仅没有杀我，还对我礼遇有加，真是让你失望了啊。”

伯益直奔主题，意在挑拨犬戎与三苗，此言一出，众皆愕然。防风防雷本欲邀功，想让犬戎出兵助自己夺权，虽然蠢笨却也不会把被夏后鲧相诱之事说出来。狻猊虽然并不知其中细节，但对他二人生擒伯益之事也颇为怀疑，听闻此言立即便相信了八九分，心想差一点儿便中了三苗的诡计，不由得拿眼斜视夏后鲧。

夏后鲧原本身份高贵，平日又自视甚高，自然不肯当众承认自己行此下作之事，强忍怒火道：“小兔崽子，你在这里胡说什么，明明是犬戎王派防风防雷两兄弟将你捉来的，与我何干！”

然而，夏后鲧不说还好，他这么一说便是“此地无银三百两”：你怎么知道防风防雷两兄弟的？夏后鲧话一出口，立即便自知失言了，但说出去的话，就如同泼出去的水，再也收不回来了。

伯益逮住机会，继续揭露道：“各位，这位鲧大人看上去道貌岸然，其实一肚子的阴谋诡计、寡廉鲜耻，不仅想要借刀杀人，挑拨犬戎与东夷，还强抢他人财物，他身后的那个神杖本来是我的，被他抢去，反在这里假装不认识我。诸位如若不信，那杖身刻有‘夸父’二字，一看便知。”

伯益这话半真半假，夏后鲧躲在幕后，他以前自是没有见过，自己应是在逃跑中遗失了神杖，被夏后鲧捡到了。但他如此说，更显得夏后鲧卑鄙龌龊。狻猊不明就里，又因刚才夏后鲧已自暴其短，因此对伯益的话深信不疑。他原本对夏后鲧这个三苗国来的大人物很是敬畏，不料伯益三言两语便把他说成了一个卑鄙无耻、满口谎言的小人，因此脸上不由得露出鄙夷之色。

夏后鲧原本正在为刚才的失言懊恼不已，再听伯益这等信口雌黄之语，心中更是怒火中烧，但他为黄帝后裔、世袭贵族，自然不会被伯益激将，面无表情道：“此杖乃上古神器，本为夸父臂骨所制，杖身自然刻有‘夸父’二字，你既识得此杖也不足为奇，但要说为你所有，简直滑天下之大稽。”说着，他扭头朝伯益看去，只见他那俊俏的脸上露出一丝笑意，心里不由得咯噔一下，糟糕，又着了他的道了。原来，他自从得了这根神杖，识得为上古神兵，爱不释手，一直带在身边。以前在把玩之时，并未看到杖身刻有字迹，但这时心中正懊恼刚才的失言，被这小子把话一引，不及思索便顺口说了出来。

果不其然，只见伯益拊掌大笑道：“众人都听见了，鲧大人的神杖上刻有‘夸父’二字，众位不妨检视一下，如杖身上无此二字，便说明此杖并非鲧大人所有。身为黄帝苗裔，在光天化日之下居然信口开河、谎话连篇，鲧大人真可谓一鸣惊人啊。”伯益刚才身在帐外，将帐内之言听得真真的，此时便将夏后鲧损狻猊的话原样奉还。

狻猊那些部下心里都乐疯了，一脸鄙夷等着看夏后鲧的好戏，而狻猊却对那件上古神兵颇感兴趣，想要一睹为快，拱手道：“为证鲧大人清白，请让小王来做个公证人，检查一下那神杖上是否刻有字迹。”

夏后鲧接连吃了两个瘪，就是定力再好也忍无可忍了，他理也不理狻猊，霍然起身，对着伯益横眉冷目道：“你这东夷小儿也忒张狂，本想留你小命，不料你却得寸进尺，你不是说我借刀杀人吗？今日我便亲手取你性命，看你还有何话讲。”

夏后鲧一起身，旁边的三头凶兽也跟着站起身来，一个个凶神恶煞地看着伯益，似乎随时都会把他分而食之。伯益刚才心中一直想着父兄之仇，对夏后鲧恨得咬牙切齿，胸中并无畏惧之意，这时眼见性命即将不保，也不由得心生胆怯，后退了两步。一旁的晨曦却挡在他的身前，凤眉倒立，一副与人拼命的架势，断喝道：“我看谁敢伤他一根毫毛！”

狻猊知道自己若不出手阻止，后果将难以想象，于是也起身道：“鲧大人，这里不是三苗，伯益公子是小王的客人，岂容你说杀便杀？”

夏后鲧见伯益没死，早就知道狻猊有意对他回护，这时见他出言阻止也不奇怪，只是冷面道：“难道犬戎想与三苗为敌不成？”

狻猊拱手道：“小王自不愿与三苗为敌，但实不相瞒，犬戎与东夷已经罢兵和解。”说到这里，狻猊扭头看了伯益一眼，又道：“不过，犬戎与三苗的盟约依然有效。”

夏后鲧见狻猊首鼠两端，公然脚踏两条船，恨不得一杖敲破他那颗狗头，但此为犬戎地盘，正所谓强龙不压地头蛇，真要拼杀起来，他自己也会把老命留在这里，于是口气稍缓道：“既然与三苗结盟，你就与我杀了这小崽子！”

不料，狻猊却道：“据小王所知，当初犬戎与三苗订立盟约时，约定双方任何一方与他国开战，另一方都须出兵相助。如今犬戎与东夷已经罢兵，而三苗亦没有与东夷开战，我没有任何理由杀东夷王子。伯益公子与鲧大人都是小王座上宾，还望大家和睦相处。”他这一番话，完全是一副和稀泥的架势。

伯益见自己性命无忧，胆气又壮了起来，插口道：“狻猊王与三苗结盟，无异与虎谋皮，离亡国灭族不远矣！大王不如速速斩杀夏后鲧，尚或有一线生机！依我看，今日夏后鲧有四可杀！”他无论如何也要凭三寸不烂之舌，说动狻猊杀了夏后鲧，为父兄报仇，也为在女娲神庙里死的那几名异士报仇！

狻猊心中却在冷笑，好小子，我好心救你一命，你却在这里拱火，回头拱得夏后鲧真的出手杀你，我难道还会为了你的小命跟三苗动武不成？然而，他嘴上却问道：“何为‘四可杀’？”

伯益见问，昂然道：“这夏后鲧虽身份显贵，却心胸狭窄、阴险狡诈，你今日救我，他必怀恨在心，一朝得势，必定会挟私报复，此为一可杀！华胥与三苗大战在即，大舜王仁厚重德，又有东夷相助，必将获胜，届时犬戎必不能存，大王不如先杀夏后鲧以结交华胥，此为二可杀！丹朱暴戾寡恩，素有天下共主之野心，如若侥幸获胜，必会掉转矛头攻打犬戎，届时兵锋所指尽皆披靡，犬戎还能存续吗？不如先杀夏后鲧，断其臂膀，此为三可杀！东夷与犬戎相邻，如今东夷与三苗视若仇雠，如若犬戎与三苗继续结盟，一旦东夷与三苗开战，所议罢兵通商之事必不能持久，以犬戎如今之力，绝无力与东夷相抗，倒不如斩杀夏后鲧，与三苗断绝盟约，以求自身安定，此为四可杀！有此‘四可杀’，大王还犹豫什么呢？”

伯益一口气连说了“四可杀”，虽然目的是杀夏后鲧，但看上去却是处处为犬戎着想，丝毫不提自己要为父兄报仇之事，连夏后鲧听了也不由得大吃一惊，原来自己是这么该死！他担心狻猊被伯益说动，连忙去看他。不料，狻猊也正在看自己，似笑非笑道：“鲧大人，伯益公子说了这么半天，就是想让我杀了你，你觉得呢？”

夏后鲧却不答话，冷哼一声，握紧了手中的神杖，看样子随时都会大打出手。大帐里变得鸦雀无声，所有人好似被冻住了一般，谁也不说一句话。

就在这时，帐外突然有个犬戎兵闯进来禀报：“大王，不好了，有鬲氏封弟能带兵闯帐！”

狻猊王心中一凛，问道：“来了多少人，现在何处？”

那个兵道：“足有二三百人，被我方兵士拦在了营门外。”

狻猊王松了一口气，刚要说话，伯益却抢先道：“大王不必担忧，封弟能是我叫来罢兵言和的，顺便看一看老夫人。”是啊，封弟能说起来还是狻猊王的亲娘舅呢。

狻猊王大手一挥道："列队迎接！"

伯益原本站在门口处，担心夏后鲧和他的凶兽突然奇袭自己，于是先退了出去。随后，晨曦、狻猊王以及众部将也跟着离开了，大帐中只剩下了夏后鲧和他的三个凶兽！

第二十三章　混沌

经历内乱后，犬戎国的实力虽大不如前，但狻猊王不愧为一代英主，在他的统领下，犬戎的军纪比猃狁王时期更加严明，兵卒的士气更加高昂，加上新补充进来的千余名兵丁，在外人看来丝毫不可小觑。

伯益穿过一个个营帐，走出犬戎中军大营，一眼便看到了身材修长的有鬲氏大首领封弟能。他和上次瀛台联盟大会时一样，面目清秀似书生，披肩长发以麻绳束之，身上还穿着那件虎皮裙，看上去既潇洒飘逸，又不失英武之姿。他骑在高头大马上，正在向里张望，看到伯益后忙翻身下马迎上去，道："公子，你果然在这里！"

伯益对封弟能拱手一礼，道了声："大首领一路辛苦！"眼睛却向他身后那两百名骑兵看去，这些人个个英武雄壮，一看就知道是经过多年厮杀的老兵痞，也难怪封弟能可以和犬戎对抗，他的本钱确实不少。不过，他只带了这些人便孤军深入犬戎，也是需要极大胆略的。

这时，狻猊也带人赶来了，还未等他与自己的舅舅寒暄，伯益回身说道："大王，刚才我说的那'四可杀'你还没忘吧？"

狻猊立即明白了伯益的意图，但他还不知道夏后鲧谋害公子费与皋陶王之事，所以不明白伯益为什么非要杀夏后鲧。要知道，杀了夏后鲧，东夷就相当于跟三苗直接宣战了。不过，以犬戎现在的状况，他倒很乐意看着别人厮杀，好坐收渔人之利，于是道："公子认为可杀，那你们就去杀吧，我不阻拦就是了。"说着，他回身对犬戎兵喊道："让路，请封大首领进营杀贼。"

封弟能早听女娇说了事情的原委，有意要率兵进入大营，却又怕中了犬戎的埋伏，正在犹豫之时，突觉天好像暗了下来，抬头一看，只见两个黑影扑了下来，他大叫一声："快射箭！"猛地将伯益扑到一旁。

那两个黑影正是穷奇和混沌，这两个怪物都长有翅膀，能够飞天。穷奇本是冲着伯益来的，一击不中，转身又向旁边的狻猊攻了过去。它并不知道狻猊只想作壁上观，还以为他被伯益说动，想要剿杀它们。狻猊旁边的一个近卫救主心切，奋不顾身挡在了前面，被穷奇的虎爪立时撕了个血肉模糊！

狻猊也非等闲之辈，趁这工夫早抢了一根长枪在手，回身便向穷奇刺去。这时，其他犬戎将士也反应过来，剑、枪、斧、鞭等各式兵器，一齐向那怪兽招呼，岂料穷奇竟拍动巨翅向天空飞去。

再说另一只怪兽混沌，别看它没有脑袋没有尾巴，像个大肉球长了一对翅膀，杀伤力却不容小觑。它从天而降，像个肉弹一样落在封弟能的骑兵之中，立即便有两个人两匹马被砸成肉泥。混沌一击得手，又飞上天空故技重演，重重地砸了下来，这回骑兵们已经四散逃开了，并不像刚才那般集中，但还是有一人一骑被它砸扁！

"射箭！快射箭！"伯益已从地上爬起来，大声喊道。其实，不用他说，凡是手中有箭的，早已搭弓向天上射去，箭如雨一般嗖嗖直飞！

那两个怪兽见再也捞不到好处，便掀动翅膀向北飞去。封弟能身上也背着弓箭，他瞄准落在后面的混沌，只听"嗖"的一声，那支箭如长了眼睛一般向大肉球飞去。大肉球似乎也感觉到情况不妙，急忙拍打两下翅膀躲避，结果箭还是插在了它那圆滚滚的肚子上。箭是射中了，但混沌似乎并无大碍，带着箭支越飞越高。

狻猊与封弟能纷纷带兵向北追去，追到湖边却发现夏后鲧和梼杌早已涉水而逃，水波浩渺不见踪迹。夏后鲧曾为治水首领，其水性自然无人能及，众人也只得望洋兴叹了。最沮丧的莫过于狻猊了，因为这样一来，犬戎就宣告和三苗决裂了，他现在已经没有别的选择，只能与东夷和华胥修好了。

封弟能原本还对犬戎存有戒心，见狻猊和他一同追杀夏后鲧，便知女娇公主所言不虚，犬戎有意与东夷修好。不过，面对这群狗头人，又是多年的死敌，他实在不知道该如何交流。过去一碰面就是厮杀，用弓箭说话，现在让他用嘴巴跟他们说话，反倒不自然了。他很希望伯益出面，却不知他跑哪里去了。

正在封弟能彷徨之际，顺着湖边走来一个中年妇人，那妇人虽已徐娘半老，却极有气质，她走到离封弟能还有五丈远的地方，突然停住了，用颤抖的声音问："那边，可是维奴吗？"

封弟能心里咯噔一下，"维奴"正是他的小名！女娇公主曾跟他说过，他的姐姐封氏便是新任犬戎王狻猊的母亲。二十五年前，姐姐刚刚十六岁，颇喜岐黄之术，有一次跟随族里的老医进山采药，结果就再也没有回来。那时候犬戎与东夷休战，并无犯边之事发生，大家都以为他们两个被山兽给吃了，谁能想到居然是被老狗猃狁给掳到犬戎来了，还生下了孩子！早知如此，就是拼了命也要把姐姐救回去！

姐姐幼时的样貌在封弟能的意识中已经模糊了，但姐弟同心，他只看了一眼便确认，眼前这个妇人就是自己失散多年的姐姐！他想跑过去，但腿却像灌了铅一般，只能一步一步往前挪。姐弟俩相差五岁，可以说封弟能是在姐姐的呵护与疼爱下长到十一岁的。当年姐姐失踪时，那种撕心裂肺的疼痛仿佛又回来了。五丈的距离，仿佛要走一个世纪，他深吸一口气，终于迈开步子走上前去，扶住姐姐伸过来的胳膊，心中有千言万语，却如鲠在喉，最后只颤抖着挤出来两个字："姐姐。"

封氏从鼻子里含混地"唔"了一声，姐弟俩便抱头痛哭。在场的犬戎兵士大多不知道怎么回事，莫名其妙地看着两人。有鬲氏的兵卒中有年长者认出了封氏，于是一帮大男人也跟着呜呜咽咽起来。当年，封氏在族中可是有名的花骨朵，不知有多少男人对她日思夜想，然而正当她含苞待放时，却被猃狁王给掳走了。

狻猊和晨曦两兄妹站在一旁，晨曦已经是满眼噙泪，而狻猊却阴沉着脸一语不发。伯益在追赶凶兽时被兵士冲到一旁，刚好被赶来的吉光救起。自从伯益返回卫丘之后，两人还一直没有机会交谈，于是便简单聊了几句，因此来迟了。这时，他见夏后鲧逃了虽然颇感惋惜，但见到封氏姐弟相认又很为他们高兴。他伸着脖子四处张望，很快便发现了目标，原来他是在找摇光。这时，摇光站在有鬲氏的兵卒中，目光正好与伯益相对，于是伯益便招手把它叫了过来。

"主人！"摇光晃着自己的带白毛的尾巴一路小跑，来到伯益面前。它的声音听上去居然好似一个娇媚的少女。伯益心念一动，又看着它那轻盈的脚步，以及婀娜的身姿，想如果它不是狗而是人，应该也是一位绝色美人吧。

伯益见封氏姐弟相认，估计至少还要在犬戎耽搁一天，他叫摇光过来，原本是想让它到尸胡山通知天狼和防风，让他们耐心等待，顺便捕兽充饥，别饿着自己。不过，这时他却问道："摇光，以前在偃城时为何你和天狼不说人语，现在却说了？"

伯益心想，可能它们之前是隐藏自己以求自保，不料摇光却扭捏了起来，半天才道："这个事，你，你去问天狼吧。"

伯益道："我已问过天狼了，它也不肯说。"

摇光更加扭捏了，道："那，那你就去问老巫祝。"

这时，一旁的吉光看不下去了，凑到伯益耳边嘀咕了几句，伯益俊秀的面庞立即涨了个通红。原来，这天犬虽然自幼便能听懂人言，但要等到成年与异性交配之后才可吐人语，怪不得天狼和摇光都扭扭捏捏不肯说。

伯益记得在女娲神庙时它们还不能吐人言，由此看来，它们应当是在伯益被捉之后搞到一起的。主人被捉，它们居然还有如此雅兴，伯益心中不由得埋怨起来，不过他转念一想却又心生感动，这两条狗当是在主人遭难之后抱有必死之志，故而在临死之前以身相许！想及此，他怕自己情绪失控，赶忙将事情交代摇光，让它去了。

伯益再看封氏姐弟，发现他们已经哭罢在互诉离情了。这时，封氏招手将自己的一对儿女叫到跟前，指着晨曦道："维奴，这是曦儿，你的外甥女。"说罢，她对女儿道："曦儿，快叫舅父。"

晨曦盈盈地施了一个中原礼，轻轻唤了一声："舅父。"

封弟能见外甥女生得标致，美而不娇，华而不傲，颇有姐姐昔日的神采，又见她眼圈哭得红红的，想是性情中人，心中甚是喜欢，应了一声，赶忙从身上取出一件东西，道："这本是你外祖母之物，我代她转赠给你。"

晨曦打眼一瞧，却是个火红色的玉环，那玉质细腻温润，莹亮光泽，颇为罕见，约有手腕般大小，环上系有玉带，显然是挂在颈上之物。她虽然心中极为喜欢，但还是看了母亲一眼，见母亲笑着点头，才道了一声谢接过来，随即戴在身上，顿时增色不少。封弟能见状更加高兴了，赞道："果然，这个玉环就该是曦儿的。"

晨曦笑着躲到母亲身后，看到伯益在不远处，便拿起玉环朝他晃了晃，伯益假装没看见，不做任何反应。这时，封氏又把狻猊叫到跟前，刚要让他像晨曦一样叫舅父，不料狻猊却抢先拱手道："封大首领。"是啊，身为犬戎之王，怎么可能随便叫一个中原人为舅父呢！封弟能见这个外甥一颗狗头顶在脖子上，也是一脸厌恶，不愿意当他的舅舅，他不叫反而让封弟能省心了。

伯益见状，怕两人搞僵，连忙上前道："姐弟久别重逢，必有千言万语，大家都不要站在这里了，回石屋详谈！"一句话把大家的尴尬都解除了，一行人相拥着向封氏的石屋走去。

繁星满天，凉风习习，湖面在微光之下显得一片沉静。一条小船停在湖中，船上一头一尾坐着两个人，谁也不动，也不说话，好像睡着了一般。然而，两个人的眼睛却都闪着熠熠的光芒。有一条鱼跃出水面，泛起小小的水花，制造了一点儿声响，但转瞬之间世界又陷入了沉寂。

"你说，这天上是不是真的有仙人？"船头那人终于打破了沉默，那是一个年轻男子的声音。

"那是自然，女娲补天、羲和浴日、常羲沐月，这些故事公子想必从小便知，如果他们不在天上，又会在哪里呢？"船尾那人说道，是一个中年人的声音。

月亮从天边露出头来，像个白亮的盘子，那一片原本漆黑的夜空变成了深蓝色，显得深邃而遥远，那些微弱的星光被月亮的光芒遮蔽，也渐渐隐藏在天幕中，仿佛它们从来便不存在似的。

伯益看着那白中带黄的月亮，问道："我听说嫦娥奔月是尧王时的事，天上果真曾有十个太阳，世间果真有那射日的后羿和美艳的嫦娥仙子吗？"

封弟能的回答却不那么肯定了："或许吧。我曾听族中老人说，有一年确是炎热异常，至于是不是有十个太阳，那就说不清了。"

伯益感叹道："我听说东海之中有扶桑国，国中有三株扶桑树，为天之梯，缘树而行便可登天。有朝一日，真希望能够去扶桑国，爬一爬那扶桑树。"

封弟能却道："公子身为涂山王氏之后，理应励精图治，不应整天想这种浩渺无边的事情。”

伯益闻听此言，鼓了鼓勇气，心中的话就要脱口而出，但最终还是放弃了。他很想问一问封弟能，为何当日在部落联盟大会上，他会支持寒漪！难道他真的相信舜王“囚尧王，驱丹王”，天下共主大位是他夺来的吗？这件事就像隔在两人之间的一张窗纸，一捅即破，但捅破之后，他真能承受里面的真相吗？想来想去，还是决定放弃了。

刚才封弟能已经告诉公子伯益，女娇给他送完消息后，直接便回了偃城，这让伯益心安许多，觉得这个妹妹长大了，不像过去那样意气用事了。

封弟能见伯益欲言又止的样子，似乎知道他想要说什么，便有意岔开话题，道：“公子前往青丘山一路艰险，还是由我亲自护送吧。”

伯益连忙拒绝道：“不必了，去往青丘要途经三苗，人越多反而越危险，有吉光和防风在，不会有事的。况且，犬戎与东夷虽然罢兵，也有老夫人从中调节，但我看你那外甥狻猊并非良善之辈，我们切不可掉以轻心。”如果封弟能真的与寒漪有勾结，让他跟在身边无异于羊入虎口。

封弟能叹了口气，道：“是啊，罢兵之议尚需大王定夺，后续之事还很多。那狻猊之所以肯罢兵，也无非是缓兵之计，等他实力强大又要兴风作浪了。”说到这里，他突然提高了嗓门，道：“我真恨不得把这些狗人全都杀光！”

伯益怕引出乱子，忙又岔开话题，道：“今日大首领好像请求夫人回东夷了？”

封弟能长叹了一口气，道：“是啊，可是她不愿意回去。”

事实上，封氏这二十多年来并非没有机会捎信回有鬲氏，猃狁王将她掳到犬戎之后，虽然刚开始的时候怕她逃跑，囚禁了几年，但等她生下狻猊后便渐渐放松了，不仅为她在湖边修建了石屋，还找来中原人专门伺候，那位黥叔便是最早来的人之一，对她非常忠心，几次想要去东夷报信，都被她拦住了。一来，她担心有鬲氏因为自己与犬戎再起干戈，无故牺牲许多人的性命。二来，她既为犬戎之妇，也羞于再回中原遭受世人白眼。三来，她已经认命了，她坚信每个人都有自己的命运，顺命而行是最好的选择。如今，她的儿子刚刚当上犬戎王，根基不稳，她就更不可能离开了。

伯益劝慰道：“这样也好，有夫人在狻猊身旁监督，他想必不会再与东夷纷争了。”说到这里，他拾起木桨，道：“时间不早了，明日便要起程，我们也早些回去休息吧。”

两人划着木船来到岸边，伯益对封弟能道：“大首领先回吧，我还有些事情。”

封弟能没有多说什么，直接回了石屋。伯益站在岸边，遥望月光下远处的湖山，没过多久，他突然觉得身子一紧，仿佛被一条柔软的绳子缠住了。

第二十四章　皃徯

“日出而作，日入而息。凿井而饮，耕田而食。帝力于我何有哉！”

在春日的阳光下，一个男子扛着耒耜在山间小路上且歌且行。他三十岁上下，一身农家打扮，看样子是刚用罢早饭，正要去田里耕作。此人的姓名史书并未记载，我们暂且称他为击壤。

击壤是个乐天派，每天都很开心。他的妻子虽不漂亮但很能干，生有一对可爱的儿女，皆在垂髫之年。他虽不富裕，但靠着自己辛苦的劳作，一家人尚能温饱。他独自开垦山林，没有天灾，也没有赋税，他的生活是如此惬意，连遥远的帝君都要羡慕啊！如今春季到来，天气转暖，他打算先用耒耜将自己开辟的田地松一遍土，然后播上种子等待秋天的收获。

击壤歌毕，已经走到了田边，放下耒耜刚要开始工作，却突然听到远处传来“咚咚”的声音，如闷雷一般。山鸟被惊得扑啦扑啦飞上天空，野兽被吓得钻出山林四处逃窜。他那张笑呵呵的脸僵住了，伸长脖子向声音传来的地方望去。

那声音越来越响，显然是朝这边来的！在匆忙中，农夫还没忘记自己的工具，扛起耒耜就往前跑。然而已经晚了，一个庞大的怪物从山林里钻出来，朝他走了过来！农夫吓得扔掉耒耜，抱头蹲在地上，颤抖不已。然而，那怪物停在面前，却并没有吃他。他仰头看去，哪里是什么怪物，明明是一个人，一个巨人，像小山一样的巨人。

那巨人肩上挑了一个大扁担，扁担两头各挂了一个大箩筐。巨人并没有理农夫，只取下扁担轻轻放在地上。他偷偷看去，只见一个箩筐里钻出两个少年，另一个箩筐里钻出两条猎犬！

那两个少年，一个奇丑，一个奇美。美少年先从筐里出来，上前一拱手道：“大叔有礼，请问这是什么地方？”

击壤原本是个豁达之人，见此人彬彬有礼，无意伤害自己，也站起身来一拱手道：“公子有礼，此地因白豪众多，故名白豪岭。”说着，他又指着南面那座大山道：“前面那座山名为鹿台山。”

那个丑少年也是一拱手，问道：“请问大叔，这里属三苗还是华胥？”

击壤见这少年长了一张兔子脸，虽然也谦恭有礼但仍觉得可怕，不由得向美少年这边移了两步，才道：“此地尚在华胥国，但翻过鹿台山便是三苗之境了。”

两条狗见状，却在一旁哧哧笑了起来，其中一个口吐人言，道：“吉光大人，还是让公子来问吧，这位大叔都被你吓坏了。”

击壤见那狗居然说人话，吓得连农具也顾不上了，大喊着：“妖怪，妖怪啊——”向山里跑去。巨人一伸手，五根手指像石柱一般，拦在了他的面前，伯益赶忙制止：“防风让他走吧，别把他吓坏了！”防风听话地缩回了手，那人也不敢再喊，一溜烟逃跑了。

吉光见状，乐得哈哈大笑，指着天狼和摇光道：“是谁，是谁把他吓跑的？”

两条狗，你看看我，我看看你，羞涩地低下了头。

离开犬戎以后，伯益带着吉光与防风他们会合，先随封弟能到了有鬲氏的地盘，在那里好好休息了两天，也让防风吃了两顿饱餐。伯益突发奇想，请封弟能找来族中能工巧匠，用竹子编了两个大筐。这样一来，他们都可以钻在筐里让防风用担子挑着，速度要快很多。果然，防风挑着他们在山林中奔跑，比在平地上骑马还要快！

为了避开夏后鲧及其党羽的追杀，伯益等人离开有鬲氏的地盘后，并没有走东夷，而是折向西南进入了华胥国。一路上，他们避开城郭，专走山林，渴了饮山泉，饿了吃兽肉，困了宿山洞，却也自在快活。巨人防风捕兽，简直如探囊取物一般，但并不总能捕到大型野兽，所以他经常挨饿，而他一旦饿了，奔跑的速度就会慢下来。当然，也几乎没有那么大的山洞给他住，所以他经常枕着山睡，结果导致体力下降。这样一来，便影响了行进的速度。不过，好在一路上都很顺利，并没有遇到什么阻碍，现在马上就要进入三苗，应当要加倍小心了。

伯益四下看了看，见没有什么异状，便从身上掏出一张薄羊皮，展开有二尺长、一尺宽。这是一张坤舆图，临行前风大师亲手为他绘制的。起初，伯益对它并不十分重视，因为东夷原本也有坤舆图，两相对比之下他发现了许多不符之处，风大师这张图上不仅凭空多出许多地名，而且有的地方本应为山却标为湖，有的地方本应为城郭却标为沼泽。伯益当然更相信东夷的坤舆图，不仅因为它是从蚩尤时留传下来并逐渐完善的，而且即便风大师见多识广，走遍天下四方，他也不可能把所有地名都记在脑子里，即便以前曾记在脑子里，他已经在太祝奚仲的地牢里待了七年，不可能记得那么准确。然而，伯益很快就发现，风大师绘制的坤舆图简直精准到令人咋舌的地步。在到达女娲神庙前，他就已经把另一张坤舆图丢掉了。幸好这张图他贴身收在衣服的夹缝里，被捉到犬戎时才没有丢。

“这里是鹿台山，顺着这条路一直向南走便是龙城，现在我们必须要绕过龙城，这儿有两条路，一条是向东南，经独山、岳山、竹山，然后折而向西，经基山再到青丘山；另一条是向西南，经巴山、风伯山、尧山、洞庭山，然后折而向东，经暴山到青丘山。向东南路长而平，向西南路短而险，吉光，你说我们应该走哪一条？”伯益伸出手指，一边在羊皮上比画着，一边问道。龙城是三苗的都城，这一路上苗人众多，实在是太危险了，只能避开。

吉光蹲在一旁，眼睛盯着羊皮，咂舌道：“两条线各有优劣，可西线不仅险而且多凶兽，我看还是东线较稳妥。”说着，他指了指防风道：“我们有这大块头，还有两个大筐，想必不会耽误事。”

伯益将图叠起来，收到衣服里，却道：“我还是决定走西线。”

吉光忙问：“为什么？”

伯益道：“我离开偃城已近三个月，不知父王情况如何，王城是否又生变故，必须要尽快捕回九尾狐。西线凶兽虽多，巨兽也多，正好做大块头的腹中餐。”

“可是……”吉光还想辩驳，伯益却打断了他，道：“不必再说了，我是王子，一切听我的。如今大块头又没力气了，我听说鹿台山中有牦牛，我们赶紧去捕两头给大块头充饥，再找山泉饮他一气。”说罢，他也不理吉光，直接钻回了大筐。

大块头等大家都钻进大筐，就挑起来径直往鹿台山方向走，不多时便来到山脚下。与尸胡山相比，此山虽然并不十分险峻，但论雄奇却比泰山有过之而无不及。在山脚仰望鹿台山的主峰，感觉一切都如梦幻般神奇，让人生出天工巧夺的感慨。山势拔地擎天，峥嵘崔嵬，犹如一只猛虎在对天咆哮，青松在悬崖上争奇，怪石在奇峰上斗艳，烟云在峰壑中弥漫，霞彩在岩壁上流光，自然的美在这里汇聚，塑造出它威武雄壮的气概。在主峰周围，还有层层叠叠数不清的小山峰，它们好像喝醉酒的老翁，一个靠着一个，最后全都靠在主峰上。整座鹿台山蜿蜒曲折地盘旋在大地根部，慢慢旋绕而上，像一条巨龙任人踩着它的鳞甲一步步攀岩。不知当年什么样的沧桑巨变，才有了今天这峰峦相叠的延绵。在鹿台山面前，时空都变得狭小了，沧桑都变得平淡了，它是大自然的骄子，独领天下奇山的风骚。

伯益趴在大筐的边缘，指导大块头从平缓处登上半山腰，然后顺着山路进入峡谷，找到一个开阔平缓的所在。不远处便有山泉流淌，阳光下还有一群牦牛、羬羊在自由地啃食着灌木和青草，这里的确是一个绝佳的休憩场所。鹿台山没有大型肉食动物，牦牛和羬羊没有天敌，所以自我保护意识薄弱，见到防风这种庞然大物也不知躲藏，只停下来扫视了一番，便又各自继续自己的事情：进食、戏耍、交配。

防风按照“哥哥”伯益的指示，慢慢走进牲口群里，那些牲口只礼貌性地让了让路，并没有逃跑的意思。他瞅准两头最肥壮的牦牛，突然一手一只捏住它们的头，猛地举起来朝地上一摔，两个可怜的家伙立即便一命呜呼了。牲口们这才意识到危险，嚎叫着向山林中四散逃窜。说时迟，那时快，大块头一击得手，便不再理那两头死牛，转身又去抓其他的，结果跑在最后面的一头牦牛和一只羬羊又被他抓在手里摔死了。

大家都站在一旁观看这场杀戮游戏，天狼见防风如此威武，不由得欢呼道：“这下好了，大块头又可以饱餐一顿了！”

大块头看着那些逃跑的动物们，像个孩子一样咯咯笑了。他不再理会地上的死尸，径自走向林中去找枯木。一路走来都是如此，他已经习惯了。伯益和吉光赶忙下去，掏出短剑来处理兽肉，他们先将皮剥掉，然后切开腹部将内脏都掏出来，肠子和苦胆扔掉，其他的则埋在沙石下面，一会儿在上面烤肉，待肉烤熟将火移走，下面的内脏也被热气烘熟了。这可是个体力活，累得伯益和吉光一头大汗。天狼和摇光也不闲着，它们去附近找了一些干枝枯草叼回来，以便待会儿点火。

等一切都准备完毕，一整只牦牛便被穿起来架在枯柴上，吉光从身上取出火石将火点燃。大火熊熊燃烧起来，天狼欢呼道："喔——喔——美味就要烤熟喽！"

摇光在一旁白了它一眼，道："你节制一点好不好，瞅你那馋样儿，下巴都快掉下来啦！"

天狼似乎很会讨妻子的欢心，突然张大了嘴巴，好像下巴真的脱臼了一样，伸着长舌头怪声怪气地说道："里——似——梭——各——样——吗？"

摇光一挥爪，拍了丈夫的头一下，娇嗔道："讨厌，口水都流出来了，还不闭上你那狗嘴。"

这边小两口在打情骂俏，那边两个好兄弟却好像闹了些别扭。自从刚才因为路线产生分歧以后，伯益和吉光就几乎没怎么说话，即便在处理兽肉时，也是各干各的，不怎么搭腔。对于这俩从小玩到大的伙伴来说，这确实是极反常的情形。事实上，这种反常自从两人在犬戎相会时便出现了，主要问题出在伯益身上。吉光感觉自己和伯益之间似乎有了一道看不见的裂痕，再也不像过去那样亲密无间了，他几次想要敞开心扉和伯益好好谈一谈，都被他有意无意地躲开了。一路上两人虽然在同一个大筐里，但也总是有一搭无一搭说些不冷不热的话。吉光觉得很奇怪，但他并不知道裂痕的根源在哪里，所以也无从弥补。

这时，吉光见伯益正盯着大火中烘烤的牛肉，便凑了过去，说道："其实，刚才我一直在想，走西线也没有什么不好，这样还会更快一些。"

不料，伯益似乎没有听到他的话，呆呆地问道："你说，一个人在临死前那一刻，会是什么样的感觉？"

吉光有些莫名其妙，问道："你说什么？"

伯益不理会他，仍然呆呆地说道："就像这头牦牛，它在被大块头抓着头举起来的那一刻，应该会很惊恐、很绝望吧？毕竟，它知道自己马上就要死了。”

吉光推了他一把，问道：“你是在说公子费吗？”

伯益如梦方醒一般，见吉光在侧，问道：“你刚才说什么？”

吉光不想在他面前提公子费，忙道：“我是说你也许是对的，应该走西线。”

伯益“哦”了一声，不置可否地站起身来，见大块头正在撩着泉水洗澡，叫了一声：“喂，防风，过来翻一翻牛肉，不然要烤煳了！”完全把吉光晾在了一边。

三个人两条狗一共吃了两头牦牛、一只羬羊。当然，大部分都是防风吃的。剩下的一头牦牛烤熟后放进了大筐，等着明天再吃。吃罢烤肉，防风又灌了一肚子泉水，然后枕着大石头睡着了。他已经两天两夜没睡了，这一觉睡得很死，估计要到天黑后才能动身。好在近日月光明亮，并不会耽误行程。

伯益等人整天闷在大筐里，除了吃就是睡，趁这个时候正好四处转转。他见气候宜人，山景秀丽，便信步向山林中走了进去，吉光和两条狗紧紧跟在后面。

鹿台山中奇花异草竞逐芬芳，大部分是伯益在东夷不曾见过的，于是他兴致越来越高，这儿瞧瞧那儿看看，不知不觉越走越远。天狼和摇光也很兴奋，它们本身便喜动不喜静，闷在大筐里简直要了亲命，这时便如龙归大海虎归山，撒开了欢四处乱窜，不时钻到杂草丛中去恫吓小动物，看到白色的小豪猪像无头苍蝇一般奔逃，一头撞到大树上仰面朝天晕死过去，两个狗东西便无耻地哈哈大笑起来。

然而，吉光却没有这样好的兴致，他眉头紧锁，一声不响地跟在后面。这时，走在前面的伯益骤然停了下来，看上去一脸的惊恐，吉光三步并作两步上前问道：“公子，怎么了？”不知从何时起，他连称呼也变了。似乎不只是伯益变了，连他也变了。这，究竟是怎么回事？

伯益一副侧耳倾听的样子，道：“有人在呼救，你没听到吗？”

伯益曾听女娇讲述公子费遇害那晚发生的事情，就是一个奇怪的、只有公子费一个人能听到的呼救声将飞羽引了出去。难道，夏后鲧他们故技重演，想要在这里谋害他？！想及此，他伯益不由得浑身汗毛倒竖，惊恐地看着吉光。

不料，吉光侧耳听了一会儿，说道：“是有人在呼救，好像是那个方向。”他伸手指着右边，又道：“咱们过去看看吧。”

伯益犹豫了片刻，道：“这荒山野岭的，哪有什么人烟，想必是山鬼作祟想要诱我们前往。已经走很远了，咱们还是回去吧。”现在他觉得跟大块头在一起才是最安全的。

“咦，天狼和摇光呢？”吉光突然问道。果然，那两条狗不知道什么时候消失了。

伯益道：“刚才还在啊，怎么一转眼的工夫……”说着，他不由得抬高嗓门喊道：“天狼！摇光！”

“天狼！”吉光也跟着喊了起来。

“主人，我们在这边。”右边的草丛里很快传来了天狼的声音，“你们快来看，这里有好玩的！”

吉光闻言，率先循着声音走了过去，伯益无奈也只好硬着头皮跟上。只行了二十余步，他便看到两条狗立在草丛中，正在聚精会神地看着什么东西。伯益走上前，循着它们的目光看去，只见不远处有一块大石横卧在草丛中，石头上立了一个怪模怪样的家伙，像是一只锦鸡，大小也如锦鸡一般，可这只锦鸡却拥有了一张人脸，那张脸有巴掌大小，眉眼五官都如人一般，只是嘴巴还是尖尖的鸡嘴。

在锦鸡的对面，站了一个小人，身高约有三寸，胳膊、腿、脑袋皆如常人，只是身材缩小了。他身上穿了武士的装束，与华胥武士的装束一般无二，只是尺寸随着他的身材缩小。他的手中握了一张小弓，弓上扣了一支细小如睫毛的箭，正对着那只锦鸡。他的背上还有一个小箭囊，但已经空了，看样子他手上的已经是最后一支箭了。那小人看上去很紧张，小手在不住地颤抖，看到伯益等人，便扯着脖子求救：“救命啊，大人！大人，求你救救我吧，这只可恶的凫徯想要吃了我。”样子看上去非常可怜。他的声音比正常人小很多，听上去像从很远的地方传来的。

原来那只怪鸟不是锦鸡，而是凫徯，伯益不及细想，立即便像赶苍蝇一般轰它。不料，那只凫徯却毫无惧意，目露凶光，“嘎嘎”怪叫着，声音好像鸭子一般。伯益没想到到凫徯如此凶悍，还真担心被它扑上来啄自己一下，因此也有些踟蹰不前了。

在一旁的天狼见主人被欺，立即扑了上去，一口咬住凫徯的脖子，立即便要让它毙命，伯益赶忙阻拦："天狼住嘴！"

天狼甚是听话，赶忙松口，不过它的利齿已咬了进去，凫徯受伤颇重，羽毛上粘着血迹，瘫倒在地，眼看已经不能活了。伯益不禁悲叹道："把它轰走就是了，何必为救一个生命又去害另一个生命呢？"眼中充满了怜悯，伸手去摸那只怪鸟，不料它却扑棱一下又立了起来，猛地啄了伯益的右腕一口，拍着翅膀向密林飞去。

伯益"啊"地叫了一声，连忙用左手捂住伤口，转眼间血便顺着指缝流了出来。天狼见状，立即便向凫徯逃走的方向扑。"别追！"伯益忙把它叫住。

"那鸟有毒，你们快跟我走！"扛着弓箭的小人站在石头上，挥舞着手中的小弓大声喊道，那样子仿佛是一个冲锋陷阵的将军，完全没有了刚才那种苦苦哀求的窘态。

第二十五章　菌人

伯益没把小人放在眼里，一边用手捂住伤口，一边蹲下身子凑到他面前，问道："你有名字吗？"

小人一副趾高气扬的神态，道："本将军的名号岂可随便告诉你。我说大个子，你已经中毒了，再不医治恐有性命之忧，你们跟我回去，我请老巫祝帮你施药。"

伯益先前倒不觉得，被小人一说，右臂突然如钻心一般疼痛，打开一看已经肿了一个大包，创口处一涌一涌的，流出来的血是紫黑色的。这个小人说得没错，的确是中毒之状，于是便对他道："那我就先谢过了，只是不知你家离这儿远不远？"

小人见伯益彬彬有礼，先前倨傲的态度也收敛了几分，道："不远，不远，很快就到。”说罢，他对天狼招手道：“喂，那白耳朵的大狗，你过来。”

天狼刚刚救了小人的性命，他却以这种口气对待恩人，天狼心中颇有些气愤，但见主人受伤有求于他，也只好乖乖地走到近前，道：“将军大人，你有何吩咐？”

小人见狗吐人言，也并不觉得奇怪，在大石头上一个助跑，腾空跃到狗背上，牢牢抓住狗毛，如骑马一般，命令道：“往前走！”随后又回头对伯益道：“你们在后面跟上。”

小人骑着天狼在山林中七扭八拐，大约走了半个时辰，来到一处绝壁，前面再也无路可走了。吉光见伯益的脸色越来越难看，额头上的汗不住地冒，知道他中毒越来越深，见这小人把他们带到绝壁，不由得怒火中烧，伸手将他从天狼背上抓起来，恶狠狠地问道：“你告诉我，还要往哪儿走？你要说不出来，我一把捏死你！”

这小人一遇强便成软蛋，急忙哀求道：“大人饶命，大人饶命，已经到了，这便是小人的城堡。”说着，他指了指横亘在眼前的绝壁。

“你敢耍我们！”吉光手上不由得使上了几分力气，小人的脸立时憋得通红，连忙道：“不敢，不敢，大人你看见那棵大——大树没有，那便是城——城门。”

吉光顺着小人手指的方向，果然在峭壁下看见一棵参天大树。那树好似从石头缝里长出来的，一半露在外面，另一半嵌在石头里。不过，仅是露出来的这一半也够瞧的了，至少得五六个人手拉手才能围过来。

吉光将手松了松，但并没放走小人，跟着伯益走到大树下。这棵大树的树皮极为粗糙，纹理足有三寸深，好似被利器砍过一般，可是它并没有死，不仅没死，树叶长得还非常繁茂。

“大人，你把我放下来，我去给你们开城门。”小人哀求道。

吉光道：“不行，放了你，跑掉怎么办？”

伯益的脸色已经变得惨白，强忍着痛道：“吉光，放了他吧，咱们救了他的命，他不会忘恩负义的。”

小人连忙向伯益行礼道：“这位大人说得有理，我们菌人最重情意了，莫说你们是我的救命恩人，就是陌路之人遇到困难，我也不会坐视不管的。”原来，他们自称为菌人。

吉光无奈，只好将小人放开。他从吉光的手掌上“噌”地一下便跳到了大树上，随即扒住树纹向上爬去，一直爬到树顶便消失不见了。

大家在树下等了半天，不见小人回来，吉光猛拍了一下树干，气咻咻地说道：“肯定是溜了。”

伯益盘腿坐在石地上，微闭双目，紫色的血水还在不停地流，缓缓道：“不会的，他没有理由骗咱们。”

伯益话音刚落，便听大树里传来小人的声音：“大人说得没错，我们菌人是不会骗人的。我刚才去禀报了我家大王，来迟了，大人们请稍待片刻，我这就叫人打开城门。”随后便听到一阵咔咔的声响，大树的树干上居然开了一个洞，足有五尺高、三尺宽，洞口处站着十余个小人，为首的便是引他们来此的那位将军。

“诸位大人，请！”将军挥手做了一个邀请的姿势。

伯益看着吉光道：“走吧。”

天狼和摇光听主人说要进树洞，担心里面有机关，率先钻了进去。吉光扶着伯益，随后跟了进来。他们走进树洞后，树门又咔咔关上了，里面顿时暗了下来，有一个小人手拿火把在前面引路，不过那火苗的光亮只如萤烛一般，几乎相当于没有。

树洞起初有些矮，伯益和吉光必须弯着腰，但没过多久就可以直起来了，而且两边也拓宽了许多。伯益感觉似乎已经不是在树洞，而是在石洞里了。他故意向旁边走，在壁上蹭了一下，果然有渗出来的水珠，这说明他们已经进了刚才在外面看到的石崖里。路并不是直的，手执火把的小人也不说话，只是七拐八拐地带着他们往里走，途中经过了许多岔路。

“吉光，你记一下路线。”伯益低声吩咐道。

“不用记，大人放心吧，等治好你的伤，我亲自护送你们出去。”身后传来将军的声音，原来他一直跟在后面。

前面的小人走得太慢，伯益想让他坐在天狼背上，这样可能会快一些，但一想他手上有火，担心烧了天狼的狗毛，只好作罢。大约又走了半个时辰，他们终于见到前面透来隐隐的光亮，似乎快到洞口了。

果然，那亮光越来越大，引路的小人便熄灭了火把。将至洞口处，伯益隐约听到外面传来一阵喧闹声，不知道什么情况，等吉光扶着他走出洞口后，不禁惊得目瞪口呆。只见阳光之下，漫山遍野全是三寸长的小人，好像蚂蚁一般，足有上万人。

原来，此山为鹿台峰支脉，构造甚是奇特，外面悬崖峭壁无人能够攀缘，里面却中空如大缸，视野甚是开阔。这些小人身长不过数寸，生于世间处处是天敌，一只蛤蟆都可以拿他们做晚餐。后来，他们的祖先为躲避灾难，发现了这个世外洞天，便举族迁居于此，建立了菌人国，因此将这座山称为菌人山。

伯益和吉光一走出山洞，便听到人群中大喊："巨人来啦！巨人来啦！快看，巨人来啦！"伯益不觉好笑，真是山中无老虎猴子称大王，真正的巨人身高三丈，正在鹿台山的山谷里睡大觉呢，这些小人真是没见过世面啊。不过话又说回来，相对于这些三寸丁来说，他不是巨人又是什么呢？

这时，将军冲到前面，挥舞着手里的弓大喊道："大家静一静，静一静！请大王讲话。"

人群渐渐安静下来，伯益这才注意到，在人群的最前面，有一个人身着华服，头戴金冠，坐在一个乳白色的宝座上，样子甚是威严。伯益仔细一看，他那宝座竟是一个骷髅头，不由得倒抽了一口冷气。

这位国王和他的将军一样，态度甚是倨傲，挺着大肚子说道："欢迎贵宾来到菌人国，我听说贵宾从恶鸟凫徯口下救了我的将军，我对此深表谢意。"他嘴上虽这么说，但口气中却听不出丝毫感激的味道。

伯益强忍着疼痛，推开吉光，躬身施了一礼，道："东夷王子伯益见过菌人国国王，扶危济困，义不容辞，况且只是举手之劳，大王不必挂怀。"

吉光见公子这样说，忍不住从后面轻轻推了他一把，示意他不要把底露出来。毕竟，这里与三苗交界，万一这些菌人与三苗有勾连，岂不坏事。

不过，伯益之所以实报家门，却有自己的想法。这些小人居住得如此隐蔽，自然极少与外界沟通，即使与外界沟通，也不会与三苗有什么关联，对他们来说，人类的威胁远大于那些山中的野兽。

这种心态，就如同一个普通人面对巨人汪芒氏一般，既畏惧又羡慕。看到那个骷髅头宝座，他更坚定了自己的想法。猰貐王斩下防雷的头之后，不也是把它当作珍宝收藏起来了吗？他报上自己的真实身份，便是要警告这个国王，他不是一般人，如果做出对他不利的事情，他的国族将会遭殃，甚至被夷灭。

这些小人避居大山之中数百年，自然不知道当今东夷是由皋陶王当政，更不知道伯益是何许人也。不过，这个国王却知道东夷，见伯益自称王子，而且眉宇间又颇有贵气，果然态度大变，不仅从宝座上站起身还了一礼，还赶忙命令道："老巫祝，快给伯益王子施治！"

随后，在国王宝座旁边走出一个须发皆白的老者，左手拿着一根木棍，右手拿着一包药。吉光见状，赶忙将他托了起来，捧到伯益的手臂前。老巫祝看了看，回头道："药量不够，抬大包药来。"话音刚落，只见两个年轻的巫师，抬着一个用荷叶做的大包，哼哼哧哧地走了出来，猛地撂在地上，感觉好像力气用尽了一般。那个大包对伯益来说，还不足手掌大。

老巫祝对伯益指了指药包，道："你自己打开，抹在创口处。"

吉光帮忙打开，伯益见是白色粉末，便伸出两个手指捏了一小撮抹在伤口处，立时便觉得皮肤凉飕飕的，但里面仍然疼痛难忍，老巫祝不耐烦地催促道："多抹些，多抹些！"伯益又伸出五个手指，几乎捏了一大半，抹在手臂上。这时，老巫祝又对吉光道："送我过去。"

吉光忙将老巫祝捧到伯益的伤口附近，只见那老巫祝二话不说，举起手中木棍便朝伯益的伤口捅了过去。

"啊——"伯益大叫一声，痛得撕心裂肺。吉光见状，恨不得将手中的老头子摔死，但还没等他动手，那老家伙又命令道："续药！"

伯益感觉，虽然被棍子扎时疼痛难忍，但随后便觉得痛楚大减，知道那药有效，连忙又捏了一些放在患处，老巫祝随后又是一棍。这一次，伯益事先有了心理准备，便不觉得如第一次那般痛了。如此又续了三次药，老巫祝才将棍子往地上一丢，在吉光手上抹了抹自己身上溅上的血渍，道："好了，放我下来。"

这小人国，真没有一个是懂礼貌的！吉光心中暗骂道。但他还是将老巫祝轻轻放下，从自己身上撕下一条布，给伯益绑住伤口，问道："你觉得怎么样？"

伯益点头示意此药有效，嘴上却没有说话。

这时，国王又说道："既然王子殿下驾临敝国，就先请随本王回宫，休养几日，待创伤痊愈再走不迟。”

伯益敷上药之后，身体感到轻松许多，脸色也变好了，便道：“多谢大王盛情，不过在下还有要事在身，不便在此久住，这就要告辞了。”

还没等国王说话，老巫祝却道：“此药每日一敷，须敷十日才可根除。”

伯益闻言，深施一礼道：“如此还请老巫祝赐药，我带在身上自行敷治。”

国王又劝道：“王子殿下何必急于一时，既来到敝邦，虽不肯久留，也不妨游览一番，品一品珍馐，赏一赏歌舞，以增见闻，这又有何妨呢？”

伯益抬头看看天空，艳阳高挂，时间尚早，现在回去也是要等防风睡醒，便道：“如此说来，便有劳大王了，不过在酉时之前，请大王派人送我们离开。”

在将军及国王卫队的驱赶下，围观的菌人们纷纷离开了，只有少数王室贵族及大臣跟随国王，陪同伯益一行人游览菌人国。

正如将军先前所说，这实际并不是一座山，而是一个城堡。菌人穴居，山壁上被挖得密密麻麻到处都是洞，有的深有的浅，有的大有的小，有的方有的圆，全都不一样。国王的宫殿是全国最大的穴洞，那是一个天然的山洞，在离地七丈高的山壁上，四周绿藤遮盖，里面还有山泉流出来，看上去甚是惬意。国王本想邀请伯益去自己的宫殿，但因为还要攀爬，伯益的手又极为不便，只好作罢。

菌人以青苔和菌类为食，此外，他们还会在枯木上种植一种名为三秀的植物，那植物软绵绵的，中央为红心，四周有黄色的边缘。当然，菌人也有肉食，不过都是一些昆虫和蛆，顶多驾着叶舟去湖中捕一些幼鱼，那幼鱼虽不过一指长，但对他们来说便已经是大鱼了。不过，鱼肉只有王室能食。伯益他们看着面前的“珍馐美味”，实在没什么胃口，无论国王及大臣们如何劝慰，却一口也没吃。

山国中央有一个大湖，由于伯益不愿意去王宫，国王便在湖畔为他安排了歌舞。那菌人舞姬素体裹粉纱，甚是艳丽多情，其舞姿与中原殊异，动作大胆颇有挑逗意味，时时露出雪白的大腿及胳膊，看得众人血脉偾张。其中有一佳人，独善歌声，其歌咿咿呀呀，听得随行菌人如痴如醉，但伯益等人却不知所云。

一番浏览下来，太阳已经偏西，伯益觉得创口处疼痛已消，只是微微有些发痒，解开布带一看，发现臃肿已消大半，只是还有些紫黑，知道那药已经生效，便起身告辞，道："多谢大王盛情款待，时间已经不早，请大王送我们出山。"

国王挽留道："既然天色已至暮，不如休息一晚，明日再行。"

那些贵族官员见大王如此，也都纷纷出言挽留，但伯益却坚持要走。国王无奈，只得让老巫祝取来足够半月之用的白色药粉，派人送他们离开。

行至山口前，伯益却发现引他们来的将军不见了，他记得那位将军曾经承诺，要亲自送他离开，便问道："请问大王，将军去哪里了？"

不料，大王的脸色却甚是难看，支吾道："嗯，嗯，他的妻子生病了，前去照顾。"

伯益虽然心中怀疑，但由于急着离开，便也不再追问，跟着引路之人按进来的路线向外走。那人将他们领出树洞后，什么也没说，径自返了回去。他一进去，树门立即便又关上了。伯益感觉好像做了一场梦，呼了一口气，道："终于出来了，我还怕从此走不出这树门了呢。"

摇光道："我觉得那些菌人很好啊，尤其是那个国王，虽然刚开始还挺讨厌的，但后来却变得和蔼可亲起来，主人为何发这样的感慨？"

伯益轻抚着自己的手臂道："我也不知道为什么，那国王越是谦恭有礼，我就越觉得可怕，后背发凉。"

吉光安慰道："可能是在这小人国感到有些诡异莫测吧，不用管他，反正也出来了。我们还是快回去吧，如果大块头醒来找不到咱们就麻烦了。"

一语惊醒梦中人，伯益赶忙带着大家原路返回。虽然那个将军带着他们在林中乱转，但好在天狼和摇光随时留下了记号，等他们找到防风时，他还在酣睡。

太阳已经落山，天空中露出一个惨白的圆月亮，伯益看着大块头，道："这一路走来着实辛苦他了，还是不要叫醒他，他什么时候醒，我们便什么时候走吧，吉光，把篝火点起来。"

吉光手中拎着老巫祝给的药，随手丢在地上，正准备去收拾枯柴点火，却听到有人"哎哟"一声。

"谁？"吉光惊问道，四处寻找，却没有一个人影。

“快放我出来。”那个声音又喊道。

“将军？”伯益听出了那个声音，忙问道，“你在哪儿？”

将军的声音道：“我就在药包里。”

伯益低头看去，只见最上面那个药包一顶一顶的，急忙打开，将军果然在里面，诧异道：“你怎么藏在这里面？”

将军似乎被憋得不轻，大口地喘着气，道：“好险啊，王子殿下，你差一点就被国王宰了！”

第二十六章 巴蛇

菌人国的王妃妊娠期想吃红果，但菌人山上却没有红果，于是将军冒着生命危险带领四名兵士离开国都，前往鹿台山采摘。不料，刚一进入鹿台山，便遇到了可怕的凫徯，四名兵士都被它吃了，将军的箭也射完了，正在生死关头，伯益等人出手救了他。

凫徯舌如长针，有毒，吃菌人之前先以舌刺，将其毒倒。菌人素以凫徯为天敌，自然有解毒之药，为了报答救命之恩，将军便将中毒的伯益带回了菌人国。不料，国王闻之却大为震怒，认为他引敌入侵，给国家带来了灾难。经过将军一番解释，加上苦苦哀求，国王才同意打开城门，放伯益他们进来。

一开始国王还虚与委蛇，试探一番，见伯益等人无加害之意才算放心。然而，等他听说伯益是东夷王子后，顿时起了杀机。国王的王座是一个樵夫的头颅，如果换成一个王子的头颅，岂不是更威风、更尊贵！况且，这些人从外边来，如果放他们出去，说不定会带来更多巨人，占领他的山国。于是，国王一面劝说伯益留下来，一面与将军密谋杀死他们。

将军听国王这样说，大吃一惊，苦苦哀求放过他们，毕竟伯益对他有救命之恩！然而，国王不仅不听，还把将军关了起来，说要等杀死巨人后再处决他。国王先在饭菜中下了毒，想要毒死他们，但无奈伯益等人却一口未吃。此计不成，国王又生一计，在王宫周围埋伏死士，想要在欣赏歌舞时发动突然袭击，可伯益却以手伤为由没去王宫，国王急忙把死士们调到湖畔，打算趁他们在听歌听得如痴如醉时动手，可伯益等人对歌舞丝毫没有兴趣，不时四处张望，尤其是那两条猎犬，眼中流露凶光，那些死士吓得膝盖都软了，等曲终人散也没敢动手。此计又败，国王只好劝伯益他们留宿菌人国，等他们睡熟之后再动手，可无论如何劝，伯益就是坚持要走。国王无奈，如果硬拼，倾全国之力也未必杀得了这两条狗和两个人，只好乖乖放他们离开菌人国。

伯益听了将军的一番讲述，觉得又后怕又好笑，没想到自己一句话差点招来杀身之祸，又问道："那将军你是怎么跑到药包里的？"

将军一边活动筋骨，一边说道："我和老巫祝是忘年交，他知道国王一向心狠手辣，必定不会放过我，便偷偷将我藏在药包里，让你们离开时顺便把我救出来。国王还让老巫祝拿假药给你……"

"啊——"伯益惊叫一声，指着地上的药包道，"那这药岂不是……"

"放心好了，"将军得意道，"我让老巫祝放的都是真药。"

天色渐渐变得晦暗，头顶的月亮也由惨白变为淡黄，最后变成金黄。微风吹动树叶，哗哗作响，偶尔有几声夜鸟的鸣叫。不过，这山林中的月夜却并不宁静，巨人防风的鼾声如闷雷一般，震动着在场每个人的耳膜，甚至连脚下的山石也在微微颤动。

将军在说话时，一直仰望躺在地上的防风，这时他将事情的原委讲完，便指着大块头道："这座大山上一直有怪声传出，想必不是有凶兽，便是有鬼怪，咱们还是赶快离开吧。"

一句话，引得大家哈哈大笑，吉光都笑弯了腰，一边笑一边抹眼泪。防风的体积相当于将军的数千倍，从菌人的角度来看，这不是一座大山又是什么呢？不料，将军是一个极为自尊的菌人，见大家嘲笑自己，不禁怒道："我虽蒙尔等相救，但也投桃报李，救了王子一命。本将军好言相告，尔等何故非但不领情，还要加以耻笑？"

伯益自知理亏，忙忍住笑，道："将军莫急，你说的这不是山，而是人。"

将军连连摇头："本将军虽读书不多，王子却莫要欺瞒，世间哪有如山一般的人？"

伯益道："确实没骗将军，我于将军来说是巨人，可他于我来说也是巨人，不信将军可以自己去看看。"说着，他伸手轻轻将小人握住，放到防风的额头上。

不料，那菌人实在太小了，距离越近便越难看清防风的真面目，他从防风的额头走到眼眉处，不由得叹道："好密的林子啊，不行，我得绕开它。"他饶过眉毛，从眼角处滑到防风的脸上，然后又来到他的鼻前，道："还说不是山，这里不是两个大山洞吗？我去里面看看，也许咱们晚上可以在此过夜。"说着，他便朝防风的鼻孔走去。这时，防风正呼出一口气，将军连声叫道："哇，好强的山风，还是热风，难道夏天要到了吗？"

众人见此情形，全都忍俊不禁，却又不好再笑出声来。不料，那小人却跌跌撞撞钻进了防风的鼻孔。伯益这才着急了，忙喊道："将军，快出来！"

只听里面传来将军的声音："啊，这个山洞太臭，不宜居住，我看咱们还是另……"

"阿嚏——"还没等将军说完，防风感觉一阵鼻痒，打了个喷嚏。那小将军立即被喷了出来，在空中大叫："啊，果然有山怪，我被袭击啦，大家快跑吧！"

只见防风坐了起来，茫然地看看四周，低头看到伯益，才高兴道："啊——哥哥，我刚刚做了一个好梦，梦到妈妈给我们做肉糜吃！"

伯益原本还在因将军的滑稽举动而嬉笑，听到大块头这样说，不由得悲从中来。也许，他小时候最喜欢吃的，就是妈妈做的肉糜。可是，他永远也吃不到了。想必他的母亲也和父亲一样，被自己的叔父长狄杀了吧！伯益不由得又想起了姑莱王后对自己的百般宠爱。母后现在怎么样了呢？父王的病情没有恶化吧？娇儿回到偃城了吗？一股浓浓的思乡之情堵在胸口，让伯益感到一种说不出的酸楚。

不行，我一定要找到九尾狐，尽快回家！想及此，伯益不由得站了起来。

将军虽然被一个喷嚏喷出老远，但因为身子轻，且又落在厚厚的枯叶上，丝毫没有受伤。他从地上爬起来，仰望着防风，由衷地感叹道："我的老天，这才是巨人啊！"他对于防风来说，小得就如同蚂蚁一样，他的感叹防风自然也听不到。

“喂，我说将军，”吉光凑到小人跟前道，“我们要走了，你也不可能再回菌人山，不如跟我们一起走吧？”他见这小人如此有趣，便想带上他，在路上当个开心果。而且，这个小人虽然脾气古怪，但也还算得上正人君子，值得信任。

将军本来就打算跟伯益他们走，这时却露出一副勉为其难的样子，叹了口气，道：“现在也只好如此了。”

月亮如银盘一般挂在树梢，照得鹿台山亮如白昼。大家整理行囊，钻进了大筐。大块头防风挑起它，向伯益指示的方向走去。防风吃饱睡足，精力旺盛，健步如飞。

皎洁的月光下，一个巨大的身影在山林间穿梭，惊起了一片归巢的山鸟。

众人出了鹿台山，便按原计划绕开三苗的国都龙城，朝着西南方向进发。虽说伯益他们都坐在大筐里，却也是一路颠簸，非常辛苦。不过，好在有了菌人将军，不时弄些笑料出来，因此也并不感到寂寞。伯益后来才知道，将军没有其他的名字，他一生下来就是将军，在菌人国所有人都叫他将军，于是也就一直以将军相称。

这位将军，不仅性格古怪、极为自尊，而且骄傲自大、喜欢吹牛，他自吹自擂的本事简直前无古人后无来者。据他说，有一次他随国王外出打猎，遇见了一只大虎，别的兵士吓得掉头就跑，他却单枪匹马迎了上去，一箭把大虎的牙全都射掉了。那大虎也不是吃素的，张开大嘴，一口就把他吞了。可是，大虎没了牙不能嚼，便直接吞到了肚里。他到了虎腹，并没有死，而是掏出腰中宝剑一阵乱刺，结果在虎肚子上刺了一个洞钻了出来，那大虎也因此一命呜呼，虎头给大王制了宝座，虎皮则给众妃们做了皮衣，虎肉分割后运回菌人国，全国老幼吃了半个月才吃完。

对于将军的信口开河，伯益总是笑而倾听，而吉光却故意诘难：“据我所知，鹿台山附近并没有大虎，你是去哪里杀的虎？”

不料，将军连眼睛也不眨，张嘴便说：“现在自然没有，因为都被我杀光了，以前有很多。你也不想想，鹿台山为何没鹿，自然是被大虎吃光了。”吉光竟被他说得无言以对。

伯益后来才知道，菌人一族原生于大荒之东的海岛上，后来逐渐分散，有一支迁居到鹿台山，想必在漫漫迁徙途中曾遇到过大虎，并且伤了许多人，于是大虎之害便成了这个民族永远的记忆，杀大虎便成了全族英雄的标志。

伯益按照菌人国老巫祝的叮嘱，每日一换药，毒汁很快便被清除干净，伤口也开始逐渐愈合。这一日晌午，他们寻到一处水潭，正准备捉两只大型动物来做午餐，却听到远处传来惨烈的嘶鸣声。那声音高亢而嘹亮，震动山峦。紧随其后，一声声的嘶鸣此起彼伏，仿佛有千军万马一般。

“是象，大象的叫声，”吉光兴奋地叫道，“我们已经到巴山了。”

伯益曾听风大师说过，巴山多象，为兽之极大者，以野果野菜为食，食量极大，日食四百斗，耳大如扇，有长鼻，可喷水拔木，大者牙长一丈，性妒而骄，不易畜，极护子。

这时，天狼也兴奋道：“好极，妙极，咱们有象肉吃了。”说着，不由得吧唧起嘴来。

将军在一旁不屑道：“瞧你们那没见过世面的样子，想当年我曾为大王捕过一条百丈长的大鱼，那才叫美味呢，全国人吃了一年。”

摇光也听不下去了，冷嘲热讽道：“是啊，我们都是没见过世面的，哪有将军大人见多识广啊。”

说话间，防风已经挑着众人来到一处山崖。崖高不过数丈，下面一马平川，绿草如茵。崖脚下有一条大河，宽十丈，崖上的潭水哗哗流入河中，形成了一个大瀑布，甚是壮观。在河对岸，有数十头大象正在饮水嬉戏，显得优哉游哉。

调皮的小象吸了满满一鼻子水，向母亲喷去，象妈妈并不理会，只轻轻地用鼻子摩擦着小象的背。象爸爸却看不过去了，要教训一下淘气的儿子，也吸满了水喷向儿子，象爸爸的水太猛了，小象被冲得趔趄了一下，差一点摔倒。正当象爸爸得意之时，象妈妈却用鼻子打了它的背一下，埋怨它不知轻重。

伯益看到崖下的情形，不由得赞叹道：“真是江山如画，好一幅群象饮水图。”

将军却在一旁嘲讽道：“可惜它们却不曾想到，对岸有一群家伙正准备吃它们的肉呢。”

这时，那凄惨的象鸣声又响了起来，崖下的群象抬起头来，也跟着叫了一阵，然后又埋头做自己的事了。

“公子，你快看那边。”吉光突然指着远处说道。

伯益顺着吉光手指的方向看去，只见离象群近百米远的地方，有一头大象正在与一条大蛇做殊死搏斗！那条大蛇虽然很粗，如木桶一般，但其身材与那头成年的大象比起来却差得远了。大蛇约有两丈长，用身子死死地缠在象身上，大象似乎已精疲力竭，虽然还勉强斜斜地站着，却已经迈不开步子了，只能偶尔仰起脖子奋力地嘶嚎。可是，无论它如何嚎叫，那些同伴却没有一个过来帮它摆脱困境。

“那蟒蛇也太自不量力了，即便它把大象缠死又如何，难道还能一口吞下它不成？”吉光摸着下巴说道。

伯益知道，蟒蛇无足无爪，只能将食物生吞下去，等在腹内消化以后，才将不能消化的皮毛及骨头吐出来。吉光说得没错，这只蟒蛇即使缠死大象也无从下嘴，相当于做了无用功。

不料，天狼却道：“吉光大人有所不知，这山中必然有许多肉食凶兽，大象之体过于庞大，一般凶兽难以匹敌，蟒蛇缠死了大象，自有凶兽前来分食，象体既分，蟒蛇也可分一杯羹，只不过不能独食罢了。”

“要说其他大象也是够无情无义的，”摇光毕竟是女儿身，看着眼前惨状不禁心生怜悯，“同伴受难，居然不肯施以援手。”

将军刚才被摇光嘲讽，这时故意反驳道：“你哪知不是这只大象平时专横跋扈，为象不尊，惹得天怒象怨，此时遭难正是大快象心啊。”

众人你一言，我一语，颇似在观一场好戏。然而，接下来的事情却让众人全都目瞪口呆了。只见那蟒蛇越缩越紧，终于勒得大象只有出的气，没有进的气，于是轰然倒地。又过了一会儿，蟒蛇见大象已死透，便抽身而出，围着象尸转了一圈，停在了大象的尾处，张开了大嘴。

“我的天啊，那条大蛇在吞象啦！”吉光兴奋地叫道。

众人都一脸惊讶，唯独防风不屑一顾，大象对他来说，也不过是普通人脚边的一条哈巴狗。只见那蛇嘴越张越大，越张越大，似乎想要把自己撕裂一般，待张到极致时，便一口咬住了死象的屁股。

“我们下去看看。”伯益说着，便寻找下崖的路径。绕过瀑布，便有一处缓坡，众人顺着缓坡走到崖下。崖下的河面虽宽，却不深，只到了防风的膝盖处。众人又钻进筐子里，由防风挑着，蹚水来到对岸。等他们走到大蛇旁，却见它已将大半个象给吞到肚子里了。

大蛇似乎已经觉察到不速之客，但它巨物在口，也不能动弹，只是拿蛇眼瞪着伯益等人。正在这时，大蛇的身体突然剧烈地抖动起来，那蛇头居然被撑裂了！原来，大象并未死透，它保存了最后一丝力气，在关键时刻给了敌人致命一击。

“蛇象相争，我等得利。”伯益看到这个结果，不由得感叹，“我们不用去猎食了，有这象肉蛇肉，足够饱餐一顿了。”

将军道：“这肉可不敢吃，万一蛇有毒，我们岂不都要死在这里？”

吉光摇头道：“将军虽见多识广，这次却说错了，这蟒蛇绝对无毒！”

将军被当众否定，很不高兴，板着脸道：“你怎么知道，难道你认得这蛇不成？”

吉光笑嘻嘻道：“我自然不认得这是何种蟒蛇，但如果此蛇有毒，它岂会用蛮力缠死大象，直接把它毒晕岂不省事？”一句话说得将军哑口无言。

伯益本来以为今日捡了现成的便宜，做饭会简单一些，不料事到临头却发现这附近只有青草没有树木。俗话说，巧妇难为无米之炊，他们也难为无柴之烧烤。他环顾四周，发现好像身处在一个巨大的盆里，四面八方都是山崖，而只有中间这片洼地绿草如茵。虽然那山崖并不高，但却挡住了视线。他记得来时路上好像也没有什么树木，只有一些杂草或碎石。

伯益拍了拍大块头的腿，大块头蹲下身子，低头憨憨地问道：“哥哥，什么事？”

伯益道：“你把我举起来。”他做了一个托举的手势：“这样，举过头顶，举起来，明白了吗？”

“好——”说罢，巨人伸手抄起伯益，一只手托着，高高地举过头顶。伯益害怕掉下来，紧紧抱住他那粗大的手指，向远方遥望，片刻之后指着南方道：“南边，南边有树林，天狼、摇光，你们跟着大块头去找柴。”说罢，伯益便让防风将自己放下来。

“王子殿下，我也跟他们一起去，省得他们走丢了。”将军挥舞着手里的小弓，趾高气扬地说。这家伙一路上除了吹牛就是睡觉，什么事也干不了，留下他也没什么用，伯益想都没想便同意了。

防风先将大象从蟒蛇嘴里拽出来，然后便跟着两条狗向南边找柴了。将军骑在天狼的背上，好似骑在战马上冲锋陷阵一般，不断地呐喊着："冲啊，冲啊，都给我冲啊——"随着喊声越来越弱，他们也越走越远，直至消失在视线里。

眼下只剩伯益和吉光了，他们开始着手收拾面前这俩大家伙。蟒蛇好整，先将蛇头斩掉，然后用短剑在它身上从头至尾划上一道，用力一扯便将蛇皮褪了下来，最后划开蛇腹取出蛇胆即可。然而，大象却不那么容易了，它的皮太厚，比牦牛还硬，短剑很难刺透，两人费了九牛二虎之力，总算刺出一个小洞，却无论如何也不能再扩大战果。

吉光累得一屁股坐在地上，道："不行了，我不行了，还是等大块头回来再收拾它吧。"

伯益一边喘着粗气，一边擦额头上的汗，道："也只能如此了。"他歇了一会儿，将手腕上的布包揭开，发现创口处已经长出了嫩肉，道："那菌人的解毒药还真有神效，只是不知道能否解父王之毒。"说着，他不由自主地看了吉光一眼。他自然知道，皋陶王所中蛊毒非常药可解，这样说只不过聊发感慨罢了。当然，这也说明他又在想家了。

吉光安慰道："公子，你不要太担心了，拳拳赤子之心，日月可鉴，神明必佑，你一定可以顺利将九尾狐带回东夷，为大王解除蛊毒。"

吉光说罢，两人又无语了。阳光和煦，微风拂面，伯益看着这如诗如画的山河不由得呆了。如果天下没有纷争，在这里结一处茅庐，与晨曦相伴相守一生该有多好啊。他渐渐陶醉了，脑海中开始浮想联翩起来。不知过了多久，一个人影的出现打断了他的思绪。不，那是两个人影，就在他们来时的山崖上，一前一后向这里奔来，伯益立即警觉起来！

吉光也发现情况不妙，腾地一跃而起，拿起短剑道："公子，你快去找大块头他们，我来阻挡一阵。"

伯益道："不行，咱们一起走！"

"快走！伯益！"吉光向后推了伯益一把，吼道，"别忘了，你还要去找九尾狐救大王！"说罢，便向着敌人的方向冲了过去。连他自己也没有意识到，在这关键时刻，他忘记了公子，心里只有伯益，那个他从小玩到大的伙伴！

伯益看着吉光瘦小的背影，胸口不由得一酸，一咬牙也冲了上去！吉光跑得很快，待他发现伯益也跟来的时候，对面那两个人已经蹚过河水爬到岸上，距离他们只有百余米，几乎都可以看到样貌了。吉光这下真急了，怒吼道："伯益！"然而，敌人转瞬即至，再吼也无济于事。逃已经来不及，只能迎战了。然而，他们的武器却只有吉光手中的那支短剑！

第二十七章　刑天

吉光不再向前跑，而是将伯益挡在身后，静待敌人到来！吉光虽为太祝幼子，却是婢女所生，再加上相貌丑陋，所以从小便未得到父亲的宠爱。事实上，他是在哥哥姐姐们的嘲笑中长大的。是伯益，让他第一次有了尊严，有了被人平等相待的奇妙体验。在内心深处，为伯益去死是他义不容辞的责任。

这一天终于要到来了！他已经做好了准备！吉光手执短剑，毫无惧色，随时打算给敌人致命一击。然而，奇怪的事情发生了。那两人还未到跟前，却自相缠斗了起来！只听吆喝打斗之声传来，两人你来我往，打得甚是难分难解！难道刚才这两人不是奔他们而来？而是互相追逐？

吉光与伯益对视一眼，不约而同地向前慢慢走去。待等益看清那两人的样貌，不禁大吃一惊，叫道："是青城和毕囚！"

没错，这两个人虽然衣衫褴褛，伯益却一眼便认出了他们。吉光听伯益讲过他们在女娲神庙里的遭遇，一脸诧异道："毕囚不是已经死了吗？"

这时，那缠斗的两人也注意到了伯益和吉光，只见青城突然向伯益这边扑来，叫道："公子，救——"话未说完，只听"噗"的一声，后背已被毕囚刺了个透心凉！青城兀自瞪着眼睛，扑倒在地上。毕囚拔出剑来，朝他身上吐了口唾沫，骂道："你这个叛徒，逃了这么久，还是死在了老夫的剑下！"他手中的剑为玄月宝剑，为蚩尤打造，不沾血迹。

毕囚收好宝剑，才对伯益躬身施礼，道：“毕囚见过公子。毕囚保护不周，还请公子恕罪。”

伯益见到毕囚似乎很高兴，连忙把他扶起来，道：“我还以为你已经死了，你怎么会追杀青城到这里？”

毕囚哼了一声，道：“我可没那么容易死。”他并未回答伯益的问题，而是指着吉光道：“这位是吉光大人吧？”也难怪他会认出来，吉光的特点实在太鲜明了，东夷几乎没有人不知道他。

正在这时，身后传来大地震动的声音，伯益知道是防风回来了，心中安定了不少。毕囚见到防风大为惊恐，叫道：“公子快跑，巨人！”

伯益忙安慰道：“毕师傅不要惶恐，这大块头是我的朋友。”说话间，大块头已经走到伯益跟前。天狼和摇光见了毕囚是又惊又喜，围着他不停地转。当日如果不是毕囚，它们估计早就被穷奇杀了！随后，它们又看见倒在地上的青城，天狼问道：“毕师傅，是你杀死这个奸细的吗？”

“当然。”毕囚不无自豪地笑道。不料，他话音刚落，便听一个声音啧啧叹道：“从背后杀人，我看你也不是什么好东西。”

“谁？！谁在说话？！”毕囚怒道，眼睛迅速地寻找说话之人。这时，从伯益的肩头冒出一个小人，扬着手里的弓，道：“别找啦，本将军在此！”

毕囚见是一个三寸长的小人，恨不得上去一把捏扁他，但见他既然以伯益为人盾，知道也是公子的朋友，便道：“原来是个菌人，看在公子面上暂且饶了你。”

这时，吉光已经弯腰捡起了青城掉在地上的剑，那把剑虽然比不上毕囚的玄月剑，却也是一把难得的宝剑。他见将军还要抢白，怕他惹急了毕囚引火烧身，便说道：“大家不要在这里待了，我们去那边将象肉、蛇肉烤起来。”

毕囚闻听此言，摸着肚子道：“好极，好极，为了诛杀青城奸贼，老夫已经三天三夜没吃东西了。”

一行人有说有笑地回到驻地，发现已有不少蝇虫趴在尸体上了，大家赶忙驱逐。有了毕囚，伯益便不用亲自动手了，只坐在一旁看他和吉光收拾大象。毕囚舍不得用自己的玄月剑剥象皮，拿起青城的宝剑，三下五除二，很快便只剩下酱红的象肉，吉光在一旁烤了起来。也不知毕囚用了什么魔法，烤出来的肉香气四溢，无比诱人，伯益先前烤的肉与之相比，简直是一个天上一个地下。

蛇肉更比象肉美味百倍，众人分食了蛇肉，防风独享了象肉。待吃饱喝足以后，毕囚才说起自己女娲神庙之后的经历。

原来，天狼和摇光逃走后，穷奇虽然处于上风，一时却也无法将毕囚杀死。且穷奇似乎也无心恋战，瞅个机会便飞出了女娲神庙。它走之后，那四个傀儡失去了灵力，也倒地不起了。毕囚追出神庙，却已经寻不到伯益的踪迹了。那时仍然雷雨交加，他又回去检视了女娲神庙，没发现青城的尸体，联想之前的种种情形，便怀疑他是奸细。

毕囚估计公子可能已经遇害，便决定回偃城领罪，不料却在途中遇到了青城。真是仇人相见，分外眼红，两人立时便斗了起来。青城虽然功夫不及毕囚，但毕竟年轻体力好，而且又非常机敏，数次被他逃脱。他一路逃，毕囚一路追，直追到巴山才将他杀死。不料，他却因祸得福，在这里偶遇了公子伯益。

伯益也简单说了一番自己的遭遇，大家又是一阵唏嘘。稍事休息之后，众人又踏上了征程。毕囚也钻到了大筐里，与天狼和摇光挤在一起，因为那筐实在太大，本来就极为宽裕，所以也不觉得拥挤。将军原本和天狼一起，却不耻与毕囚为伍，于是钻到了伯益的筐里。不过，以他的身材，到哪边也可以忽略不计。

大块头吃饱喝足，精力充沛，又是昼夜兼程。伯益靠在大筐里，与吉光聊了许多儿时趣事，将军颇感无聊率先睡去，随后伯益也感到困意袭来，昏昏睡去。只有吉光还保持清醒，因为他要负责指挥大块头这架战车开往正确的方向。

吉光看着伯益在睡梦中嘴角轻轻上扬，似乎是在抿嘴微笑，不知在梦里遇到了什么好事。自从大王出事以来，这是他第一次看到伯益脸上洋溢笑容，虽然是在梦里，也足以为他高兴了。想及此，吉光也不禁莞尔。

“公子，醒醒！公子！快醒醒！”

睡梦中的伯益感觉有人在推自己，睁开眼发现是吉光。他揉了揉眼睛，问道：“这是到哪儿了？”

吉光道：“公子，我们好像迷路了。”

吉光的话犹如兜头一盆冰水，伯益立即清醒了。他这才注意到，大块头已经将大筐放在地上，蹲在一旁抓耳挠腮地看着自己，好像一个做错了事的孩子在等着大人的责罚。他急忙从大筐里爬出来，发现其他人都不见了踪影！

“其他人呢？”伯益问。

吉光答：“他们分头探路去了。”

“探路？”伯益乍听之下，感觉有些不可思议。不过，他很快便明白其中的缘由了。

现在虽然是白天，但四周却浓雾弥漫，百步之外全是白茫茫一片，什么也看不见。而他们正处在一个十字路口，前面一共有三条路，大家分成三拨去探路，毕囚向左，天狼向右，而摇光和将军则直行向前。

“让大块头直向前走便是，还探什么路？”伯益对吉光这个临时指挥非常不满。

吉光看上去很犹豫，最后才下定决心似的说道：“前面的路大块头已经走过一遍了，可是……可是走着走着，又回到了这里。”

伯益一时没听懂吉光的话，问道：“为什么又回到这里？”然而，他是何等聪明之人，没等吉光解释，自己便已经想通了，大块头并没有自己往回走，而是向前走却好似转了个圈，又回到了原点！

“为什么不早点把我叫醒！”伯益的怒火被点燃了。

吉光看上去有些委屈，道：“公子最近一直没睡好，我见你睡得这样香，不忍心……”说到这里，便不再说下去了。伯益这才猛然醒悟，正如吉光所说，自从踏上南下的征程，他即使睡觉也是在半睡半醒之间，一有风吹草动便会惊醒，不知为何这次却睡得这样沉，周围发生了这么多事居然都没有被吵醒。也许，是心中的一块石头落了地。

想及此，伯益也不再责怪吉光，他换了一种和缓的语气问道：“你估计我们大约在什么位置？”

吉光道：“我们已经过了风伯山，应该是快到尧山了。”

“尧山，尧山。”伯益默念着，走到十字路口的正中央，四周都是秃山，两条相交的路横平竖直，好像是将一座大山横竖各劈了一剑。他突然回过头来，问道：“吉光，你觉不觉得这雾有些奇怪？”

“公子的意思是？”吉光疑惑道。

“幻术！”伯益断然道，“这可能是敌人的障眼法！”

“不，应该不会，”吉光从胸口掏出一个黑色木雕，“这是由迷榖木制成的饰物，曾经破除过女娇公主的幻术，如果真是障眼法，想必不会骗过我的眼睛。”

伯益摇头道：“道法有千种，道力有深浅，天下没有百试百灵的法器，你的迷榖木未必能解一切幻术。你看这白雾，分布得如此均匀；这荒山中的道路，修得如此齐整，如果说是大自然的鬼斧神工岂不太过牵强？”

“糟糕，”吉光惊叫了一声，“我怎么没有想到，如果是这样，那天狼他们可能……回不来了。”

吉光话音刚落，却听身后有人喊：“吉光大人，为何说我回不来了？”吉光忙回头，只见白色迷雾中走出一条猎犬，不是天狼又是谁？天狼原本是向右拐的，却仍从后面的路回来，说明也是转了一个大圈子。伯益与吉光对视一眼，问道：“天狼，一路上有什么见闻？”

天狼沮丧道：“唉，主人别提啦，两旁都是山壁，我顺着路一直朝前跑，感觉就像在迷宫中，忽听前面有说话的声音，还以为遇到了山民，正欲问路，仔细一听却是主人你的声音，便知道又绕回来了。”说罢，他回头看看身后的路：“都是这烦人的大雾，如果生一阵风把它吹散就好了。”

伯益道：“这雾是不会散的，它就是要将我们困死在这里。如果我没猜错的话，前面这三条路都是幻象，无论走哪一条最终都会回到这里。”

吉光突然指着来时的路道：“公子，你说如果退回去呢？”

伯益摇头道：“还是一样会绕回来，我们已经进入了一个死循环。”

好像是为了验证伯益的话似的，没过多久摇光背着将军先回来，随后毕囚也到了，他们和天狼一样，也是绕了个圈子从后面走回来的。大家听完伯益的分析后，顿时你一言我一语哄闹了起来。

摇光叹了口气，一脸忧郁道：“主人，难道我们就只能在这里等死不成？”

天狼蹭到妻子身旁，安慰道：“亲爱的，别害怕，有我呢。”

在这群人当中，毕囚的年纪最大，本事最高，但他面对这种诡异的伎俩也无计可施，举起宝剑兀自喊道：“老子跟他们拼了。”可是，白雾遮天，长路漫漫，眼下除了他们这些人，连个鬼影都没有，他跟谁去拼命呢？

将军似乎对毕囚颇有芥蒂，见此情形便嘲笑道：“我说老巫，你就别在这里惺惺作态了，要真有本事就把这迷雾驱散，把咱们都带出去。”

将军本在吉光的肩头，毕囚一言不发，却突然扬剑向他劈去，将军吓得赶忙躲闪，手一松便掉在地上，摔了个狗啃泥。不过，好在他身子轻，并没有受伤。毕囚的剑恰在吉光肩头收住，剑刃几乎已经贴在他身上。吉光感到寒气逼人，也吓出一身冷汗，这玄月剑为剑中之王，只要毕囚手劲稍懈，他的膀子就被卸掉了。

毕囚此举出乎所有人预料，大家立时便静了下来。将军跌在地上，怕被继续追杀，忙躲到伯益身后。毕囚收剑在手，拱手对一身冷汗的吉光道：“大人受惊了。”却看也没看将军一眼，他原本只是要给将军一个警示，如果真要杀他，他怎能逃脱。

伯益厉声喝道：“大家别闹了，都什么时候了！”他嘴上虽然说的是“大家”，但眼睛却看着毕囚。这时众人才发现，眼前这个少年越来越有首脑的架势了。

毕囚没有说话，默默退到了一旁。吉光似乎想要缓和一下气氛，问道：“公子，你看眼下该怎么办？”

伯益见防风坐在地上，正摆弄自己的手指，叫了一声：“防风！”

防风见大家都不理自己，很是无聊，这时被叫名字，立即高兴地摇着头道：“哥哥，什么事啊，哥哥？”

伯益伸手做了一个推举的动作，道：“举，像上回一样，把哥哥举起来，举起来。”

“举起来，举起来。”防风念叨着从地上爬起来，大手轻轻将伯益抄起，向上托举超过了自己的头顶。

伯益本想故技重演，看立于高处能否冲破迷雾看清前路，不料刚一升到半空，便见一张人脸“嗖”的一下消失了。

伯益兀自一惊，随后才反应过来，喊道：“你是谁，给我站住！”他本想拔腿去追，却被防风握得死死的，不能移动分毫。只一刹那，那人脸已经消失得无影无踪了，只余下了一片白茫茫的雾色世界。

那是一张绝美的女人脸！

“公子，出什么事了？”吉光听到伯益的叫声，连忙问道。

“没事。”伯益说着向四周望了望，发现再没有什么收获，便对防风道，“大块头，放我下来。”

“果然是飞天女巫。”伯益一回到地面便断然道。美艳的女人飞在空中，除了飞天女巫，他想不到其他人了。而且，加上之前幻象的推断，正是飞天女巫的拿手好戏。

“飞天女巫？”吉光一副难以置信的表情，“她们不是去了华胥吗？而且，她们为什么要阻拦咱们？”

伯益摇头道：“我也不知道，不管这些，先破了这个迷雾阵再说。”

天狼问道：“难道主人已经有破阵之法了？”

伯益伸手挠了挠耳朵，道：“我也不能确定行不行。”

“行与不行，先试试再说。”吉光兴奋道，“公子，你快说，什么法子？”

伯益道：“幻术迷惑人主要是迷惑人的眼睛，只要我们把眼睛闭起来，幻术的效力也就无用了。”

“这不是瞎走吗？”将军刚才被吓住，半晌无语，这时却插嘴道。众人都对他怒目而视，他也只好闭嘴，灰溜溜地躲到一旁。

吉光对伯益道：“这个方法确实可以一试，但如果我们都闭起眼睛，万一敌人偷袭怎么办？”

伯益道：“大家不必都闭眼，只需一个人闭眼，其他人跟着他走就好了。”

“好，事不宜迟，我们试一试，”毕囚摩拳擦掌道，“公子，让我来闭眼引路好了。”

伯益扯下一块布蒙住毕囚的眼睛，毕囚迈步就向左边的道路走去，众人跟在后面。走了一段之后，伯益发现他竟一直顺着路走，这样走下去，最后自然又会回到原点，于是把他叫住，让他在原地转了二十多圈，再走仍然是顺着路走。

“不行，你的方向感太好了。”伯益摘下毕囚眼上的布，让大家停了下来，“必须得换一下人。”

可是，换谁合适呢？伯益将目光对准了防风。没错，大块头志虑单纯，心思粗犷，是最合适的人选。于是，他让众人都坐到大筐里，然后将自己的外衣脱下来，连同吉光、毕囚的绑在一起，蒙住大块头的眼睛。然而，他刚一将大块头的眼睛蒙住，还没开拔便被他扯了下来，尝试数次之后，伯益生气了：“防风，你再敢扯下来，我就打你屁股！”

这次防风不敢扯了，却也不走，坐在地上耍起赖皮，扭着身子哭道：“哥哥，我害怕，我不要蒙眼睛。”

实在没办法，伯益只好除下蒙在防风眼睛上的衣服，让大家仍然穿回自己身上，道：“还是我自己来吧，你们在后面跟着。”说罢，他便拿出毕囚先前用的布，蒙在自己的眼睛上，世界顿时陷入了一片漆黑之中，他仿佛又回到了犬戎国的石屋里。

眼睛是上天赐予人类最珍贵的礼物，人有了眼睛便有了光明，有了五彩缤纷的世界，有了一切。反过来，如果一个原本正常的人失去了眼睛，便如天塌地陷一般，因为他失去的不只是眼睛，而是一切。

伯益感觉四周都是悬崖峭壁，一脚踏空便万劫不复；敌人无处不在，正虎视眈眈给他致命一击。他深吸一口气，稳定了情绪，排除一切杂念，然后自己转了数圈，确定已经不辨方向之后，才向前迈去。他走了几步便停下来，听见大家都跟在后面才又开始迈步。

“公子，那边是山壁。”毕囚提醒道。

“闭嘴！”伯益低声喝道。然而，他的脚步却停了下来，犹豫了片刻，转到了另外一边。他静静地站在那里，双手捂住耳朵，整个世界顿时安静下来。突然，他的脑海中灵光一闪，眼前出现了一条崎岖的山路。他有些不敢相信，明明自己的眼睛是蒙住的！他抬脚去踩山路上的石头，没错，硌脚，那确是一块尖尖的石头。他不再犹豫了，迈开大步向前走去！

也不知过了多久，伯益突觉有人拉住自己的胳膊。他停下来，摘下眼睛上的布，只听吉光兴奋地喊道：“公子，我们走出了迷雾阵！”他揉了揉眼睛，向远处望去，发现白雾虽然散了，但黑云压顶，天色极为阴沉晦暗，不见太阳，也没有月光，所以不能分辨时间的早晚。脚下甚是平坦，四周并没有山峦，遍地绿草因天气的关系，如今变成了满眼的青黛色，好似回到了吴戎大草原一般。

“大雨就要来了，公子体弱，咱们得找个地方躲躲！”毕囚望着天空说道。伯益听他如此说，不由得皱起眉头。在偃城王宫，“公子体弱”这四个字几乎每天都围绕在身边，他自己的身体也总是不争气地印证它。但自从离开王城以后，经历过这许多磨难，他却从未生病，也无人说他体弱，今日乍听之下颇觉刺耳。

“公子，前面好像有个庄子。”没等伯益说话，吉光遥指前方道。众人抬头望去，果见不远处有一片竹林，被竹林环绕的确实是一个村庄。

说话间，一道闪电划破天际，闷雷炸响，豆大的雨点啪啪砸落下来，眼看就要成瓢泼之势。众人来不及细想，纷纷向竹林处奔去，来到庄前方才看清，这些房屋全都是精舍雅居，家家雕梁画栋，户户碧瓦朱甍，颇不似普通农人住所，甚至连街上的路都是由青石铺就。而且，举目所及虽原野广阔，却无良田耕作，这个村庄恰如荒山宝刹、海上琼楼，神秘中透着一股幽魅。

雨越下越大，而且还夹杂着冰雹。众人来到一个大户前，但见朱门紧闭，毕囚抬手便叩门环，结果连扣数声无人应门，伯益见他拔出玄月剑，似乎要破门而入，连忙阻拦：“毕师傅，万万不可！大概户主不在，我们再去别家看看。”于是众人又去扣别家的大门，结果连扣三家，竟然无一人应门，好似整个村庄无人居住一般。

大家浑身上下早已湿透，吉光缩着脖子略低着头，不让雨水灌进眼睛，大声道：“看来这里的人不甚好客，公子你说怎么办？”

伯益见大家都看着自己，便道：“大家找找看，这庄子里有没有庙宇，咱们先去庙里暂避，等雨停便行。”

那个年代，距离孔老夫子诞生还有一千五百年，人间万事全由神明做主，所以处处都有巫祝和神庙。一个村庄如果没有巫祝，如同一个人没有灵魂；一个村庄如果没有神庙，如同一座房子没有根基。

果然，在庄子的左后方，伯益他们找到了一座神庙。然而奇怪的是，相比于那些精美的房舍，这座神庙似乎破败得不像样子，以至连门都只有半边。不过，这反倒省了敲门的麻烦，众人一拥而入。大家原以为这样的破庙应该早就没人了，不料他们刚进庙门，便立即被一个沙哑的声音喝止了：

“站住，你们是什么人？”

随后，从黑暗的角落里走出一个怪人，把众人都吓了一跳！这人破衣烂衫，连鞋子都没有，顶着一个癞痢头，直往下流脓！他那张脸尤为可怕，好像死人一般，没有任何表情，不仅看不出他有多大年龄，甚至连是男是女都无从辨认。

“我们都是过路之人，途中遇雨，想借贵宝地暂避一时，雨止即行，还望巫祝行个方便。”伯益上前一步，壮着胆子说道。

怪人瞪着死鱼眼上下打量了伯益一番，道：“你这小哥看上去皮滑肉嫩的，倒不像坏人，你可以进来，其他人不行。”伯益还是头一回被人这样形容。

将军见这人阴阳怪气，不由得骂道：“你这癞痢头充什么巫祝，我看你本就是一个破落乞丐，霸占这破庙。我们人多，看你有何本事阻拦？”将军把众人的想法都说出来了，甚至伯益也不相信这人就是巫祝，不过他并不想惹事，因此没等怪人发怒便抢先道：“巫祝莫怪，这些都是我的随从，如今大雨瓢泼，还望巫祝慈悲。”

那怪人并不理会将军，只拿眼睛盯着伯益，嘶哑道：“雨停即走，莫要停留。”说罢便又踱回里间阴暗处。众人这才松了一口气，各自找地落脚。

“大块头哪儿去了？”伯益发现脚夫不见了，急忙问道，“你们看见大块头了吗？”

大家刚才只顾自己躲雨，哪顾得上别人，偌大一个巨人失踪了居然都没发现。这时青石地面上的积水已过脚面，空中电闪雷鸣，伯益急忙率众人冒雨寻找，最后在村口处看见防风头顶大筐，蹲在雨中瑟瑟悲泣，便把他带到破庙。

这庙虽然破败，却有两丈高，大块头弯下腰就能钻进去，不过这样一来，里面就显得极为拥挤了，只好让大块头抱膝缩体，不要动弹。

众人又哄闹了一阵，方才安静下来，衣服皆如在水中浸过一般。正在奋力拧挤雨水时，外面突然走来两名头顶斗笠身披蓑衣的仆妇，二人手上还提着食盒，见到伯益等人颇感诧异，一边侧身向里走，一边高声道：“巫祝有客怎不早说，也好多送些饭食来。”

众人不想那癞头怪人还真是巫祝，只听他说道：“我哪里会有什么客人，不过是避雨的路人，雨止即行，不去管他。”语气不似对伯益等人那样僵硬。

众人早已饿得七荤八素，闻到食盒中的菜香，不由得口水直往外溢。这时，又听一阵隐隐的轰隆声响起，大家本以为是闷雷，但声音却来自庙内，仔细辨认才发现，原来是大块头的肚子在咕咕叫。

“哥哥，我饿——”防风瞅着伯益，可怜兮兮地道。

还没等伯益回答，那仆妇已经将饭食留下，拎着食盒往外走，其中一个道：“尊客既来崇萝镇，焉有不招待之礼，尊客稍待，我等去去便来。”

伯益方知此处是一个镇甸，坤舆图上所记多为山川之名，大城方在其列，小小镇甸自不被录，所以也不知此镇究竟位于何处。看情形，本镇居民应当都是富庶之辈，而且对巫祝也甚为恭敬，定时供给饭食，可是为何不修一修这神庙呢？听那仆妇之言，似要奉送餐食，正要推辞，却听将军抢先拱手道：“有劳！有劳！”仆妇莞尔一笑，施礼而去。

这时，忽听吉光“咦”了一声，只闻其声却不见其人，伯益四下寻找，见吉光已走到里间。吉光此时身兼护卫之职，自然先要检视庙中安全，看样子他应该是发现了什么端倪，伯益匆匆走过去，问道：“怎么了？”

吉光指着神像道：“这庙里供的是刑天。”

伯益抬头看去，借着昏暗的光线，果见一个无头将军，以双乳为目，以肚脐为口，左手握着青铜方盾，右手拿着一柄大斧，做砍杀状，样子甚是威武！

据说，当日炎帝为天下共主，刑天是其手下一员大将。后来炎帝被黄帝推翻，屈居南方忍气吞声，不与黄帝抗争，但他的臣子都不服气。蚩尤举兵反抗黄帝时，刑天曾想去参加这场战争，由于炎帝坚决阻止没有成行。蚩尤被黄帝杀死后，刑天再也按捺不住愤怒，于是偷偷跑到涿鹿山下，欲与黄帝争个高低。

刑天左手握盾，右手执斧，勇猛异常，单枪匹马杀到黄帝宫前。黄帝见刑天杀来，顿时大怒，拿起宝剑就和他搏斗。两人从宫内杀到宫外，直杀到常羊山旁。黄帝久经沙场，经验老到，趁刑天不备，挥剑向他的脖子砍去。刑天招架不及，头颅被斩落下来。落到地上的刑天之头，向常羊山脚下滚去。被斩首的刑天蹲下身子，想找回自己的头颅，但由于失去眼睛，他没有看见自己的头就在山脚下。

黄帝担心刑天找到头颅后再和自己交战，就举起手中宝剑劈向常羊山。随着一声巨响，常羊山被劈成了两半，刑天那颗硕大的头颅就势滚进山谷。随后，那山又合二为一，将刑天的头颅埋葬在里面。

刑天感觉到了周围的变化，知道黄帝已把自己的头埋进山腹，但他并没气馁，站起身来，依然右手拿斧，左手持盾，向着天空胡乱挥舞。陷入黑暗的刑天暴怒，以两个乳头做眼睛，张开肚脐做嘴巴，挥舞着巨盾大斧，准备继续与黄帝搏斗。

刑天虽然勇武，但他最终是一名失败者，即便有人同情也不敢公然祭祀，况且丹朱是黄帝族裔，绝不允许为敌人建庙立祠。所以，吉光看到此庙供奉刑天，颇觉诧异。这时，毕囚也走了过来，道："这没有什么，刑天为南国英雄，自然有无数信众，想我东夷民间的蚩尤神庙，不也是随处可见吗？"

"毕囚！"伯益喝道。

毕囚此语，无异于自露身份，伯益急忙去看巫祝，只见他兀自埋头用饭，似乎对众人之言并未在意。毕囚也意识到自己失言，低头不语，缓步向外走去。

正在庙内极静之时，外面却一阵喧哗，只见先前那两位仆妇又带了六人，捧了许多食物进来，可能是看到防风块头太大，两人还专门抬了一大袋素饼，足有五斗重。众人一路上只以兽肉为食，极少吃到谷物及菜肴。众仆妇一打开食盒，立即香气扑鼻，看上去也极为精美，绝不是普通人家的餐食。

先前的一个仆妇道："尊客慢用，少时我等再来一同收拾餐具。"说罢，也不与对方客套，带着众人匆匆离去。

伯益心中纳闷，如此仓促的时间怎会做出这许多菜肴，可是看那菜上冒着热气，香味四溢，又不像是事先做好的。正在他犹豫不决时，吉光拾起竹筷，夹了一口放在嘴里，道："大家都先别动，让我先尝尝。"将军这时已撕下一条鱼肉，正欲往嘴里送，听吉光如此说，便也停下来看他。

伯益不动声色，看着吉光将各种菜品一一试过，并没有异状出现，才放下心来。这时，大家早已饥饿难耐，不等伯益吩咐，便如虎狼一般大快朵颐起来。吉光知道伯益喜食花寨，见菜中恰有此物，便捧了来给他，又拿了两个素饼。

伯益刚吃两口，便闻到一股奇异的香味，让人心旷神怡，心下暗想，这菜好生神奇，不由得猛吸了两口。不对，这不是菜香，可这香味是从哪儿来的呢？他抬头看去，只见那怪人正捧着一个香炉站在黑暗中，面无表情地看着他。

“糟糕，吉光，我们中计……”伯益话说一半，只觉得一阵头晕目眩，再去看其他人，全都纷纷栽倒在地上。他眼前变得模糊起来，隐约听到一个女人的声音：“全都倒下了，你们进来吧。”

那个怪人将香炉丢在地上，抓住自己的面皮轻轻一扯，竟然变成了一个美艳佳人，她将身上的脏衣服除去，立即便露出了藏在下面的云衫霓裳。刚才送餐的几个仆妇走进来，也摇身一变，成了妙龄少妇，同声叫道：“尊主！”

扮作怪人的佳人摆手道：“把他们都绑起来，尤其是这个大家伙，绑结实点。”

其他人皆领命而动，执麻绳捆绑倒地之人，只有一人上前谄媚道：“尊主真乃神机天算，以饭菜的香味遮蔽迷魂草的药香，终将这群蠢物药倒。”如果伯益醒来，他一定能够认出，这个谄媚之人正是他在迷雾中看见的那个女人。

只见尊主伸出玉足，轻轻将伯益的脑袋踢正，冷笑道：“连你的迷雾阵都破了，他可不是什么蠢物。”

第二十八章　虫落

伯益被一阵嘈杂的声音吵醒，觉得四肢乏力，睁不开眼睛。雷雨似乎已停息，空气中仍弥漫着湿气，衣服上的雨水尚未全干，风刮过来浑身上下凉飕飕的。他用尽全身的力气睁开眼，发现自己被凌空绑在一根大木桩上。抬头一看，不禁吓得魂飞天外，他宁可自己变成瞎子，甚至永远也醒不过来，也不愿看到眼前这番场景！

皎洁的月光下，有数百颗人头在空中飞舞！这些人头全是浓妆艳抹的女人，她们的耳朵变成了翅膀，不停地扇动以保持平衡。

做梦，做梦，做梦，这一定是梦，是噩梦！伯益赶紧闭上眼睛，心里默念数声，又耐不住好奇，将眼睛撑开一条缝，只见一张女人脸凑到面前，问道："你醒啦？"

当伯益看清楚那张女人脸是飞在半空中的，又赶紧闭上眼，慌道："没，没，我还没醒。"

女人头咯咯笑了起来，道："你既然这样胆小，为何又有胆量杀我姐姐呢？"

伯益料想其中定有误会，再次睁开眼睛，道："我，我从没有杀过人，更不会杀女人，一定是哪里弄错了。"

女人止住笑，问道："你是不是叫伯益，东夷王皋陶的小儿子？"

伯益见女人知道自己的底细，想要隐瞒自然不可能，只好硬着头皮道："我是伯益不错，但我没杀你姐姐。"

女人森然道："梓嫣阁、菀娘，难道不是你杀的吗？"

伯益闻言，吓得浑身打了一个激灵。是了，崇萝镇，虫落镇，眼前这些以耳为翅的女人头，不就是虫落氏、飞头獠吗？当日，为了救父王，伯益在情急之下举起长枪刺穿了那个名为菀娘的飞头。虽然那一枪是在他完全无意识的情况下刺出的，他并不认为那个女人是自己杀的，但在外人看来，杀人者不是他又是谁呢？况且，父王因此事而将天狼和摇光赐给他，他不也欣然接受了吗？

想及此，伯益也不再为自己辩白，对方既然是来寻仇的，也不能辱没了自己这个东夷王子的身份，于是鼓起勇气道："你姐姐确是我杀的，你想把我怎样？"

女人一边扑扇耳翅，一边说道："这还差不多，好汉做事好汉当。你知道吗，姐姐是我在这个世界上最亲的人，你既然杀了她，便与我仇深似海、不共戴天，对付这样的仇人，自然用狠毒的方式才能解我心头之恨。"说到这里，她张大嘴巴，露出白森森的獠牙。

伯益见了心中害怕，又问道："你到底想要怎样？"

这时，又有一个女人头从旁边飞过来，道：“尊主，大伙都已到齐，祭祀何时开始？”

“是你？！”伯益叫道。这个女人正是他在迷雾中看到的那个。起初，他还以为是飞天女巫，原来迷雾阵也是这些飞头搽搞的鬼，看来她们早有预谋。

“你好，伯益公子，你可以叫我绿芸。”女人哧哧笑道，“瞧这一张俊俏的小脸，你若不是杀了我们先尊主，还真不忍心杀你呢。”伯益这才知道，原来菀娘是虫落氏的首领，她死后由妹妹继承了尊主之位。然而，她身为尊主，为何不远万里跑到偃城刺杀父王呢？这也太奇怪了！

只听那位尊主又道：“伯益公子，你刚才听到了，祭祀马上就要开始了，知道我要怎么对付你吗？”

“祭祀，”伯益摇头道，“什么祭祀？”

这位尊主对伯益似乎颇有耐心，道：“原来你不知道啊，我们之所以叫虫落氏，就是因为我们的祭祀名为虫落。”她见伯益依旧一副懵懂状，又解释：“你见过蝗灾时飞蝗啃食庄稼吗？一大群飞蝗铺天盖地而来，落在庄稼上，那些即将收割的庄稼瞬间就被啃食殆尽……”

“公子，她们要把你一口一口吃掉！”旁边突然传来吉光的声音。

伯益这才发现，同行的其他人也被绑在木桩上，包括两条猎狗。将军被绑在一根约有手指粗的竹竿上，而防风则被迫坐在地上，只将上半身绑住。其实众人都已经醒了，但见这些龇牙咧嘴的飞头，一时惊魂未定，没人敢说话。

尊主扇动耳翅，飞到吉光面前，道：“还是这兔儿脸聪明，不过有一点你说错了，我们不是一口一口吃掉你家公子，而是一口一口吃掉你们所有人！”说着，似乎有口水流出来，她忍不住舔了舔嘴角。她身后那些飞头们纷纷发出哧哧的笑声，合在一起令人感觉甚是恐怖。

伯益原本只是强装镇定，见此情形，忍不住说道：“你们虫落氏既然归附三苗国，就不能以私仇杀我，应该把我交给丹朱。”他宁可去三苗被砍头，也不愿被这帮穷凶极恶的女人啮食。而且，到了三苗或许丹朱还会用他要挟东夷，这样反而有一线生机。

“你胡说什么，谁说虫落氏归附三苗了？”女尊主流露出一副不耐烦的表情，“凭丹朱那个纨绔子弟，也配让我们归附？”

绿芸看着伯益冷笑道：“尊主还不明白吗，这小子怕死，在拖延时间呢！”说着，她露出口中雪白的獠牙，只待尊主一声号令，第一口便要咬伯益俊俏的脸蛋！

伯益吓得双目紧闭，只听旁边将军大声道：“等一等，我跟他们不是一伙的，我只是跟他们结伴而行，你们放了我吧！”

另一个女人飞到将军面前，道：“那你就自认倒霉吧。”

将军哀求道：“求求你，一剑刺死我吧，我不想被人一口一口地咬死啊。”

女人道：“放心吧，你顶多也就够我一口。”众人一阵哄笑。

尊主突然转身面对众人，拉长声音道：“虫——落——祭——典——”数百颗女飞头立时安静了，她们虎视眈眈地盯着前面的祭品，只待尊主一说“开始”，便如飞蝗一般扑上去撕咬！

这是一场盛宴，更是一场狂欢、一场竞赛！众人皆知，中间那位王子是今日的彩头，一定是争抢最激烈的，因此力量稍弱者便会主动退出竞争，将目光瞄向身材魁梧的防风。他那宏伟的身躯，足够所有人饱餐一顿了，不过即便如此，也有好肉坏肉的区分，脸颊及胸口、手臂的竞争还是很激烈的。

大家知道生命将尽，都在木桩上做最后的垂死挣扎，只有防风不知道发生了什么，看着那么多球在空中飘舞，觉得甚是好玩，竟然呵呵傻笑了起来。

在这千钧一发之际，只听得“嗖——嗖——嗖——”三声破空之响，还没等众人反应过来，但见包括尊主、绿芸在内的前面三颗女人头应声而落。

遭逢突变，满天的女人头“嗡”的一下炸了开来，四处寻找射箭之人。俗话说，蛇无头不行，鸟无头不飞，没有了尊主和绿芸，众女人只是叫嚷着在空中乱飞、乱撞，只撞了个头昏脑涨，也没有发现凶手的影子！这时，一个年纪稍长的女人头飞到台前，大声喊道：“大家静一静，静一静！”

乱军阵中，就需要有人登高一呼，随着这声呼喊，乱象渐渐平息。空中的女人头全都睁大眼睛，看她说些什么。只听那人道：“诸位姐妹，祭祀神圣，不容中断，我们……”这时又听一声箭响，这位女人话没说完，也随声落地。紧接着，又有几个女人头被射落，这些女人再也绷不住了，像失了巢的蜜蜂四散逃去。

伯益原以为今日必死，不料却峰回路转，捡回一条命！他看着刚才还热闹如街市的旷野，如今却空空荡荡，感觉恍如隔世。

“感谢恩公救命之恩，还请恩公现身。”吉光这时可没闲心感悟生命，他想尽快脱离险境，于是高声喊道。

其他人也随即附和道：“是啊，恩公快把我们放下来吧。”

这时，只见黑暗中走出一个人影来，那人身材高大，手挽大弓，却看不清面庞。伯益心里咯噔一下，可千万别引虎驱狼，招来夏后鲧的人啊。

天狼眼尖，最先认清来人，不禁叫道：“公子，是飞羽将军！飞羽将军来救我们啦！”不知是太害怕，还是太感动，这条猎狗的声音里居然带着哭腔。

那人走到伯益面前，果然是飞羽！他低声说道：“公子受苦了。”先将伯益解救了下来，随后又将其他人身上的绳索全都解开。

伯益昔日在偃城与飞羽并没有多少交情，只以将军相称，拱手道：“飞羽将军，只怕那些女人会去而复返，此地不宜久留，咱们还是赶紧离开吧。”

不料飞羽却道：“不急。公子有所不知，这飞头獠昼伏夜出，夜晚飞头离身后身体便留在家中，天明后复原如常人，我们只需去庄子里将那些无头女身搬出来，一把火烧了，便可永绝后患。”

伯益闻言虽心有不忍，但想到这些女人有数百之众，如果再重新聚拢，一路追杀过来也颇为难缠，只得命大家分头去崇萝镇搜寻，等到天将拂晓，已经聚了二三百无头女身。随后又拾来薪柴将其围拢，正要引火焚烧，却听头顶传来阵阵哭声，抬头一看，有数十女人头去而复归，看着身体即将被焚，却因忌惮飞羽的神箭，不敢下来争抢，只是一味地啼哭。

飞羽大怒，引弓欲射，伯益急忙把他拦住，抬头对众女人道：“你等可有主事之人？”

这时，只见人群中飞出个头插桃花碧玉簪的女子，说道：“我叫绿珠，我等全没有害公子之意，只是尊主之命难违，如今她已仙去，我等再也不敢与公子为难，还请公子饶命啊。”

伯益见她言语条理清楚，甚是满意，便道：“你既名为绿珠，可是那绿芸的姐妹？”

绿珠道：“只是同族而已，并非亲姐妹。”

伯益又道：“我且问你，虫落氏究竟有没有与三苗结盟？”

绿珠道：“回禀公子，丹朱确实曾派人来联络结盟之事，但先尊主觉得丹王贪婪好色，与其结盟无异于羊入虎口，可是三苗势大，我族又寄人篱下，与其翻脸必遭灭顶之灾，于是先尊主一面与其周旋，一面北上朝见大舜王，商议迁族之事，不料却意外而死。”

伯益心知绿珠所说的先尊主就是菀娘，心中不禁感到奇怪，既然菀娘想要带着族人投靠华胥，为何又跑到东夷去刺杀皋陶王呢？这中间定有一个巨大的误会。

这时，绿珠却着急起来，说道：“公子，天亮前如果我们还不能回到身体，便会气竭而死，求公子快快让我等回去吧。”

吉光和毕囚皆手执火把，只等伯益一声令下便焚尸灭迹。他们刚才还命悬一线，这时却反过来将敌人的生死握在手中，真是福祸难料、世事无常。伯益抬头看到数百飞头獠都聚在上空，却不敢下来与他们争，料想这些女流之辈也掀不起什么大浪，于是将手一挥，道：“吉光，毕囚，收起火种，将身体还给她们吧。”

“公子！”众人全都惊呼，一副难以置信的样子。这些獠牙怪女，刚才还要吃了他们，这时只因几句软话就放了，天底下哪有这样耳根子软的男人！

然而，伯益却有自己的打算，于是强令众人退到五十米以外，让飞头獠回到自己的身体上。这时天光已现，只见那些女人头一窝蜂地飞落下来，在地上寻找着自己的身体，那场面真是令人咋舌。

大约过了一盏茶的工夫，女人们都已经各自复原，绿珠带领众人走上前向伯益盈盈施礼：“我等感谢公子活命之恩。”众女子也随着她一同施礼。

伯益抬头仔细观察，发现其中有几个人满面含怒，知是菀娘姐妹的死党，对他恨之入骨。他却不动声色，道：“你们不必感谢我，要谢就谢绿珠吧，是她为你们求的情。”

众人一番交头接耳，随后同声道：“谢绿珠活命之恩。”

这时，只听人群中有一个声音道："既然尊主已死，我们何不奉绿珠为新尊主？"

"对，绿珠救了我们的性命，她就是我们的新尊主！"另一个声音附和道。

这种事情总是一呼百应，大家很快便达成了一致，向绿珠施跪拜礼，奉其为新任尊主。那几个怒视伯益的女人虽极不情愿，却大势所趋，也只好极力隐忍。

这原本便是伯益想要的结果，但他没想到事情会这样顺利。伯益后来才知道，在菀娘之前，绿珠的母亲栖凤便是尊主。

菀娘自然是艺名，她本名叫流苏，妹妹名为步摇，姐妹俩都是老尊主栖凤的贴身侍卫，她们联手除掉栖凤，然后假称病亡。绿珠虽知内情，却不敢声张，只是暗中培植势力准备为母报仇，夺回本应属于她的大权，不料今日却得到这样一个天赐良机，轻松登上了尊主宝座。

伯益见大事已定，便叫众飞头獠先各回住所，然后带飞羽等人跟随绿珠来到尊主大宅。大家被折腾了一夜，都颇感困乏，决定在崇萝镇休整一日再出发。当然，在此期间伯益还有很多事情要办，他瞅了个机会将飞羽拉到一旁，询问前后情由。女娇曾对伯益讲过，当日飞羽在尸胡山引开饕餮让女娇等人脱身，可为何又突然出现在这南荒之地，救了他们一干人的性命，这确实让人有些匪夷所思。

原来，飞羽与饕餮比脚程，一路狂奔十天十夜，最终却平分秋色。饕餮这才把底牌亮出来，它一直缠着飞羽，其实是想劝说他叛逃东夷，归顺三苗。它的算盘打得很好，嬴费之死飞羽无论如何脱不掉干系，他只要一回东夷立即就会被处死。而想要投靠华胥也不可能，于私娥皇、女英是嬴费的姨母，于公华胥有意拉拢东夷，必不肯收留飞羽。因此，飞羽只有一条出路，那就是投靠丹朱。

然而，让饕餮没有想到的是，飞羽自幼与嬴费情同手足，他誓死要为嬴费报仇，岂有归顺杀死嬴费的仇人之理？与饕餮斗了数日，飞羽知道自己没有能力杀死它。他听说平阳城舜王宫里藏有当时大羿射日所用的宝弓神箭，便用计摆脱了饕餮的纠缠，潜入平阳去盗取大羿的弓箭。不料，舜王宫戒备森严，他不仅没有成功，还遭遇一个极厉害的对手。

那人是一个黑脸少年，名叫夏后文命。他与飞羽大打一场，自然不是飞羽的对手，但飞羽见他年纪轻轻便有如此身手，心生惺惺相惜之念，便放了他一马。当文命得知飞羽的目的之后，便告诉他，大羿射日只不过是个传说，并没有所谓的宝弓神箭。同时，他还告诉飞羽，伯益一行正前往青丘山寻找九尾狐，如果他能护佑伯益将九尾狐带回偃城，为皋陶王解除蛊毒，或许可以将功折罪，再次回到东夷。

于是，飞羽便按照文命的指引，一路追寻伯益而来。事实上，早在华胥境内就已经追上他们了，不过飞羽并没有露面，只是暗中保护，等到步摇设计将伯益擒住，准备进行虫落祭祀之时方才出手。

伯益听完飞羽的讲述，心中异常感动，道："将军放心，等我回到偃城，一定说服父王，免除你的罪责。"

飞羽跪地施礼道："多谢公子。"

伯益连忙将他扶起，道："将军不必多礼。将军与我兄长情同手足，于我便如同兄长一般。如今我兄长遇难，从今以后将军便是我的兄长。"说着，竟然反过来向飞羽施礼。

飞羽将伯益扶起，从身上摸出一个肉块来，道："此物乃视肉，公子费去往尸胡山便是取它，今日我给公子带来了。"

伯益将视肉捧在手中，百感交集，过了许久才道："兄长虽因它而死，却也是兄长给我最后的遗物，我便收下了。"转而他又问道："我还有一事不明，想要请教将军。那夏后文命，娇儿也曾对我讲过，可她却说那人本是四方游侠，怎么又成了舜王的侍卫呢？"

飞羽道："这事我便不知了，当时我并不知道他与公主相识，他也并未提及。"

两人正说话间，绿珠走了进来。伯益再见到绿珠时，发现她已经褪下了之前的淡蓝褶裙，换上一身紫色大袍，上面绣了一只猩红色的鹗。或许，这便是氏族首领的标准服饰吧。不过，这一身罩在绿珠身上，显得那么的得体。不知为何，绿珠走进来时，空气中弥漫着一股血腥的味道。

"公子，将军。"绿珠微微含笑，盈盈向两人施礼，那一身的娇弱、柔软，仿佛一阵春风便能让她的身子随着摇摆。伯益心想，这哪里是什么南部蛮族的女首领，想那娥皇、女英之高贵，当也不过如此吧。他还未及还礼，便听女首领道：“我已让人准备早饭，大家吃完好好休息一番，折腾了一夜，都乏了。”

伯益拱手道：“有劳尊主了。我们还有要事在身，吃过饭后便要起程了。”

绿珠犹豫了片刻，才道：“公子是要去青丘山吗？”

伯益心中一惊，看来她们确实对自己的行踪了如指掌，但他表面却不露声色，道：“不错，家父患病，只有青丘山上的九尾狐方可治愈。”

绿珠道：“公子真是极有孝心之人啊。”说着，她竟然眼神迷离，脉脉含情地看着伯益。

这飞头獠一族皆是女子，并无半个男人，因此也无夫妻之识，凡身子长成之后，便去外面与男人野合，待受胎后又回到族中，产下男婴则必不能活，产下女婴方可成人，待成人后再去外面找男人受胎，如此周而复始。

绿珠比伯益还大一岁，虽未经历男女之事，但延续繁殖乃其本性，再者飞头獠毕竟是蛮族，无中原理法约束，行事颇不避人，耳濡目染下自然见怪不怪。此时，见伯益这等俊秀儿郎，岂能不动情？

飞羽见状，赶忙起身告辞，却被伯益拉住：“将军慢走，我还有要事相商。”经历过晨曦之后，他怎能不知道那眼神所流露出来的勾引之意。然而，现在可不是眠花宿柳的时候，于是佯装不解风情，转身对绿珠正色道：“尊主，不知你接下来有何打算？”

绿珠也意识到自己太过鲁莽，立即恢复了常态，道：“但凭公子安排。”

伯益就是在等这句话，道：“不知尊主是否愿意加盟东夷？”

绿珠甚是欢喜，道：“那是再好不过了，我正有此意。”

伯益道：“华胥与三苗大战在即，战事一起诸事不便，尊主如果愿意，我便修书一封，稍事整顿便可举族迁往东夷，只是可惜了族中这些华屋。”

绿珠道：“这些都是身外之物，如三苗来攻，岂不是连性命都不保，要这些东西有何用？”

说罢，又寒暄几句，绿珠起身离去。这时，飞羽方道：“公子之所以留下这些飞头人，想必就是为了收归东夷吧？”

伯益点头道：“是啊，大战在即，东夷必不能幸免，这些飞头女人虽不能行军打仗，但打探敌情、传递消息岂不是上佳人选？”

飞羽却担忧道：“可是，这些人真的能为我所用吗？即使这个绿珠肯归附东夷，可是我看这些人并不齐心，万一……”

还没等伯益回答，吉光和毕囚便同时闯了进来。吉光道：“果然不出公子所料，那绿珠快刀斩乱麻，把异己全都铲除了，有三十余人，尸体连同步摇、绿芸等人一起，埋在刑天神庙的后面。这女人太狠了，杀人连眼都没眨一下，真是最毒妇人心。”

毕囚接着道：“当时，见她们在空中数百人不敢下来与咱们几个人争，还以为她们柔弱可欺，不料却是这般狠辣角色，公子不得不防。”

伯益不置可否，问道：“刑天神庙的事问清楚了吗？”

吉光道：“已经问过了，这飞头族与刑天并无瓜葛，自古便以鹗鸟为守护神，只是有一届尊主觉得刑天无头，与族人头飞之后类似，便牵强附会，将刑天认作先祖，修了刑天神庙，可是刑天为男子，飞头族为女族，除了这位尊主，其他族人并不认可，等这个尊主死后，再无人理会刑天神庙，便任由它破败下去。”

伯益点头，道：“原来如此。”顿了一下，又道：“吉光，我想交给你一个任务，不知你愿不愿意去做。”

吉光爽快道：“但凭公子吩咐。”

伯益道：“飞头族已经同意归入东夷，不日便将举族北迁，我想让你随行……”

还没等伯益说完，吉光便急道：“我还要护卫公子去青丘山。”

伯益道：“我有飞羽将军和毕师傅已经足够安全了，你的任务更重。”

这时，毕囚一副艳羡的神情，说道：“跟着数百美人晓行夜宿，我说吉光你交了什么好运啊。公子，他如果不愿意去，我愿领这个差事。”

吉光道：“好，那就交给你吧。”

“吉光！”伯益厉声喝道，死死地盯着他。

吉光低下头，道：“吉光领命。”

第二十九章　鲛人

“公子，前面应该就是传说中的南海了吧？”毕囚站在山巅，手搭凉棚，望着辽阔无边的水面。

伯益叠起坤舆图，收在怀里，道：“南海离这儿还有十万八千里，这里是洞庭湖。”

“乖乖，我老毕走南闯北，还没见过这般大的湖。”毕囚啧啧称赞道。

将军总算逮住机会，讽刺道：“说你孤陋寡闻还不认，这算什么，想当年比这大百倍的湖老子都见过。”不知为何，将军总是与毕囚作对，但毕囚却不爱搭理他。

“过了洞庭湖，南行三百里是杻阳山，从杻阳山再西行七百里便是青丘山，如果不出意外，我们七日之内便可到达。”伯益感觉胜利在望，不由得兴奋起来。

不料，防风这时却闹起了情绪：“饿，饿，我饿。”

从崇萝镇出来，经巫山一路奔到洞庭山，这中间有四百里路程，防风还没有休息过。当然，这也不能全怪伯益。事实上，只因飞羽不愿憋在大筐里，所以徒步跟随防风，一路上防风与他赛脚程，你追我赶，玩了个不亦乐乎。这时防风体力耗竭，腹中空空，自然嚷起饿来，再也不肯走了。

飞羽道：“我看这湖中定有大鱼，公子，我们不妨在这里稍事休息，捉些鱼来吃。”

“好极，好极。”还没等伯益发话，天狼便先赞同起来。

摇光却翻着白眼道：“最好捉些无刺鱼来，我可没耐心挑鱼刺。”

伯益见大家都饿了，尤其是防风不肯走，也只得同意在湖边休息。同时，他也想好好看看，如何才能渡过偌大一个洞庭湖。

众人连哄带劝才让防风走下湖庭山，来到湖边，寻一处平坦的沙地。防风将肩上的大筐丢在地上，便再也不肯起来了。众人先弄了些干净的湖水喝，然后又歇息了片刻，飞羽起身道：“大家先歇着，我去湖里探察探察。”说罢，便将身上的衣服悉数脱掉，一个猛子扎到湖里，再也不露头了。

毕囚见了不禁赞叹道：“飞羽将军真乃天下奇人，不但是神箭手，行走如飞，水性也是这样好，真是难得。”

伯益道：“毕师傅可能不知，飞羽将军有一个绰号，唤作‘飞鱼’。”

伯益话音刚落，只见飞羽突然跃出水面，在水上滑行十余米才又如鱼鹰一般扎进水里。这时，连吹牛大王、一向自以为是的将军也不禁佩服起来，竖起大拇指道：“飞羽将军真乃神人也。”

天狼见飞羽在湖中游得畅快，心里也不由得痒痒起来，道：“这闷人天气，我也去冲个澡。”说着，也扎到了湖里。随后，摇光、毕囚也跳了下去。防风虽饿得乏力，但见大家玩得兴起，便也跑到水里凑热闹。不过，他却不是在游水，而是在蹚水。

岸边只剩下伯益和将军两人，将军站在筐沿上，问道：“天气这般燥热，王子殿下为何不去水里清爽一下？”

东夷虽然毗邻东海，水系繁茂，但由于王后太过宠爱，不愿让伯益下水游玩，以至他的水性不佳。不过，他此时见湖水清澈见底，大家又兴致盎然，想着在浅水处应无大碍，于是便站起身来，道：“那么走吧将军，咱们一起去热闹一下。”

不料，将军小脑袋摇得跟拨浪鼓似的，推辞道：“我今日颇感头晕，王子殿下自己去吧，我在岸上给你们看衣服。”其实，这只不过是将军的托词。他心里很清楚，在岸边等着他可以吃鱼肉，可进到水里他就成为鱼食了。

伯益也不去管他，寻一个浅水处径直走了下去。正在这时，飞羽突然从前头钻出水面，手中托着一条三尺长的大鱼，他把鱼举过头顶，那大鱼拼命地挣扎，却总也挣不脱飞羽的手掌。他攥着鱼尾在空中打了个旋子，一用力便把鱼甩到了岸上。那鱼在沙岸上兀自挣扎，像跳舞一般，却再也回不到湖里，没过多久气力用完，只能在那里哈气等死了。

毕囚见飞羽抢得先机，不甘示弱，很快也捕到一条尺余长的大鱼丢到岸上。紧接着，天狼和摇光也各有收获，唯独大块头防风手脚笨拙，在水里捞来捞去一条鱼也没捞到，急得他哇哇乱叫，反引得众人哈哈大笑。

伯益见大块头越来越向深水中走，已经没过了腰，担心他出意外。这洞庭湖可不是吴戎草原上的沈渊所能比的，极深处可达数十丈。想那防风生长于极北大荒，自是没见过南水之深，忙喊道：“防风快回来，有危险！”

然而，大块头却充耳不闻，好像水中有什么东西引诱他一般，继续向前走。这时飞羽和毕囚都不知游到哪里去了，只有天狼和摇光在岸边浅水处，伯益一面招呼二犬，一面向大块头的方向游去。

摇光不敢涉入深水，天狼游到了伯益的身边，伯益指着大块头道：“快，去拦住他。”

天狼毕竟是一条狗，它那狗刨的本事不比伯益快，只好一边游一边喊：“大块头，回来！”这时，水面已经快到大块头的胸了，他似乎听到了呼唤，试着转过身来，不料脚下一滑，立时翻到水里。

伯益见前面水花四起，如翻江倒海一般，大块头不停在水中胡乱拍打，心想：糟糕，这大家伙不会游泳！也难怪，北方水浅，哪有这般大江大湖给巨人学游泳！即使有这么大的水，他生性笨拙，自然也学不成。

落水之人最忌慌乱，如果这时大块头能静下来，以脚触地就可以冒出水面，但他腿脚乱蹬，便只能呛在水中。想及此，伯益拼命地向大块头游去，可他没想过，自己游过去又能如何，以他的力量及水技，怎能将一个庞然大物拖出水！

正当伯益以为大块头必死无疑之际，却发现他那庞大的身躯竟然在向岸边缓缓移动，挣扎也不那么激烈了。仔细一看，原来飞羽正在水下用力拉他。大块头灌了一肚子的水，昏昏沉沉，被飞羽从背后扯着腰间遮羞布，一点点移向浅水处。

伯益暗自吁了一口气，正准备迎上前去，却不料下面一沉，感觉好像被一只手抓住了脚踝，还没等他呼喊，便被拖了下去。

飞羽固然神勇，却也无力拖动千石重的巨人，无非是借着水的浮力，四两拨千斤，在水中行了约百步，就再也拖不动了。好在防风脚下触到了地面，变得清醒了许多，自己连滚带爬逃上了岸，伏在地上一阵呕吐。这时，天狼与毕囚也上了岸，但见岸上大鱼小鱼已有数十尾，足够一餐之用。众人商议去山脚下寻找干柴时，才发现伯益不见了踪迹。

当时，伯益已游到深水区，见飞羽力拔千钧将大块头救起，心下高兴正要返回，不料被人拖入水中。所有人的目光都聚焦在大块头身上，没有人发现伯益这边的异状。伯益正欲拼死挣扎，却听耳畔有一男子道：“公子莫要害怕，我家王妃有事相托。”说罢，便将一件物事塞到伯益嘴里。

伯益只觉喉间清爽，满口清香，居然不再感到憋气，水下世界也能看得清楚。只见两个怪人立于面前，这怪人头上无发，但有怪异的刺青花纹，五官凶恶，青面獠牙，背上生铁鳍，双手如铁钩，自腰腹以下皆被青鳞包裹，双足甚短，足上生蹼，后又拖着长长的鱼尾。两人形貌相似，只左边那人眉间有一块红，似伤疤，又似胎记。

伯益见这等尊容，早吓得魂飞天外，立时便要晕厥过去，耳畔隐约听那怪人道：“公子莫怕，我等不敢伤害公子。”

伯益苏醒过来，见两人言语甚是恭谨，这才壮着胆子问道：“你们是什么人，为何要劫持我？”

眉间红痣者道：“启禀公子，我叫珠珠，他叫贝贝，我们都是这洞庭湖里的鲛人，奉我家王妃……”

伯益见如此凶神恶煞的两个怪人，竟然叫什么“珠珠”“贝贝”，忍不住扑哧笑出来。珠珠似乎并没有意识到自己的名字有什么不妥，一脸茫然道：“公子，我说得有什么不妥吗？”

伯益放松许多，忙忍住笑，道：“没，没什么不妥，你家，你家王妃与我相识吗？”

珠珠又道：“那我却不知道了，王妃只是嘱咐我二人恭恭敬敬请公子前去，少时公子见到王妃便知晓了。”

伯益原本对这俩怪人颇为忌惮，但见对方执礼甚恭，又听说是鲛人王妃相邀，他素知鲛人之中男子凶煞，女子美艳，有心见一见这位王妃，便道：“你们前面带路吧。”

两个鲛人见状，甚是欢喜，一前一后引着伯益向湖底走去。

伯益发现，自己不仅在水中呼吸无碍，而且行走水底如履平地，想是刚才被塞到口中那物事的功效，便问道：“刚才你们给我吃下什么东西，为何我在水中如在陆地？”

贝贝笑道：“公子可听说过鲛人泪？”

伯益摇头道：“不曾。”

珠珠道："我们鲛人有二宝，其一为龙绡，为鲛人所织的布帛，可以入水不湿。其二便是鲛人泪，我们鲛人滴泪成珠，凡陆上之人食后，可在水中生活如常。"

其实，鲛人还有一宝，那便是他们身上的油脂，名为鲛人油，这种油一旦燃烧将万年不熄，东夷王公贵族常用来制成长明灯。伯益先前只知道世上有鲛人油，并不知道龙绡和鲛人泪，想来刚才所食便是那名为鲛人泪的珍珠了，转而又担心道："食过此珠后，便只能在水中生活了吗？"

珠珠笑道："此珠如药，其效见风即化，公子离开水后便生活如初，如想再入水中，需再服一粒方可。"

伯益心道，此珠甚妙，多取一些才好，于是婉转请求，不料二鲛人皆说，此珠极为珍贵，伯益所食即临行前王妃亲赐，他二人并无多余，伯益无奈，只好作罢。

二鲛人不再多说，从左右两旁架起伯益的双臂，舞动扇尾，如行云一般向前游去。伯益但见鱼、虾、蟹、龟等水中之物从眼前掠过，还有许多他不识之物，凡遇到鲛人，全都避让两旁，如百姓避让官家一般。不多时，面前突然出现一块巨石挡住去路，似是湖中石岛，那鲛人却不绕行，径直钻到石中，伯益感到眼前一片漆黑，犹如无月之夜。

不知行了多久，伯益觉得两臂被鲛人抓得酸痛，刚想要摆脱束缚，却见眼前一亮，钻出了大石。前面一朱红色的琼楼赫然而立，那琼楼大小与偃城里的瀛台相仿，却是用珊瑚建造的。楼门紧闭，楼前甲卫林立，看守极为严密。那卫士也如珠珠、贝贝二人一般，都是青面獠牙的鲛人。他们见到珠珠、贝贝二人，纷纷打招呼，甚是热络，但二人想将伯益带入楼内，却不被允许，贝贝怒道："此人为王妃贵客，尔等安敢阻拦。"

其中一人道："二公莫怪，我等奉大王子之命保护王妃安全，任何外人都不得入内。二公入内，悉听尊便，他却不行。"说着，手指伯益。

珠珠见绝无通融之理，便道："贝贝，你陪公子稍待片刻，我去禀报王妃。"说罢，将那玉门推开一条缝，径自钻了进去，守卫并不阻拦。

不多时，但见琼门洞开，从里面走出一队人来，为首的是一金发飘逸、肤白如脂的美人鱼，她只以素衣裹体，身上并无金玉饰物，却雍容华贵无有匹敌，文雅从容天下无双，想来便是王妃。然而，在她眉宇间却透出一股忧愁。

王妃身旁跟着珠珠，身后左右各有两对侍女，也是各尽风流，样貌世间少有，但与王妃相比，不及万分之一。只见她腰肢轻款，来到玉门前，众卫士赶忙伏身拜倒，口呼："王妃！"

王妃并不理那些人，只对贝贝道："将贵客请进来吧。"说罢扭身便回，那些侍卫一个个面露难色，却也不敢阻拦。待王妃走后，珠珠拿出一串黑红色的物事，分送给众侍卫道："此乃王妃所赠。"众侍卫收了礼物，方才喜笑颜开，关上玉门，再不去理会伯益。

伯益跟随鲛人进入宫楼内，发现一应物事皆由珊瑚所制，其造型格局与陆上宫殿颇无二致，穿过抄手游廊，来到一座花园，王妃已经等在那里。她看上去甚是焦急，不停地在水中走来走去，等见到伯益，才展露笑颜。所谓一笑倾城，伯益今日方才见到，他倒身便要下拜，却被王妃亲手搀扶，道："王子殿下，莫要行礼。"随即，她又让珠珠、贝贝及众侍从全都退下。

园中只剩下王妃与伯益二人。伯益但见玉人立于前，相隔不过咫尺，不知这王妃想要做什么，回忆起在犬戎与晨曦之事，心不禁怦怦直跳，浮想联翩起来。

"公子，公子。"王妃连叫数声，伯益方才回过神来，不禁羞得面红耳赤，忙道："不知娘娘叫晚生前来，有何吩咐？"

王妃双拳紧握，看上去颇为踌躇，过了一会儿，好似下了极大的决心一般，说道："公子救命。"

伯益大吃一惊，他没想到王妃居然说出这样的话来，忙道："娘娘有何吩咐，但讲无妨，晚生尽力而为。"只见王妃秀眉紧蹙，香唇微吐，说出一段秘闻来。

原来，这位美人鱼王妃本为南海鲛人国国王敖钦之女，嫁给了洞庭湖的黑鳞王子，不料这位王子却有断袖之癖，不近女色，以王妃之国色天香，他却视若无睹。王妃失望之余，便想回到南海，可黑鳞父子害怕丑闻外泄，便将王妃幽禁在珊瑚宫，寸步不得离开。

王妃道："我听说公子从东夷而来，前往青丘山，青丘山南行八百里便是南海，便冒昧请公子前来，求公子捎一封家书给我父王。"

伯益一想，这事麻烦了，往返八百里便是一千六百里，父王还在偃城等着九尾狐救命呢，他在这里答应了美人鱼王妃的差事，岂不耽误了父王的病情。因此他面露难色，正打算拒绝。不料，王妃似乎看透了伯益的心思，又道："公子不要急着回绝，南海与东海相通，公子只要将家书送到我父王手中，他必会感激公子，派人从海路送公子回东夷，更比陆路快十倍。"

伯益一路上还在担心，即使成功到达青丘山，找到了九尾狐，返程如果再遇上夏后鲧之流，岂不是要功亏一篑，如果有鲛人帮忙走海路，必将事半功倍，忙道："既然如此，晚生必当竭力而为。只是，我有一事不明，还请娘娘指教。"

王妃见伯益答应，心下高兴，忙道："公子但讲无妨。"

于是，伯益将心中疑惑讲了出来："这洞庭湖与南海相隔千里，中间翻山越岭、道路险阻自不必说，王妃身为水族，何以从南海到达洞庭湖，即便将锦书转达南海，又如何接王妃返回呢？"

王妃笑道："公子还真是细心之人。公子有所不知，天下水脉皆相通连，地下自有水路，只是陆地之人不知罢了。"说着，她从身上拿出一块薄纱递给伯益，道："请公子务必当面交给我父王，如果无法完成，须引火焚毁，事关小女子的名节，切不可给第二个人观看。"

伯益将薄纱捧在手中，心道这应当就是那龙绡吧，不及细想便郑重收了起来，道："娘娘放心，晚生以性命担保，必将此帛亲手捧于南海国王。"

王妃道："我如果不知公子品性，怎会托付此事？"

伯益感到奇怪，道："娘娘何以知我？"

王妃道："那日飞天女巫前来联络洞庭君，说起公子之事，被我偷听去了。"

伯益心想，这王妃为何不将此事托于飞天女巫，她们片刻便可至南海，但转念又一想，可能王妃与飞天女巫并不相熟，否则怎会偷听呢？这时，王妃又取出一方巾帕，打开后发现里面是一堆晶莹的珍珠。王妃道："公子救命之恩，小女子无以为报，这十颗珠子便是我的眼泪所化，请公子收下，路上或可用得上。"

伯益本欲要这鲛人泪，又听闻是王妃遗泪，更是珍贵无比，也不推辞，小心翼翼地收了起来。这时，王妃见诸事已妥，担心黑鳞王子发现，便催促道：“此地不宜久留，公子这便离去吧。”于是，唤来珠珠、贝贝，将伯益送回岸上。回去的路上，伯益才知道，这两个鲛人是王妃从南海带来的家奴。

公子失踪，众人全都陷入了疯狂，恨不得将洞庭湖里的水抽干，也要将伯益找出来。可是，已经过去了一个多时辰，伯益绝无生还的可能。或许，他早就被水怪分食干净了。只见飞羽不停地钻入水中，无论是鱼，还是龟、蟹，只要被他捉住，便一个一个地丢到岸上来。

“飞羽，你疯啦？”毕囚叫道。

飞羽眼露凶光，道：“抽不干这湖里的水，我也要杀光这湖里的活物。”天狼和摇光都知道飞羽在尸胡山上干的事，心中甚是骇然，知道他的疯劲又上来了，却也不敢前去阻拦。

“快看，湖里有怪人。”将军一直站在大筐的边沿上张望，突然嚷道。

飞羽一看，果然有一个青面獠牙的家伙露出头来，心道应该就是这家伙害了伯益，你现在这是送死来了。想及此，他一声不吭，身体却像离弦的箭一样游向那怪。然而，当他正要动手时，却见伯益的脑袋从水中冒了出来。

伯益见到飞羽就在自己面前，甚感诧异，问道：“将军，你怎么知道我在这里？”

飞羽起初还以为是在做梦，听到伯益说话，才相信是他本人，也不再理会那青面獠牙的鲛人，急问道：“公子，你去哪儿了？把大家都急坏了。”

伯益自然不肯说出王妃之事，神秘一笑，道：“我在此地有一个朋友，会友去了，对，是会友去了。”

这时，水中又冒出一个青脸怪人，飞羽拔拳就要打，伯益急忙拦道：“将军不要动手，他们都是我的朋友。”

珠珠、贝贝将伯益送到水面，并不离去，一直将伯益送到岸上。原来，这鲛人双足虽短，却仍可以在陆上行走，只是不能在水外待得太久，待得越久身体便越虚弱，在湖岸潮湿地却无大碍。

众人都是平生第一次见到鲛人，甚为稀罕，聚在一起问长问短，两个鲛人也极其配合，有问必答。然而，他们见伯益等人要生火烤鱼，便急匆匆跳到了水里，言道水火不容，他们近火则死，说罢便回去复命了。

这时，岸上之鱼已经多得数不清了，大家也都饿得前胸贴后背，于是将鱼烤熟大吃了一顿。吃鱼时，毕囚说：“公子刚才不应该放那两个鲛人走，得让他们想办法帮我们渡过这洞庭湖啊。别人倒也罢了，你看这大块头，又不会浮水，谁能把他拖到对岸去？”

将军不屑道：“公子还用你教？”

毕囚不理将军，对伯益道：“难道公子已有了渡水之法？”

伯益神秘一笑道：“先吃鱼，你稍后便知。”

伯益等大家吃毕又稍事休息，然后带着众人回到了洞庭山。

“我知道了，公子是想要伐木做舟。”摇光说道。

“聪明，”伯益赞道，“不过做舟太麻烦，咱们时间不够，我看这洞庭山上多轻木，我们只需挑粗壮的砍它二十余棵，用藤条缚起来便是一个大木筏子，有了它还怕过不了这小小的洞庭湖吗？”

真是一语惊醒梦中人，大家都对公子的方法表示赞同，于是一齐动手砍木找藤，由防风扛到山脚下。不多时，便做成一个长宽各三丈的大木筏，推入水中，果然高高地浮在水面上。毕囚手巧，还用剑削了四支木桨。飞羽将剩下的烤鱼放在大筐中，绑在木筏一侧，招呼众人全都上筏，随即划动木桨，漂漂荡荡地向湖对岸行去。

飞羽望着湖中的流水掠影，不由得吟唱了起来：

泛彼柏舟，亦泛其流。耿耿不寐，如有隐忧。微我无酒，以敖以游。

我心匪鉴，不可以茹。亦有兄弟，不可以据。薄言往愬，逢彼之怒。

我心匪石，不可转也。我心匪席，不可卷也。威仪棣棣，不可选也。

忧心悄悄，愠于群小。觏闵既多，受侮不少。静言思之，寤辟有摽。

日居月诸，胡迭而微？心之忧矣，如匪浣衣。静言思之，不能奋飞。

飞羽一曲唱罢，木筏已经行驶过半，遥遥可望对岸的山林。众人都被这哀婉的曲调打动，久久无人发一言，只听得木桨拍水的声音。伯益知他思念嬴费，不由得心中感慨万分，他这个弟弟对于嬴费的情感，尚不及飞羽的十分之一。

正在这时，将军突然指着身后道：“公子快看，你的朋友给我们送行来了。”

伯益回头望去，只见水面上露着数百个青面獠牙的鲛人，心里咯噔一下，知道事情要坏，忙道：“那不是我的朋友，大家快划到岸上去。”

果然，在不远处冒出一个比一般鲛人高大许多的怪物来，那怪物看上去像个黑泥鳅，停在水中喊道：“伯益公子，我是黑鳞王子，拙荆有一封绡书在你手上，还请公子归还。”

伯益一边低声吩咐大家快划，一边高声敷衍道：“有这回事吗，让我想想啊。”

黑鳞王子紧紧跟在后面，又道：“我与公子井水不犯河水，不愿与公子为敌，还望公子高抬贵手，将那绡书还给我。”

伯益一拍脑袋，道：“哦，我想起来了，是有这么回事。”

黑鳞王子喜道：“好极，那就请公子归还，我这里准备了鲛人珠百颗、夜明珠百颗、千年寒玉十块，作为谢礼，奉送给公子。”

伯益心道，你这些东西还不及王妃的一滴泪，不过他却说道：“好极，好极，我这就还给王子殿下。”说话间，木筏仍像飞一样前行，离岸边越来越近。

黑鳞王子似乎看出了端倪，追了上来，道：“公子且慢行，家父想请公子去水宫一叙，商议共同对付三苗之事。”

伯益知他诈语，笑道：“今日不便，我有要事，等返程时再去拜会洞庭君。”

黑鳞王子率领众鲛人越追越急，眼看就要到跟前了，道：“那么请公子先将拙荆的绡书还我吧。”

不料，伯益一拍脑袋道：“哎呀，我想起来了，王妃娘娘说如果我不能将绡书带到南海，便将它烧了。我回到岸上，跟众人一商议，还是决定不去南海，所以就把绡书烧了。”

黑鳞王子再也忍无可忍，破口大骂道：“伯益小贼，你敬酒不吃吃罚酒，小的们，来呀，将这破木筏给翻了，把这小子给我捉回来！”

黑鳞王子一声令下，众鲛人武士一拥而上，寂静的湖面顿时波涛汹涌，木筏剧烈摇晃起来，众人手中的木桨也掉了，只紧紧地抓住木筏上的青藤。伯益只觉得如同天翻地覆一般，整个木筏被掀了过来，所有人都掉落水中。不过，好在已经快要靠岸，防风掉落水中后，水面只到腰处。他爬起来，抓住木筏朝着鲛人使劲挥舞，那些鲛人不敢露头，只从水下钻过来捉伯益。

“大块头，救我，救我！”伯益已被两个鲛人架住了，正往水下拖。大块头哪里听得见，飞羽却早在木筏翻转之前便凑到了伯益身边，这时探手抓过一个鲛人，用力一拧，将他的脖子拧断。随后，他摘下身上的大弓，将另一个鲛人的头击得粉碎，他顾不得别人，拖着伯益便向岸上走。后面的鲛人如潮水一般涌来，飞羽在水中挥动大弓，又杀死七八个人，湖水染得血红。那些鲛人倒也不敢再上前，只紧紧地跟着，最后只能眼睁睁看着伯益上岸。

伯益上岸之后，打了个激灵，看到防风被众鲛人困住，不由得大叫：“大块头，过来，快过来。”

大块头转过身，刚要迈步向岸边走，却有两三个鲛人已经爬到了他身上，张口便咬，痛得他哇哇乱叫。飞羽一摸后背，发现箭囊还在背上，立即抽出三支羽箭射了出去，只见三支箭射死了六个鲛人，使大块头得以脱身，急急向岸上逃来。

等大块头上岸，伯益发现天狼和摇光也都上了岸，只是不见毕囚和将军。这时伯益听到左边有喊杀声，只见毕囚正挥动玄月宝剑杀得兴起，他本来可以立即逃上岸的，却不愿逃走，只是一味杀戮。伯益心道，又是一个嗜杀之徒，连忙喝止。

众人立于岸边，那些鲛人却也不敢上岸，他们虽有双足，但一上岸便如虎落平阳，凤凰落地，再无优势。况且，刚才在水中他们也没有占得丝毫便宜。

这时，只见黑鳞王子在远处喊道：“嬴伯益，我黑鳞与你无冤无仇，今日你欺人太甚，我必与你没完！”

伯益感到好笑，心想这个黑鳞王子只是一味远远叫嚣，看来其胆还不如自己，那南海鲛人国的公主确实是嫁错了郎。这时，却见飞羽搭弓扣箭瞄准了黑鳞王子，知他这一箭必然会要了王子的性命。他想到王妃所说，天下水脉皆相通，这些洞庭鲛人未必不能到东海，冤家宜解不宜结，如果杀了黑鳞王子，这死仇算是结上了，于是拦住飞羽道：“算了，饶他一命吧。”

黑鳞王子兀自在水中如泼妇一般咒骂，殊不知自己已在鬼门关走了一遭。伯益清点一下人数，只是不见了将军，不由得心中感伤，一路上这个小菌人虽然没出什么力，却调笑解闷，让人颇不寂寞。正在此时，却听身后有个声音道：“可惜了那半筐的烤鱼啊。”回头一看，大块头肩上站着的不是小菌人又是谁呢？

第三十章　赤鱬

大筐遗失在了洞庭湖，伯益感到颇为不便，好在离青丘山已经不远，众人商议之后，决定让伯益侧跨在大块头的肩上，将他的耳朵当扶手握住，毕囚和两条猎狗像飞羽一样，徒步而行。至于小菌人，便骑在天狼的背上。

如此行了百里，天狼和摇光倒也无事，但毕囚的体力却已渐渐不支，被落在了后面。无奈，只好让他像伯益一样，坐在大块头的另一个肩上。众人正要起步，却听小菌人道：“等一等，天狼的背我不坐了，硌屁股！”

摇光问道：“那你想怎样？”

“嘿嘿，我自有办法！”说罢，只见小菌人一翻身，跳下狗背，直奔大块头而去，跑到脚边，像一只壁虎似的顺着腿一直往上爬，最终爬到了大块头的耳朵里，往后一靠，道：“这个山洞不错，既可以睡觉，又可以跟王子殿下聊天。”

伯益忍俊不禁，却也由他而去，只道：“你可要小心，不要乱动，否则大块头耳朵发痒，一指头戳过来便将你戳死了。”

随后众人又踏上征途，一路上星夜兼程，饿了便打山里野味，困了便卧石地而眠。伯益只见路边古树怪石掠影而过，奇禽异兽奔飞而走，日月星辰穿行如梭，不知不觉又行了六个日夜，终于来到了青丘山。

一路上伯益都在思索，这传说中的青丘山到底是个什么样貌，今日一见却不禁大失所望。这难道就是神秘九尾狐的住所吗？他不禁产生了怀疑。从偃城出来后，伯益见到的大小山峦至少有百余座，将这青丘山放入其中，便是那最平庸无奇的一座，它不仅与奇峰险壑、悬崖峭壁无关，甚至连山清水秀、层峦叠翠也谈不上。远远望去，只见平缓的山势上覆了一层绿妆，倒也颇合“青丘”二字，就是一座青绿色的山丘而已。

不过，伯益来此并非游山玩水，这样的青丘山倒给他们寻找九尾狐省去了许多麻烦。从山上引出一条细流，应该就是风大师所说的英水了，此水一直向南流入翼泽。英水虽不急，但水旁卵石相叠，形成了一条颇宽的石路，伯益踩着山泉逆流而上。

“你们说，这九尾狐会藏在哪里？”伯益此时心中既忐忑又兴奋，好似父王要考校他的箭术一般。

毕囚道：“山狐居于穴，想是在那树洞或土洞里吧？”

伯益皱眉道：“如此说来，这青丘山虽然不大，但找那九尾狐却也不易。”

飞羽挎着大弓走在前面，回头道：“公子放心吧，别的我飞羽不敢夸口，猎狐却是一把好手。”

伯益笑道：“有飞羽将军在，自然不必担心，我只担心将军别把那九尾狐射死了，否则这暑热天气，千里迢迢带回东夷，狐肉一旦腐烂，恐怕药效也会减损不少。”

飞羽道：“公子放心，今日我猎狐不用箭，自然不会伤到它。”

“不用箭？”伯益颇感好奇，“如何猎狐？”

飞羽道：“公子有所不知，狐狸不善挖洞，其穴多从山兔、野鼠处夺来，有诸多入口，其内迂回曲折。我们只需寻到其穴，只留两孔，将其余诸孔都堵住，不断用艾草熏它，便可守孔待狐了。”

伯益拍手道：“此计甚妙，九尾之狐，尾大不掉，必然会束手就擒，况且即使其狡猾逃脱了，尚有天狼和摇光。这样，待会儿咱们分成两拨，我与毕师傅、摇光守一穴熏狐，飞羽将军与天狼守一穴猎狐。”

小菌人将军不满道：“王子殿下，那我和大块头呢？”一句话引得大家又哈哈大笑起来。大块头虽有勇力，但动作笨拙，捕狐狸这种灵巧之物自然不称手，而这小小的菌人，遇狐不给它一口吞了就是便宜，却还想着要捕狐立功。

大家有说有笑向上走，好似已经将九尾狐捕到手了。这时，突然听到一声娇喝：“站住！何人大胆，敢擅闯青丘山！”

众人一怔，都没想到青丘山上还有人居住。抬头看去，只见前面拐角处出现两名女子，一个年龄稍长，白衣飘飘，云鬓高挽，恍若仙子；另一个则总角扎髻，容颜秀丽，朱衣束带，女童模样。说话者正是那名女童。

伯益见是两个女流，并不在意，上前拱手道：“在下东夷人伯益，敢问仙姑芳名。”

朱衣女童飞眉一挑，张嘴便骂：“你这腌臜浊物，怎敢乱问我家娘子名姓，此地仙山，不是尔等凡夫俗子所来之地，快快离去，方可饶尔等性命！”

这女童真是厉害，噼噼啪啪说了一大串，连个气儿也没喘。那白衣女子冷面而视，不喜亦不怒，只把眼睛看着伯益。伯益翻山越岭、千里迢迢，历时三月有余，才从偃城来到青丘山，其间经历了多少磨难，为的就是找那九尾白狐，岂肯因她三言两语便无功而返。但既然到了人家的地盘，又不能硬闯，只得上前又施一礼道：“在下东夷王子伯益，只因家父为歹人所害，中了三苗蛊蛇之毒，经高人指点，知道这青丘山九尾狐可解此毒，故不远万里前来寻药，还望仙姑大开方便之门。”

那女童闻言，简直气得七窍生烟，又要狂骂一番，却被白衣女子拦住，问道：“如若公子得到九尾狐，却待如何？”

“这个……”伯益犹豫起来，他当着这仙子一般的女人，总不能直说将九尾狐带回东夷，宰了给父王吃。正在他踯躅不知如何回答时，却听毕囚喊道：“那还用说，当然是剥皮割肉，煮上一锅狐狸汤给我家大王炖药。”

那白衣女子脸色微变，道：“如此，这青丘山上并无九尾狐，诸位还是请回吧。”说罢，拂袖欲走。

伯益瞪了毕囚一眼，说道：“仙姑虽如此说，但这九尾狐乃天地之灵秀，并非仙姑自家豢养的宠物，只因家父饱受蛊毒之苦，为人子者见之心如刀割，今日即使得罪仙姑，也断难从命。”

不料，白衣女子却回身说道：“我便是这青丘山山神，九尾狐本为我山之灵物，今日念公子一片赤诚孝心，便放你入山寻觅。不过，此山只有你一人可入，能否寻得九尾狐，且看你的造化，其他人须留在此地等候。”

飞羽听到这里，不禁怒从心中生，道：“我活到今日，尚未见哪座山的山神会以身示人。姑娘冒充山神，不怕神明怪罪吗？你不让我上山，我偏要上，看你能奈我何！”说罢，抬步便要飞奔上去。不料，他的双脚好像长在地上一般，身子猛地扑倒。他大吃一惊，爬起来挣扎着又要迈步向前，不料越是挣扎，那双腿越往石中陷，坚硬的石头好像沼泽泥地一般，不一会儿便没至双膝。

飞羽气急，摘弓搭箭便向那白衣女射过去，不料那箭行至女子面前，却像被人握住了一般，在空中停滞片刻，便一头掉了下去。他又射两箭，仍旧如此，不禁气得哇哇大叫。

其他人见状也都大吃一惊，急忙迈步，却与飞羽一样。不一会儿，防风、毕囚、天狼和摇光都陷了下去，只有伯益还可以自由行走。小菌人将军因为立于天狼的背上，没有陷下去。

“大家都不要动！”伯益看出端倪，知道越动越往下陷，再动下去恐怕整个人都会陷在石里。

“伯益，”那白衣女子居然直呼其名，“现在你总该相信我是山神了吧。”

伯益慌忙跪在地上，道：“我听从仙姑之命，只身入青丘山，还请仙姑放过我的这些随从。”

白衣女子道：“我给你三天时间，三日之内你若捉到九尾狐，回到此处这些人自可解脱。三日之内你若捉不到九尾狐，只能说是上天索你父王之命。你既为人子，无力抗天救父，自然也不必再回东夷了，就留在这青丘山吧。至于你的这些随从，届时我也会放他们离去的。进不进山，且由你自便。”

“公子，这小娘们儿看上你了，想让你留在这里给她当男宠，别上她当。”毕囚说道。他话音刚落，突然“啪”的一声，被人狠狠扇了一记耳光，脸上火辣辣的疼。

飞羽也道：“公子，我们先离开青丘山，再另想他法。你一人入山，太过危险，不要中了这女人的奸谋。”

天狼和摇光也纷纷劝阻，他俩的四条腿都已没入石中。只有小菌人将军嚷道：“临阵退兵，非大丈夫所为，王子殿下不可错过良机。”

伯益心想，所谓福祸相依，好不容易到达青丘山，纵使前面有刀山火海，也要舍命闯一闯，于是将心一横，也不向那女子施礼了，仰头道：“在下愿上山一试。”说罢，抬腿便向上走，这时又听小菌人嚷道：“王子殿下，带上我，带上我。”

伯益抬头看着白衣女子，只听她说道：“你虽为菌人，却颇有些见识，也罢，就许你与伯益同行。”

伯益回身将小菌人托在手中，指着飞羽等人道：“还请仙姑这三日照顾他们的饮食。”

那朱衣女童颇不耐烦，瞪了他一眼道：“快走你的路吧，我家娘娘慈悲心肠，还能让他们活活饿死不成？”

伯益正欲走，却又听飞羽道：“公子，将我这弓箭带在身上。”

伯益走到飞羽身边，从他身上拿下大弓，拉了拉却未拉动，便道：“于我无益。”又还给了飞羽。

飞羽又从腰间摸出一把短剑，道：“这剑或可防身。”

伯益原知道这短剑为世间罕有宝剑，本为一对，另一支给了女娇，于是不再推辞，连同剑囊一起接了过来，系于腰间。行了数步，再去望那两名女子，却都已不见踪影。

越往前走，伯益越发现自己最初对青丘山的判断是错误的。这青丘山虽然山势不高，却古木嶙峋，山泉萦迂，别有一番雅致之美。不但一路上无陡坡，而且两旁林荫布道，微风习习，颇为凉爽，在这炎热的南国确是难得的消暑胜地。然而，伯益此时却没有心情享受这份清凉，他一边走一边四下张望，希望看到地上突然冒出一些野兔的洞穴。

“我说王子殿下，”小菌人立于伯益肩头，紧紧抓住他的衣服，否则就会被摇摆不定的伯益甩下去，“你这样找九尾狐可不是如大海捞针吗？”

伯益直起腰来，叹了口气道：“我又没有飞羽将军的猎狐经验，不这样找又能如何呢？”

小菌人摸摸头道：“说得也是，如果知道九尾狐的习性，便可直奔它的洞窟。不过，走了这么久的路，我看你也累了，不妨坐下来歇息片刻，去那边树上采些果子来吃，吃罢咱俩好好商议一番。”

“要吃你去吃吧，不要管我，我还不饿。”伯益说罢不再理会将军，继续弯腰寻找狐穴。将军看准机会，从伯益肩头向上跃起，抓住了一根果木枝，三下两下蹿到上面，对着一个红彤彤的果子便是一口，随即对伯益喊道：“这果子又香又甜，甚是解渴。”伯益仍不理他，越走越远。

伯益一直低头找穴，却忘了看路，等抬头时才发现自己走入了一处果林之中。看这果木成行，不像野生，倒像有人栽种。他心中颇喜，如果遇到山民，或许能打听到九尾狐的行踪，于是赶忙四下寻找，可是找来找去不仅没有人影，甚至连茅屋也没看见一所。

正当彷徨无计之时，伯益突然听到前面好像有人争吵，他疾步去瞧，只见树上站了一只禽鸟，那鸟形似斑鸠，争吵声便是这鸟的鸣叫。伯益记得风大师曾说过，青丘山上有一种鸟名为灌灌，其状如鸠，其音若呵，其羽佩之不惑，想来就是它了。那灌灌见到伯益也不甚惧，仍在树枝鸣叫，伯益不再理它，继续向前。

又走了千余步，耳边传来流水声，转过一道弯，见山泉又出现在面前，他忽觉口渴难耐，刚要过去捧水而饮，却听到一个女子的呼救声。伯益疾步上前，只见一披发女子夺路奔来，她后面还跟着一头人熊。那人熊异常壮大，行动敏捷，眼看就要追上她了。伯益不及细想，拔剑便迎了上去，口中兀自大声呐喊，想要吓跑人熊。

人熊岂将伯益放在眼中，它猛然将妇人扑倒，踏在身下，张嘴一舔便将妇人的半张脸舔去，妇人的脸立即血肉模糊，可怜那妇人只一声惨叫便晕了过去。人熊还欲再啃，伯益早已怒气灌顶，大叫着冲了过去。或许是那人熊太过轻敌，根本不把这个男孩放在眼里，一下子被伯益手中的短剑插入左眼。那人熊怒吼一声，一掌便将伯益拍飞，跌跌撞撞地逃跑了，地上留下一长串血迹。

伯益挣扎着从地上爬起来，感觉胸口憋闷，坐了好一阵才缓过劲来。这时他才发现，那只短剑居然还牢牢地握在自己手中。伯益难以相信，一向孱弱多病的他居然打跑了人熊。

伯益摇摇晃晃地走到妇人身边，看她不仅失掉了半边脸，而且腹部也被踏破，肠子和血流了出来，知她必不能活，正转身欲走，不料那妇人却醒转过来，颤声道：“恩公，恩公，行行好，快刺我一剑。”

伯益回转身来，看到这人间惨状，简直痛不欲生。他看了看自己手中的短剑，又看了看妇人，道：“夫人，我从没杀过人，无法帮你。”

妇人哀求道：“恩公，恩公，我已无生机，挨下去只是徒增苦痛，只求速死，求恩公刺我一剑。”

伯益感觉自己浑身都在颤抖，他犹豫了片刻，还是决定离去。然而刚走两步，便听到那妇人因疼痛而发出凄厉的惨叫，那叫声中充满了绝望，也充满了愤恨！伯益紧握短剑，透过林荫，仰望碧蓝的天空，突然大叫一声，快步折回妇人身旁，一剑刺入她的左胸。妇人的叫声戛然而止，半边秀丽的面庞对着伯益，努力地挤出最后两个字："谢谢。"一滴泪珠从她那完好的眼角滚落下来。

伯益的短剑刚一拔出，便听见身后有人喊道："杀人犯！"

伯益回头一看，只见一个尖嘴猴腮的青年男子，手中拿着一根长棍正虎视眈眈地看着他。伯益急忙解释："不是我要杀她，是她求我杀她。"

那男子点点头，道："没错，我看见了，人熊舔了她，她求你的。"

伯益松了口气，连忙道："对，对，就是这样。"

不料，那男子却道："可是，最终还是你杀了她。"伯益刚要辩解，男子又道："你不用解释，你杀的人是我老婆，我不让你偿命，你只要把你手上的剑和你身上的宝贝给我，你就可以走了。"

伯益突然明白过来，眼前这个男人眼睁睁看着自己妻子被人熊追不敢营救，现在他老婆死了，却要来抢救人者的财物。也难怪，以伯益这身打扮，以及手中这把镶有玉石的宝剑，怎么看都像一个富家子弟。

伯益刚从生死边缘回来，却又被人性的丑恶所击败。他怀着极其厌恶的心，对那男子道："我没有其他财物，这剑是我的防身之物，不能给你。"说罢，转身便走。不料，他刚转过身便觉脑后生风，颈部一阵刺痛，随即便晕了过去。

伯益只觉得头痛欲裂，口中干渴难耐，哑着嗓子不停地喊着："水，水，我要喝水。"

不料，这一喊还真管用，有一股清泉从嘴角流入，冒烟的嗓子得到了一丝滋润，他微微睁开眼睛，看到一个小人正费力地用小竹筒向他嘴里灌水。

将军见伯益睁开眼睛，喜道："王子殿下，你醒啦，可把我吓坏了。"

伯益强撑着身体坐了起来，将竹筒里的水喝干，见旁边有果子，拿起来吃了两颗，这才回想起自己是被那个无赖打晕的。

"人呢，那个无赖呢？"伯益转着脑袋四下寻找。不仅那个无赖不见了，连被他刺死的女人也不见了。最为奇怪的是，地上居然没有留下一丝血迹。

“什么无赖？”将军道，“我昨天找到你时，便只见你一个人躺在这里，还以为你中暑了。”

“昨天？难道我睡了一天？”伯益一骨碌从地上爬起来，一摸身上，发现短剑以及鲛人王妃赠送的鲛人珠和龙绡都不见了，不由得懊恼起来。

伯益又吃了几颗果子，便吵着去找九尾狐。已经莫名其妙地浪费了一天，只剩下不到两天了。小菌人仍然坐在伯益的肩上，二人顺着溪水继续向上走，又走了千余步，前面出现了一个水潭。那水潭呈椭圆形，最宽处不过二里，想是青丘山中水聚之所。水潭中央还有一出水巨石，伯益细看不由得吃了一惊，那巨石上还站了一个人，正是抢他东西的男子。

男子也看到了伯益，忙大声喊道：“救命啊，公子，救命啊！”

伯益感到奇怪，不知这人为何求救，于是手搭凉棚仔细观瞧，只见他手中拿着木棍，不停地在驱赶着，想是那水中有什么骇人之物。伯益觉得很是奇怪，不知道这人跑到那潭中巨石上做什么。男子兀自在不断地哀号求救，似乎颇为紧急：“公子，求你救救我，抢你的财物我双手奉还，公子，快来救救我！”

伯益高声问道：“你让我如何救你？”

男子道：“这水中有食人鱼，公子入水将其引开，我便能脱身。”

伯益本不欲理他，但想那龙绡还在他身上，只得冒险一试。将军见伯益跃跃欲试，忙劝道：“王子殿下，你神智昏迷了吗？那家伙打了你，抢了你的东西，你还要舍命去救他！”

伯益在岸边犹豫不定，又听男子在不断哀号，但见赤红色的鱼跃出水面，向他发起攻击，似乎在他的腿上咬了一口，痛得他哭爹喊娘。伯益不再犹豫，一头扎到水里。进入水中他才想到，这潭里的食人鱼是不是只有那几条呢？万一还有其他的，岂不糟糕。然而，事情紧急，不容他多想，转眼间已经离岸数十步了。食人鱼见又有人落水，果然舍了男子向伯益游来。那男子趁此机会，游向岸边。

“殿下，快，快回来！”将军看到水中一片殷红向伯益的方向移动，急得大叫。伯益听到那男子下水声，知道他已逃脱，急忙折返游回岸边。突然，他感到腿上一阵钻心剧痛，知道自己被咬了，便拼命拍水。他终于登上岸来，低头一看，左腿上一块肉已经被食人鱼叼去。这时，那名男子也上了岸，伯益一瘸一拐地跑过去，只见那人腿上鲜血淋漓，已经被咬了十余口，如果不是伯益出手相救，他定然会被食人鱼吃个精光。

男子见到伯益，急忙伏地下拜，并将短剑及珠、绡之物双手奉还。伯益检视，却见鲛人珠只剩九颗，便问其故。

那人自道本名阿三，世代居住在青丘山中，林中被人熊击者也确是他的妻子。他抢了伯益的东西后，便将妻子掩埋了。只因他识得鲛人珠，知其妙用，便想到一个赚钱的买卖。

原来，这附近山民常得一种疥病，凡生病之人浑身起疱，抓破即溃，如不医治便会周身溃脓而死，死状极其惨烈。而青丘潭里有一种人面鱼，名为赤鱬，其声如鸳鸯，它的肉治疗疥病有奇效。不过，由于赤鱬藏于潭底，而且极精明敏捷，甚是难捉，所以其价极其昂贵。阿三得了鲛人珠，便去青丘潭捉赤鱬，不料却引出许多食人鱼，他起初不识，待被咬之后方知其厉害，于是爬到潭中巨石上躲避。

伯益道："这赤红色的食人鱼我倒识得，其名豪鱼，身有赤羽，可跃水而飞，在东夷很常见，不料这南方的青丘山也有。"

阿三再拜道："多谢公子救命之恩。听公子之言似是东夷人，不知千里迢迢跑到青丘所为何事？"

伯益见问，便将寻九尾狐之事粗略一说。不料，阿三双掌一击，叫道："妙极，这青丘山九尾狐为万狐之祖，神秘莫测，别人都不知其行踪，我却知道。"

伯益闻言大喜，道："兄台如若带我寻到九尾狐，我定有重谢。"

阿三笑道："谢倒不必，但公子那鲛人珠可否再赐我一颗？"

伯益将九颗珠子都递上，道："这个容易，都拿去也无妨。"

阿三伸手只取了一颗，道："不必这许多，只要一颗便好。公子有所不知，这鲛人珠乃水中万灵丹，只需将它研碎，抹于鱼伤处，即刻便好。"说罢，他找到一块平坦大石，将那珠子放于其上，另取一石猛然击碎，然后捏起一小撮抹在伯益患处。伯益伤处原本还在涌血，抹上血即止，初觉奇痒难耐，少刻再去看时，已经长出新肉，真是奇药奇法。阿三将剩余的珠粉抹于自已腿伤处，片刻之后也恢复如初。

伯益催促阿三带他去找九尾狐，不料阿三却说："这事急不得。"

伯益忙问是何缘故，阿三道：“那九尾狐修行千年，已是半仙之体，纵使找到它的洞穴，也绝对捉它不到。我知道它每日觅食之所，今天我在其食中掺入迷药，将其迷倒之后，明日直捣其穴，一举可得。”

伯益一想，觉得很有道理。阿三将二人领入自己家中，那是一间简陋的石屋，离伯益所到那片果林不远，屋中日常用具倒是一应俱全。阿三简单吩咐之后便要离开，说是去下药，伯益想要同行却是不许。

等阿三走后，伯益静下心来颇觉此人可疑，但这时又无他计可施，只能听其摆布。阿三半夜方归，但请伯益放心，待明日那九尾狐便可手到擒来。伯益却无心贪睡，等到天一明便催阿三快去捉狐。

阿三推诿不过，领着二人穿林涉水，来到一处石窟，但见一只九尾狐，体长约三尺，尾长五尺，斜卧于枯草堆中，有人来也不躲避，似在酣睡，定是阿三昨夜的迷药起了效用。伯益见状大喜，急忙上前捉狐，不料刚要探手，却见三只小白狐冒出头来。那小白狐呆萌可爱，见到生人也不躲避，只是歪着脑袋看。

伯益仿若触电一般，手急忙缩了回来。

将军道：“王子殿下，何不快快动手，待那九尾狐醒来就迟了。”

伯益脑袋空空，过了半晌才喃喃道：“九尾狐，怎么会产子呢？”

阿三在一旁讪笑道：“公子此言甚是怪异，孕育延嗣乃天之法度，白狐如果不产子，岂不要绝种？”

伯益茫然地点点头，道：“你说得也对。”

将军催促道：“王子殿下，这白狐既然已有子嗣，恰好用以治大王之蛊毒而不绝其种，你还犹豫什么，待白狐醒来，一切都晚了。”

伯益摇头道：“我岂能夺他人之母而去救己之父？”说着，转身便走。

将军急道：“王子殿下，你经历千难万险方到这里，有如此天赐良机，难道真的要因为一念之仁而功亏一篑吗？况且，你面前的是狐，不是人啊！”

伯益身体一震，呆立当场。是啊，父王还在饱受蛇蛊之苦，望眼欲穿只等他将这九尾狐送至榻前，如今白狐就在眼前而且唾手可得，难道真的就这样放弃吗？

伯益叹了一口气，道：“或许，这就是天命吧，如果天不亡我父，定会有他法救治。”说罢，迈步离去。

“好一个不夺他人之母而救己父。”身后突然传来一个女子的声音，伯益回头一看，那九尾狐和三只狐崽皆已不见，只有前日所见一白一红两个女子迎面走来，此话正是那白衣女子所说。再去寻找阿三，也不见了踪影。

正当伯益大感惶惑之际，红衣女子上前拍了他胸口一掌，道：“你小子不错，过关了。”

“什么，过关了，过什么关了？”伯益茫然道，“我没有捉到九尾狐，但是我还有要事在身，也不能留在青丘山陪仙姑，求仙姑原谅。”

白衣女子道：“现在不仅你不必留在青丘山，我也不在这里了。”

伯益诧异道：“哦，仙姑要去哪里？”

白衣女子笑道：“跟你回东夷啊。”

伯益更加茫然了，道：“跟我回东夷？”

这时，红衣女童道：“怎么，我家娘娘跟你回东夷，你还不愿意啊？你来这里不就是要请我家娘娘给你老爹治病的吗？”

白衣女子轻拍女童肩膀，道：“红儿，别戏耍他了，告诉他实情吧。”

红衣女童道：“你看什么呢，还没想明白吗？你也真是榆木脑袋了，亏娘娘还道你聪明。实话告诉你吧，我家娘娘就是你要找的九尾狐仙。”

一语惊醒梦中人，伯益忽然忆起风大师曾经说过：“九尾狐有千年不死之身，善化人形。”难道眼前这仙子一般的女人，真是九尾狐所化？他瞪大了眼睛，一时不知如何应答。白衣女子娇笑道：“跟你回东夷，我自有治蛊之法，你可不要将我剥皮碎肉给你父王吃掉哦。”

第三十一章　大鲸

东夷偃城，涂山氏王宫。

夜幕降临，宫女引火点燃七盏鱼油灯，轻移莲步悄悄地退了出去。此时，在瀛台议政厅只有三个人，分别是姑莱王后、公主女娇，以及太宰子献。伯益离开偃城后没多久，季狸便借病辞去太宰之职，子献随后继任，而大理之职则交由皋陶王的庶弟嬴豋执掌。

数月之内，姞莱王后老了许多，鬓角上露出些许华发，眼角处也长出几条细纹。不过，她的精神却没有被击垮，端坐于堂上，腰板挺得直直的，面上流露出一股不怒自威的气质。她的嘴角微微上扬，显露出一种永不服输的倔强。事到如今，她已成为这个国家的支柱，她必须要挺下去。可是，作为一介女子，挺得有多么辛苦，只有她自己知道。如今，东夷已经走到生死存亡的边缘了。

这时，姞莱王后的堂兄、太宰子献正跪坐堂下，低声说道："刚得到消息，上甲微带三百兵士屯驻城外，请求朝见大王并召开部落联盟大会，商议立摄政王之事。"

姞莱王后冷笑道："好哇，现在储君都不议了，直接立摄政王，这哪里是什么请求，明明是在逼宫！"虽然她已经在极力压制，但心中的愤怒还是通过语调表达了出来。

摄政王不同于储君，立储君王权尚在大王之手，立摄政王便是摄行天子之政，大王的权力就被架空了。当年，尧王年老体衰，大舜为摄政王代管国政二十八年，因此民间便误传舜王囚禁尧王二十八年。如今皋陶王病重，姞莱王后便成了实质上的摄政王，这自然引起了各氏族部落的不满。

子献低下头，不敢看王后的眼睛，又道："上甲微一来，东夷十八大部落已经过半。"

王后沉思片刻，问道："伏豹和嬴师有什么动静？"

东夷王师共分为三军，分别是：鸷师、虎师、鲸师，皆由伏豹统领。除此，还有偃城禁军，即金甲武士，由嬴师统领。太尉伏豹原本与太祝奚仲一样，和皋陶王是结义兄弟，深得大王信任，但自从在上次部落联盟大会上伏豹反对立伯益为储君以后，姞莱便怀疑他有自立之心，开始提防。不过，由于伏豹手握兵权，根基太深，恐激出兵乱，因此一时也不敢动他。当此之时，一旦他举兵反叛，涂山氏便再难立足东夷。

子献道："据我所知，寒漪等人曾去伏豹府中拜会，似有联络之意，不过伏豹并没有见他们。最近几日更是闭门不出。"

王后摇头道："这个时候，不表态便是态度，伏豹的反叛之心已露，我们只能铤而走险，将他诱入宫中，逼他交出兵权。"

子献忙道：“可是万一事情不秘，岂不反而将他逼反。”

王后道：“你速速派人传诏，将武修、封弟能等未参与逼宫的氏族首领请来，只说五日后召开部落联盟大会。”

子献道：“可是，伯益公子尚未归来，联盟大会一开，岂不……”

“事情紧急等不得，你照办就是了，届时我自有主张。”王后打断了堂兄的话，眼角处流露出一丝杀机。

正在这时，王后看见老乌山站在门厅处来回踱步，似乎很着急的样子，心情立刻黯然下来，招手让他进来，问道：“大王是不是又不好了？”

老乌山犹豫地看了看子献，王后道：“子献大人不是外人，你但说无妨。”

老乌山这才说道：“大王他，他又要寻死，大伙儿好不容易拦了下来，娘娘再去劝劝吧，只有娘娘去了大王才会安心。”

王后生气道：“不是让你们把一切尖利硬物都收起来吗！”

“是，那些东西全都收起来了，”老乌山哽咽道，“可是大王他自己用手掐自己的脖子，用头撞地，差一点就……”说到这里，老乌山再也说不下去了，只是用衣袖抹着老泪。皋陶王是他看着长大的，从他咿呀学语，到他建功立业，再到他成为一国之君，如今却见他病痛难忍，以至寻死觅活，岂能不伤心落泪。

王后道：“风大师呢，他就没有一点法子了吗？”

老乌山道：“风大师说，只能等伯益公子寻来九尾狐……”说到这里，他突然不哭了，抬起头道：“不过，风大师倒也说了，让我们不用担心，伯益公子一定会成功归来，大王的病一定会好的……”

王后心想，恐怕等不到伯益回来，我们这一帮人就已经被那些叛贼杀了，但这话她又不能说，只得叹了一声道：“风大师又不是神仙，走吧，去看看大王……”

王后正要起身，却有一名金甲武士走了进来：“启禀王后娘娘，太尉大人求见。”

“伏豹？”王后疑惑道，“大晚上他跑来干什么？”

这时，一直在旁没有说话的女娇起身道：“母后先接见太尉吧，他此时来定有要事，我去陪父王。咱们走吧，乌伯。”

王后看着女儿离去的背影，心中五味杂陈，曾几何时，她为这一对儿女操碎了心，总担心他们惹出祸事来。可是，东夷祸起之后，这一对兄妹却好似突然长大成人，为她顶了半边天。如果不是他们，也许自己早已撑不下去了。女娇回来以后，将她和伯益的遭遇告知王后，王后自嫁入王室第一次偷偷哭了。

这时，王后听到重重的脚步声由远及近，抬头一看，只见伏豹疾步走了进来。伏豹身长九尺，肩宽腰细，年近五旬却不失挺拔，身着便服却不失英武。他来到堂前，俯身便拜："伏豹参见娘娘。"

"伏豹，你此时来见本宫所为何事？"王后不露声色道。

伏豹道："伏豹前来交付三军兵权印信。"

王后吃了一惊，与一旁的子献对视一眼，见他也是一脸茫然，回头问道："伏豹，你这是何意？"

伏豹并不起身，直言道："当此王室危急之时，伏豹身为国之太尉，本应挺身而出，可我却只求自保不敢明志，有失职之过，故而请辞太尉，移交兵权，请王后娘娘恩准。"

伏豹这一下倒把王后给弄糊涂了，不知他是真心还是假意，难道交权是假，试探是真？一旦夺他大权，他便要造反吗？一时间，王后也拿不定主意了，对旁边的子献道："太宰大人，你以为如何？"

子献道："既然伏豹大首领引咎请辞，王后娘娘也不必勉为其难，只是当此危难之时，三军换帅，恐生变故，还要委屈大首领在宫中暂住几日。"他的意思很明显，无论这伏豹是何意图，既然他此时孤身进宫，就不如借机夺其兵权，将他囚禁起来。他既然已被控制，想要造反也不可能了。

还没等王后回答，却听门外有一个声音道："太尉大人有功无过，东夷正当用人之际，母后千万不要夺他兵权。"话音甫落，便见一个白衣少年走了进来，竟然是王后日思夜想的公子伯益！

王后看着这个从天而降的儿子，如在梦中一般，半晌说不出话来。她脸上的矜持完全褪去，从坐榻上站起来，跌跌撞撞地向伯益走去。伯益赶忙迎上前去，将似乎要摔倒的王后搀住，叫了一声："母后！"便倒在她的怀中。

不料，王后却将伯益推开，一言不发，用手捧着他的脸仔仔细细看了半晌，才喃喃道：“没错，没错，是伯益，是伯益。”她这才又将儿子揽在怀里，哭道：“我的儿，你可算活着回来了。”

伯益也不能自持，哭叫道：“母后，母后，益儿活着回来了，回来了。”

这母子俩兀自抱头痛哭，完全不顾旁边的伏豹和子献，只待哭了半晌，王后才想起还有外人在，虽有千言万语想要与儿子说，这时也只好忍住，拭泪道：“益儿，你刚才说太尉大人有功无过，却是为何？”

诸位可能会问，伯益不是在青丘山吗，如何会突然回到东夷，劝说王后与太尉伏豹和解？这里有一段缘故要交代。其实，恰是伯益说动太尉伏豹进宫交权，在姑莱王后面前演了一段以退为进的戏码，以消除她的疑虑。

原来，那九尾狐已修成人形，名为白九娘。早在伯益等人到达青丘山之前，飞天女巫就已经来过，并将事情原委告诉白九娘，请她出山相助东夷。于是，白九娘在青丘山上三试伯益：驱熊杀妇显示其勇敢果决，舍身救敌显示其胸怀宽广，见白狐产子而不忍杀更见其仁心向善，再加上千里救父的孝行天下之举，便知伯益为天命之主，将成就旷世伟业，于是决定顺天而行，助其一臂之力。

伯益得知事情缘由，自然是喜不自禁。随后，白九娘又将飞羽等人从石头里放出来，待伯益解释之后众人也都释然。伯益记得洞庭王妃之托，便提议从南海走水路回东夷，得到白九娘的支持。一切都极为顺利，众人到达南海后，九娘原就与南海鲛人王后相熟，经引荐伯益见到南海鲛人国国王敖钦，将洞庭王妃的龙绡亲手交给了他。

敖钦读信后勃然大怒，立即派兵去洞庭湖，只一日便将王妃接回了南海。王妃感念伯益恩情，知他想要尽快回到东夷，便劝说父王将镇海之宝“龙行”取出来。那是一艘十丈长、五丈宽的大船，由世间最坚硬的建木打造。她命人用大绳缚住船帮，套在大鲸口中，由大鲸引船一路如箭行，向北飞驰。二十条大鲸，十条一队，轮番引航，只三日便抵达东夷海岸。伯益等人上岸后，大鲸又将龙行宝船送归南海。

伯益见城外驻军，不知偃城情形如何，稳妥起见，先让众人藏匿起来，派飞羽去探察情况。飞羽本为有穷氏，太尉伏豹不仅是他的族叔，还将他从小养大，两人亲如父子，于是他直接去了太尉府。

伏豹其实对皋陶王忠心耿耿，毫无自立之心，那日在部落联盟大会，他之所以反对立伯益为储君，是因为他觉得姑莱王后操之过急，恐激怒众首领，立时便导致东夷分裂。不料，他却发现王后与子献处处对自己掣肘，季狸的倒台更让他心有余悸。季狸是文官，王后或可放他一条活路，而伏豹是武将，手握三军兵权，一旦交权必被斩草除根。他想去见大王，却被王后阻拦，人们甚至传言，其实大王已死，只是王后把持朝政，秘不发丧，专等伯益回来继承王位。一方面，众氏族首领在城外聚集准备逼宫；另一方面，大王生死不明，伏豹无奈之下只得闭门不出。

飞羽将城中的情形以及伏豹的苦衷告诉了伯益，伯益细思之下，便随飞羽秘密来到太尉府。伏豹见到伯益，先是吃了一惊，待听说伯益已经带回九尾狐，知道大王有救，心中这才稍稍安定。于是，伯益说服伏豹主动交权，以退为进，然后自己再从旁策应，以解其与王后的心结。伏豹细思之下，决定依计而行，这才有了夜入瀛台交兵权的一幕。

伯益见母后问自己，便道："母后试想，父王卧病已三月有余，兵权一直在太尉大人手中，如果不是太尉大人统兵有方，东夷焉能维持至今？城外驻扎了各部族数千大军，如果不是太尉大人坐镇王城，加以震慑，王城岂不早被攻下了？况且，太尉大人如有反心，又怎会孤身入宫向母后交权？"

王后听完伯益的一席话，觉得颇有道理。况且，如今城外各氏族大兵驻守，如果真的撤掉伏豹，即使伏豹本人不反，他手下的那些亲兵也要反，城内先自乱了，东夷必不免亡国之劫，于是点头道："我儿言之有理，太尉大人确是我东夷的股肱之臣、顶梁之将，也是大王生死之交的好兄弟。"说罢这一套虚词，她又起身对伏豹虚身一礼，道："太尉大人，我姑莱便将这一城之民以及涂山王室一家老幼的性命全都托付给你了。"

伏豹赶紧匍匐在地，道："伏豹不敢当，伏豹定当肝脑涂地，以报君恩。"

话分两头，却说女娇跟着老乌山来到碧霞宫，见皋陶王的卧房暗着影，便走到窗前叫了一声："父王。"

只听屋里隐隐地咳嗽了一声，却没有应答，于是女娇又叫了一声，里面这才传出一声沉闷的声音："是娇儿吗？"那声音好像从地狱发出来的，让人听了特别不舒服。

女娇道："父王，是娇儿，娇儿来陪你了，我能进去吗？"

"不！别进来！"屋中人急忙阻止，随即又缓声道，"娇儿，不是父王不想见你，是父王怕吓着你。"

"娇儿明白，娇儿不进去，娇儿就在这儿陪着父王说说话。"女娇的眼睛里噙着泪花，刚从犬戎回来时，她见过父王的样子，确实被吓着了，当时她吓得掉头便逃。经过这一个多月，不知父王又变成了什么样。她很能理解父王求死的心，可是她不能让他死。

"父王让娇儿担心了，"屋里的声音又道，"父王现在没事了，娇儿回去休息吧。"

还没等女娇回答，只听一个女子的声音道："中蛇蛊三月，声音尚且浑厚有力，大王的身体真非常人可比啊。"

女娇回头一看，见不远处影影绰绰地站着一名白衣女子，喝问道："你是哪里的宫女，说话怎敢如此放肆！"

不料，那女子却哧哧笑道："你就是女娇公主吧？我可不是什么宫女，我是你哥哥请来给你父王治病的。"说话间，那女子已走到面前。这时女娇才看清，她的身旁还跟着一个女童，只是那女童穿着深色衣服，在夜里不易看清。这白衣女子美艳绝伦，身上散发着淡淡的花香，犹如花间仙子一般。

女娇半信半疑，问道："你说我哥哥回来了，他在哪里？"伯益曾跟女娇说过，若要清除父王身上的蛊毒，只需生啖九尾白狐的肉，并未提及还有一个如此美丽的女医，当此非常时期，莫不是那些氏族首领派来的刺客？女娇不由得提高了警惕。

屋中人却听到了外面的对话，大喊道："伯益回来了吗？快放开我，我要见伯益！"那声音犹如两石相击，又如猫爪挠喉，让人浑身的鸡皮疙瘩都起来了。

"大王稍待片刻，伯益马上就来。"白衣女子伸头对着窗子高声道。不料，那屋里的声音却又惊恐道："不，不，不要让他来，不要让他来！"

白衣女子不再理会他，转身对女娇道："你去找人抬个鼎来，再弄些干柴，我要给大王煎药。"这时，女娇才看到那女童肩上扛着一大包东西。

女娇虽然怀疑这个不明来路的女人，但见她口口声声说要给父王治病，却也不敢耽搁，便对一旁的老乌山道：“乌伯，照她说的去准备。”

老乌山走后没过多久，便见一行人手提长明灯，穿过游廊向这边走来。待走近时，女娇发现来人中为首的是母后，而她旁边那人竟是哥哥伯益。白衣女子也看到了，对女娇道：“怎么样，我没骗你吧，你还把我当刺客吗？”

说话间，众人已来到房前，除了王后和伯益，后面还跟着子献大人和伏豹大人。另外还有一个人，女娇做梦也没想到，居然是她的飞羽哥哥！

幸福来得太突然，女娇一时呆住了，伯益上前抱了抱她，然后从宫女手中接过长明灯，对王后道：“母后，我一个人进去好吗？”王后点点头。

伯益提着灯，推开门刚要往里走，却听父王大喊道：“不要灯，不要灯！把灯给我拿走！”伯益犹豫了一下，还是提着灯向里边走，边走边说：“父王，是我，你的益儿回来啦。”然而，当他看到父王的样子时，手里的灯却掉在了地上。

石榻上绑着的不是一个人，而是一个怪物。他浑身上下钻出无数个黑色的蛇头，从头到脚没有一处完整的肌肤，那些蛇头足有数百之多，其中有粗有细，有长有短，全都张着大嘴，吐着舌信，露出毒牙，扭动着身躯，好像在对整个世界发出骇人的诅咒！

第三十二章　奚仲

随着一阵刺耳的巨响，已关闭半月的偃城大门被打开，东夷十八大部落首领相继入城，参加即将召开的部落联盟大会。

与三个月前那个寒冷、阴霾的冬日不同，此时的偃城已经由春转夏，气温宜人，天空一碧如洗，轻风摇摆着路旁的柳枝，和煦的阳光洒遍偃城每一个角落。与三个月前相同，空气中依然弥漫着紧张的味道。街上没有一个行人，只有森严的卫队，那些平民都遵照王后的旨令，躲在自家里，只敢从门缝里偷偷向外张望。

十八个氏族首领每人被允许带十名随从进城，这些人马拖拖拉拉，几乎从宫门一直延续到城门外面。这些人中有些是奉王诏来的，有些则是自行带兵前来的，他们各怀鬼胎，都在不住地向四周打量，或许从某个角落会突然冒出一队人马，将他们全部剿杀。

上甲微驱马追上前面的老桑公，道：“桑公，我看今日这事殊难预料，万一逼宫不成反遭其害啊。”

老桑公也是率队前来逼宫的首领之一，他捋着胡子笑道：“你还是太年轻，我什么大风大浪没见过。大王已死，她一个妇道人家能掀起什么风浪，光凭一个子献，能把我们这些人全都杀了？咱们不是都约好了吗？三个时辰不出城，大军攻城，到时里应外合，东夷就再无涂山氏这一支了。”

上甲微还是有些不放心，道：“可是还有伯益公子，他虽懦弱却已成人，涂山氏岂肯将偃城拱手相让。另外，还有伏豹，他一向忠于涂山氏，岂肯善罢甘休？”

老桑公心情很不错，又解释道：“你还不知道吗，那伯益小王子不知天高地厚，非要给他父王求药，一出城就被三苗派人给杀了。至于那伏豹嘛……”说到这里，他四下看看没人，才低声道：“他已经同意参加逼宫了。”

上甲微又道：“可是逼宫以后，到底要我们举谁为摄政王，这寒漪他也没有明说呀。”

老桑公嘿嘿一笑，道：“这还要明说吗，天下大事能者居之，谁有实力谁来当。你不是也收了寒漪的财货吗，拿人手短，吃人嘴软，你还要选别人吗？”

“寒漪？”上甲微吃惊道，“要他来当东夷王，岂不是要天下大乱吗？”

“嘘，小声点。”老桑公提醒到，这时却见封弟能策马上前，冷笑道：“你们都小心点吧，别让寒漪那个小人给利用了。”说罢，扬长而去。

众人骑至宫门前，下马徒步而行，侍从留在宫外。金甲武士手执长枪，分列左右，众位大首领列成一队，从正宫门穿过，走进门来，但见太宰子献在前迎候。待众首领都走入门内，金甲武士立即将宫门关闭，众首领一阵骚动，寒漪嚷道：“子献，为何关门？”语气很是不恭。

子献身为太宰，地位比寒漪要高出许多，被这样直呼其名却也不恼，只是淡淡说道："国之秘事，岂容他人搅扰。"

寒漪仍要争辩，却见伏豹也迎了过来，道："寒漪大首领，不要惊慌，关门是奉我的命令。"说着，他给寒漪使了个眼色，寒漪心领神会，不再缠问。

伏豹又道："大家快去议政堂，王后娘娘已经等候多时了。"

众人又是纳闷，今日联盟大会怎么没有钟鼓，况且王后又先去等候，这也太不合常理了。然而，既然已经进了王宫，也容不得细想，便随着大伙一起步入瀛台。果然，姞莱王后已经端坐正堂，奚仲、羸翟等朝中大臣皆已落座。

姞莱王后见大家都坐下，便道："部落联盟大会这就开始吧。"

"等一等，"寒漪突然叫道，"王后娘娘，怎么不见羸师大人？"羸师不仅是涂山王氏，而且还是守城将，位高权重，部落联盟大会他理应参加。

还没等姞莱王后说话，伏豹便道："羸师被大王召去，即刻便回，大家不必等他。"

伏豹此言一出，众人心头一震，那些参与逼宫的人纷纷看向寒漪，心道你不是说大王已经死了吗？可是转念一想，立即又回过味来，他说大王已死，却为何又让大家推举摄政王？这岂不是自相矛盾！想到这里，疑惑的眼神又变成了怨毒。寒漪却不理他们，只把眼睛去瞧太祝奚仲，却见他面沉似水，并无表情。

只听姞莱王后说："大王的病不见好转，大家纷纷进言，请求设立摄政王，这也情有可原。我一个妇道人家，确实不宜再把持朝政。只是，不知大家想要推举何人为摄政王？"

大家见王后说得如此直白，却又不敢说话了，你看看我，我看看你，这时却见寒漪起身拱手道："我推举太祝大人。"说着便拿目光去看奚仲。

真是一石激起千层浪，寒漪此言一出，堂下立即"嗡"的一下炸了锅，伏豹压了三次才安静下来，参与逼宫的人都去瞧寒漪，寒漪却仍不理会他们。这些人已经上了他的贼船，不跟也要跟。果然，随后便听老桑公道："太祝大人德高望重，又是大王的义弟，摄政王非他莫属。"

姞莱王后笑道："要论德高望重，哪个能及得上老桑公你啊。"一句话，说得老桑公不知如何是好，只得低头不语。

随后上甲微等人也纷纷进言，推举太祝奚仲。武修、封弟能等人却似看热闹一般，只拿眼睛瞅着这些人，露出轻视的表情。太祝奚仲却如入定的老僧，稳坐王后下首，一言不发。姞莱王后扭头对奚仲道：“太祝，你真的愿意做这个摄政王吗？”

奚仲这才起身行礼道：“当此危难之际，能为东夷效命，奚仲在所不辞。”

封弟能扑哧一下笑出声来，见众人都拿眼瞅他，赶紧又正襟危坐。王后好像没听见一样，又问了一遍：“奚仲，你真的想做这个摄政王吗？”

奚仲挺了挺腰杆，抬头看着王后，道：“为东夷效命，奚仲在所不辞。”

“罢了，”姞莱王后叹了口气，“既然大家都推举太祝大人，那么……”说到这里，王后突然停住了，所有人的目光都注视着她，那些逼宫者的眼睛都亮了，等着她宣布奚仲为摄政王，不料她话音一转：“不过，如此大事，我想还得听听一个人的意见。”说罢，她扭头对一旁的老乌山道：“有请大王！”

时光似乎回到了三个月前，老乌山突然扯开嗓门大叫：“大王驾到！”

在众人惊愕的目光中，皋陶王从侧门缓步走进了议政堂，他身旁还跟着一个少年，正是公子伯益。大堂中一时鸦雀无声，所有人都惊住了，这时伏豹率先俯身跪倒高呼：“参见大王！”众人这才醒悟过来，纷纷俯身跪倒，齐声高呼：“参见大王！”

皋陶王似乎大病初愈，脸色还有些苍白，但声音却很有底气，道：“都起来吧。”

皋陶王话音刚落，门外突然涌入一大队金甲武士，将众人围了个严严实实。那些参与逼宫的人都战战兢兢，伏在地上不敢起身，但太祝奚仲却坦然归座，毫无惧色。

皋陶王突然高声道：“你们都起来！”

逼宫之人这才慢慢从地上爬起来，却不敢再坐。皋陶王的脸原本看向别处，这时却突然转身指着太祝奚仲道：“你们要推举这个人当东夷的摄政王吗？”

奚仲似乎早有准备，突然跪倒在地，道：“启禀大王，奚仲本不敢僭越，但受众首领抬爱，勉为其难，今见大王康复，自无摄政王之议，我推举公子伯益为储君。”

皋陶王却不理他，仍问那些逼宫之人：“如果这个人勾结外邦，杀害公子费，毒害本王，你们还要推举他做摄政王吗？”

皋陶王话音刚落，堂内又是一阵骚动，人们看看大王，又看看太祝，全都不敢相信自己的耳朵。奚仲仍在强自镇定，但他的身子却不自主地颤抖着，伏在地上道：“大王所言，奚仲不敢承当。”

伯益看着这个自己曾经颇为崇敬的男人，感到无比愤怒，厉声道：“奚仲，你就不要再装模作样了！你勾结三苗的夏后鲧，借助饕餮、穷奇等上古凶兽之力，半路截杀使团，砍下公子费及太傅管革的头挂于城门之上，借以谋害我父王。这还不够，你还安插奸细，通报夏后鲧，又在女娲神庙劫杀于我。难道这些你都要否认吗？”

奚仲站起身来，昂首道：“公子所言，奚仲句句不敢当。你空口白话，可有何证据？”

“证据在此！”奚仲话音刚落，便见飞羽押着嬴师走了进来。嬴师一见皋陶王，立即俯身跪倒，哀哭道：“大王，饶命啊，大王。”

飞羽将他直直地拎了起来，咬牙道：“老实交代！”

嬴师显然刚受过重刑，身上到处都是伤，眼睛都哭肿了，他被飞羽像拎小鸡崽一样拎着，四下打量了众人一番，然后突然指着奚仲道：“是他，是太祝大人亲手将公子费和太傅的头交给我的，让我挂在城楼上。我有把柄在他手上，不敢不从啊，大王，求你饶我一条狗命吧。”

伯益眼睛直盯着奚仲，说道：“你自知飞羽将军乃神箭手，担心他与使团同行夏后鲧他们不易对付，于是便故意告诉公子费，尸胡山上有视肉，能补我先天不足之症。尸胡山原非回偃城必经之路，这样便可调虎离山，分而击之。果然，公子费中计，带着飞羽等人脱离使团。”

奚仲脸色变得煞白，一双眼睛看向别处，道：“想大王当日中蛊毒，不是我让风大师救了大王一命吗，如果我想要谋害大王，又何必施救呢？”

皋陶王冷冷地看着奚仲，道：“因为你恨我，你不想让我痛快地去死，一定要我受尽非人折磨后再死。”

伯益的眼中充满了仇恨，又道：“你不是要证据吗？我再给你一个证据。来人，带毕囚！”

话音刚落，只见两名金甲武士押着手足被石锁锁住的毕囚走上堂来。毕囚一见伯益，大喊冤枉：“公子，我一路护送你到青丘山，没有功劳也有苦劳，你怎能如此对我？”

伯益冷笑道：“我原来也以为你是好人，可谁让你自己去做奸细！还记得女娲神庙失散后，我们在巫山重逢吗？你一剑刺死了青城，却骂他是叛徒。后来我才想明白，青城和你都是奚仲派来的奸细，但青城临阵脱逃了，你怕他回东夷将实情泄露，所以一路追杀他。你骂他叛徒一点也没错，只不过他是奚仲的叛徒，而不是东夷的叛徒。当时，你大概很想一剑杀了我，却发现吉光也在，便以为太祝派吉光来可能另有安排，所以没有立即动手。而等你发现吉光并不是奚仲的人想要动手时，飞羽却出现了，于是你便极难动手了。实不相瞒，自从我知道奚仲就是幕后黑手以后，便一直以为吉光是来杀我的，后来才发现他并不知情，所以才放心让他护送飞头族回东夷，如果换作是你，岂不会将她们送到三苗去？”

听到这里，奚仲突然仰头大笑起来。皋陶王怒道：“你笑什么？”

奚仲止住笑道：“我笑大王一生志虑纯厚，不料生个儿子却有这等心机。如果我的儿子有他十分之一，今日也不会输给你了。”说着，他陡然抽出一把短剑，向喉头刺去。伏豹早有准备，一把牢牢抓住他的手腕，将短剑打落，道：“想死，没那么容易。”说着，将他反手按倒在地，押了下去。

寒漪见势不妙，想要逃走，却被一旁的封弟能给擒住了。那帮被寒漪蛊惑，参与逼宫的首领全都战战兢兢，伏在地上请求饶命。老桑公年事已高，见此情形，直接吓得昏死过去。

皋陶王叹了口气，又问道：“我再问诸位一句，如果奚仲杀了我儿嬴费，你们还要推举他做摄政王吗？”

众首领赶忙跪倒，纷纷喊道：“我等中了奚仲、寒漪小人的奸计，请大王重罚。”

皋陶王摆摆手道：“罢了，罢了，我知道你们都是东夷的忠良之臣，此事就让它过去吧。”

不料，伏豹却道：“大王，不可姑息养奸啊。”

皋陶王摇摇头，不置可否。他知道，这些氏族首领并非只有一个人，他们背后都是一族，如果全都杀了，东夷也就分崩离析了。

子献见皋陶王有意饶过这些逼宫首领，便道：“大王宅心仁厚，或可免其一死，但他们收受的贿赂理应充公。”

已经昏过去的老桑公见可免死，又爬了起来，高声道：“充公，充公，我加三倍充公。”其他人也都随声附和。

皋陶王大病初愈，经过这一番折腾，身体已经吃不消了，扶着腰起身道：“这些事情，伏豹、子献，你们两个看着办吧。”

不料，一直沉默的武修却道：“启禀大王，虽然大王身体康复，但仍需早立储君。公子伯益不远万里，历尽艰险，为大王求得良药，实为东夷第一大功臣，我武修推举公子伯益为储君。”

武修这一带头，众人都纷纷响应，尤其是那些戴罪之人，想以拥立之功抵其罪，更是高声响应。皋陶王不理众人，看着伯益，问道：“益儿，你觉得呢？”

伯益道：“孩儿资历尚浅，还需磨炼，况且父王体健，暂时不必立储。”

皋陶王满意地点点头，拍着他的肩膀道：“好孩子，你长大了。”随后对众人道：“你们都听见了？”众人你看看我，我看看你，都不说话了。

皋陶王又道：“好了，你们赶紧跟伏豹出城去吧，再不出去，你们带来的那些兵真要造反啦。”

伏豹问道：“启禀大王，斟寻氏怎么办？”

皋陶王头也不回，道：“我说过了，交给你和子献，你们看着办。”

子献和伏豹相视而笑，他们两人在这次叛乱中立了大功，斟寻氏便由有穷氏和有仍氏瓜分。当然，还要给涂山王族留一份。不过，斟寻氏是东夷最富有的氏族，哪怕只得三分之一也已经足够了。

东夷王宫，理苑地牢中走进两个人来，走在前面是大理嬴澄，后面那个则是公子伯益。嬴澄在一间牢房前停下来，用手指了指里面，道：“益儿，到了。”

伯益向牢房里看去，只见披头散发的奚仲坐在地上。为了避免他自杀，手脚都用石枷锁着。

伯益道："多谢叔父，你先去吧，我跟太祝大人说几句话。"

嬴溞犹豫了一下，道："那你快一点，被你父王知道可就麻烦了。"说罢，急匆匆地离开了。

奚仲一直埋着头，好像雕塑一般，一动也不动。伯益道："太祝大人也许不知道吧，就在今天午时，嬴师、毕囚和寒漪已经死了，嬴师和寒漪砍头，毕囚腰斩。想想看，你会得个什么结果？"

奚仲的头稍微动了动，道："公子不是专程跑来吓唬老夫的吧？"

伯益道："那是自然，我还有几件事想请教太祝。"

"请教不敢当，"奚仲道，"别人问我都不会说，但公子若问，我必定知无不言，言无不尽。"

伯益道："太祝大人如此高抬，在下实在受之有愧。"

奚仲突然抬起头，看了伯益一眼，苦笑道："只因为公子和我是一路人罢了。公子有什么事快问吧，否则过了今天，就不知道我这张嘴还能不能说话了。"

伯益道："第一个问题，你为何要勾结三苗谋反？"

奚仲道："你父王不是说了吗，因为我恨他。"

伯益道："你们不是结义兄弟吗，你为什么要恨他？"

奚仲愣了一下，道："我知道你会问此事，想必你不敢问你父王，便来问我了。"顿了顿，他见伯益无言，又道："你真想知道吗？"

伯益道："我必须知道。"

奚仲叹了口气，道："是因为你母后。"说到这里，他见伯益的脸上抽动了一下，又继续道："当初，我和你母后本有婚约，是你父王把她抢走了。"

"你胡说，"伯益怒道，"我父王怎会抢兄弟的未婚妻。"

奚仲叹了口气，道："是啊，他是没有主动去抢，可你母后自从见了你父王，心就被他抢走了，于是撕毁了婚约……不，一切都是因为你父王手中的权力，那权力对你母后有着致命的吸引力，所以我才要把它夺过来。其实，你父王错了，我之所以让风大师救他，并不是因为恨他，而是想要让他亲手将一个完整的东夷交到我手上。你父王一死，东夷就会分裂，我得到的权力就打了折扣，这不是我想看到的，让他苟活着，我就可以慢慢蚕食他的权力。等我成为东夷王之后，你母后就会后悔她当年的决定！”

伯益不想再继续这个话题，于是道：“第二个问题，风大师究竟是谁，你为什么要关他？”

奚仲道：“这个问题你可问倒我了，风大师是一个谜。七年前，我在海滩发现了他，那时他已经奄奄一息，是我救活了他。后来，我发现他知道许多我闻所未闻的事情，于是就把他关了起来。事实上，这些年我也一直想弄清楚他是什么人，从哪里来。可是，他却守口如瓶。”说到这里，奚仲哼了一声，继续道：“他可真是一个怪人。你知道吗？他甚至有令人难以想象的预言能力，凡是他做过的预言，没有一件事是错的。如果我还能活下去，还会继续研究他。”

伯益道：“第三个问题，关于菀娘。据我所知，她本来应该是要去华胥的，怎么会跑到东夷来刺杀我父王？我想，这件事应该也跟你有关吧？”

奚仲嘿嘿笑道：“公子的聪明，真是超出我的预料。没错，她是去了华胥，而且得到了许多好处，被舜王派来偃城监视东夷，结果被我捉住了。你知道她是怎么监视东夷动向的吗？”

“难道是通过嬴师？”伯益问道。

奚仲道：“聪明。嬴师是天生的好色之徒，被她迷得神魂颠倒，不仅将大王一切动向都告诉她，还偷宫中珍宝送给她。所以，掌握了她，也就掌握了嬴师，而掌握了嬴师，也就掌握了偃城。”

伯益道：“那你为何又让她去刺杀我父王，你明知道她不可能成功。”

奚仲嘿嘿笑道：“哪里是我派她去刺杀，其实是她要摆脱我的束缚，想要接近大王。那天，我原本以为要栽在她手里，正在思考对策，可不知为何，大王只问了几句便砍了她的头。她的头本来就易断，而公子你又极为英勇，一枪将她刺死，说起来真是阴差阳错，你不知道我当时对你有多么感激。”

伯益狐疑道：“真是这样吗？”

奚仲道：“信不信但凭公子。”

伯益沉默了一会儿，又问道：“或许你等不到吉光回来了，有什么话要我带给他吗？”

奚仲沉思了一会儿，对伯益道：“有劳公子把我身上的一个布包交给他。”

伯益在他身上摸索了一阵，拿着布包走出地牢，正要往瀛台去，却见女娇跑了过来，道：“伯益，你果然在这里，出事了。”

伯益忙问：“出什么事了？”

女娇道：“那位风大师，他不见了。”

伯益心里咯噔一下，问道：“什么时候不见的？”

伯益本来便答应了风大师要还他自由，那么他有什么理由这个时候逃跑呢？可是，如果不是逃跑，难道他又被什么人掳走了？伯益正在沉思时，却见女娇向宫门处跑去，他不知又出了什么事，也跟着跑过去，只见女娇跑向了一个迎面走来的黑脸少年。

女娇回头道：“伯益，这就是夏后文命。”

伯益感到奇怪，这人是怎么跑到东夷王宫来的？正在犹疑间，却听黑脸少年躬身施礼道：“伯益公子，在下奉大舜王之命，有要事须面见皋陶大王。”

（未完，待续）